Alexandra Fischer-Hunold

Nächster Halt: Mord

EIN WEIHNACHTSKRIMI

ueberreuter

Personenregister

Millie McEwan, 16 Jahre, Schülerin. Mit Krimis hat sie so gar nichts am Hut und schlittert rein zufällig in einen echten Mordfall.

Rachel McEwan, 21 Jahre, Millies ältere Schwester. Redakteurin bei dem Reisemagazin *Get acquainted with ...*

Josh Adams, Chefredakteur bei *Get acquainted with ...*, Chef von Rachel und von Sally Rudner.

Benjamin Frost, Vorstandsvorsitzender der Eisenbahngesellschaft, die den *Golden Highlander* betreibt. Der kostspielige Luxuszug war seine Idee. Seit der Schulzeit gehört er zur Clique um Madelyn Clarkson.

Robert Lory, pingeliger Chef-Steward. Die Fahrt mit dem *Golden Highlander* ist seine letzte Fahrt. Danach geht er in den wohlverdienten Ruhestand.

James, Lern-Steward an Bord des *Golden Highlander*, mit einer großen Schwäche für Kaugummi und Sherlock Holmes.

Gigi Doe, erfolgreiche Influencerin mit ziemlich abgedrehter Backshow.

Rose Smith, ältere Dame, die sich mit der Reise einen Lebenstraum erfüllt.

Tracey Pitts, rechte Hand der Star-Köchin Madelyn Clarkson. Auch wenn sie seit der Schule zu der Clique um Madelyn gehört, kam sie erst später dazu. Nicht viele Menschen mögen sie.

Eva Williams, Staatssekretärin. Auch sie gehört seit der Schule zu Madelyns Freundeskreis.

Sally Rudner, Redakteurin bei *Get acquainted with …*, Rachels direkte Vorgesetzte. Auch sie gehört seit der Schulzeit zu Madelyns engem Freundeskreis.

Madelyn Clarkson, gefeierte Fünf-Sterne-Star-Köchin, Ehefrau von Alistair Hadley und Zentrum der Clique.

Stratford, der kleine weiße Malteser, ist Sallys Ein und Alles.

Cara Frost, Oxford-Professorin, Ehefrau von Benjamin Frost.

Amy, kleine Nichte von Cara und Benjamin Frost.

Alistair Hadley, semi-erfolgreicher Galerist, erst seit Kurzem Ehemann von Madelyn Clarkson.

Charles Masterson, junger Zauberkünstler, der für Unterhaltung im Zug sorgen soll.

Natalie, Barkeeperin im *Golden Highlander.*

Marissa, Kosmetikerin im *Golden Highlander.*

Für viele, vielleicht sogar für die meisten, ist das Ankommen das, worum es ihnen bei einer Reise geht. Für mich ist jedoch der Weg das Ziel. Und deshalb fahre ich so unglaublich gerne Zug. Ist es nicht wahnsinnig schön, zu sehen, wie sich die vorbeiziehende Landschaft hinter den Fenstern verändert? Und dann sind da die Menschen, die das Schicksal für eine begrenzte Zeit in den Waggons zusammengewürfelt hat. Für die Dauer einer Zugfahrt kann man entweder man selbst sein oder seinen Mitreisenden eine x-beliebige Rolle vorspielen. Beim Verlassen des Zuges lässt man sie an, weil sie passt wie ein gut sitzender Mantel. Oder man streift sie wieder ab, wenn sie doch zu sehr zwickt. Es ist egal, denn die Menschen, die so eine Reise zufällig zusammenbringt, trifft man meist nie wieder. So wird ein Zug zur Theaterbühne und man weiß nie, welches Stück aufgeführt wird.

Diese Sätze habe ich, Millie McEwan, am Abend des 21. Dezember in mein Tagebuch eingetragen. Circa zehn Stunden bevor der *Golden Highlander* auf seine Jungfernfahrt gestartet ist. Zu diesem Zeitpunkt habe ich mich wie irre auf die weihnachtliche Fahrt in dem neuesten Luxuszug gefreut. Da kannte ich aber auch den Titel des Stückes noch nicht …

Erster Prolog

Niemand schenkte der Gestalt in dem Hoodie und der dicken Winterjacke Beachtung. Und genau das war ihre Absicht. Unsichtbar sein. Deshalb hatte sie sich in die hinterste Ecke des Starbucks verkrochen, die Kapuze ihres Pullovers tief ins Gesicht und die Schultern hochgezogen. Die Carol Singers konnten noch so schön im Schneetreiben vor St. Paul's singen und Spenden für arme Kinder sammeln, sie musste weg. Und das so schnell wie möglich. Raus aus London und sich dann irgendwo in Luft auflösen. Wenn es dafür nicht schon zu spät war. Vorsichtig schaute sie sich unter gesenkten Lidern im Café um. Die typische Spätnachmittagmischung an Gästen hatte sich eingefunden. Touristen und Touristinnen, Studierende, Schülerinnen und Schüler, Mütter mit kleinen Kindern. Die einen in ausgelassener Vorweihnachtsstimmung, die anderen im Weihnachtsstress. Auf den ersten Blick wirkte niemand verdächtig. Und trotzdem. Sie war sich sicher, dass sie erkannt worden war. Gestern, als sie bei Hatchard's am Piccadilly nach Büchern gestöbert hatte und sich auf der Suche nach Weihnachtsgeschenken – ja, auch Leute wie sie kauften etwas für ihre Lieben – von einer Abteilung in die andere hatte treiben lassen … Jeder unbeteiligte Beobachter hätte es für einen Zufall gehalten. Doch der Mann im gut sitzenden schwarzen Mantel, auf dessen Schultern die Schneeflocken langsam schmolzen, hatte sie verfolgt. Seit der Klassiker-Abteilung klebte er an ihren Fersen. Die mit Christbaumkugeln und

Tannengrün geschmückten Treppen rauf und runter. Mal tat er so, als würde er sich brennend für Dickens' Weihnachtsgeschichte interessieren, mal steckte er seine Nase in Prinz Harrys Autobiografie. Aber sie wusste es besser. Er war hinter ihr her. Entkommen war sie ihm nur, weil er im Vorbeigehen mit dem Saum seines Mantels einen große Strohengel von einem der niedrigeren Tische gefegt und sich danach gebückt hatte, um ihn aufzuheben. Diesen Augenblick hatte sie genutzt, war raus auf die Straße und eingetaucht in die Touristenströme, die sich in Richtung Piccadilly Circus schoben.

Nachdenklich drehte sie jetzt den bauchigen Porzellanbecher in den klammen Fingern. Santa Claus lächelte ihr darauf unbeschwert entgegen. Nur noch schwacher Duft erinnerte an den Karamell-Zimt-Latte, den sie sich gegönnt hatte. Sie seufzte und weckte mit einem Fingertipp ihr Notebook aus dem Schlaf. Zum hundertsten Mal ließ sie ihre Augen über die Buchstaben huschen.

Lange hatte sie das Für und Wider gegeneinander abgewogen. … Aber wie hieß es doch so schön? In der Not frisst der Teufel Fliegen … Oder er checkt in den *Golden Highlander* ein. Es gab Schlimmeres, als bei der Jungfernfahrt des neuesten Luxuszugs dabei zu sein. Die Gestalt schob ihren Stuhl zurück. Ihr Entschluss stand fest. Die nächste Woche musste sie unter dem Radar bleiben. Nur sieben Tage. Danach war sie – hoffentlich – über alle Berge.

Zweiter Prolog

Früher Abend des gleichen Tages in einem Appartement in London, Islington …

Der edle, großformatige Briefumschlag knackte beim Öffnen, als wollte er seinen Inhalt lieber nicht preisgeben. Doch da war die Karte schon herausgezogen.

Herzlichen Glückwunsch, …, das Los hat sich für Sie entschieden.

Wir freuen uns, Sie als unseren Ehrengast am 22. Dezember im Bahnhof King's Cross an Gleis eins zur Jungfernfahrt des Golden Highlander begrüßen zu dürfen.

Nachdem Sie in Ihrer exklusiven Suite eingecheckt haben, ertönt um 9 a.m. das Abfahrtssignal und die historische Dampflok entführt Sie in eine Welt jenseits unserer Zeit.

Während Sie der mit allem modernen Komfort ausgestattete Zug im Stil der Zwanzigerjahre durch ein verschneites Winterwunderland trägt, lassen Sie sich im Spa (jeglicher Service an Bord ist inklusive) verwöhnen, genießen unsere ausgezeichnete Küche und freuen sich auf Ausflüge, Special Events und den Roaring-Twenties-Maskenball als Höhepunkt unseres hochkarätigen Programms.

Am 24. Dezember erreichen Sie nach einem letzten Frühstück gegen Mittag Edinburgh, die königliche Endstation Ihrer Reise.

Kleiderordnung tagsüber smart casual; abends formell bis elegant

Der Briefumschlag und die Karte aus handgeschöpftem elfenbeinfarbenem Papier fühlten sich nicht nur gut an. Nein, in Kombination mit der geschwungenen, goldfarbenen Schrift waren sie auch Vorboten der Exklusivität, die die Gäste im Zug erwartete. Ein Traum wurde wahr!

Mit flinken Fingern wurde die Karte zurück in den Umschlag geschoben. Was war noch zu tun? Natürlich. So kurz vor Weihnachten machte das Shoppen in der überfüllten Londoner City zwar keine Freude, aber ein solcher Anlass schrie geradezu nach einem Ausflug in die Innenstadt. Mayfair und Knightsbridge waren gute Adressen für die benötigte Kleidung.

Genauso wie Chelsea.

Smart Casual und am Abend formell bis elegant. Da fiel die Oxford Street wohl eher weg. Leider!

Dritter Prolog

21. Dezember im Londoner Zeitungsviertel.
Kurz nach der Mittagspause.

»Setz dich, Rachel!« Ohne den Blick von seinem Bildschirm zu heben, deutete Chefredakteur Josh Adams auf die Besucherstühle vor seinem Schreibtisch. Auf beiden stapelten sich alte Ausgaben von *Get acquainted with …*, dem Hochglanz-Reisemagazin, für das Rachel seit ihrem Uni-Abschluss vor einem halben Jahr arbeitete. Bisher hatte sie allerdings nur kleinere Berichte schreiben dürfen, über die Kanalbootstouren von Little Venice zum Camden Market beispielsweise. Was sie völlig in Ordnung fand. Schließlich war sie Anfängerin und hatte viel zu lernen. In Joshs Büro war sie bisher erst ein einziges Mal bestellt worden. Und zwar zu ihrem Vorstellungsgespräch. Danach nie wieder.

Mit zitternden Händen räumte sie den linken der beiden Stühle frei, nahm Platz und bettete die schweren Zeitungen auf ihren Schoß. Warum hatte Josh nach ihr schicken lassen? Hatte sie einen Fehler gemacht? Nicht sauber recherchiert und jemand hatte sich beschwert? Rachel schluckte und warf einen sehnsüchtigen Blick durch das Glasfenster auf Sallys verwaisten Schreibtisch im angrenzenden Großraumbüro. Zu dumm, dass ihre Ressortleiterin im Urlaub war. An Sallys Seite hätte sie sich deutlich sicherer gefühlt.

Mit einem lauten letzten Tippen auf der Tastatur wirbelte Josh zu ihr herum. Er lehnte sich in seinem knarzenden Sessel zurück und verschränkte die Arme vor der Brust. Sosehr Rachel sich auch bemühte, in seinen braunen Augen zu lesen, blieb sein Blick für sie doch unergründlich.

»Hast du bis Weihnachten irgendwas Spezielles vor?«

»Ich?« Rachel tippte sich überrascht gegen die Brust. »Nein.«

»Dann hast du es jetzt! Du fährst morgen mit dem *Golden Highlander* nach Edinburgh. Wäre Sally hier, würde ich sie schicken. Aber so habe ich beschlossen, dass die Reportage deine Feuerprobe wird. Ich schubse dich ins kalte Wasser und hoffe, dass du schwimmst.«

»Ich … ähm … äh …«, stammelte Rachel irgendwo zwischen unfassbarer Freude und furchtbarer Versagensangst.

Josh kramte eine Broschüre unter seinen Papierbergen hervor und warf sie ihr zu. »Dieser Zug ist gewissermaßen die schottische Antwort auf den Orient Express. Luxus pur. Zwei Nächte, zweieinhalb Tage. Und du schreibst mir eine Reportage mit dem Titel *Menschen im Zug*. Alles klar?«

Während Rachels Augen über den Werbetext huschten, führte Josh weiter aus: »Ich will wissen, wer sich so eine kostspielige Reise leistet und warum. Dass sie teuer ist, kann ich dir versichern. Wir bekommen zwei Tickets von der Bahngesellschaft gestellt. Na ja, sie hoffen natürlich auf Werbung. Also, was ich brauche, sind Hintergrundgeschichten. Was mit Herz. Passend zu Weihnachten.«

Diesmal landeten zwei cremefarbene Fahrkarten vor Rachel auf der Schreibtischkante. Das Logo der Bahngesellschaft trat durch eine edle Hochprägung hervor. Genauso wie die Reisedaten. Illustriert wurde das Ganze durch die Zeichnung einer antiken Lok, aus deren Schornstein grauer Dampf aufstieg. Dabei rieselten dicke

Schneeflocken auf die königsblauen Waggons herab, die sich in der nächtlichen Winterlandschaft zu verlieren schienen.

»Für zwei Personen!«, betonte Josh. »Du kannst also jemanden mitnehmen.«

Da würde aber eine Luftsprünge machen!

Rachel biss sich auf die Unterlippe. Eben hatte sie noch gedacht, er würde sie wegen eines Fehlers vor die Tür setzen, und jetzt …

»Was ist? Kollidiert die Reise doch mit deinen Weihnachtsplänen?« Joshs linke Augenbraue schob sich prüfend in Richtung Haaransatz. Was das zu sagen hatte, wusste Rachel. Wenn sie diesen Auftrag ablehnte, würde Josh ihr so schnell keinen großen Bericht mehr anvertrauen.

»Unsere Eltern wohnen in Edinburgh«, erwiderte sie deswegen schnell. Denn sie wollte diesen Job haben! Zu einhundert Prozent! »Und selbst wenn …«

Josh ließ sie nicht ausreden. »Dann ab nach Hause. Geh packen! Und Rachel …« Sie hatte sich schon halb aus dem Stuhl erhoben, verharrte aber jetzt in der Luft. »Das ist eine richtig große Chance. Vermassele sie nicht!«

Kapitel 1

»Mach hinne, Rachel!«, brüllte ich meiner Schwester zu und ruckelte meinen Rucksack zurecht, während ich den voll bepackten Koffer im Slalom hinter mir herzerrte. Drei Tage vor Weihnachten platzte der Bahnhof King's Cross aus allen Nähten. Denn zu den Pendlern und den üblichen Touristengruppen schoben sich jetzt auch noch die Weihnachtsurlauber durch den vom Schneematsch glitschig-glatten Eingangs- und Ausgangsbereich.

»Hey, du, hast du einen Wunsch?«, quatschte mich unverhofft der junge Typ an, der spielbereit vor dem Klavier saß, das noch vom letzten Event übrig geblieben sein musste.

»Klar, *Coming home for Christmas*!«, rief ich ihm zu und stellte mich auf die Zehenspitzen, um nach Rachel Ausschau zu halten.

Mitten im Getümmel warf sie ihre langen braunen Haare über die Schulter. »Ich kann nicht so schnell!«, rief sie, was ich mehr von ihren Lippen ablas, als dass ich ihre Worte über den Lautsprecherdurchsagen, dem Stimmengewirr und den ersten Klavierklängen meines Wunschweihnachtssongs hätte hören können. Zur Erklärung hob sie ihren Koffer ein Stückchen an. Cross-Body hatte sie sich auch noch ihre riesengroße Shoppertasche und entgegengesetzt dazu ihre Laptoptasche umgehängt.

»Wir treffen uns am Gleis!«, signalisierte sie mir. Ich reckte einen hochgestreckten Daumen in die Luft und marschierte weiter. Denn ich konnte gar nicht schnell genug zu Gleis eins kommen. Dorthin, wo der *Golden Highlander* schon sehr bald seine Türen schließen und unter Dampf seine Jungfernfahrt antreten würde.

Ganz ehrlich, hätte ich geahnt, was uns an Bord des *Golden Highlander* erwartete, ich hätte auf dem Absatz kehrtgemacht und wäre schneller aus dem Bahnhof verschwunden, als du Schlittschuhfahrt sagen kannst. Was als nostalgische Fahrt in friedliche Weihnachtsferien geplant war, jagt mir nämlich noch heute einen eiskalten Schauer über den Rücken. Und gerade darum schreibe ich hier die Ereignisse genau so auf, wie sie geschehen sind.

Eigentlich wäre das Rachels Job, aber aus unterschiedlichen Gründen ist es besser, wenn ich ihn übernehme. Zum einen hat sie wegen der Sache mit ihrem Fuß viele Dinge nur aus zweiter Hand erfahren und zum anderen würde sie lieber ein Sandwich mit Zahnpasta und Senf essen (ihre Worte), als alles noch mal durchleben zu müssen.

Here we go! Ich, Millie McEwan, sechzehn Jahre und Rachels fünf Jahre jüngere Schwester, bin also deine Chronistin und deshalb musst du dich auf mein Wort verlassen.

Okay, also: Rachel und ich reisen mehrmals im Jahr von London nach Edinburgh und wieder zurück. Allerdings mit der National Rail und nicht im dekadenten Luxuszug. Unsere Eltern leben nämlich in Edinburgh, wo sie eine kleine Schneiderei für schottische Kilts betreiben. Weil Rachel aber in London arbeitet und ich dort zur Schule gehe, teilen wir uns ein winziges Appartement in Notting Hill. Und genau dort, an unserem kleinen Küchentisch hatte sie mir am Abend des einundzwanzigsten Dezembers ein Weihnachtsgeschenk gemacht, das mir den Atem nahm. Die Jungfernfahrt mit dem *Golden Highlander!* Dem modernsten, elegantesten, nostalgischsten und auch teuersten aller Luxuszüge. Angeblich kann er es sogar mit dem legendären *Orient Express* aufnehmen. Wenn man den Berichten und der Werbung glauben darf. Wie ein Känguru bin ich durch unsere Küche gehopst, bis die Nachbarn von unten mit dem Besenstil gegen die Decke gewumst haben. Na ja, gut, die hatten ja auch keine Ahnung!

So eine Reise ist für Millionäre gedacht, für richtig reiche Menschen und nicht für die Millies dieser Welt. Für die bleibt normalerweise nur der Traum.

Normalerweise! Und genau deshalb wollte ich jetzt, circa zwölf Stunden später, die Spannung bis zum Äußersten ausreizen und legte die letzten Meter mit gesenktem Blick zurück. Mein Herz wollte mir fast aus der Brust hüpfen, als das Schnauben der wartenden Dampflok mit jedem Schritt lauter an meine Ohren dran. Trotzdem schaute ich nicht auf, sondern drehte mich kurz vor dem Gleis auch noch zur Seite weg. Schließlich lag eine Once-in-a-Lifetime-Reise vor mir und dann auch noch ausgerechnet zu Weihnachten! Der schönsten Zeit des Jahres! Wenn der Schnee von Cornwall bis zu den Hebriden ganz England und Schottland mit einem Hauch Magie bestäubt. Wenn die bunt geschmückten Weihnachtsbäume, Kerzen und Laternen verheißungsvolles Licht ins Dunkel tragen. Wenn die Menschen näher aneinanderrücken. Wenn die Carol Singers …

»Eine Durchsage für Gleis eins. Der *Golden Highlander* steht dort zur Abfahrt bereit. Die Passagiere werden gebeten, sich unverzüglich einzuchecken!«, riss mich eine scheppernde Durchsage aus meinen Puderzuckerträumen.

»Bin ja schon so gut wie da!«, hörte ich Rachel hinter mir hecheln.

»Puh, dann wollen wir mal!«, keuchte sie, stellte sich neben mich und wischte sich den Schweiß von der Stirn.

»Ist das wirklich wahr?«, wisperte ich aufgeregt. Mein Herz drohte jeden Moment aus meiner Brust zu springen. »Wir steigen gleich in den *Golden Highlander*?«

»Kommt ganz drauf an, wie lange du noch hier herumstehen willst!«, grinste meine Schwester und zog ihre sommersprossige Nase kraus.

»Keine Sekunde länger!« Es war so weit. Ich kniff die Augen zu, drehte mich in Richtung Gleis eins und krallte meine Finger in den Ärmel von Rachels dicker Winterjacke.

»Nun schau schon hin!« In Rachels Stimme schwang die Vorfreude auf meine Begeisterung mit.

»Oh, mein Gott!« Ein wohliger Schauder lief mir über den Rücken. Da war dieser dunkelrote Teppich vor unseren Füßen. Parallel zu den königsblauen Waggons des *Golden Highlander* ergoss er sich über den Bahnsteig, bis er sich weiter hinten im Dampf der altmodischen Lok verlor. All das schrie nach Nostalgie, nach einem Märchen aus den Zwanzigerjahren. Nach Frauen mit knieumspielenden Kleidern, langen Perlenketten und Bubi-Köpfen. Und es wisperte leise: »Eigentlich ist das alles viel zu vornehm für dich.« Ich fand es mega.

»Kannst du mich mal kneifen?«, fragte ich und schob meinen Jackenärmel hoch, damit Rachel es leichter hatte.

Doch meine Schwester reagierte nicht.

Eine Gruppe aus Kamerafrau, Tonassistent und Reporterin, die hinter zwei sehr offiziell aussehenden Herren die Stufen eines Waggons hinabstiegen, hatten ihre Aufmerksamkeit erregt.

»Die Kollegen vom Fernsehen sind also auch am Start.« Rachel schluckte schwer.

»Hast du etwas anderes erwartet? Die Jungfernfahrt von so einem Luxuszug ist doch auch ein krasses Event«, gab ich zurück. »Darüber berichten Funk, Fernsehen, das Internet – und du!«

Mit kraus gezogener Nase sah Rachel dabei zu, wie sich das TV-Team von den beiden Herren verabschiedete.

»Und das macht mich ein bisschen nervös!«, gestand sie und fasste sich mit der Hand um den Hals, als wollte sie sich selbst erwürgen.

»Wenn ich das schon wieder höre!« Theatralisch sandte ich einen Hilfe suchenden Blick zur gewölbten Bahnhofsdecke hinauf. »Es ist doch wie früher bei deinen Klausuren. Erst hast du Manschetten und dann kassierst du doch ein dickes Lob! Ich schwöre dir, dass es auch diesmal so sein wird.«

Das sagte ich nicht einfach so, sondern weil es die reine Wahrheit war. Rachel hatte vielleicht noch nicht viel Berufserfahrung, aber sie war eine sehr gute und sehr talentierte Journalistin! Nur bekam sie regelmäßig Angst vor der eigenen Courage.

Die TV-Crew beäugte uns interessiert, als der Mann und die Frauen gut gelaunt an uns vorübereilten.

* * *

Die beiden offiziell aussehenden Herren warteten jetzt vor dem Waggon, aus dem sie eben gestiegen waren. Der Mann im tressenbesetzten dunkelblauen Jackett studierte konzentriert sein Klemmbrett. Unter Garantie war er ein Schaffner. Dem hochgewachsenen Mann im schwarzen Mantel, Schal und Lederhandschuhen konnte man schon von hier aus ansehen, dass er irgendwie wichtig sein musste. Fröstelnd schlang er seine Arme um sich, bis etwas seine Aufmerksamkeit erregte. Ich folgte seinem Blick. Etwas abseits des dunkelroten Teppichs stand eine zierliche alte Frau. Ihr schäbiger brauner Mantel sah nicht so aus, als ob er sie wirklich bei den frostigen Temperaturen wärmen könnte. Und auch der Hut auf ihrem Kopf hatte schon viel zu viele Jahre auf dem Buckel. Gerade weil sie so verhärmt aussah, passte sie so gar nicht zu dem Luxuszug, den sie mit großen Augen bestaunte.

Wenn der hochgewachsene Mann das Gleiche dachte wie ich, ließ er es sich nicht anmerken. Ganz im Gegenteil. Mit einem strahlenden Lächeln ging er zu ihr rüber. Gentlemanlike bot er ihr seinen linken Arm als Stütze an, während er mit der rechten Hand ihren verbeulten Koffer anhob. Dankbar hakte sich die alte Dame bei ihm unter.

»Hast du unsere Tickets?« Hektisch ließ Rachel ihre Umhängetasche auf den Boden plumpsen. Sie ging auf die Knie und wühlte darin herum.

»Du hast sie vorhin ins Reißverschlussfach gesteckt«, erinnerte ich sie.

»Stimmt!«, murmelte Rachel und zerrte den bockigen Reißverschluss auf. Erleichtert pustete sie sich die freche braune Haarsträhne aus den Augen. »Puh, ich dachte schon …«

»Ich glaube, du brauchst dringend einen Tee!«

»Einen riesengroßen Pott. Stark und schwarz!« Rachel rappelte sich wieder auf die Füße hoch. »Komm, lass uns einchecken!«

Als ich mich nach der alten Dame umsah, verschwand ihr schäbiger brauner Mantel gerade im Zug.

Kapitel 2

»Benjamin Frost, Vorstandsvorsitzender der Eisenbahngesellschaft!« Der hochgewachsene Herr zog den schwarzen Lederhandschuh von seiner rechten Hand und streckte sie uns entgegen. Er strahlte so stolz wie ein Honigkuchenpferd. Aus der Broschüre, die Rachel aus der Redaktion mitgebracht hatte, wusste ich, dass der Luxuszug seine persönliche Idee gewesen war. In das Design waren viele seiner Vorstellungen eingeflossen. Er hatte den Vorstand davon überzeugt, dass es sich lohnen würde, Millionen Pfund in das ehrgeizige Projekt zu stecken. »Ich heiße Sie aufs Herzlichste an Bord des *Golden Highlander* willkommen! Sie müssen Rachel McEwan und Sie ihre Schwester Millie sein.«

Rachel und ich nickten und schüttelten nacheinander seine Hand. Der Mann hatte seine Hausaufgaben gemacht.

»Wir freuen uns sehr, hier sein zu dürfen!«, versicherte Rachel ihm ganz professionell. Dass ihr das Herz bis zum Hals schlug, merkte man ihr nicht eine Sekunde an.

»Und wie!«, betonte ich.

»Ich bin schon sehr gespannt auf Ihre Reportage, Ms McEwan. Darf ich Ihnen unseren Chef-Steward, Mr Robert Lory, vorstellen?« Er deutete auf den Herrn neben sich, der majestätisch seinen Kopf neigte. »Mein Team und ich sind für die Dauer Ihrer Reise für Ihr Wohlbefinden und die Erfüllung Ihrer Wünsche zuständig. Bitte zögern Sie nicht, uns anzusprechen!«

In seinem Großvaterlächeln lag das Versprechen, für jedes Problem eine Lösung parat zu haben.

»Heißt das, ich könnte mitten in der Nacht Zimteis mit Lebkuchen und Schlagsahne bestellen?« So einen Luxus konnte ich mir noch nicht mal im Traum vorstellen.

»Millie!« Rachels Kopf wirbelte zu mir herum.

»Ich frage doch nur«, verteidigte ich mich schulterzuckend. »Ich habe ja nicht gesagt, dass ich das wirklich vorhabe.«

»Eine unserer leichtesten Übungen, Ms McEwan«, lachte Mr Frost. »Was immer Ihr Herz begehrt. Egal zu welcher Uhrzeit.«

»Gut zu wissen!«, grinste ich breit. Wow, einmal Prinzessin sein!

Geschäftig ließ Mr Lory auf der Suche nach unseren Namen seine Augen über das Klemmbrett in seiner Hand wandern.

Bei genauerem Hinsehen entpuppte sich dieses als sehr modernes Tablet, das sich in einer Holzhülle versteckte. Neugierig stellte ich mich auf die Zehenspitzen und versuchte durch die Mattglasscheiben ins schwach beleuchtete Innere des Waggons neben uns zu linsen. Verschwommenes Rot. Verschwommenes Grün. Mehr war nicht zu erkennen. Wo ich mich gerade schon so reckte, drehte ich mich auch noch schnell in die Richtung um, aus der wir eben das Gleis betreten hatten. Kurz leuchtete in der Menge ein roter Haarschopf auf und prompt setzte mein Herz einen Schlag aus. Scott? Ich will auf den Idioten nicht mehr Platz verschwenden als unbedingt nötig. Daher hier nur die Kurzversion: Scott und ich sind in einem Jahrgang und vor ein paar Wochen hatte ich mich in ihn verliebt. In die Art, wie er mich mit seinen ozeanblauen Augen anguckte und sich dabei lächelnd durch seine roten Locken fuhr. Davon wurden meine Knie so weich wie Wackelpudding. Ich stand voll drauf, dass er ruhig und ernst, aber dann auch wieder mega witzig sein konnte. Stundenlang haben wir an der Themse gesessen,

Kaffee getrunken und geredet: über Bücher, den Brexit, Umweltschutz und wie es nach der Schule weitergeht. Wir haben auch getanzt. Oh, ja! Abends um zehn vor der Tate Modern, zu der Musik eines Straßenmusikanten. Alles war so perfekt! Bis zu dem Satz, mit dem Scott alles kaputt gemacht hat: »Mensch, Millie, du bist der beste Kumpel, den ich mir vorstellen kann!«, hat er gesagt. »Mit dir kann ich einfach über alles quatschen.« Dann hat er mir freundschaftlich auf die Schulter geklopft und mit diesem Wahnsinnsblick ergänzt: »Sag mal, du kennst doch Blair? Meinst du, ich hätte bei ihr Chancen? Könntest du da mal vortasten?«

Patsch! Wow!

Heute Abend stieg bei ihm eine Weihnachtsparty. Meine beste Freundin Susan hatte mich eigentlich dazu überredet, hinzugehen. Obwohl Blair auch da sein würde. Susan hatte gemeint, die Pflastermethode sei in solchen Fällen die beste. Einmal kurz und schmerzhaft und gut ist. Da kam mir unsere Reise mit dem *Golden Highlander* doppelt recht. Sie war die perfekte Ausrede, damit ich mir das Drama doch nicht angucken musste. Also hatte ich Scott noch gestern Abend per WhatsApp abgesagt und ganz nebenbei erwähnt, dass ich heute früh um neun mit dem *Golden Highlander* nach Edinburgh fahren würde. Und jetzt? War er gekommen, um … Was, Millie? Dich charmant anzulächeln und dir zu sagen, dass er nicht mehr in Blair verliebt ist? Dass er erkannt hat, dass du seine große Liebe bist? Never ever!

Flieg, Schmetterling! Ich nehme dich nicht mit auf meine Traumreise!

»Da haben wir Sie ja.« Mit einem Fingertipp hakte Mr Lory uns auf seiner Liste als eingecheckt ab. »Waggon Nummer drei.« Mit ausgestrecktem Daumen deutete er hinter sich. »Sie haben die Waverley Suite. Darf ich Ihnen mit dem Gepäck helfen lassen?«

Ohne unsere Antwort abzuwarten, schnippte Mr Lory mit den Fingern und rief ein knappes: »James?«

Nichts.

»James!« Mr Lory räusperte sich betont laut und endlich schlenderte ein junger Typ in dunkelblauer Uniform die Stufen zu unserem Waggon herunter. Ohne jede Eile rollte er ein Heftchen zusammen und schob es sich in die Gesäßtasche.

»Yepp!«, schmatzte er.

Ich musste unwillkürlich grinsen.

»James, bitte! Wir sind hier nicht auf dem Pausenhof!« Mr Lory zog seine angegrauten Augenbrauen zusammen wie Gewitterwolken. Das schien wohl so eine Art Alarmsignal zu sein. Denn plötzlich ging ein Ruck durch James. Schuldbewusst straffte er die Schultern und klemmte eine goldene Haarlocke hinter sein niedlich kleines Ohr. Gleichzeitig parkte er den Kaugummi in seiner linken Wangentasche. So hatte unsere Mutter im letzten Sommer ausgesehen, als sie von einer fiesen Zahnentzündung gequält wurde. »Entschuldigung. Ich meinte natürlich: Was kann ich für Sie tun, Mr Lory?« Die Hände auf dem Rücken verschränkt verbeugte er sich vor uns.

Auf dem Gesicht des Chef-Stewards breitete sich Zufriedenheit aus. »Trag das Gepäck von den Mses McEwan in die Waverley Suite.«

»Selbstverständlich, Mr Lory! Stets zu Diensten, Mr Lory!«, leierte James gut gelaunt, schnappte sich Rachels Koffer und schaute dann mich fragend an.

»Kein Problem, das schaffe ich allein«, versicherte ich ihm.

»Selbst ist die Frau!«, grinste er und kniff ein Auge zu. Großmäulig, aber nicht unsympathisch!

»Und dann kommst du bitte ohne Umwege wieder zurück«, stöhnte Mr Lory.

»Selbstverständlich, Mr Lory! Stets zu Diensten, Mr Lory!«, trällerte James leise vor sich hin.

»Schluss jetzt!«

»Selbstverständlich, Mr Lory! Stets zu Diensten, Mr Lory!«

Der Chef-Steward gab alles, um sich das Grinsen zu verkneifen.

Das kreisrunde putzige Hütchen, das James mit einem Gummiband unter seinem Kinn befestigt hatte und das die glitzernde Aufschrift *Golden Highlander* trug, wackelte gefährlich, während er uns schwungvoll vorausstiefelte.

Gerade wollten Rachel und ich hinter ihm in den Waggon klettern, als sich eilige Schritte näherten.

»Da bin ich!«, rief eine Stimme, die mir irgendwie bekannt vorkam. Was seltsam war. Wen kannte ich schon, der sich den *Golden Highlander* leisten konnte?

Plötzlich ließ ein süßliches Parfum meine Nase jucken.

»Ihr wart doch hier fertig, oder?« Eine junge Frau mit einer sehr schicken und wahrscheinlich auch wahnsinnig kostspieligen Handtasche über der Schulter trat zu Mr Lory, schaute uns aber an. Sie war so stark geschminkt, dass ich ihr Alter beim besten Willen nicht schätzen konnte.

»Oh, bitte passen Sie doch mit meinen Koffern auf!«, bat sie den Gepäckträger. Der nuschelte eine Entschuldigung und hob eilig ihren Schminkkoffer auf, um ihn ganz vorsichtig wieder auf den Gepäckstapel auf seinem Wagen zu legen. Wenn ich von dem makellosen Gemälde ausging, das sie aus ihrem Gesicht erschaffen hatte, dann war da sehr viel Spachtelmasse drin.

»Die sind von Louis«, informierte sie uns entschuldigend.

Louis Vuitton! Ich wusste, dass so ein Koffer mehr kostete als die Miete für unser Appartement.

Woher kannte ich diese junge Frau nur? Die langen schwarzen

Haare mit der weißen Strähne, die unter ihrer (hoffentlich) Fake-Fellmütze hervorflossen wie ein Wasserfall. Der knallrote Mund. Dieses Lächeln, das ihr niedliche Grübchen auf die Wangen zauberte. Blöd nur, dass ihr halbes Gesicht hinter der riesigen Sonnenbrille versteckt blieb. Aber mir würde schon noch einfallen, wer sie war.

Zwei Schritte und drei Sekunden später hatte ich das Hier und Jetzt verlassen und war um circa hundert Jahre in der Zeit zurückgereist: in die Zwanzigerjahre des letzten Jahrhunderts, die Roaring Twenties. Bilder von Champagner-Partys und wilden Charleston-Tänzen zuckten vor meinem inneren Auge auf. Ich legte den Kopf zurück und schnupperte. So duftete also die Welt der Reichen und Schönen. Nach frischem Holz, Lack und verheißungsvollen Möglichkeiten. Vor mir lag der schmale Gang des Schlafwagens. Er war mit einem Teppich im Tartan-Muster ausgelegt – rot, dunkelgrün und beige – und erinnerte mich stark an den Tartan der ehemaligen schottischen Fürstenfamilie Stuart. Tja, so etwas lernt man, wenn die Eltern mit schottischen Kilts ihr Geld verdienen.

Ich wusste gar nicht, wohin ich zuerst schauen sollte. Zum Tannengrün mit den roten Weihnachtskugeln, das die Fenster zum Bahnsteig hin so schön weihnachtlich schmückte? Oder verdiente das edel lackierte dunkle Holz der Wandvertäfelung und Abteiltüren mit ihren geometrischen Intarsien eher meine Aufmerksamkeit? Und dann diese funkelnden Kristalllampen! In regelmäßigen Abständen warfen sie ihren glanzvollen Schein in unzähligen Lichtquadraten auf den Teppich. Dieser ganze Überfluss ließ mich an Fitzgeralds krassen Roman *Der große Gatsby* denken.

Ein Klacken riss mich aus meinen Überlegungen. Ungefähr auf der Mitte des Ganges hatte James eine Abteiltür aufgeschlossen.

Jetzt trat er mit einer Verbeugung zur Seite, um Rachel den Vortritt zu lassen. Ich stürmte los. Wenn der Gang schon so mega war, wie krass mochte dann erst unsere Suite aussehen?

Ich hörte James noch was von wegen »Das Frühstück wird im Speisewagen serviert« sagen, dann flog ich schon an ihm vorbei und rein in unser Abteil. Mir blieb das Herz stehen. So wow-schön war noch nicht mal meine Traumvorstellung gewesen. Ich hätte vor Freude in die Luft springen können. Nur wie um alles in der Welt sollte ich mich die nächsten drei Tage in dieser Luxussuite der Extraklasse bewegen, ohne ständig Angst haben zu müssen, Tee auf das Polster des hellen Zweier-Sofas oder den dazugehörigen Sesseln zu verschütten? Versehentlich eine Kerbe in die Holzvertäfelung zu hauen oder Schokoladenflecken auf der Seidenbettwäsche des französischen Doppelbettes zu hinterlassen? Ich wollte gar nicht wissen, wie viele Nullen die Summe hatte, die Mr Frosts Bahngesellschaft für diese Innenausstattung auf den Tisch hatte legen müssen. Alles jenseits vom Ikea-Billy-Regal überstieg meine Vorstellungskraft und das hier was so was von jenseits ... Der Hammer!

Dieses großzügige Abteil mit dem cremefarbenen Teppich, den vier breiten, mit grauen Edel-Rollos versehenen Fenstern, der kleinen Kommode und dem Tisch mit den zwei nostalgischen Stühlen hatte nichts, aber auch absolut gar nichts mit dem zu tun, was ich von der National Rail oder sonst wo gewohnt war.

»Ziemlich abgefahren!«, nickte James, dem mein staunender Blick auffiel. »Ich komm mir immer noch wie im Traum vor. Aber das Unvorstellbare ist doch, dass es echt Leute gibt, für die so was völlig normal ist.« Ich folgte seinen Augen, die unser Gepäck abscannten. Dann hob er die Schultern, als wollte er seufzen: Zu denen gehört ihr ganz offensichtlich nicht. Mit dem Finger unter seinem Hutbändchen sagte er dann laut und vernehmlich: »Eines

Tages wird es das auch für mich sein. Ich habe vor, unglaublich reich zu werden. Und zwar mit meiner eigenen Hotelkette. Wie die Hiltons. Nach meinem Fünf-Jahres-Plan sollte ich, bevor ich an der dreißig kratze, mein Ziel erreicht haben.« Im Plauderton setzte er hinzu: »Ihr seid also auch aus beruflichen Gründen hier, richtig?«

»Ich bin Journalistin und schreibe an einer Reportage für *Get acquainted with …*«, antwortete Rachel, während sie ihre Laptoptasche mit schmerzverzerrtem Gesicht von ihrer Schulter nahm. »Wir sind Gäste von Mr Frost.«

»Ah, cool! Und du bist demnach die Starfotografin?«, wandte er sich an mich. Doch bevor ich auch nur den Mund aufmachen konnte, schlug er sich mit der Hand gegen die Stirn. »Ach. Ehe ich es vergesse … Handys, Tablets, Fotoapparate, alles, womit Bild oder Ton aufgezeichnet werden können, geht gesammelt an mich.« Er streckte uns die flachen Hände entgegen. »Am Ende der Reise kommt alles retour, wenn ich es nicht vorher auf Ebay verscherbelt habe. Scherz!«

»Nicht Ihr Ernst!« Der entsetzte Ausruf war weder von Rachel noch von mir gekommen, sondern aus dem Gang.

»Ich bin Influencerin. Wissen Sie eigentlich, was das heißt? Ich brauche mein Handy für meinen Job!«

Jetzt war bei mir der Groschen gefallen.

»Gigi Doe! Das da draußen ist Gigi Doe!«

»Gigi wer?« Es hätte Rachel nicht weniger interessieren können.

Dafür leuchteten James' Augen begeistert auf. »Echt jetzt? Wie cool ist das denn? Ich liebe ihre Backshow.«

»Ich auch!«, stimmte ich ihm begeistert zu.

»Hast du die mit Ed Sheeran gesehen?« James geriet ganz aus dem Häuschen. »Als Ed diese widerlichen Pizzabrötchen gemacht hat.«

»Oh, die waren echt fies!«

»Was war da drin? Ähm … ah, ja, ich hab's gleich. Genau: Wurst, Schokocreme, Schimmelkäse und Senf. Gigis Gesicht war zum Piepen, als sie das Zeug probiert hat. Ich hab schon gedacht, sie spuckt ihm das im Schwall vor die Füße!«

»Das ist ja alles wahnsinnig interessant!«, wandte Rachel sich kopfschüttelnd an James. »Aber könnten wir mal kurz über meinen Rechner sprechen? Den brauche ich nämlich für meine Arbeit. Deshalb macht Mr Frost für mich bestimmt eine Ausnahme.«

»Und ich bin für heute Abend zum Chatten verabredet. Wie soll das ohne Handy gehen?« Was zwischen Scott und Blair auf der Party lief, wollte die Masochistin in mir natürlich wissen. Obwohl Susan mir angedroht hatte, dass sie nicht ans Handy gehen würde. Schließlich sollte ich die Reise genießen und sie mir nicht von einem mit Blindheit geschlagenen Vollpfosten versauen lassen. Ihre Worte!

James zog die Augenbraue hoch. »Lass deinen Typen ruhig mal ein wenig zappeln. Sehnsucht ist der Schlüssel zu einer glücklichen Beziehung.« Das Kerlchen war ganz schön frech. Und dass das eine Falle war, sah ich ihm an der Nasespitze an. Trotzdem tat ich ihm den Gefallen und antwortete: »Ich habe keinen Freund. Ich will mit meiner besten Freundin chatten. Wenn du es genau wissen willst.«

»Freut mich zu hören!«, grinste James, pulte seinen Kaugummi aus der Backe und schob mit dem Zeigefinger sein Hütchen schief. Dann wandte er sich Rachel zu.

»Hey, sorry, echt jetzt. Aber es gibt keine Ausnahmen. Das hat der Boss ziemlich klargemacht. Natürlich könnten Sie mit ihm sprechen, aber da werden Sie mit ziemlicher Sicherheit auf Granit beißen. Vorschlag: Was ist denn aus der guten alten Notizblock-Stift-Kombi geworden, hmm?«

Eine lockere Frage und Rachels Gesicht hellte sich auf.

»Na, bitte! Geht doch! Back to the roots. Früher war eh alles besser!«

»Nur interessehalber: Warum müssen wir das alles abgeben, James?«, wollte ich dann aber doch wissen.

»Ganz einfach, Schönheit. Damit die Illusion der Zwanzigerjahre nicht zerstört wird. Der *Golden Highlander* ist technisch auf dem neuesten Stand«, erklärte uns James. Für meine Ohren klang das ziemlich auswendig gelernt. »Höchstmöglicher Komfort. Höchste Sicherheitsstufe. Aber das soll es dann auch gewesen sein. Wir verkaufen hier den Traum von der guten alten Zeit. Und den wollen wir doch nicht platzen lassen! Okay?« Tatendurstig rieb er sich die Hände. »Wenn das alles war, mache ich mich schnell wieder auf die Socken. Sonst reißt Mr Lory mir am Ende noch den Kopf ab. Ich komme später zurück, um eure leeren Koffer in den Gepäckwagen zu bringen. Man sieht sich.«

Kapitel 3

»Ach, ich bin so froh, dass wir diese Reise zusammen machen!« Als letztes Kleidungsstück nahm Rachel eine Bluse aus ihrem Koffer und hängte sie in den Schrank. »Das wird alles ganz großartig werden, Millie. Ein einmaliges Erlebnis, von dem wir noch unseren Enkelkindern erzählen werden!«

»Was redest du denn da? Ich bin dir dankbar, dass du mich mitgenommen hast!« Mit ausgebreiteten Armen raste ich auf meine Schwester zu und drückte sie so fest an mich, dass es fast schon wehtat.

»Das stand doch wohl außer Frage«, hechelte sie lachend. Und außerdem …«, fuhr sie fort, nachdem ich meinen Würgegriff gelockert hatte, »hätte ich etwa Paul einpacken sollen?« Mit einem Kopfschütteln beantwortete sie sich ihre Frage selbst. »Ich liebe diesen Nerd wirklich sehr. Aber er ist und bleibt eine Laborratte. Ohne seine Tiegelchen und Phiolen ist er nicht glücklich. Das wäre artfremde Haltung und insofern Verschwendung gewesen. Puh! Ich weiß ja nicht, wie es dir geht, aber ich habe einen mordsmäßigen Hunger! Ich verschwinde nur noch mal schnell ins Bad, dann können wir los.«

»Ich warte auf dich!«, versprach ich, schlenderte zu unserem Bett hinüber und ließ mich mit weit ausgebreiteten Armen wie ein Schneeengel auf die weiche Matratze fallen. Himmlisch! Und weil ich es immer noch nicht glauben konnte, dass ich, Millie McEwan, wirklich und wahrhaftig Passagierin des *Golden Highlander* war, kniff ich mich herzhaft in den Unterarm. Au! Jetzt hatte ich Gewissheit. Ich war hellwach und lag tatsächlich in dieser sagenhaften Suite, die nobel genug für eine Königin gewesen wäre.

Während ich mir mit der Hand über die gerötete Stelle an meinem Unterarm rieb, lauschte ich auf die Geräusche des Zuges. Immer wieder waren auf dem Gang Schritte zu hören. Fröhliches Geschnatter und ausgelassenes Gelächter wie auf einer Klassenfahrt.

»Bin ich froh, dass ich das nicht selbst bezahlen muss. Sonst stünde morgen in der Sun: *Staatssekretärin veruntreut Steuergelder für Luxusreise* oder wahlweise: *Stopfen wir unsere Staatsdiener wie die Martinsgänse?*«

»Wie viel Kohle Madelyn mit ihrer Kocherei verdienen muss! Hätte ich das geahnt, hätte ich mir das Studium gespart.«

»Entschuldigung, könnte wohl jemand dieses Wollknäuel aus meinem Abteil entfernen? Mein Prada-Mantel ist keine Hundedecke!«

»Oh, je. Er ist so schrecklich neugierig. Alles muss er inspizieren. Stratford, komm her! Jetzt!«

Stratford?

Eine zuschlagende Tür vergrub das Geschnatter, bis sich wenig später eine männliche Stimme auf dem Gang näherte. »Der Zug ist echt beeindruckend. Meine Güte! Ich hoffe aber trotzdem, dass wir während dieser Reise auch mal Zeit nur für uns finden, Madelyn, Liebling. … Ah, hier. Da sind wir ja schon. Nummer vier. Die Abington Suite … Du weißt ja, dass ich mir unser erstes gemeinsames Weihnachtsfest als verheiratetes Paar ganz anders vorgestellt hatte. Nur wir beide. Ganz allein.«

»Ach, Alistair, Darling, du bist so süß romantisch! Mit ein Grund, warum ich dich sooo sehr liebe!«, antwortete ihm eine schwärmerische Frauenstimme. Aber erst nach einer kurzen Pause, die mich schmerzhaft vermuten ließ, dass sie einem sehr leidenschaftlichen Kuss geschuldet war. »Vielleicht haben wir ja noch etwas Zeit bis zum Frühstück!«

»Wenn dieser James nicht zu lange mit unseren Koffern herumtrödelt«, grummelte Alistair und ich beschloss, dass ich genug gehört hatte. Ich rollte mich vom Bett und betrachtete mein Spiegelbild in der Fensterscheibe.

Weil Josh Rachel gewissermaßen um fünf vor Zwölf mit der Reportage beauftragt hatte, war uns keine Zeit geblieben, um uns mit passenderen Klamotten einzudecken als denen, die unsere Kleiderschränke hergaben. Für teure Sachen fehlte uns sowieso das Geld und Fast-Fashion kam aus Umweltschutzgründen auch nicht infrage. Deshalb war es ein Segen, dass Rachel mit der Nähmaschine umgehen konnte wie keine Zweite. Achtzig Prozent meiner Sachen hatte sie genäht. Zehn hatte ich gehäkelt oder gestrickt. Zehn stammten von *Style and Frenzy*, einem Second-Hand-Shop in Camden. Konnten wir trotzdem mit den mega teuren Marken-Outfits der meisten anderen Reisenden in diesem Zug mithalten? Ich fand meinen Knöchel umspielenden Plisseerock in blassem Weinrot ebenso schick und außerdem war er liebevolle Handarbeit, wie auch die mega lange Fake-Perlenkette und das schwarze Cloche-Häkelhütchen auf meinem kurzen blonden Bob. Nur den cremefarbenen Pullover hatte ich in Camden erstanden. Der war Marke und spottbillig gewesen. Ich fühlte mich wunderschön und voll Twenties.

Rachel und ich waren schon auf dem Weg in den Speisewagen, als ein Ruck durch den Zug ging und uns beide gegen die Wand stolpern ließ. Fast gleichzeitig schepperte eine Durchsage über den Bahnsteig: »Der *Golden Highlander* ist jetzt zur Abfahrt bereit. Wir wünschen ihm und seinen Gästen eine unvergessliche Jungfernfahrt! Bitte treten Sie von den Türen zurück!« Wie zur Bekräftigung stieß die Lok einen langen, schrillen Pfiff aus und setzte sich in Bewegung. Das Sch-tatata der Räder wurde immer rhythmischer und schneller. Der Zug rollte aus dem Bahnhof und hinein in den wirbelnden Schnee, der in dicken Flocken vom Himmel fiel. Ich schloss kurz die Augen, um mir diesen Moment in mein Gedächtnis einzuprägen. Wie ein Foto, das man in ein kleines Schatzkästchen legt, um es immer dann wieder hervorzuholen, wenn man sich an etwas Schönes erinnern will.

Der verführerische Duft von gebratenem Speck, Baked Beans und frisch aufgebrühtem Kaffee gemischt mit etwas sehr Süßlichem stieg mir in die Nase, als James uns vorbei an den Zweier- und Vierertischen über den schmalen Mittelgang zu unseren Plätzen im Speisewagen führte. Schritt für Schritt war der süßliche Duft intensiver geworden. Hier am Tisch überdeckte er alles andere.

»Darf ich die Damen einander vorstellen?« Mit der Serviette in der Hand machte er eine Bewegung, die die zwei Frauen, die bereits an unserem Tisch saßen, und uns mit einschloss. Die beiden waren keine Unbekannten. Die eine war die alte Dame, die wir auf dem Bahnsteig gesehen hatten. »Mrs Rose Smith«, stellte James sie vor. Als sie uns freundlich zulächelte, konnte ich gut die tiefen Falten in ihrem Gesicht erkennen, die das Leben dort hineingegraben hatte. Sie waren ein Mix aus Lach- und Sorgenfalten. Ich fand sie wunderschön. Roses abgetragener Mantel hatte gut versteckt, wie gebrechlich sie schon war. Und von dem Platz neben ihr lächelte uns Gigi Doe entgegen. Jetzt wusste ich auch, woher der süße Geruch kam. Es war ihr Parfum.

»Hey, wie cool, wir kennen uns doch schon!«, sagte sie und strich sich mit ihren langen roten Kunstfingernägeln durchs Haar. Ohne ihre große Sonnenbrille erkannte ich sie sofort.

»Und das hier sind die McEwan-Schwestern«, sagte James, als er, ganz Gentleman, einen mit dunkelgrünem Samt bezogenen Stuhl nach dem anderen für uns vom Tisch abrückte. »Rachel ist Journalistin und Millie … ich schätze …« Kurz warf er mir einen prüfenden Blick zu. »Schülerin und Hobbymodel.«

»Was? Nein. Quatsch! Ich bin doch kein Model«, winkte ich ab. Unwohl rutschte ich auf die Stuhlkante vor. Obwohl mir sein Kompliment schon runterging wie Öl.

»Was darf ich euch denn bringen?«, erkundigte sich James und wartete geduldig, bis Rachel und ich die Speisekarte studiert und ihm unsere Wünsche mitgeteilt hatten. Dann ging er.

»Für welche Zeitung schreibst du denn, Rachel?«, erkundigte sich Gigi und nahm ihr Besteck auf. Noch bevor meine Schwester antworten konnte, wandte sie sich der alten Dame zu. »Spannend, oder, Rose?«

»Ja, sehr!«, pflichtete die ihr bei. Ihre blauen Augen leuchteten aufmerksam. »Wenn wir nicht aufpassen, schreibt sie noch über uns.«

»Jaaa.« Rachel nickte zögerlich. »Das könnte schon sein. Mein Chefredakteur von *Get acquainted with* … hat mich in der Tat losgeschickt, um eine Reportage über die Menschen zu schreiben, die ich hier im Zug treffe.«

»Na, Mrs Smith, wie sieht es aus? Würden Sie gerne den Anfang machen?« Auch wenn Rachel mich jetzt völlig überrumpelt ansah, würde sie mir später dankbar sein. Seien wir doch mal ehrlich. Mit welchen Leuten hatten wir denn in diesem teuren Luxuszug zu rechnen? Mit reichen, luxusverwöhnten und möglicherweise sehr arroganten Exemplaren. Mit Menschen, die sich jeden Tag an so einen prächtig gedeckten Tisch mit strahlend weißer Decke, blank poliertem Silberbesteck, funkelnden Kristallgläsern und hauchdünnem Porzellan setzten. Dass Mrs Smith mit keinem silbernen Löffel im Mund geboren worden war, verrieten ihre Kleidung und die übervorsichtige Art, mit der sie das Besteck hielt. Als hätte sie Sorge, es zu zerbrechen. Dazu kam noch das gütige Lächeln, hinter dem sich garantiert keine zickigen Allüren verbargen.

»Nenn mich ruhig Rose, Herzchen«, bot mir die alte Dame prompt sehr höflich an. »Ach, ich weiß nicht, ob ich so interessant bin, dass die Leute über mich lesen wollen«, sagte sie bescheiden und nahm ihr Strickkörbchen vom Tisch herunter, weil James mit unserem Frühstück kam. Bei den zierlichen Porzellanengelchen und den Tannenzweigen, die jedes Gedeck so hübsch umrahmten, war Platz Mangelware.

»Latte Macchiato und pochiertes Ei auf kross gebackenem Toast mit gebratenem Speck, Avocadostreifen und Sauce Hollandaise für dich«, zählte James auf und stellte den Teller vor mir ab.

»Und dann habe ich hier noch …« So stolz, als hätte er das Frühstück für uns höchstpersönlich zubereitet, verkündete er Rachel: »… ein Kännchen Darjeeling, Rührei auf Toast und eine gebackene Tomate. Ich wünsche allseits guten Appetit!«

»Du bist in diesem Zug und schon alleine das macht dich interessant«, erklärte ich Rose, weil meine Schwester sich lieber hinter ihrem Rührei versteckte.

Seufzend legte Rachel ihr Messer ab, um Tee in ihre Tasse zu füllen. Dabei raunte sie mir zu: »Das ist kein Sprint, sondern ein Langstreckenlauf. Ein ungestörtes Frühstück hättest du mir wenigstens noch gönnen können.«

»Der frühe Vogel fängt den Wurm!«, erwiderte ich und schob

mir eine Ladung Brot mit Avocado in den Mund. Ich lüge nicht, es war eine Geschmacksexplosion!

»Okay, Rose, warum der *Golden Highlander*?« Rachel drehte sich zu ihrer Stuhllehne um und wühlte in ihrer großen Umhängetasche. Als sie Block und Stift gefunden hatte, blätterte sie die Seiten um und ließ ihren Kugelschreiber klicken.

»Es war Archies Idee. … Archie ist mein verstorbener Mann. Heute ist es auf den Tag drei Wochen her, dass er von uns gegangen ist.« Rose weinte nicht, obwohl sich ihre Augen mit Tränen füllten. »Wir kannten uns seit dem Kindergarten. Als wir geheiratet haben, hatten wir kein Geld für eine schöne Hochzeitsreise. Kinder hat uns der liebe Gott auch keine geschenkt. Wir mussten also nur für uns sorgen. Und da hat Archie irgendwann beschlossen …: ›Rose!‹, hat er gesagt. ›Wir machen keine halben Sachen. Wir sparen. Und irgendwann lassen wir uns richtig verwöhnen. Wenn du willst, fahren wir im *Orient Express* bis nach Istanbul.‹« Die Erinnerung zauberte ihr ein mädchenhaftes Lächeln aufs Gesicht. Mein Gott, das war aber auch so was von romantisch! »Wir hatten einen kleinen Kiosk, der nicht viel abwarf. Wir mussten also lange sparen«, fuhr Rose fort. »Und als wir dann vom *Golden Highlander* hörten, da wussten wir, das ist unsere Reise. Mit dreiundachtzig verlässt man die Insel nicht mehr so gerne.« Sie holte tief Luft und hob ihre mageren Schultern beinahe bis zu den Ohren an. »Nun kann Archie mich nicht mehr begleiten. Aber ich habe nicht eine Sekunde darüber nachgedacht, die Tickets zurückzugeben. Nein, Archie hätte das nicht gewollt.«

»Oh, Rose!« Schniefend hielt sich Gigi die Serviette vor den Mund. »Das ist das Schönste, was ich jemals gehört habe. Echt jetzt! Oh, mein Gott! Das ist wahre Liebe bis über den Tod hinaus!«

Wenn ich nicht aufpasste, fing ich auch gleich an zu heulen.

»Wein doch nicht.« Tröstend legte Rose ihre Hand auf Gigis Arm. »Archie und ich hatten unsere gemeinsame Zeit und heute …« Sie tippte sich mit dem Finger gegen die linke Brust. »Trage ich ihn in meinem Herzen mit mir. Er ist für immer bei mir und freut sich, weil ich so eine nette Reisebegleitung habe.« Sie lächelte uns dankbar zu. Dann hob sie den Blick zur gewölbten Decke des Waggons. »Nicht wahr, Archie? Du siehst uns jetzt vom Himmel aus zu und findest es ziemlich gut, was du da zu sehen bekommst.«

Beinah lautlos glitt Rachels Kugelschreiber über das Papier, während Gigi und ich uns stumm unserem Frühstück zuwandten. Rose hatte ihren Strickkorb auf den Schoß genommen. Wie sie ihre Hände darauflegte und verträumt aus dem Fenster in die Schneelandschaft schaute, fielen mir die knotigen Gelenke auf. Sie litt an Arthritis oder machte Rheuma diese Veränderungen? Aber Roses Strickkorb erinnerte mich vor allem an mein Weihnachtsgeschenk für Mum, das in unserer Suite auf mich wartete. Weil wir in der Schule viele Klausuren vor den Ferien geschrieben hatten, hinkte ich mit dem Schal noch hinterher und musste mich jetzt echt ranhalten.

Gerade strich ich nachdenklich Sauce Hollandaise auf mein Brot, als es im Rücken von Rose und Gigi laut wurde. Der Tisch hinter ihnen war mir schon beim Betreten des Speisewagens aufgefallen. Und zwar wegen seiner Größe. An ihm fanden sagenhafte acht Personen Platz! Weswegen er auch nicht wie unser Tisch quer im Raum stand, sondern parallel zu den Fenstern. Im Moment schienen allerdings nur drei der eleganten Polsterstühle besetzt zu sein.

In das abebbende Gelächter hörte ich eine Stimme fragen:

»Oder erinnert ihr euch noch daran, wie Eva im Chemieunterricht nie den Mund aufbekam, weil sie glühend in unseren Chemielehrer verliebt gewesen ist?«

Leider konnte ich das Gesicht der Frau, die die peinliche Frage gestellt hatte, nicht sehen. Denn sie saß am Kopfende des Tisches und drehte mir den Rücken und ihren hellblonden Pferdeschwanz zu.

»War ja klar, dass du wieder mit so was anfangen musstest, Tracey!«

Die Frau mit dem Pferdschwanz, Tracey, wandte sich in die Richtung, aus der die verärgerte Bemerkung gekommen war. Sie hatte ein ausgesprochen hübsches Profil.

»Ist doch nur Spaß, Eva!«, versuchte Tracey Land gutzumachen. »Mag jemand etwas von meiner Schokolade?«

»Ist das etwa immer noch die gleiche Zartbitterschokolade wie in der Schule?« Wieder diese Eva.

»Ich weiß. Zu viel Zucker. Palmöl. Ungesund. Kinderarbeit. Und trotzdem kann ich ohne das Zeugs nun mal nicht leben«, schmatzte Tracey schuldbewusst. Offensichtlich hatte sie sich ein Stück von ihrem Lieblingsgift in den Mund geschoben.

»Der war aber auch ein Sahneschnittchen. Unser Chemielehrer damals. Wie hieß er noch gleich?«, hörte ich eine neue Stimme sagen. Wieder konnte ich die Sprecherin nicht sehen. Diesmal blockierte Gigi meine Sicht. Konzentriert rührte sie ihren Tee um. Damals dachte ich, sie wäre immer noch mit Roses trauriger Geschichte beschäftigt. Heute bin ich davon überzeugt, dass sie genau wie ich auf die Stimmen in ihrem Rücken gelauscht hat. Wie auch immer, wegen Gigi erhaschte ich nur einen kurzen Blick auf den ordentlichen dunkelblonden Dutt rechts neben Tracey.

»Was murmelst du da? … Mein Gott, Sal, kannst du mal wieder unter der Tischplatte hervorkommen? Man versteht ja kein Wort von dem, was du sagst!«, beschwerte sich Eva. »Was machst du da eigentlich die ganze Zeit? Ständig kippt meine Aktentasche gegen mein Bein. Lass gefälligst die Finger davon. Die ist eh verschlossen.«

»Als ob mich deine langweiligen For-your-eyes-only-Berichte interessieren würden!«, kam es unter dem Tisch sehr deutlich hervor. »Matthew Milton. So hieß der Idiot, der beinah bei einem Phosphor-Versuch unsere Schule abgefackelt hätte. Das hab ich gesagt.« Diesmal sehr laut und sehr deutlich. Denn Sal war unter dem Tisch aufgetaucht. Praktischer brauner Kurzhaarschnitt.

»Stimmt!«, rief die Frau mit dem Dutt. »Ob der heute immer noch so gut aussieht? Das würde ich ja zu gerne wissen.«

»Wenn du nicht willst, dass Tracey Alistair steckt, dass du drauf und dran bist, ihn wegen deinem früheren Chemielehrer sitzen zu lassen, solltest du aufpassen, was du sagst, Madelyn. Auch nach sechs Monaten Ehe können Männer noch sehr eifersüchtig werden«, warnte Eva.

»War das nicht genau der Zeitraum, den deine Ehe gehalten hat?« Tracey hatte es geschafft, ihre spitze Bemerkung fast freundlich klingen zu lassen. Mit Betonung auf dem Fast. Und das war unter Garantie Absicht gewesen. Zwischen den beiden Frauen vibrierten ungute Schwingungen, die ich bis zu unserem Tisch spüren konnte. »Aber mal davon abgesehen … ich kann euch sagen, was Sal unter dem Tisch macht«, verkündete Tracey im Verschwörerton. »Sie verfüttert gebratene Forelle an ihren verfressenen Köter. Das macht sie!«

»Kannst du bitte aufhören, meinen Hund Köter zu nennen, Tracey? Er hat einen Namen!«, beschwerte sich Sal.

»Wenn er aufhört, mich anzuknurren!«

»Ich habe dir vorhin schon gesagt, du bist der erste Mensch, bei dem er sich so aufführt. Hast du ihm mal auf den Schwanz getreten oder ihn sonst wie misshandelt?«

»Wann denn? Ich sehe diesen Hund zum ersten Mal!«

»Ich finde, dass Tiere grundsätzlich in Restaurants nichts zu suchen haben. Und Benjamin teilt da bestimmt meine Ansicht. Außerdem bin ich mir ziemlich sicher, dass ich eben ein Hundehaar aus meiner Marmelade gefischt habe. Echt, Sal, das ist eklig!«, beschwerte sich Eva.

»Blödsinn!«, lachte Sal. »Das stammt vom Koch.«

»Tut es nicht. Der hat schwarze Haare und keine weißen.«

»Warst du schon immer so kleinkariert oder hat dich erst dein Job in Westminster zur Spießerin gemacht, Eva?« Sals Stimme war bitterernst geworden. Wenn es um ihren Hund ging, schien sie keinen Spaß zu verstehen.

»Das ist bei denen Einstellungsbedingung«, gab Tracey scharfzüngig zurück und erntete dafür schallendes Gelächter.

»Manche Dinge ändern sich wohl nie. Wüsste ich es nicht besser, würde ich echt glauben, wir wären immer noch fünfzehn und säßen in der Schule«, seufzte Sal. Gut oder ungut melancholisch, das konnte ich nicht raushören.

»Könnte ich dich nachher mal sprechen, Madelyn?« Das war Eva. »Allein?«

»Wenn es ums Geschäft geht, gibt es kein Allein.« Tracey lachte, als machte sie einen Spaß. Machte sie aber nicht. Das spürte ich irgendwie.

Prompt sagte Madelyn mit flehender Stimme: »Ach, kommt, bitte, keinen Streit!«

Es waren diese Frauen gewesen, deren lauten Stimmen ich vorhin bis in unsere Suite gehört hatte. Doch in die ausgelassene Klassenfahrtstimmung hatten sich dunkle Klänge gemischt, auch wenn sie leise waren. Ich hatte ja keine Ahnung, was sie ankündigen sollten.

Kapitel 4

»Ihr Lieben, ich denke, ich lege mich noch ein wenig hin.« Als ich zu Rose schaute, stand sie schon hinter ihrem Stuhl und hielt ihr Strickkörbchen mit dem geflochtenen Griff fest in ihrer zarten Hand. »Die ganze Aufregung um die Reise hat mich doch sehr angestrengt. Wir sehen uns dann später.«

»Das Thema Romantik kannst du für deine Reportage schon mal abhaken«, urteilte Gigi, als Rose in Richtung Schlafwagen davonging. »Diese Story toppt keiner mehr!«

»Das denke ich auch«, stimmte Rachel ihr zu und drehte dabei versonnen die Teetasse in den Händen.

»Und was ist mit: *Was führt erfolgreiche Influencerin in den Golden Highlander?*« Ja, ja, ich gebe es zu. Es war die pure Neugier, die mich auf diese Frage brachte.

»Oh, ich habe die Reise gewonnen«, verkündete Gigi, nachdem sie an ihrem Orangensaft genippt hatte. »Witzig ist nur, dass ich mich gar nicht daran erinnern kann, an der Ausschreibung teilgenommen zu haben.« Sie machte eine wegwerfende Handbewegung. »Das ist allerdings nicht das erste Mal. Huch!« Sie verzog erschrocken das Gesicht, hob die Tischdecke an und beugte sich nach unten. »Ach, da ist ja die niedliche Maus mit der großen Schwäche für Prada-Mäntel.«

Rachel und ich tauschten einen verwirrten Blick, dann tauchten auch wir unter die Tischplatte ab. Und da stand er: weiß wie frisch gefallener Schnee. Im Handtaschenformat. Und einem rosa Schleifchen im Haar. Der kleine Malteser legte den Kopf schräg und schaute uns aus großen runden Augen flehentlich an. Zögernd setzte er eine Pfote auf Gigis Knie, als wollte er sie um etwas bitten. Dabei zuckte sein Näschen und sein Hals wurde länger und länger.

»Stratford?«

Alarmiert richtete Rachel sich auf und schaute sich suchend im Speisewagen um.

»Du hast es bestimmt auf Millies restlichen Speck abgesehen, du kleiner Schmecklecker!«, säuselte Gigi unter dem Tisch.

»Wie viele Malteser tragen wohl das rote Halsband, das ich Sally Rudner für ihren geschenkt habe?«, murmelte meine Schwester, während ich mich wieder richtig auf meinen Stuhl setzte.

Mein Blick schoss zum Achtertisch mit den vier Freundinnen. Sal. Sally. Sally Rudner? Rachels Vorgesetzte?

»Aber ich dachte, die ist im Urlaub«, gab ich irritiert zurück.

»Und was machen die Leute in diesem Zug?« Ja, richtig. Urlaub.

»Da ist sie ja!«, rief Rachel.

Ich war Sally Rudner nie begegnet. Alles, was ich über sie wusste, hatte meine Schwester mir abends an unserem Küchentisch erzählt. Ich wusste, dass sie Mitte dreißig war. Eine begnadete, sehr durchsetzungsfähige Journalistin, von der Rachel jeden Tag sehr viel lernte, wie sie ständig bewundernd sagte. Sally war streng, verlangte viel, war aber gerecht und schmückte sich nie mit fremden Federn. Ganz im Gegenteil. Sie achtete immer besonders darauf, dass Josh davon erfuhr, wenn Rachel ihre Sache richtig gut gemacht hatte. Meine Schwester hatte sie als nett, freundlich und sehr kollegial beschrieben. Und mega lustig. Mit frechem Kurzhaarschnitt und einer Leidenschaft für knallige Farben. Wenn sie keine Doppelgängerin hatte, dann war Sally Rudner gerade am Nebentisch von ihrem Stuhl aufgesprungen. »Stratford? Wo bist du?«

»Er ist bei uns«, winkte Rachel.

Einen Zipfel der Tischdecke auf dem Kopf, drehte Gigi sich zu Sally um. »Darf er Speck haben? Nur ein ganz kleines bisschen?«

»Bloß nicht!«, rief Sally alarmiert, schulterte ihre wirklich gigantisch große kreischend pinke Tasche und eilte zu uns rüber. »Hey, Rachel, was machst du denn hier? Zahlt Josh dir so viel, dass du dir schon nach sechs Monaten so eine Reise leisten kannst? Der kann was erleben!« Ihr Blick fiel auf mich. »Und auch noch mit deiner Schwester?« Lachend streckte sie mir die Hand entgegen. »Millie, oder?«

»Genau!« Ich griff ihre Hand und schüttelte sie.

»Ich bin Sally!«

»Und ich Gigi!«

»Schön wäre es ja!«, griemelte Rachel. »Aber nein. Josh hat mich wegen einer Reportage losgeschickt. Hättest du erzählt, dass …«

»Ich auch an Bord bin?« Energisch schüttelte Sally den Kopf, als sie sich zu ihrem Hund hinabbeugte. »Nee. Das hier ist privat und ich hätte mich ganz bestimmt nicht von Josh bequatschen lassen. Ich will auch von dir nichts über den Job hören, den du hier machst. Ich habe Ferien! Meine Freundin Madelyn hat die Reise für unsere alte Clique springen lassen.« Sally deutete auf den Achtertisch. »Am fünfundzwanzigsten wird die alte Schachtel fünfunddreißig. Da lassen wir es in ihrem Häuschen in Edinburgh richtig krachen. Wie in den guten alten Zeiten.«

Madelyn musste die Frau mit dem ordentlichen Dutt sein, die jetzt zu uns rüberschaute und freundlich grüßte.

»Und du, kleiner Verbrecher, kommst jetzt ganz schnell her. Speck? Den hättest du wohl gerne. Eines Tages bringst du dich noch um, du kleine Fressmaschine!« Sally hatte den bockigen Stratford unter ihren Arm geparkt, während sie mit der Hand ihre große Tasche aufklappte, um den Malteser dort hineinzustopfen. »Das hast du jetzt davon!«

Stratford legte sein Köpfchen auf den Taschenrand und ließ einen sehr unzufriedenen Seufzer hören.

»Ist das etwa Madelyn Clarkson? *Die* Madelyn Clarkson?« Rachel bekam den Mund nicht mehr zu. Mir sagte der Name rein gar nichts.

»Entschuldigung, Sally, aber darf ich mal ganz kurz?« Bevor ich nachfragen konnte, was so besonders an der Frau mit dem Dutt war, hatte Gigi sich von ihrem Stuhl geschoben und drängte sich an Sally vorbei. Eine Gruppe von zwei Männern und einer sehr eleganten Frau hatte den Speisewagen betreten. Der hochgewachsene Mann mit dem grau melierten Haar und dem Tweed-Jackett war Benjamin Frost. Den anderen kannte ich nicht. Der Tatsache, dass Mr Frost die Frau in Marlene-Dietrich-Hose, Piratenbluse und dunkelblauem Jackett an der Hand hielt, entnahm ich, dass sie seine Partnerin sein musste. Sie war unglaublich elegant. Ich beobachtete, wie Gigi dem Vorstand der Bahngesellschaft den Weg verstellte.

»Wir haben uns beim Einchecken kurz kennengelernt. Georgina Walters. Besser bekannt unter dem Namen Gigi Doe.«

»Aber natürlich. Was kann ich für Sie tun, Ms Doe?« Benjamin Frost schenkte ihr ein charmantes Lächeln. Der andere Mann musterte Gigi interessiert. Sie war aber auch wirklich sehenswert. Wie in ihren Shows war sie gekleidet, als ob sie gleich zur Aftershow-Party der Oscars gehen wollte. Das schwarze Corsagenkleid mit weißen Punkten, der weißen Bluse und der überdimensionierten Schleife auf dem Rücken war selbst für den *Golden Highlander* total drüber.

»Jetzt aber ab in die Tasche!«, hörte ich Sally Stratford zuwispern.

»Ich kenn Sie doch!«, lachte der fremde Mann gut gelaunt. Seine Jeans, sein Hemd mit dem Halstuch und das maßgeschneiderte Jackett sahen wahnsinnig teuer aus. »Sie hosten diese ausgefallene Backshow!«

»Richtig!« Gigi hielt sich nicht lange mit ihm auf, sondern wandte sich sofort wieder Mr Frost zu. »Ganz ehrlich, ich will ja nicht unhöflich sein. Aber wir müssen noch mal wegen dieser Handysache sprechen. Das geht gar nicht!«

Auf Social Media präsentierte Gigi sich als die piepsige und ein wenig überdrehte Influencerin. Eine kleine Kostprobe davon hatte sie auf dem Bahnsteig abgeliefert. Beim Frühstück hatte ich sie als völlig normale junge Frau kennengelernt. Total nahbar und richtig nett. Und jetzt stand sie vor dem Vorstandsvorsitzenden der Bahngesellschaft und hatte kampfbereit die Arme vor der Brust verschränkt.

»Selbstverständlich. Nur darf ich Ihnen erst meine Frau Cara und unseren guten Freund Alistair Hadley vorstellen?«

Ah, das war also Alistair, Darling, und die Frau mit dem Dutt, *die* Madelyn Clarkson, war Madelyn, Liebling. Die beiden Turteltäubchen, deren Gesäusel ich vorhin mit anhören musste.

»Nett, Sie kennenzulernen!«, sagte Gigi.

»Sehr erfreut.« Cara Frost sah Gigi nicht mal an, sondern schaute aufmerksam zu dem Achtertisch hinüber.

Der Mann in den teuren Klamotten, also Alistair Hadley, beugte sich elegant vor, nahm Gigis Hand und führte sie an seine Lippen. Ohne sie dabei zu berühren, sondern indem er den Kuss wenige Millimeter über der Hand in die Luft hauchte. Wie ein echter Gentleman.

»Hör auf zu starren! Der Typ ist zu alt für dich!«, flüsterte Rachel mir zu.

»Was? Ich? Bah!« Als ob ich … iiiih … wie alt war der? Vierzig?

Mit einem fast mitleidigen Blick zog Gigi ihre Hand zurück und räusperte sich. »Ich verstehe Ihre Geschäftspolitik nicht, Mr Frost. Erst lassen Sie mich Ihr Preisausschreiben …« Ihre rot bekrallten Zeige- und Mittelfinger beider Hände malten Anführungszeichen in die nach Zimt, Kaffee und Speck duftende Luft. »… gewinnen. Und dann verhindern Sie, dass ich meine Arbeit mache? Wo liegt da der Sinn?« Sie legte ihre Stirn in so tiefe Falten, dass ich schon befürchtete, ihr Make-up würde gleich in feinen Bröckchen zu Boden rieseln. »Sie und ich wissen doch beide, dass mein Gewinn gefaket ist. Wer auch immer in Ihrer Firma für die PR verantwortlich ist, wollte, dass ich mit diesem Zug reise und meinen siebenhunderttausend Followern den Mund wässrig mache. Aber dazu brauche ich mein Handy. Also …« Mit einem sehr charmanten Lächeln streckte sie Mr Frost ihre flache Hand entgegen. »Entweder Sie geben es mir zurück oder Ihr schönes Geld für mein Ticket verraucht im Schornstein. Ihre Entscheidung.«

Respekt! Gigi wusste, was sie wollte, und sie ließ sich nicht die Wurst vom Brot nehmen.

Mr Frost zog irritiert die Augenbrauen zusammen. »Ich kann Ihnen nicht ganz folgen, Ms Doe. Ein Preisausschreiben? Es gab kein Preisausschreiben.«

»Das haben wir gleich! … Ich habe doch so eine schöne Karte von Ihnen bekommen … also, jetzt nicht von Ihnen persönlich, sondern …«

Die Freundinnen an dem langen Tisch waren voll und ganz mit ihren Schulerinnerungen beschäftigt und schenkten dem Gespräch keine Beachtung. Überhaupt ließ sich kaum einer von seinem köstlichen Frühstück ablenken. Auch der junge Typ mit dem kastanienbraunen Haar am hintersten Tisch in der Ecke nicht. Den linken Ellenbogen auf den Tisch gestützt, war er tief in, was auch immer er da las, versunken.

»Hier bitte! Schauen Sie selbst!« Aus der Tasche ihres Kleides hatte Gigi einen elfenbeinfarbenen Umschlag und daraus eine mit goldener Schrift bedruckte Karte zutage gefördert.

Mr Frost starrte sie perplex an. »Ich muss sagen, das ist höchst sonderbar, Ms Doe. Ich habe keine Erklärung dafür. Von unserer Seite gab es definitiv kein Preisausschreiben.«

»Der Sache würde ich nachgehen, Rachel. Das riecht nach einer verdammt guten Story!«, sagte Sally. Dabei sog sie tief die Luft ein, als wollte sie wie ein Jagdhund eine Fährte aufnehmen. Doch schon in der nächsten Sekunde schlug sie sich mit der rechten auf die linke Hand. »Lass das, Sally, du hast Urlaub!«

Rachel lachte.

»Nun«, setzte Mr Frost erneut an. »Vielleicht gibt es ja einen heimlichen Verehrer. Haben Sie schon mal darüber nachgedacht? Genießen Sie doch einfach die Reise!«

Gigi hob ihre tiefschwarzen Augenbrauen.

»Nee, nee. So schnell lasse ich mich nicht abwimmeln. Sie müssen doch herausfinden können, wer mein Ticket bezahlt hat. Ich will das wissen. Auf der Stelle!«

»Und Ihrem geheimen Wohltäter die Freude verderben? Es wird sich schon noch alles aufklären. Warten Sie es nur ab.« Benjamin Frost nickte ihr mit einem versöhnlichen Lächeln zu und ließ sie stehen.

Mit offenem Mund breitete Gigi die Hände aus. »Eh, geht es noch?«

Doch schon machten die Frosts und Mr Hadley vor Sally, Rachel und mir halt. Nach der Vorstellungsrunde fixierte Mr Frost Sallys Umhängetasche. Als hätte er die drohende Gefahr gespürt, hatte Stratford gerade noch rechtzeitig sein Köpfchen eingezogen.

»Na, Sal, alles gut bei euch beiden?«, sagte er.

»Alles bestens, Benjamin!« Ertappt packte Sally die Tasche unter ihren Arm. »Leider bin ich schon fertig mit dem Frühstück. Es war groß-ar-tig! Wir sehen uns dann spätestens beim Ausflug zur Evermore Schafsfarm. Ich bin schon sehr gespannt. Cara. Alistair.« Beinahe wäre sie über ihre eigenen Füße gestolpert, als sie in Richtung Schlafwagen davoneilte.

Die Dreiergruppe zog zu dem langen Tisch weiter, wo sie mit großem Hallo begrüßt wurde.

Rachel begann ihre Schreibutensilien einzupacken. Im selben Moment stand Gigi wieder neben uns.

»Habt ihr das mitbekommen? Voll krass, oder?«

»Mr Frost macht es sich zu leicht!«, pflichtete ich ihr bei.

»Wisst ihr was? Ich brauche jetzt einen richtig guten Smoothie und einen Ort, an dem ich die Beine hochlegen kann. Kommt ihr mit in den Salon?«

»Klar! Wenn du dich ein wenig erholt hast, könntest du mir auch direkt ein Interview geben.« Rachel zwinkerte mir verschwörerisch zu, woraufhin ich anerkennend grinste und erwiderte: »Geht ihr ruhig schon vor. Ich husche noch kurz in unsere Suite und hole mein Strickzeug.«

»Alles klar«, nickte Rachel und verließ zusammen mit Gigi den Speisewagen. Ich muss zugeben, dass ich ziemlich aufgeregt war. Von den vielen Reels und Videos ihrer Backshow kam mir Gigi so vertraut vor, als wären wir die besten Freundinnen. Natürlich nahm ich nicht an, dass ihr meine Like-Klicks unter ihren Posts aufgefallen waren. Wie auch? Bei siebenhunderttausend Followern war ich eine unter vielen. Aber die Chancen standen gut, dass sich das mit dem heutigen Tag ändern würde.

Gerade hatte ich den letzten Schluck von meinem Latte hinuntergestürzt und wollte aufbrechen, als jemand an meinem Pullover zupfte.

»Wie heißt du?« Ein kleines Mädchen mit blonden Locken hatte sich neben mir aufgebaut.

»Millie.«

»Ich bin Amy!« Sie lehnte sich an unseren Tisch, verknotete die Beine ineinander und ließ ihr Näschen hin und her zucken. »Die da vorne sind meine Tante Cara und mein Onkel Benjamin.« Ich schätzte Amy auf irgendwas zwischen vier und sechs Jahren. »Weißt du, meine Eltern sind verreist. Aber zu Weihnachten treffen wir uns in Edinburgh.«

»Spannend!«, gab ich zurück. »Aber ich muss jetzt leider los.«

Amy rührte sich nicht von der Stelle. »Du, Millie, hast du schon mal den Weihnachtsmann gesehen? In echt meine ich.« Sie machte riesengroße Augen.

»Noch nie!«, seufzte ich. Amy hatte großes Glück, dass Rachel nicht hier war. Sonst hätte es gut sein können, dass sie die Gelegenheit genutzt hätte, um das arme Mädchen darüber aufzuklären, dass der Weihnachtsmann eine Erfolgsstory der Werbeindustrie ist. Und folglich kein alter Herr mit Rauschebart, roter Jacke, Hose und Mütze am Nordpol seinen Schlitten haushoch mit Geschenken bepackt. »Nur den bei *Harrods*.«

»Der zählt nicht!«, urteilte Amy und schob missmutig die Unterlippe vor. »Tante Cara hat mal den Schlitten vom Weihnachtsmann am Himmel gesehen. Aber sonst …« Schicksalergeben hob sie die Schultern. Doch schon strahlte sie mich wieder an. »Aber ich habe einen Plan. Nur noch«, sie streckte mir ihre bunt bemalte Hand entgegen und zählte an Daumen, Zeige- und Mittelfinger ab, »... eins, zwei, drei Mal schlafen. Dann ist Weihnachten. Und wenn Mama mich am Abend vorher ins Bett schickt, stelle ich mir den Wecker. Auf Mitternacht. Und dann klettere ich aus meinem Bett und schleiche mich ins Wohnzimmer, so leise, dass niemand auch nur einen Mucks hört, und dann ... dann warte ich auf den Weihnachtsmann.«

»Das ist ein sehr guter Plan, Amy!« Was war die süß! Ich brachte es einfach nicht übers Herz, sie stehen zu lassen.

»Amy, komm mal zu uns rüber. Ich muss dir was erzählen!«, winkte Mr Frost sie zu sich.

»Sag erst!«, verlangte Amy. Offensichtlich wollte sie wissen, ob es sich lohnte, unser Fachgespräch zu unterbrechen.

»Madelyn geht jetzt mit dir in die Küche und macht nur für dich Arme Ritter. Und das, obwohl sie doch im Urlaub ist!«

»Hurra!« Amys Ärmchen flogen begeistert in die Höhe. Innerhalb von zwei Millisekunden hatte sie den Weihnachtsmann und mich völlig vergessen.

Kapitel 5

Ungefähr vier Minuten später ließ ich mich in einen tiefen dunkelblauen Sessel neben Rachel und gegenüber von Gigi sinken. Ganz leise plätscherte Weihnachtsmusik durch den Salon, den wir noch ganz für uns allein hatten. Während vor den Fenstern die klirrendkalte Wintermorgenlandschaft vorbeirauschte, sorgte die Heizung hier drinnen für eine kuschelige Raumtemperatur. Die beiden beschäftigten sich immer noch mit dem Preisausschreiben.

»Ehrlich, ich habe keinen Plan, wer dahinterstecken könnte!«, sagte Gigi gerade, als ich Mums unfertigen Schal zur Hand nahm. »Offensichtlich ist James ein Fan. Ich musste ihm schon ein Autogramm geben und er will unbedingt, dass ich ihn in meine Show einlade. Aber er kommt als heimlicher Sponsor wohl eher nicht infrage. Dazu fehlt ihm die Kohle. Ich meine, er ist Lern-Steward und nicht der Eigentümer dieses Zuges. Seine Idee für die Show klang jedoch gar nicht schlecht.« Mit einem wohligen Schaudern zog Gigi die Schultern hoch. »Seit er fünf ist, träumt er nämlich von einer Glibber-Torte aus Wurst, Weingummis und Coca-Cola.«

»Igiit!«, machte Rachel.

»Tja, so ein geheimer Wohltäter hat auch was Romantisches. Ich bin ja zurzeit Single und einem kleinen Abenteuer nicht abgeneigt.« Gigi zog verschmitzt die Schultern hoch. »Habt ihr vorhin den süßen Typ gesehen? Den, der so allein an seinem Tisch saß? Eine exklusive Reise mit lauter Unbekannten …« Sie streckte eine Hand nach der goldenen Troddel aus, die die bauschige blaue Samtgardine zusammenhielt. »Natürlich ist mir der Name Madelyn Clarkson ein Begriff. Genauso wie Tracey Pitts. *Leider* möchte ich sagen. Aber …«

»Kann mich jetzt bitte mal jemand über diese Madelyn Clarkson aufklären! Wieso kennt die gefühlt jeder?«, fragte ich.

»Noch nie von Clarkson's gehört?« Hinter der Bar war der Kopf einer jungen Frau in weißer Bluse, roter Fliege und schwarzer Weste aufgetaucht.

»Doch klar!« Wenn wir es eilig hatten, schoben Rachel und ich uns gerne Pizza, Tiefkühllasagne oder Lachs im Blätterteig in den Ofen. Und auf jeder Packung stand der Name Clarkson's zu lesen. »Tiefkühlkost. *Das* ist sie?«

»Genau. Ich bin im Übrigen Natalie und Herrin über den Salonwagen. Kann ich Ihnen etwas bringen? Kaffee, Tee, einen Champagner vielleicht?«

»Wir sind Millie, Rachel und Gigi! Die Siezerei ist nicht nötig«, stellte Gigi nach einem abklärenden Blick zu uns klar.

»Umso besser!«

»Für Alkohol ist es wohl noch ein wenig zu früh«, winkte Rachel ab.

»Habt ihr Lebkuchen-Latte?« Der war meine neueste Entdeckung.

»Hey, das hier ist der *Golden Highlander*. Es gibt nichts, was wir nicht haben!«, versprach mir die Barkeeperin.

»Dann bekomme ich einen Mango-Smoothie«, bestellte Gigi und für Rachel sollte es ein Kaffee sein.

»Als ihre Eltern gestorben sind, hat Madelyn Clarkson die Firma geerbt«, erzählte Natalie weiter, während sie sich an einer gut versteckten Kaffeemaschine zu schaffen machte. Die meinten das mit der Illusion der Zwanzigerjahre wirklich ernst. Denn obwohl der Kaffeeduft in unsichtbaren Schwaden zu uns herüberzog und es mit Gigis penetrantem Parfum aufnahm, arbeitete die Maschine so lautlos, als sei sie gar nicht vorhanden. »Sie ist Einzelkind. Und eigentlich kann sie auf die Tiefkühlkost husten. Ein zweites Vermögen hat sie nämlich schon mit der feinen Küche gemacht.«

»Richtig. Sie ist unanständig reich«, ergänzte Gigi, als Natalie hinter der Bar abtauchte. »Sie hat bei den besten Köchen der Welt gelernt und seit einigen Jahren ist sie selbst die bekannteste und gefragteste Spitzenköchin auf diesem Planeten. Sie hat drei Michelin-Sterne verliehen bekommen, besitzt Restaurants in London, Paris, Berlin, Rom, Dubai … keine Ahnung, wo sonst noch überall …«

»In New York«, meldete sich Natalie mit einer Mango in der Hand wieder zurück. »Jedes von ihnen ist mehrfach ausgezeichnet worden. Hinter den Kochtopf stellt sie sich selbst allerdings nur noch für sehr viel Geld und besonders erlauchte Gäste.«

Mit großen Augen schaute ich Rachel an, die zur Bestätigung nickte. »Allein mit ihren Kochbüchern hat sie Millionen verdient.

»Du bist aber gut informiert, Natalie!« Rachel legte Block und Stift auf dem Tisch vor uns ab.

»Oh, das ist kein Wunder! Mr Frost hat das Zugpersonal heute früh noch mal ausführlich gebrieft, dabei ist schon längst ein Memo rundgegangen, in dem wir über unseren berühmten Gast und seine Geburtstagsgesellschaft informiert worden sind«, erklärte Natalie. Sie hatte ein großes Messer hervorgezogen, mit dem sie jetzt der Mango mit gekonnten Schnitten zu Leibe rückte. »Genauso, wie er uns über unseren anderen VIP informiert hat.«

»Oh, wirklich?« Gigi richtete sich begeistert auf. »Was hat er denn über mich gesagt?«

»Ich befürchte, dich hat er nicht erwähnt. Es ging um Staatssekretärin Eva Williams«, gestand Natalie und das Missverständnis war ihr sichtbar peinlich. »Ihr wisst schon, die Staatssekretärin im Innenministerium. Gerade bebrütet sie doch eine furchtbar wichtige Sache, um die alle so ein Geheimnis machen.«

»Stimmt!«, rief Rachel. »Man munkelt von einer großen Neuigkeit. Allerdings weiß keiner, worum es geht. Nur dass Eva Williams eine Untersuchung in Auftrag gegeben hat, deren Ergebnis von den eingeweihten Personen mit Angst erwartet wird.«

»Mann, Rachel, du hast vielleicht ein Glück«, raunte ich kopfschüttelnd. »Gigi Doe, Madelyn Clarkson und Eva Williams. Und keine von ihnen kann dir entkommen.«

»Schon sehr cool, aber mindestens auch ebenso gruselig!«, gestand Rachel. Trotzdem funkelten ihre Augen mit den Kugeln und Lichtern des Weihnachtsbaums neben der Bar um die Wette.

Natalie kam und brachte mir einen himmlisch duftenden Lebkuchen-Latte. Mitsamt Zuckerdöschen und passender Keksschale stellte sie ihn auf einer silbernen Platte vor mir ab. Rachel bekam ihren Kaffee und Gigi ihren Mango-Smoothie.

»Keine Feigheit vor großen Namen, Rachel!« Natalie war wieder hinter der Bar verschwunden und ich schleckte mir den lebkuchigen Milchschaum von meiner Oberlippe. »Du sagst einfach: Guten Tag, ich bin Rachel McEwan. Ich komme von *Get acquainted with …* und würde Ihnen gerne ein paar Fragen stellen.«

»Na, da wäre ich ja von alleine niemals draufgekommen«, brummelte Rachel. »Und du hast auch nur so gut reden, weil du nicht in meiner Haut steckst. Schließlich bekomme ich es zum allerersten Mal mit so berühmten und wichtigen Menschen zu tun.«

»Soll ich dir helfen? Für den Anfang könnte ich zum Beispiel Madelyn Clarkson für dich ansprechen.«

»Untersteh dich!«

»Oder – noch viel besser – ich bitte Sally, für dich zu fragen. Der wird sie ja wohl als guter Freundin keinen Gefallen abschlagen!«

»Jetzt stress hier nicht rum, Millie. Unsere Reise hat doch gerade mal angefangen«, gab Rachel genervt zurück. »Und außerdem ist jetzt erst Gigi an der Reihe!« Rachel ließ ihren Kugelschreiber ein paarmal klicken. Ende der Diskussion sollte das heißen. Ich tat ihr den Gefallen und sagte nichts weiter. Aber mein Entschluss stand fest. Ich würde Sally um diesen kleinen Gefallen bitten. Denn natürlich hatte Rachel recht. Ich konnte große Töne spucken, weil ich diese Reise wirklich nur zum Vergnügen machte. Trotzdem konnte ich mir sehr gut vorstellen, wie einschüchternd diese geballte Prominenz auf sie wirken musste.

»Okay, Gigi, du hast also eine Backshow. Und irgendwie ist die …« Rachel zögerte. »Ekelig?«

»Mega witzig und voll eklig«, ergänzte ich.

Gigi lächelte. »Ach, eigentlich ist sie schon ziemlich albern. Und ein bisschen wie im alten Rom. Brot und Spiele. Deshalb schauen sie sich so viele an. Wenn die Leute das Wort Backshow hören, denken sie an den guten alten Teekuchen oder irgendwas mit sehr viel Sahne und Zuckerguss. Aber mein jeweiliger VIP, den ich zu meiner Show einlade, darf alles, nur nicht Omatorten zusammenrühren. Der Clou der Sache ist, dass er sich seinen Kindheitstraum zusammenbackt. Wie im Sandkasten, nur mit echten Zutaten«, erklärte Gigi meiner Schwester das Konzept. »Hauptsache widerlich!«

»Aber mal so richtig«, lachte ich und rollte mehr dunkelroten Faden von meinem Wollknäuel ab.

»Und so was wollen die Leute sehen?« Rachel zog skeptisch die Nase kraus.

»Je fieser, desto besser!«, erwiderte Gigi. Nachdenklich bohrte sie sich die Zunge in die Wange. »Ich erinnere mich noch sehr gut an die Lakritz-Marshmallow-Gummibärchen-Käsestange, die Billie Eilish zusammengemanscht hat. Bah, war die scheußlich!«

»Nicht so scheußlich wie der ›Fisch‹-Pudding von Sabrina Carpenter. Dieser Kuchen aus Tofu mit der Schoko-Popkorn-Kruste«, erinnerte ich mich. »Du tust mir jedes Mal leid, wenn du das Zeugs probieren musst.«

»Musst du?« Angeekelt verzog Rachel ihr Gesicht.

»Yepp«, bestätigte Gigi. »Und nachdem mein VIP sich ausgetobt hat, binde ich mir die Schürze um und lege mit dem Kontrastprogramm los. Dann backe ich Kuchen, Törtchen, Kekse, Muffins, Scones. Was es werden soll, darf der VIP sich vorher wünschen.« Elegant breitete Gigi die Hände mit den mega langen rot lackierten Fingernägeln aus. »Wer hätte gedacht, dass dieses Konzept so gut ankommen und mich … doch ja: vermögend machen würde?«

Hoch konzentriert beugte sich Rachel über ihren Block und machte sich Notizen. Ob es dabei um das ging, was Gigi ihr gerade erzählt hatte, oder ob sie sich schon Fragen für die nächsten Interviews aufschrieb, wusste ich nicht. Weil Gigi verträumt aus dem Fenster schaute und dabei offensichtlich ihren eigenen Gedanken nachhing, ließ ich alle beide in Ruhe und konzentrierte mich auf Mums Schal. Gerade hatte ich es noch rechtzeitig geschafft, eine gefallene Masche aufzuheben, bevor sie sich weiter abwärts fressen konnte, als mich ein plötzlicher Ausruf aufschauen ließ.

»Ich freue mich so sehr, dass du gekommen bist, Eva!«

Madelyn Clarkson und Eva Williams hatten den Salon betreten.

»Zwei Gläser Champagner, bitte, wir haben etwas zu feiern!«, wandte Madelyn sich an Natalie und schob sich neben Eva auf einen der Barhocker. Eva bettete einen eckigen roten Aktenkoffer auf ihren Schoß.

»Kommen sofort!«

»Ach, es hilft ja alles nichts. Ich muss noch zu Ende auspacken.« Mit einem unterdrückten Gähnen wand Gigi sich etwas umständlich aus ihrem Sessel. »Wer weiß, vielleicht wartet in meiner Suite ja schon eine Einladung zu einem Candlelight-Dinner von meinem geheimen Verehrer.«

»Oder Verehrerin!«, gab ich zu bedenken. Woraufhin Gigi nachdenklich die Lippen spitzte. »Wäre auch eine Möglichkeit.«

Gigi war in ihr Abteil abgezogen. Rachel starrte, den Kugelschreiber zwischen den Zähnen, nachdenklich ihre Notizen an, während ich mein Strickzeug wendete, um die nächste Reihe in Angriff zu nehmen. Die ersten Maschen waren von der linken auf die rechte Nadel gewandert, als sich in das Klimpern des Metalls einzelne Wortfetzen mischten. Ich wollte nicht lauschen. Aber trotz der leisen Musik ließ sich das nun mal nicht vermeiden.

»Ehrlich gesagt, hatte ich nicht damit gerechnet, dass du unsere Einladung annehmen würdest«, hörte ich Madelyn sagen.

»Das hätte ich auch beinahe nicht«, gestand Eva, während sie an ihrer Aktentasche herumnestelte. »Ich meine, Tracey …?« Nach kurzem Zögern folgte dann noch: »Du weißt, wie ich zu ihr stehe. Und es gehört nicht gerade zu meinen größten Wünschen, Weihnachten mit ihr zu verbringen. Aber dich wollte ich gern wiedersehen. Nach all den Jahren!«

»Danke, Natalie! Hier, dein Champagner … Auf uns, Eva, und unsere Freundschaft.«

»Auf unsere Freundschaft!«

Unter gesenkten Lidern schielte ich zu den beiden Freundinnen hinüber und erhaschte gerade eben noch das glückliche Aufleuchten in Evas Augen.

Gläser klirrten aneinander.

»Wollen wir nicht mal wieder zusammen in den Urlaub fahren, Maddy? So wie früher? Ein verlängertes Wochenende in Rom oder so? Nur du und ich?«

»Das wäre richtig schön! Wir haben uns ja auch so viel zu erzählen.« Madelyn lachte auf. »Aber wir machen einen großen Bogen um diese grauenhafte Jugendherberge.«

»Ich bitte darum!«

»Gott sei Dank müssen wir ja heute nicht mehr jeden Penny zwei Mal umdrehen. Wie wäre es mit April? Ich blocke mir eine ganze Woche für unseren Urlaub. Das wird ein Spaß. Nur wir beide.«

»Was höre ich da? Ihr macht Urlaubspläne? Ohne mich?« Tracey musste in einem früheren Leben eine Katze gewesen sein. Ich glaube, keine von uns hatte sie kommen hören. »Im April? Und gleich eine ganze Woche. Oh, Madelyn«, seufzte sie. »Da sehe ich schwarz. Im April sind wir in San Francisco und anschließend in … ach, das habe ich jetzt nicht im Kopf … aber das gesamte Jahr ist wahnsinnig ausgebucht. Es wäre natürlich etwas anderes, wenn Eva in Frisco zu uns stoßen würde oder im Mai in Athen.«

»Red nicht in der dritten Person von mir, wenn ich direkt neben dir sitze, Tracey!«

»Entschuldige bitte, das war unhöflich von mir. Aber mal ehrlich, wir beide haben uns ja genauso lange nicht mehr gesehen wie ihr zwei. Lasst uns doch zu dritt einfach eine nette Zeit haben. Und die alten Geschichten vergessen. Nun, was haltet ihr davon?«

»Ich überlege es mir.« Eva schob ihren Hocker zurück, nahm ihre Tasche und stand auf.

»Ja, tu das!«

Diesmal wagte ich es nicht, zu den Freundinnen hinüberzuschauen. Musste ich aber auch gar nicht, denn schon verließ Eva an mir vorbei den Salon und wischte sich im Gehen eine Träne von der Wange.

Kapitel 6

Kurz vor Mittag erreichten wir mit dem Bahnhof von Conchester unseren ersten Zwischenstopp. Alle, die sich für den Ausflug eingetragen hatten, machten sich bereit, um in Pferdeschlitten zur Evermore Schaffarm gebracht zu werden. Rachel freute sich schon riesig darauf. Sie würde Schafe streicheln, viel über deren Zucht und Haltung lernen und am Ende selbst gemachten Schafskäse und sonstige Köstlichkeiten aus der Eigenproduktion der Farmerfamilie genießen. Ich hatte andere Pläne und blieb im Zug. Hätte ich allerdings geahnt, was sich bei der Führung über das Gelände ereignen sollte, wäre ich auf jeden Fall mitgekommen. Aber davon schwante mir natürlich nichts.

Die Arme fest um mich geschlungen, sah ich von der obersten Stufe unseres Schlafwagens dabei zu, wie sich gefühlt der ganze Zug auf die wartenden Pferdeschlitten verteilte. James und Mr Lory waren nicht nur leicht an ihren Uniformen im Schneetreiben zu erkennen, sondern auch daran, dass sie immer wieder übergroße Picknickkörbe vom Zug zu den Schlitten schleppten und auf dem Heck mit breiten Lederriemen festschnallten. Darin befand sich bestimmt der Lunch für die Gäste, deren Gaumen für das rustikale Essen auf der Schafsfarm zu erlesen war. Der Rest der Gesellschaft war ein Meer aus Mänteln, Jacken, Mützen und voluminösen Schals. Noch nicht mal Rachel hätte ich von den anderen im Schneetreiben unterscheiden können.

»So einen Schlitten hat der Weihnachtsmann auch! Nur ziehen ihn Rentiere. Keine Pferde! Und er ist noch viel schöner als der hier und voller Geschenke«, redete die kleine Amy irgendwo auf irgendwen ein. Und ich konnte für sie nur hoffen, dass es nicht Rachel war. »Soll ich dir sagen, wie sie heißen? Dancer, Rudolph, Donner …« Ihre Stimme verlor sich.

Ich legte meinen Kopf in den Nacken, blinzelte zum grau verhangenen Himmel hinauf und versuchte mit der ausgestreckten Zunge eine Schneeflocke zu fangen.

»Noch nicht fertig? Jetzt wird es aber höchste Zeit! Beeil dich, Millie, und vergiss Mütze und Handschuhe nicht. Der Wind ist lausig kalt.« Der gute Rat kam von Sally Rudner, die an mir vorbei die Stufen hochhechtete und Gott sei Dank nichts von meiner kindischen Aktion mitbekommen hatte. »Stratford braucht sein Thermodeckchen. Ich weiß gar nicht, wo ich meinen Kopf habe. Jetzt bin ich auch noch in den falschen Waggon eingestiegen. Ach, bin gleich zurück!«

»Ich komme nicht mit, Sally, aber …«

Elegant hatte sie sich an mir vorbeigeschoben, doch jetzt hielt sie in der Bewegung inne.

»Aber, wo ich dich gerade treffe … Meinst du, Madelyn würde Rachel ein Interview geben?« Die Frau mit dem netten Dutt war mir so viel sympathischer vorgekommen als die energische Eva Williams. Erst die Influencerin, dann die Star-Köchin und zum Schluss die Staatssekretärin. Die Reihenfolge gefiel mir für Rachel immer noch am besten.

»Aber sicher. Ich frage Tracey.« Warum wollte Sally Tracey fragen, wenn es um Madelyn ging?, wunderte ich mich noch, fragte aber nicht weiter nach.

»Prima! Danke schön!« Sally hörte mich nicht mehr, denn sie war schon durch die Tür und zu ihrem Schlafwagen abgebogen.

Eine Weile schaute ich noch dem Treiben zu, doch dann kroch mir langsam, aber sicher die Kälte meine Beine hoch. Entweder ich würde jetzt Sallys Rat befolgen und mich warm einpacken oder sofort meinen Plan in die Tat umsetzen. Ich entschied mich für Letzteres. Mit einem beherzten Sprung landete ich auf dem verschneiten Bahnsteig. Das historische Bahnhofsgebäude sah aus, als würde es unter der dicken Schneedecke einen Dornröschenschlaf halten. Hinter den Fenstern war alles dunkel. Die Türen waren verrammelt und außer den Fußspuren, die von unserem Zug zu den Pferdeschlitten führten, war der Schnee unberührt. Ich rannte los. Nach der langen Sitzerei tat mir die Bewegung richtig gut, obwohl mir die Kälte schmerzhaft in die Lunge stach. Mein Ziel war der letzte Waggon. Von dort wollte ich meine ganz private Erkundungstour durch den Zug starten. Denn für die nächsten paar Stunden, so hoffte ich zumindest, gehörte er mir ganz allein.

Fast hatte ich mein Ziel erreicht, als ich plötzlich Stimmen hörte. Leise. Wispernd. Verschwörerisch. Ich verlangsamte meine Schritte.

»Hätte ich mich nur nicht darauf eingelassen!«

Wer immer diesen Satz gezischt hatte, er konnte seine Erregung nur sehr mühsam beherrschen. Ich schob mich näher an den Waggon heran.

»Wir sitzen doch alle im selben Boot!«, war die geflüsterte Antwort.

»Ich hätte Nein sagen können.«

»Dafür ist es jetzt zu spät. Und nun komm, bevor noch irgendwer anfängt, Fragen zu stellen.«

Den Bruchteil einer Sekunde später knirschten rechts von mir

Schritte durch den Schnee. Hätte ich meine Augen nicht zugekniffen, hätte ich die beiden Sprechenden vielleicht erkannt und hätte später … nach dem Mord … einen wichtigen Hinweis geben können. Aber ich stand da wie ein Kleinkind, das darauf hofft, nicht gesehen zu werden, bloß weil es sich die Augen zuhält. Als ich mich mit klopfendem Herzen dann endlich traute, zaghaft zu blinzeln, war ich allein. Die Kutschen waren mitsamt ihren Gästen im Schneetreiben verschwunden.

Benommen streckte ich meine steifen Finger nach der Griffstange aus, um mich daran auf die unterste Stufe zum vorletzten Waggon zu ziehen. Es war purer Zufall, dass mein Blick den Raum zwischen diesem und dem letzten Wagen streifte. Da waren Fußspuren im zertretenen Schnee. Ich hatte ja keine Vorstellung davon gehabt, wie nah ich den Sprechern gewesen war. So schnell ich konnte, kletterte ich die Stufen hoch, öffnete die Tür und schloss sie ganz schnell wieder hinter mir.

Wie mir ein Schild an der Tür zum letzten Waggon verkündete, befand sich dahinter der Gepäckwagen. Dort also hatte James unsere Koffer verstaut. Aber was interessierten mich die Koffer fremder Leute?

Ich wandte mich der anderen Tür zu. Der mit der Aufschrift *House of thousand doors*. Kaum war ich durch sie hindurchgetreten, umfing mich eine wohlige Wärme.

Keuchend lehnte ich mich an den Schrank. Wer hatte sich da mit wem unterhalten? Die Stimmen waren so leise gewesen, dass ich beim besten Willen nicht mit Bestimmtheit hätte sagen können, ob sich zwei Frauen, zwei Männer oder ein Mann und eine Frau unterhalten hatten. Für was war es zu spät? Die Härchen auf meinen Unterarmen stellten sich auf. Wer saß mit wem in einem Boot? Eine ungute Vorahnung kroch mir den Nacken hinauf.

Diese Stimmung hielt aber nur kurz an. Wen auch immer ich da belauscht hatte, sie waren jetzt weit weg. Und außerdem … mein Puls wurde schon viel ruhiger … waren die paar Sätze doch völlig aus dem Zusammenhang gerissen gewesen. Ich stieß mich von dem Schrank ab und schaute mich gespannt um. Im Licht der nostalgischen Wandlampen erkannte ich, dass der Schrank kein gewöhnlicher Schrank war, sondern, wie die anderen auch, mit Glastüren versehen war, hinter denen in Leder gebundene Bücher eng beieinanderstanden. Links und rechts von einem kleinen Tischchen luden zwei Ohrensessel zum Lesen ein.

»Hast du es direkt kapiert?«

Erschrocken fuhr ich zusammen. Es war der Typ mit den kastanienbraunen Haaren, den Gigi so mega fand. Ausgestreckt lag er auf einem Sofa gegenüber der Sitzgruppe und hielt ein Buch in den Händen.

»Oje, jetzt habe ich dich erschreckt! Das wollte ich nicht! Tut mir wirklich super leid!« Er schwang die Füße auf den Boden und schlug das Buch zu.

»Was soll ich direkt kapiert haben?«, fragte ich, sobald ich wieder ruhiger atmen konnte.

»Die Sache mit dem *Haus der tausend Türen*?«, erklärte er mit einem Lächeln, presste sich das Buch gegen die Brust und stand auf.

Während er auf mich zukam, konnte ich nicht aufhören, seine Haare anzustarren. Glitzerte auf ihnen etwa geschmolzener Schnee? Mein Herz fing an zu hämmern. Und wenn ja, wie war der dahin gekommen?

»Tausend Türen. Tausend Buchdeckel. Aber ich habe auch ein wenig gebraucht, bis ich darauf gekommen bin. Ist ja auch etwas übertrieben. Niemals stehen hier tausend Bücher. Darf ich mal?« Bevor er mich zur Seite schieben konnte, wich ich hastig vor ihm zurück. Das war vielleicht hysterisch. Aber woher sollte ich wissen, ob er wirklich die ganze Zeit hier drinnen gewesen war? Vielleicht hatte er ja zwischen den Waggons gestanden und war Teil dieser mysteriösen Unterhaltung gewesen? Während ich so tat, als würde ich den in Gold eingeprägten Titel auf dem Buchcover in seinen Händen studieren, schielte ich auf seine Schuhe. Das braune Leder war weder dunkel vor Nässe, noch wies es Wasserränder auf. Spuren, die Schnee auf jeden Fall hinterlassen hätte. Freispruch!

»Ich dachte, ich wäre der Einzige, der keine Lust auf den Ausflug hat«, informierte er mich, öffnete den Vitrinenschrank und schob das Buch auf seinen Platz zurück. »Schön, dass es nicht so ist. Ich könnte nämlich Buch-Beratung gebrauchen. Hätte ich gewusst, dass sie unsere Handys und Tablets einkassieren, hätte ich meine Micky-Maus-Sammlung mitgebracht.« Er zuckte die Schultern und kratzte sich verlegen am Kinn. »Ich befürchte, die traurige Wahrheit ist, dass ich seit Langem … also, wenn man von gerade absieht … kein Buch mehr in der Hand gehabt habe. Es gibt Erfahrungen, die muss man sich für später aufheben. Habe ich mir gedacht. Und scheinbar ist jetzt später.«

Ich musste lachen. »Okay. Dann lass mich mal sehen!«, sagte ich und ließ meine Augen über die Buchrücken gleiten. »Oh, Gott, das sind ja nur dicke, fette Klassiker. Hm. Schwierig! Da!«

»Du hast etwas entdeckt?« Interessiert trat er näher.

»*Eine Weihnachtsgeschichte* von Charles Dickens. Die ist richtig … schön!« Ich zog das Buch aus dem Regal, drehte mich zu ihm um und reichte es ihm. Dabei streifte ich versehentlich seine Hand. Es traf mich wie ein Blitz. Mein Herz setzte einen Schlag aus. Als ich zu ihm aufblickte, strahlte er mich aus gutmütigen Augen an.

»Okay!«, sagte er gedehnt. »Das ist doch eine Geschichte für Kinder, oder?«

»Micky Maus?«, brachte ich mühsam hervor.

»Stimmt!«, nickte er verlegen. »Volltreffer! Leider!«

»Sie … sie … also die Geschichte …«, stammelte ich unbeholfen. »Da ist der alte Scrooge, der ist sehr gefühllos, aber es ist doch Weihnachten … und … äh … ich will nicht zu viel verraten. Die Geschichte zeigt, worauf es im Leben wirklich ankommt und was Weihnachten bedeuten sollte.«

»Liebe!«, ergänzte er und meine Knie wurden weich.

»Liest du viel?«

»Ja, schon!« Liebesromane.

»Wenn Mr Scrooge und ich gut miteinander klarkommen, darf ich dich dann um mehr Tipps bitten?«

Ich spürte, wie mir die Hitze in den Kopf stieg. »Klar. Logisch. Gerne.« Unbestimmt fuchtelte ich mit der Hand in der Luft herum. »Aber ich muss jetzt los.«

Beinahe wäre ich im Rückwärtsgehen gegen den Sessel gestolpert. Voll peinlich! Und das nur, weil ich nicht aufhören konnte, ihn anzusehen.

»Verstehe. Du hast noch einen Termin.« Er verzog nicht mal einen Mundwinkel. Natürlich wusste er, dass ich log.

»Ich … ja, mit meinem Strickzeug!« Was redete ich denn da für einen Unsinn! Endlich schaffte ich es, mich loszureißen. Kaum war ich außer Sichtweite, rannte ich los. Durch den menschenleeren Salonwagen, den Küchenwagen, in dem Töpfe klapperten und Wasser zischte, und dann raste ich durch den ausgestorbenen Speisewagen. Danach lagen nur noch die beiden Schlafwagen vor mir. Kaum war ich in unserer Suite, schlug ich die Tür hinter mir zu und lehnte mich keuchend an sie. Mein Herz hämmerte wie wild. Mein Magen zog sich zusammen und gleichzeitig war da so ein seltsames Kribbeln überall. Alles in mir wollte zurück in die Bibliothek und auch wieder nicht. In mir wirbelten die Gefühle, die Gedanken, alles so wild durcheinander. Wie die Schneeflocken vor den Fenstern.

Was war denn nur in mich gefahren? Heute Morgen in King's Cross hatte ich mich noch sehnsuchtsvoll nach Scott umgesehen. Keine fünf Schritte weiter genoss ich den kleinen Flirt mit James. Ich konnte doch nicht in der einen Sekunde … und dann in der anderen … Und jetzt ließ dieser Typ mein Herz in meiner Brust tanzen wie einen aufgezogenen Kreisel. Ich kannte noch nicht mal seinen Namen!

Nach fünf Minuten hatte ich mich so weit beruhigt, dass ich meine Expedition durch den Zug vorsichtig fortsetzte. Allerdings blieb mir jetzt nur noch der Spa-Bereich und der war leider verschlossen. In einem verschnörkelten Goldrahmen informierte lediglich ein schlichtes Kärtchen darüber, dass man sich zu Massage oder Kosmetikbehandlung vorab anmelden sollte. Und zwar bei Marissa Briggs, die sich schon sehr auf »Ihren Besuch im Reich der Sinne« freute. Und wie ich mich erst freute! Denn selbstverständlich waren die Verschönerungsmaßnahmen als Christmas-Treat für die Passagiere inklusive. So ähnlich hatte es in der Broschüre gestanden. Im Geiste machte ich mir eine Notiz, dass ich mich, so bald wie möglich, zu einer schicken Verwöhnsession bei der guten Ms Briggs anmelden musste. Das durfte ich mir unter gar keinen Umständen durch die Lappen gehen lassen.

Warum ich mich entschloss, im Salon auf Rachels Rückkehr zu warten, und nicht etwa in unserer Suite, könnte ich nicht mehr genau erklären. Ich reckte erst mal zaghaft den Kopf hinein, um zu prüfen, ob die Luft rein war. War sie. Was mich dann doch enttäuschte. Der süße Typ war nicht da und ließ sich auch in den nächsten Stunden nicht blicken.

Kapitel 7

Vielleicht war es keine so schlaue Idee gewesen, ausgerechnet dann mit *Mord im Orientexpress* von Agatha Christie loszulegen, wenn ich bei heulendem Wind und Schneegestöber gefühlt mutterseelenallein im Zug hockte. Susan wusste, dass ich keine Krimitante war, und trotzdem war sie gestern Abend noch atemlos vorbeigekommen, um mir das Buch zu bringen.

»Wenn du schon mit so einem Luxuszug zu deinen Eltern fährst, solltest du gewappnet sein. Jeder deiner Mitreisenden könnte ein Mörder sein«, hatte sie düster geraunt. Als es Zeit für einen späten Lunch wurde, waren im Orientexpress Gott sei Dank noch alle sehr lebendig. Wieder hatte ich mit klopfendem Herzen das Buch und dann erneut mein Strickzeug zur Hand genommen. Obwohl es erst vier Uhr war, war es hinter den Fenstern des Salonwagens schon ziemlich dämmrig geworden.

Diesmal spürte ich seine Anwesenheit, lange bevor er hinter mich trat. Ungefragt stahl sich ein Lächeln auf mein Gesicht.

»Nicht wieder erschrecken, Millie!« Ich zuckte nicht mal mit der Wimper, als er sich zu mir herabbeugte.

»Woher kennst du meinen Namen?

»Das klingt jetzt vielleicht doof, aber ich kann zaubern«, gab er zurück und es klang nicht eine Sekunde wie eine blöde Anmache. »Mein Name ist übrigens Charles. Nur, falls du mich mal ansprechen möchtest.«

»Charles?«, gab ich zurück, ohne von meinem Strickzeug aufzublicken. »Wie unser König?«

»Genau wie der!«

»Kann der auch zaubern?«

»Sollen wir im neuen Jahr zusammen zum Buckingham Palast fahren und ihn fragen?«

Ohne es zu wollen, musste ich schmunzeln. Der Typ, also Charles, hatte mich im Sturm erobert.

Als die anderen pünktlich zum Tee von ihrem Ausflug zurückkamen, war dann Schluss mit Ruhe. Ich hatte mit leuchtenden Augen und begeisterten Berichten über die niedlichen Schafe und den leckeren Käse gerechnet.

Aber ganz bestimmt nicht mit der schockierenden Neuigkeit, dass Tracey Pitts beinahe tödlich verunglückt wäre. Die meisten waren jetzt noch leichenblass und einige bestellten sich zu ihrem Tee einen kräftigen Whiskey zur Nervenberuhigung. Auch Rachel stand der Schreck immer noch ins Gesicht geschrieben, als sie mir in unserer Suite atemlos von dem schrecklichen Vorfall berichtete, dessen Zeugin sie geworden war:

Sie waren auf den höchsten Punkt eines Hügels gestiefelt, um von dort die Aussicht auf die Winterlandschaft zu genießen. Als hätte Petrus es besonders gut mit ihnen gemeint, hatte es für einen kurzen Moment aufgehört zu schneien, sodass sie relativ klare Sicht auf die Berge in der Ferne hatten. In kleinen Grüppchen und auch einzeln hatten sie sich dann wieder auf den Rückweg zur Farm gemacht. Keiner wollte mitbekommen haben, wie sich der Traktor in ihrem Rücken lautlos in Bewegung gesetzt hatte und den kleinen Hügel hinuntergerumpelt war. Schneller und schneller. Wäre der Bauer nicht so geistesgegenwärtig gewesen und hätte er Tracey nicht in der allerletzten Sekunde aus dem Weg geschubst, dann … ja, dann … Schauderhafte Vorstellung!

Ich empfand größten Respekt für Tracey, als sie sich nach dem Dinner gegenüber von Rachel und mir im Salonwagen in das Sofa sinken ließ. Quietschfidel war sie und sie wirkte nicht annähernd so geschockt, wie es die anderen gewesen waren.

»Sally sagt, du würdest Madelyn gerne für deine Reportage interviewen«, leitete Tracey das Gespräch mit Rachel ein, deren Kopf sofort zu mir herumwirbelte. Was ich nur aus den Augenwinkeln registrierte. Denn ich zog es vor, mich auf mein Strickzeug zu konzentrieren und ihrem bestimmt sehr wütenden Blick auszuweichen. Okay, Rachels verärgertes Räuspern in meine Richtung konnte ich dann doch nicht überhören. Langsam drehte sie sich wieder zu Tracey um, neben der in der Zwischenzeit auch Madelyn Platz genommen hatte.

»Es wäre für meine Reportage eine große Bereicherung«, hörte ich meine Schwester mit sehr professioneller Stimme sagen.

»Nun, da sind wir! Was willst du wissen?« Äußerst elegant schlug Tracey Pitts die Beine übereinander. In ihrem schwarzen Spitzenkleid und mit dem hohen Zopf sah sie einfach großartig aus.

»Sie … äh … Du …« Bevor Rachel weiterstammeln konnte, hob Tracey lachend die Hände. »Großer Gott, lass mal gut sein mit der Siezerei.«

»Okay, ähm, … ich wollte nur sagen, falls dir das zu viel sein sollte, musst du wirklich nicht bei dem Interview dabei sein, nach dem, was heute Nachmittag …«, setzte Rachel erneut an, während sie in ihrer Tasche nach Block und Kugelschreiber kramte. »Es geht ja um Madelyn.«

»Erstens, solche Unfälle passieren. Haken dran und gut ist.« Tracey machte eine wegwerfende Handbewegung. Was für eine toughe Frau! »Und zweitens bin ich bei jedem Interview dabei, das Madelyn gibt.«

Sanft strich sie mit den Fingerkuppen über die grünen, blauen und den großen blutroten Stein, die sich an ihrer Halskette aneinanderreihten.

Auch die anderen Gäste hatten sich superchic gemacht. Mr Frost und Alistair Hadley trugen Smokings, was ich nur aus Filmen kannte. Die Abendgarderobe der Damen boten alles. Von elegant (Cara Frost) über gewagt (Tracey) bis herzerweichend ausgebessert und abgetragen (Rose). Eva Williams hatte beim Dinner genauso gefehlt wie jetzt. Aber Gigis hautenges goldenes Paillettenkleid schoss den Vogel ab. Sie winkte mir von der Bar aus zu und hob überfragt die Hände. Offensichtlich wartete sie immer noch darauf, dass sich ihr heimlicher Verehrer outete. Leise ertönte Musik aus gut versteckten Boxen.

Ich gestand es mir selbst nicht ein, aber jedes Mal, wenn ich den Hals reckte und mich im Salon umschaute, dann weil ich Charles suchte. Fürs Dinner hatte ich mein langes dunkelblaues Wollkleid angezogen. Auch, weil ich wusste, dass es meine Augenfarbe so schön betonte.

Mein Herz machte einen Hüpfer. Denn Charles hatte den Salon betreten. Er blickte zu mir rüber und hob kurz die Hand. Ich erwiderte seinen Gruß. Himmel, sah der gut aus in seinem Smoking! Aber gar nicht klassisch gut. Was mir sehr wichtig war. Die goldene Regel unserer Nana lautete nämlich: »Von schönen Tischen isst man nie allein!«

Vielleicht hatte Rachel diesen Spruch sogar etwas zu häufig gehört. Denn über Paul konnte man viel sagen, nur nicht, dass er so schön war wie ein Filmstar. Dafür war er meganett! Und das zählt ja nun bekanntlich mehr als gutes Aussehen. Unter gesenkten Lidern verfolgte ich, wie Charles sich zu Mr Frost und Alistair Hadley stellte.

»Was kann ich Ihnen bringen, schöne Frau?« James' fröhliches Grinsen verstellte mir die Sicht. Während er in der linken Hand ein Tablett balancierte, hatte er seine Rechte auf dem Rücken liegen. »Einen Cocktail, Sekt, Weinchen?«

»Einen alkoholfreien Weißwein, bitte!«

»Selbstverständlich, meine Dame! Stets zu Diensten, meine Dame!«

James richtete sich auf. »Und die anderen schönen Damen?«

Fünf Minuten später schlürfte Tracey Champagner. »Möchte noch jemand Schokolade?« Fragend schaute sie von ihrer Handtasche auf, aus der mir bunt verpackte Riegel entgegenleuchteten.

»Nein, danke, mir ist heute eher nach salzig!«, sagte Rachel und bediente sich an dem silbernen Erdnussschälchen auf unserem Tisch.

»Was ist das denn für Schokolade?«, erkundigte ich mich und reckte mich vor, um die Aufschrift besser lesen zu können.

»Zartbitter.«

»Dann probiere ich sie gerne. Danke schön!«, sagte ich, nahm einen Riegel entgegen und wickelte ihn aus.

Im kleinen Schwarzen, Abendhandtasche über der Schulter und wie immer mit der roten Aktentasche unter dem Arm kam jetzt Eva Williams in den Salon.

»Habe ich etwas verpasst?«, fragte sie in die Runde. »Ich bin über meinen Akten eingenickt.«

»Wird schön langweiliger Kram gewesen sein«, kicherte Tracey. Eva machte sich nicht die Mühe, darauf etwas zu erwidern.

»Es muss an der guten Luft liegen. Ich habe geschlummert wie ein Baby.« An der Bar machte sie halt. »Könnte ich wohl noch eine Kleinigkeit zu essen bekommen, Natalie? Ich habe das Dinner verschlafen. Ein Club-Sandwich reicht völlig. Und einen Kaffee, bitte.«

»Aber sicher. Ich gebe in der Küche Bescheid!«, hörte ich Natalie antworten. Eva bedankte sich und nahm an einem unbesetzten Zweiertisch ganz in unserer Nähe Platz. »Weiß jemand, wo Sally ist?« Als sie keine Antwort bekam, zuckte sie mit den Schultern und packte ein Kartenspiel aus ihrer Abendhandtasche.

»Also, Madelyn!« Mit einem besonders langen Atemzug nahm Rachel Block und Stift zur Hand. Dabei entging mir nicht, dass ihre Hände zitterten.

»Das wird mega!«, raunte ich ihr leise zu, während ich meine Maschen zur Nadelspitze vorschob.

»Sally hat uns schon verraten, dass du deine Freundinnen zu dieser Reise eingeladen hast. Am fünfundzwanzigsten feiert ihr dann in deinem Haus in Edinburgh nicht nur Weihnachten zusammen, sondern auch deinen Geburtstag.« Rachel ließ nervös ihren Kugelschreiber klicken. »Ihr hättet auch fliegen können. Warum der *Golden Highlander*?«

»Weil …«, setzte Madelyn an, lachte und schüttelte den Kopf. »Ach, weißt du was … Interviews fallen wirklich in Traceys Bereich. Deshalb … würdest du?«, wandte sie sich an ihre Freundin.

»Klar! Schließlich ist das Ganze auf meinem Mist gewachsen«, stimmte Tracey fröhlich zu. Sie hatte ihren Schokoriegel verputzt und löffelte sich jetzt Erdnüsse in die hohle Hand. »Wir sind eine Clique von alten Schulfreundinnen.« Tracey machte sich groß und deutete auf die anderen: »Eva, die im Moment abwesende Sally, Madelyn und ich. Als Kleeblatt sind wir zusammen durch dick und dünn gegangen ... aber wie das Leben so spielt, verliert man sich aus den Augen oder hat kaum noch Zeit füreinander. Bei Madelyn und mir ist das etwas völlig anderes. Durch die Arbeit sehen wir uns täglich. Aber ich wusste, wie sehr Madelyn die anderen vermisst ...«

»In China hält man die Vier für ein Zeichen des Unglücks!« Der Blick, den Eva Williams über ihre Spielkarten und den Gang hinweg Tracey zuwarf, ließ mich frösteln. »Im Chinesischen klingt das Wort Vier fast wie das für Tod!«

Sichtlich verärgert, presste Tracey die Lippen aufeinander, entschied sich aber dafür, Evas Bemerkung zu ignorieren.

»Warum dieser Zug? Weil er der pure Luxus ist und uns ermöglicht, richtig schön runterzukommen und zu entspannen. Ich gebe zu, der fünfunddreißigste Geburtstag ist nur ein halbrunder, aber man muss die Feste feiern, wie sie fallen. Und deshalb habe ich schon frühzeitig bei unserem guten Benjamin diese Reise für uns alle gebucht. Natürlich ist sie kostspielig. Aber unter uns gesagt ...« Tracey beugte sich vor. »Benjamin gehört schon seit Urzeiten zu uns und ist uns mit dem Preis auch sehr lieb entgegengekommen. Für ihn ist es ja auch eine tolle PR. Wenn Madelyn Clarkson sich eine neue Handtasche kauft, ein neues Auto fährt oder mit dem *Golden Highlander* reist, ist das extrem werbewirksam.«

Mit einem charmanten Lächeln hob sie ihr Glas und prostete Benjamin, Cara und Alistair zu, die zusammen an der Bar standen. »Stimmt's oder hab ich recht?«

Ich warf einen unruhigen Blick durch den Salon. Wohin war

Charles verschwunden? War er schon gegangen, ohne mit mir zu sprechen?

Mr Frost erwiderte Traceys Gruß mit seinem Whiskeyglas. Und er lächelte. Ganz im Gegensatz zu seiner Frau. Cara Frosts Mund war nur noch ein schmaler Strich.

»Und so feiern wir nach vielen, vielen Jahren mal wieder alle zusammen Weihnachten und Madelyns Geburtstag. Wie in der guten alten Zeit. Das Kleeblatt ist wieder vereint.« Tracey rieb sich die Hände. »Am Morgen des fünfundzwanzigsten Dezembers … draußen klirrende Kälte. Eisblumen an den Scheiben. Aus der Küche wabert der Duft von Kakao, Kaffee, Tee und gebratenem Speck.«

Ich wusste genau, was sie meinte!

»Und wir vier packen vor dem knisternden Kaminfeuer in Madelyns Wohnzimmer in Pyjamas, ungeschminkt und mit wirrem Haar unsere Geschenke aus. Wir futtern die Süßigkeiten aus unseren Weihnachtsstrümpfen und schwelgen in Erinnerungen.«

Hatte denn niemand von ihnen Kinder, die zu Hause auf sie warteten? Scheinbar nicht.

Plötzlich konnte ich es gar nicht mehr erwarten, nach Hause zu kommen, Mum und Dad in die Arme zu schließen, unseren Weihnachtsbaum zu bewundern und mich wieder wie fünf zu fühlen.

»Und nach der Weihnachtsansprache des Königs gleitet unsere Weihnachtsfeier langsam und gemütlich in Madelyns Geburtstagsparty über«, ergänzte Tracey noch.

Im kleinen Haus meiner Eltern würde es das traditionelle Weihnachtsessen geben. Nur leicht abgewandelt. Rachel und ich würden nämlich einen veganen Braten zaubern und ich hoffte sehr, dass er vor allem unserem Dad schmeckte. Ich esse zwar sehr gerne Fleisch, aber in Maßen und finde die Alternativen einfach spannender.

»Traditionell«, riss Tracey mich aus meinen Gedanken, »dürfte nur ein Mann dabei sein. Benjamin. Immerhin hat er schon immer zu uns gehört.« Ich ging auf die Knie, um mein Wollknäuel aufzuheben. Beim Fadenabrollen hatte es sich selbstständig gemacht und war unter meinen Sessel gerollt. Keine Ahnung, wie lange ich auf dem Boden herumgekrochen bin? Drei Sekunden? Auf jeden Fall hatte die Zeitspanne gereicht, um die Atmosphäre im Salonwagen völlig zu vergiften. Die Anspannung ließ förmlich die Luft vibrieren. Abschätzig ließ Tracey ihre Augen an Madelyns Ehemann Alistair hinuntergleiten. Scheinbar unbeeindruckt lehnte der an der Bar. Äußerlich wirkte er total ruhig auf mich, doch der schnelle Rhythmus, in dem sich sein Brustkorb hob und senkte, zeigte mir, dass ich mich täuschte.

»Oh, Alistair.« Völlig übertrieben schlug sich Tracey die flache Hand auf die Brust. »Du musst mir glauben, dass ich nichts von deinen romantischen Reiseplänen für die Weihnachtstage gewusst habe. Paris. Die Stadt der Liebe. So eine originelle Idee! Sonst hätte ich doch niemals … Also, nein. Aber wie hätte ich denn im Frühling ahnen sollen, dass bald ein mittelloser Künstler zu unserem Kreis gehören würde? Schon witzig! Nie im Leben hätte ich damit gerechnet, dass ein ebenso plötzliches wie schicksalhaftes Gewitter meine beste Freundin in deine kleine Galerie in dieser dreckigen Seitenstraße und dann direkt vor den Traualtar spülen würde.« Ohne den Blick von ihm abzuwenden, legte sie ihre Hand auf Madelyns Unterarm und tätschelte ihn. »Man darf sie auch nicht eine Sekunde allein lassen. Sonst stellt sie den größten Unfug an.«

Keine Ahnung, wann die Musik aufgehört hatte zu spielen oder das letzte Gespräch abgebrochen war. Auf jeden Fall herrschte eine gespenstische Stille.

»Ich bitte dich, Tracey, hör auf!« Madelyns Stimme war ein drängendes Flüstern.

Mit bösartiger Freude machte Tracey weiter. »Verzeih mir nur noch dieses einzige Mal, Alistair. Du darfst uns auch bei der Party die Getränke nachschenken.«

Mit einem lauten Knall stellte Alistair Hadley sein Whiskeyglas auf der Bar ab. Die bernsteinfarbene Flüssigkeit schwappte über. Auffordernd fixierte er seine Frau. Madelyn machte auch Anstalten aufzustehen, doch schlossen sich Traceys Finger so fest um Madelyns Handgelenk, dass ihre Knöchel weiß wurden.

»Wir führen ein Interview, Madelyn!«

»Aber Alistair!«, widersprach diese. Offensichtlich drängte alles in ihr zu ihrem Mann.

»Das Geschäft geht vor!« Traceys Stimme schnitt durch die Luft wie ein Skalpell durch Butter.

Zögernd rutschte Madelyn auf dem Sofa wieder nach hinten. Daraufhin stürmte Alistair aus dem Salon. Genau in dem Moment, in dem James mit Evas Club-Sandwich auf einem Tablett in den Salon kam. Äußerst geschickt tänzelte er zur Seite und rettete sein Tablett vor dem Sturz.

»Verzeihung!«, murmelte Mr Hadley noch, dann knallte er die Tür so heftig hinter sich zu, dass ich erschrocken zusammenzuckte.

Mit einem genüsslichen Lächeln lehnte Tracey sich in die weichen Polster und ließ die restlichen Erdnüsse aus der Hand in ihren Mund fallen. Eins zu null für sie. Sie war eifersüchtig, dass es krachte.

Unweigerlich musste ich an Susan denken. Meinen Crush auf Scott hatte sie mir gegönnt. Na ja gut, aus der Sache war auch nichts geworden. Aber wie würde sie reagieren, wenn ich in, sagen wir mal Charles, die Liebe meines Lebens fände? Würde sie ihn genauso … hassen?

»Sag mal, Kindchen, brauchst du vielleicht Unterstützung?«

»Bitte?« Völlig verwirrt wandte ich mich Rose zu, die sich über den Gang zu mir herübergebeugt hatte.

»Na, damit!« Mit ihrer arthritischen Hand deutete sie auf meinen Schoß. Sie musste Adleraugen haben, wenn sie das Luftmaschen-Loch im unteren Drittel des Schals, das ich einer unkonzentrierten Downton-Abbey-Stricksession verdankte, von ihrem Platz aus sehen konnte.

»Halb so schlimm, Rose«, winkte ich ab. »So bekommt die Sache ihre ganz persönliche Note! Ein Unikat, eben.« Mein Dad musste auch mit dem Hubbel in seiner Weihnachts-Mütze leben, den ich beim Fadenvernähen kreiert hatte.

»Solltest du es dir anders überlegen, stopfe ich es dir gerne so, dass niemand es mehr sieht.« Erst als sie sich wieder zurücklehnte, sah ich, dass ihr Strickkorb wieder neben ihr stand.

»Darf ich jemandem noch etwas aus der Küche bringen? Einen kleinen Snack vielleicht?« James ging von Tisch zu Tisch und verbeugte sich artig.

»Mega nett, danke! Aber echt nicht nötig«, wandte ich mich an Rose. »Aber wenn du mir irgendwann zeigen könntest, wie das mit dem Umhäkeln einer Strickarbeit geht, das wäre super!«

»Sicher, Herzchen!«, nickte Rose. »Das mache ich doch sehr gerne.«

»Ihr könnt froh sein, dass ihr keinen Hund habt, mit dem ihr bei jedem Sauwetter vor die Tür müsst! Brrrrr … da draußen tobt ein richtiger Schneesturm!« Mit geröteten Wangen und einem schwanzwedelnden Stratford war Sally von ihrem abendlichen Spaziergang zurückgekommen. Der nur möglich gewesen war, weil unser Zug den Bahnhof Conchester nicht wieder verlassen hatte. Wir würden die Nacht hier abwarten. Schließlich machte es wenig Sinn, im Dunkeln vorbei an atemberaubenden Seen, Bergen und über so großartige Bauwerke wie das Glenmorag Viadukt zu rauschen.

Wie ein gut eingespieltes Team schüttelten Frauchen und Hund gleichzeitig den Schnee von sich. Dann schaute Sally sich nach einem Plätzchen um, streifte ihren Mantel ab und drückte ihn einer jungen Frau in die Hand, die mir bisher noch nicht begegnet war. Wie Natalie trug sie eine schwarze Hose, eine weiße Bluse und darüber eine schwarze Weste. Um den Kragen hatte auch sie eine rote Fliege gebunden. Ihr Haar versteckte sie unter einem Tuch, das sie geschickt zu einem Turban verschlungen hatte. So etwas fand ich ja mega.

»Stratford! Pfui! Aus! Du darfst doch nicht immer alles fressen, was dir vor die Nase kommt!«

Das sah Stratford anders. Er hing mit der Schnauze in der silbernen Schale auf unserem Tisch und schlabberte die Erdnüsse weg, als gäbe es kein Morgen. Sally bückte sich, um die Leine vom Boden aufzuheben, wo sie gelandet war, als Stratford sich losgerissen hatte. Doch noch bevor Sally sie auch nur mit den Fingerspitzen berührte, ging ein Ruck durch den Malteser. Er hob den Kopf, schnüffelte, fixierte dann Tracey und zog drohend die Lefzen hoch.

»Pfeif deinen verdammten Köter zurück, Sal!« Nicht einen Zentimeter war Tracey zurückgewichen. Sie hatte keine Angst vor ihm. Er machte sie nur unfassbar wütend.

»Stratford, aus!« Endlich hatte Sally die Leine zu packen bekommen und bestimmt hätte sie den Malteser im nächsten Moment zu sich gezogen. Doch Benjamin Frost kam ihr zuvor. Er riss den kleinen Hund am Halsband in die Höhe, sodass Stratford erst aufjaulte und dann keuchend nach Luft rang.

»Mr Frost!« Wutschnaubend sprang ich auf die Füße. »Geht es noch? Der arme Hund?«

Er ignorierte mich. »Sollte das noch mal vorkommen, noch ein einziges Mal, Sal, dann muss dein ... dein ... dein Hund für den Rest dieser Reise in deinem Abteil bleiben. Hast du mich verstanden?«, brüllte er und schüttelte seinen Zeigefinger vor Sallys Nase, als wäre sie ein unartiges Kind. Wieder ließ Stratford ein leises Knurren hören. Während ich ihm beruhigend über sein Köpfchen strich, konnte ich ihm innerlich nur zustimmen. Benjamin Frost war ein jähzorniger Idiot!

»Es liegt an Tracey. Nicht an Stratford. Der ist normalerweise lammfromm!«, verteidigte Sally ihren Hund und nahm ihn hastig auf den Arm.

»Natürlich!«, schnappte Tracey ironisch, um dann hinzuzusetzen: »Bring ihm Manieren bei oder ich tu es!«

»Was soll das denn heißen?« Sally umklammerte ihren kleinen Liebling. Blanke Panik loderte in ihren Augen auf.

»Dass ich das Problem dann lösen werde«, sagte Tracey.

Als wäre alles in schönster Ordnung, winkte sie Natalie zu und hielt dabei die silberne Schale hoch. »Wir bräuchten bitte frische Erdnüsse. Unsere hat der Hund aufgefressen.«

»Danke, Millie«, wandte sich Sally an mich, »für deinen Einsatz.«

»Der arme Stratford kann immer zu Rachel und mir kommen!«, versprach ich und meinte es auch so. Schließlich hätten wir beide unglaublich gerne einen eigenen Hund. Nur war das in unserer kleinen Wohnung, mitten in London, nicht gut möglich. Auch weil ich ja den ganzen Tag in der Schule und Rachel in der Redaktion war.

Als ich mich wieder neben Rachel setzte, jagte mir immer noch das Blut durch die Adern, als hätte ich an einem Hundertmeterlauf teilgenommen. Unsere Blicke kreuzten sich und ich wusste sofort, dass wir beide das Gleiche dachten. Sowohl Tracey als auch Benjamin Frost hatten zwei Gesichter. Und ich wusste ehrlich nicht, wen von beiden ich nach dieser Szene weniger mochte.

Diesmal ging die Salontür mit einem leisen Klack zu. Cara hatte den Raum verlassen.

Kapitel 8

»Gut, also, wo waren wir stehen geblieben?« Mit einem strahlenden Scheinwerferlächeln schaute Tracey Rachel fragend an.

»Kurzen Moment, bitte!« Hektisch blätterte Rachel in ihrem Block die Seiten zurück und wieder vor. Gleichzeitig erschien über ihrer Nasenwurzel diese Falte, die sie immer dann bekam, wenn richtige Panik in ihr aufstieg. Sie fuhr sich mit der Zunge über ihre ausgetrockneten Lippen und warf mir einen verzweifelten Seitenblick zu. Oh verdammt! Sie hatte den Faden verloren. Um uns herum hatten die Mitreisenden wieder ihre Gespräche aufgenommen. Die Boxen entließen die ersten Töne des nächsten Weihnachtsliedes in den Salon. Unverkennbar *Silent Night Holy Night*. Ausgerechnet! Traceys Wutausbruch hatte Rachel total aus dem Konzept gebracht. Ihr Atem flog. Kein gutes Zeichen!

»Ihr arbeitet also zusammen?«, sprang ich schnell ein. Auch wenn ich für diese Frage keinen Preis gewonnen hätte, war sie doch besser als peinliches Schweigen. »Kochst du auch?«

»Großer Gott, nein!«, lachte Tracey herzhaft. »Ich kann noch nicht mal ein Spiegelei braten. Ich bin Madelyns Managerin. Das Geschäft ist hart und Madelyn viel zu weich. Ich sag nur: Künstlerin. Kein Bezug zum Geld und viel zu gutmütig. Ich übernehme die Vertragsverhandlungen und bin für das ganze organisatorische Drumherum zuständig. So braucht Madelyn sich nur aufs Kochen zu konzentrieren.«

»Und dafür bin ich Tracey unendlich dankbar! Am liebsten stehe ich nämlich am Herd und experimentiere«, versicherte uns Madelyn, ließ dabei aber die Tür nicht aus den Augen. Sehnsüchtig wartete sie auf die Rückkehr ihres Mannes. »Auf mich richtet sich das Rampenlicht, während für sie nur der Schatten bleibt.«

»Die Erdnüsse!« An unseren Tisch war die junge Frau mit dem coolen Turban getreten, die Sally vorhin den Mantel abgenommen hatte. Lächelnd stellte sie eine neue Silberschale mit frischen Erdnüssen vor uns hin.

»Wunderbar!«, rief Tracey überschwänglich und schloss mit einem Klack ihre Abendtasche. Es war eine Clutch, in die bestimmt nicht mehr passte als ein Taschentuch, der Schlüssel zu ihrer Suite und ihre Schokoriegel.

»Kann ich Ihnen sonst noch etwas bringen?« Die junge Frau ließ irritiert ihre Hand in der Luft schweben. Sie suchte nach etwas. Nach zwei oder drei Sekunden gab sie es auf und stellte sich, die Hände auf dem Rücken verschränkt, kerzengerade hin.

»Natalie hat also Verstärkung bekommen?«, trällerte Tracey, als sie meinen fassungslosen Blick auf ihre Tasche auffing und mich frech angrinste. Täuschte ich mich, oder hatte ihre Tasche plötzlich eine sehr markante Beule, die vorher nicht da gewesen war? Auf einmal ahnte ich, wonach die junge Frau vergeblich den Tisch abgesucht hatte. Aber hatte Tracey das von Stratford angesabberte Silberschälchen wahrhaftig mitgehen lassen? Mir blieb die Spucke weg. Wieso tat sie so was?

»Eigentlich bin ich für den Spa-Bereich zuständig«, erklärte die junge Frau jetzt. »Ich heiße Marissa.« Wenn sie mit ihren Schönheitstreatments dafür sorgen konnte, dass ich genauso eine ebenmäßige Haut und einen so beneidenswerten Teint bekam wie sie, würde ich mich morgen früh sofort bei ihr anmelden. Das hatte ich ja eh vorgehabt. Auf dem Zwanzigerjahre-Maskenball am nächsten Abend würde ich nach dem Treatment bestimmt alle überstrahlen. Apropos. Ich reckte den Hals. Charles war immer noch nicht wieder aufgetaucht. Dafür verstand James meinen suchenden Blick völlig falsch und winkte mir von seinem Platz neben dem Durchgang zur Küche überschwänglich zu. Deutlich unauffälliger winkte ich zurück. »Aber abends helfe ich im Salon aus«, setzte Marissa noch hinzu.

Sie zog ihre Weste stramm und neigte den Kopf, dann klemmte sie sich das Tablett unter den Arm und ging zurück zur Bar.

»Ich hätte nur noch eine abschließende Frage.« Die kleine Unterbrechung mit Marissa hatte Rachel wieder in die richtige Spur gebracht. Erleichtert lehnte ich mich zurück und stach meine Nadel in die nächste Masche.

»Ich glaube, ich gehe jetzt doch mal nach Alistair gucken.« Gerade wollte Madelyn aufstehen, als Tracey sie mit einem gezischten: »Diese eine Frage wirst du ja wohl noch abwarten können!« aufhielt.

»Sicher!«

»Äääääh … ehm …« Ich ließ mein Strickzeug sinken und schielte besorgt zu meiner Schwester rüber. Doch Gott sei Dank, verpuffte die einschüchternde Wirkung von Traceys herrischem Ton diesmal in Sekundenschnelle. »Madelyn, du kocht ja schon lange nicht mehr selbst in deinen Restaurants. Aber wie ich gehört habe, kannst du für Special Events gegen eine entsprechend hohe Summe persönlich gebucht werden. Dürfte ich fragen, für welche Berühmtheiten du schon gekocht hast?«

Wieder war es Tracey, die antwortete: »Ich kann natürlich keine Namen nennen.« Verschwörerisch beugte sie sich vor und legte den Zeigefinger an ihre geschlossenen Lippen. Madelyn schien das alles im Moment nicht zu interessieren. Mit hängenden Schultern starrte sie ins Leere. Sie tat mir wirklich leid.

»Aber die Liste ist lang und sehr erlesen. Nur so viel … Madelyn hat schon für Präsidenten, Despoten und Tech-Milliardäre gekocht. Und ich kann euch versichern, es war so mancher Mensch darunter, dem wir beide lieber nie begegnet wären. Einmal sogar ein richtiger Mörder.« Tracey schüttelte sich. »Ich würde ihn jederzeit wiedererkennen.«

❄ ❄ ❄

Zögerlich nahm ich mein Strickzeug wieder auf. Doch genau in diesem Moment verklangen die letzten Töne von *Christmas Dreaming* und Benjamin Frost trat mit erhobenen Händen vor. Gleichzeitig verloren die Lampen an Helligkeit, bis sie nur noch ein geheimnisvolles Halbdunkel im Salonwagen verbreiteten. »Meine Damen und Herren, liebe Freunde und Gäste, ich freue mich sehr, Euch und Ihnen ein weiteres Highlight unseres hochkarätigen Unterhaltungsprogramms hier an Bord des *Golden Highlander* ankündigen zu dürfen. Begrüßen Sie mit mir …« Mr Frosts Stimme erhob sich, er klatschte in die Hände:

»Charles Masterson, den Meister der Illusionen!«

Wie aus dem Boden gewachsen stand ein junger Mann plötzlich vor der Bar. Und er war niemand anderer als mein Charles! Nein, das klingt jetzt völlig falsch. Also, der Charles, mit dem kastanienbraunen Haar und diesen gütigen braunen Augen, der mein Herz zum Schmelzen gebracht hatte. Ohs und Ahs und vornehmes Händeklatschen brandeten auf. Um seine Schultern hatte Charles einen schwarzen Umhang gelegt, den er zu einer gekonnten Verbeugung durch die Luft schwang. Mich durchströmte eine warme Welle des Stolzes, als er mit gemessenen Schritten in die Mitte des Salons trat.

Unsere Blicke trafen sich und er zuckte auf so eine charmant-bescheidene Ich-habe-es-doch-gesagt-Art mit den Schultern, dass ich lachen musste. Er hatte also nicht gelogen. Er konnte tatsächlich zaubern!

»Meine Damen und Herren«, setzte er mit fester Stimme an. »Folgen Sie mir ins Reich der Illusionen. Nichts ist, wie es scheint! Seien Sie auf der Hut!«

Mit einem magischen Knistern verloschen die Lichter. Gleichzeitig fühlte ich, wie mir die Hitze ins Gesicht schoss. Ich legte mein Strickzeug weg, weil ich meine Hände jetzt zum Daumendrücken brauchte. Innerhalb von zwei Sekunden leuchteten die Lichter wieder auf. Charles war weg. Verwundertes Raunen ging durch den Salon. Unzählige Augenpaare, inklusive meines, machten sich auf die Suche nach dem verschwundenen Zauberkünstler, als es plötzlich von draußen an ein Fenster klopfte. Erschrocken fuhren wir alle zusammen. Im Schneetreiben stand Charles und winkte uns lachend zu!

»Kann der durch Wände gehen?«, flüsterte Rachel neben mir. Tosender Applaus. Wie hatte er das nur geschafft? So schnell und so lautlos hätte er nicht rennen können.

Wenige Sekunden und ein Lichterzucken später stand er wieder im Salon. Mit kreisenden Bewegungen fuhr er mit den flachen Händen durch die Luft. Dann rieb er sie aneinander, als ob er sie wärmen wollte, und plötzlich schob sich eine flackernde Kerze daraus hervor. Vor lauter Staunen vergaß ich glatt das Daumendrücken. Gespannt verfolgte ich, wie Charles mit der brennenden Kerze zur Bar rüberging und sie dort in einen bereitstehenden Leuchter steckte. Wieder ging das elektrische Licht aus. Als wollte Charles einen Geist aus der lodernden Flamme locken, ließ er zu den leisen Klängen ätherischer Musik seine weißen Hände über der Kerze tanzen. Der Rest seines Körpers war mit der Dunkelheit verschmolzen. Ich hielt den Atem an. Wie die Kinder dem Rattenfänger von Hameln, folgte das Licht in seltsamen Figuren seinen zuckenden Fingern. Urplötzlich schoss es hoch in die Luft und verwirbelte zu einer Kugel aus leuchtenden Lichtfäden. Charles' Hände bewegten sich schneller und schneller und dann schickte er einen strahlenden Feuerstern auf Wanderschaft. Das Licht tanzte auf den Gesichtern der staunenden Zuschauer. Meine Augen folgten dem lodernden Stern bis zur Salondecke. Wie machte Charles das? Der Stern stieg höher und höher. Während Charles' linke Hand mit wogenden Bewegungen den Stern befeuerte, lockte er mit seiner rechten Hand erneut die Flamme, bis ein zweiter Stern, gefolgt von einem dritten durch die Dunkelheit tanzte.

Und plötzlich war da dieses Röcheln. Es klang genau wie unser Staubsauger, wenn er Papier verschluckt hatte. Es war das Bemühen, gegen einen Widerstand Luft einzusaugen.

Irritiert schaute ich mich in der Dunkelheit um.

»Was ist das?« Rachel hatte es auch gehört. Es dauerte einen Moment, bis ich begriff, dass es ein Mensch war. Oh, Gott! Und es kam aus unserer unmittelbaren Nähe.

»Licht! Verdammt, wir haben einen Notfall! Madelyn? Tracey? Alles okay? Nun mach doch mal endlich einer das Licht an! Charles!« Ich sprang auf die Füße. Endlich leuchteten die Lampen auf und die Musik wurde angehalten.

Windschief lehnte Trace an der Sofalehne, griff sich an den Hals und rang um Atem. »Oh Gott. Ihr steckt eine Erdnuss in der Luftröhre!« Wenn sie keine schnelle Hilfe bekam, würde sie ersticken! Der Heimlich-Griff!, schoss es mir durch den Kopf. Den hatte ich im Erste-Hilfe-Kurs gelernt.

Zur Salzsäule erstarrt stand Rachel mit panisch aufgerissen Augen neben mir.

Ich weiß nicht mehr, ob ich über den Tisch gesprungen oder um ihn herumgelaufen bin. Auf jeden Fall richtete ich im nächsten Moment Traceys schlaffen Oberkörper auf, schob mich hinter sie und schlang meine Arme fest um ihren Brustkorb und …

»Das haben wir gleich. Ich kann das!« Keine Ahnung, ob ich ihr oder mir Mut zusprechen wollte.

Tracey riss abwehrend die Hände in die Luft und fuhr zu mir herum.

»Keine Erdnuss!«, keuchte sie mit gebrochener Stimme, bevor sie mich so heftig von sich stieß, dass ich rückwärts auf dem Sofa landete. »Jemand wollte meine Kette stehlen!«

Kapitel 9

An den Service in diesem Zug hätte ich mich echt gewöhnen können. James hatte im Verlauf des Tages unsere leeren Koffer in den Gepäckwagen gebracht und wahrscheinlich hatte auch er oder vielleicht Mr Lory die Rollos vor unseren Fenstern für die Nacht heruntergezogen. Ich musste nichts anderes mehr tun, als mich zu waschen und in den tannengrünen Pyjama mit den Lebkuchenmännern, den Schaukelpferdchen, den rot-weißen Zuckerstangen und den unzähligen Nussknackern zu schlüpfen. Dabei hörte ich, wie in unserem Wagen eine Abteiltür nach der anderen geschlossen wurde.

»Traceys Kette hätte ich auch gerne!«, nuschelte Rachel und spuckte Zahnpastaschaum ins Waschbecken. Da lag ich schon längst in unserem himmelweichen Bett. »Die Steine sind unter Garantie echt.«

Fröstelnd zog ich mir die Bettdecke bis ans Kinn. »Wie viel mögen so bunte Steine wohl wert sein?«

»Bunte Steine?« Kopfschüttelnd trat Rachel in ihrem dunkelroten Gegenstück zu meinem Weihnachtspyjama aus dem Bad. »Die blauen sind Saphire«, erklärte sie mir, während sie mit kräftigen Bürstenstrichen ihre dicken langen Haare bürstete. »Die grünen sind Smaragde und der dicke dunkelrote ist ein Rubin.«

»Danke schön, Frau Lehrerin«, leierte ich. »Ich werde versuchen, es mir zu merken.« Mein Kissen war mir viel zu hoch. Doch nach ein paar geübten Kinnhaken hatte ich es genau in der Position, in der ich es haben wollte. »Hast du eine Vermutung, wer der gescheiterte Dieb gewesen sein könnte?«

Rachel schüttelte ihre Haare, trat ans Bett und legte ihre Bürste auf dem Nachttisch ab. »Stieraugen haben sie alle gemacht. Die reichen und schönen Menschen. Keine Ahnung, wer von ihnen sich dann nicht beherrschen konnte!«

Ich warf mich auf die Seite. Das Bett federte herrlich. »Dafür weiß ich, dass es keine Unschuldige getroffen hätte. Tracey hat nämlich die silberne Erdnussschale gesnatcht.«

»Nicht dein Ernst. Hab ich gar nicht mitbekommen!«, gestand Rachel, während sie unter die Decke kroch. »Die sogenannte feine Gesellschaft!«, schnalzte sie kopfschüttelnd.

»Der Zeitpunkt war mit Charles' Zaubervorführung natürlich ideal gewählt«, überlegte ich weiter und warf mich wieder auf den Rücken. So entdeckte ich das Gemälde einer Jagdszene, das über mir die halbrunde Decke der Suite schmückte. Musste man mögen. »Es war stockfinster und alle haben sich auf die tanzenden Lichtsterne konzentriert.«

»Oh, du nennst ihn Charles!«, kicherte Rachel und drehte sich zu mir. »Wir sind also per Du.«

»Ja, sind wir! Ich habe ihn heute Nachmittag kennengelernt. Eh, komm, wir sind fast gleich alt. Und er scheint nett zu sein.«

»Nett? Oder nett nett?«, säuselte Rachel mir ins Ohr. Das hatte ich nun davon, dass ich ihr eine Steilvorlage geliefert hatte.

»Du bist so doof!« Lachend schubste ich sie von mir. »Nett. Witzig und …« Ich stieß einen tiefen Seufzer aus. »Und er hat so hypnotische Augen.«

»Oh-Oh!«, machte Rachel. »Bei Paul sind mir als Erstes seine strahlenden Zähne aufgefallen!« Sie streckte ihre Hand zum Nachttisch aus und nahm ihre Oropax-Box aus der Schublade.

»Und heute weißt du, dass er mehr Zeit im Bad verbringt als du«, feuerte ich zurück, denn darüber ärgerte sie sich immer.

»Er wird nie viel Geld für Zahnprothesen ausgeben müssen. Das ist ein großer Vorteil«, konterte sie geschickt. »Aber zurück zu deinem Charles. Du hast dich ja schnell getröstet. Armer Scott!«

»Hey!« Wütend zerrte ich mein Kissen hervor, um ihr damit eins überzuziehen. Ha! Volltreffer!

»Hör schon auf, du Irre!«, schrie Rachel mit hochgerissenen Armen. »Ich freue mich doch für dich. Obwohl, ich hätte ja James genommen.«

»Du kennst Charles doch gar nicht!«, gab ich zurück und stopfte mein Kissen wieder unter meinen Kopf.

Anstelle einer Antwort tauchte Rachel unter unsere Bettdecke ab. Als sie wieder zum Vorschein kam, grinste sie mich noch breiter an als vorher.

»Was?«

»Ich hoffe für Charles Masterson, dass er noch mehr Qualitäten vorzuweisen hat als hypnotische Augen. Das Handy einer Frau ist schließlich der Schlüssel zu ihrem Herzen. Ist es nicht so?«

»Was redest du denn da?«

Triumphierend zog Rachel mein Handy unter der Bettdecke hervor. »Der niedliche James hat seinen Hut in den Ring um deine Gunst geworfen!«, grinste sie von einem Ohr zum anderen.

»Echt jetzt?« Wegen des Ypsilon-förmigen Sprungs im Display hätte ich mein Handy unter Tausenden wiedererkannt. Damit er später beim Zusortieren keine Probleme haben würde, hatte James aber vorsorglich ein Pflaster mit meinem Namen auf den Handyrücken geklebt. Mit spitzen Fingern ließ Rachel es auf meinen Bauch plumpsen.

»Natürlich kann James nicht ahnen, dass sich der Chat schon

längst erledigt hat. Jetzt, wo alles gerade so vielversprechend für dich läuft.« Das leise Klack verriet mir, dass Rachel die Box mit ihren Oropax geöffnet hatte. »Eine Frau zwischen zwei Männern. Wie dramatisch. Für wen wird sie sich entscheiden: Für den etwas selbstverliebten Hoppla-hier-komm-ich-Typen, der ihr die Wünsche von den Augen abliest? Oder für den, der ihr die Sterne an den Himmel zaubert?«

»Du bist einfach nur doof! Weißt du das?«

Rachel kicherte und knipste das Licht auf ihrer Bettseite aus. Gleichzeitig ließ ich meinen Handybildschirm aufleuchten. Susan hatte mir ein Foto geschickt. Darauf trug sie einen goldenen Reif mit wippenden Rentieren im Haar. Auf ihrer linken Seite hatte sie Nora untergehakt, die mir schielend die Zunge entgegenstreckte. Rechts von Susan tanzte Robin und grölte mit weit aufgerissenem Mund einen Song mit. Unter Garantie *Last Christmas*, da stand sie voll drauf. Weshalb sie es das ganze Jahr über hörte. Ganz hinten entdeckte ich einen Türsturz, von dem etwas Grünes herabhing. Ich zog das Foto groß und Tatsache. Es war ein Mistelzweig. Und darunter stand ziemlich undeutlich, aber trotzdem zu erkennen: Scott. Seine Lippen hatten sich an denen eines dunkelhaarigen Mädchen festgesaugt. Hundertpro war das Blair. Dieses kleine Detail war Susan unter Garantie entgangen, als sie das Foto aufgenommen und mir geschickt hatte. In der ersten Sekunde traf mich der Anblick vom knutschenden Scott wie ein Blitz. Aber ganz ehrlich … spätestens in der fünften wurde mir die Brust weit, denn zu meiner Überraschung freute ich mich für ihn. Es war doch schön, dass er glücklich war. Auf irgendeine seltsame Weise fühlte ich mich sogar erleichtert.

Unter das Foto hatte Susan geschrieben: »Merry Christmas from all of us here to all of you there! Und ruf mich **nicht** an!! Ich werde **nicht** drangehen!!! Genieß eure Reise!!!!!«

Ja, genau das würde ich! Mit einem erleichterten Seufzer pulte ich die In-Ears in meine Ohren, stellte meinen Lieblings-Podcast an und schlief ein.

❄ ❄ ❄

Wie viel Zeit vergangen war, konnte ich nicht sagen. Als ich wach wurde, war es hinter den Rollos zumindest noch stockdunkel. Aber das ist es im Winter ja sehr lang. Die tiefen, gleichmäßigen Atemzüge dicht an meinem Ohr verrieten mir, dass Rachel noch schlief. Meine In-Ears hatte ich im Schlaf verloren. Aber das war es nicht, was mich geweckt hatte. Mit spitzen Fingern hob ich Rachels verirrten Arm von meinem Bauch, richtete mich auf und lauschte in die Dunkelheit. Da!

»Red doch, bitte, etwas leiser!«

»Offensichtlich habe ich viel zu lange viel zu leise gesprochen«, war die Antwort. »Sonst hättest du vielleicht verstanden, worum ich dich immer und immer wieder gebeten habe!«

Die Stimmen kamen aus dem Abteil links neben unserem. Kein Zweifel möglich. Nur wer wohnte da?

»Alistair, Darling …«, beantwortete eine verzweifelt flehende Madelyn meine Frage.

»Du wirst mir jetzt zuhören. Denn ich bin es …« Diesmal hatte Alistair von Wort zu Wort seine Lautstärke reduziert, sodass ich das Ende seines Satzes nicht verstehen konnte.

Die Neugier trieb mich aus dem Bett. Wäre Rachel wach gewesen, hätte sie versucht, mich aufzuhalten. Fremder Leute Gespräch zu belauschen, fand sie überhaupt nicht okay. Pah, und so was wollte Journalistin sein?! Ich streckte die Hände aus und tastete mich im Dunkeln vor. »Vom ersten Tag an hat Tracey gegen mich geschossen.« Mit angehaltenem Atem öffnete ich den Schrank, schob unsere Kleider, Blusen und Jacken auseinander, kletterte hinein und presste mein Ohr gegen die Wand, die unsere Abteile voneinander trennte. »Nicht ein gutes Haar lässt sie an mir. Kein Wunder! Sie empfindet mich als Konkurrenz. Damit könnte ich sehr gut leben, würdest du klar Position beziehen. Nur schaffst du das nicht.«

»Alistair … ich bringe es einfach nicht übers Herz …«

»Tag für Tag lässt du es zu, dass mich diese Frau erniedrigt und zum Gespött der Leute macht. Meinst du etwa, mir entgingen die mitleidigen Blicke und das sensationsgierige Getuschel? Nein, tun sie nicht. Es ist verletzend. Und was unternimmst du? Meine liebende Ehefrau?« Alistair Hadley war auf hundertachtzig. Aus der Tatsache, dass ich ihn mal lauter, mal leiser hörte, schlussfolgerte ich, dass er wie ein Tiger im Käfig durch die Suite taperte.

»Sei doch bitte nicht so zynisch!«

»Ich kann es dir sagen: Nichts. Du tust nichts, um sie in ihre Schranken zu weisen. Wie wäre es mit: ›Du redest von meinem Ehemann, Tracey! Etwas mehr Respekt, bitte!‹ Oder: ›Ich verbiete dir, so abfällig über meinen Mann zu sprechen, Tracey!‹? Aber die Idee kommt dir erst gar nicht. Du schaust wie ein Huhn, wenn es donnert. Madelyn, ich liebe dich doch!«

»Ich liebe dich auch, Alistair!«

»Entschuldige, das fällt mir manchmal schwer zu glauben. Tracey ist deine Angestellte. Man hat aber fast den Eindruck, dass es umgekehrt wäre!«

»Seit Jahrzehnten ist sie meine beste Freundin. Wir haben immer alles zusammen unternommen. Die Schule. Die Firma. Unsere Urlaube. Wir haben jede freie Minute miteinander verbracht. Das schweißt zusammen, Darling. Und natürlich ist es schwer für sie, wenn urplötzlich jemand anderer da ist, der ihr den Platz in meinem Leben streitig macht. Wenn sie einsehen muss, dass es da jemanden gibt, der wichtiger für mich ist als sie.«

»Nur ist dieser Jemand dein Ehemann, Madelyn! Und wenn das so bleiben soll, dann …«

»Drohst du mir?«

»… dann wirst du Tracey morgen vor die Tür setzen. Du verbannst sie aus deinem Geschäft und unserem Leben. Ich gebe dir Zeit bis zum Dinner. Bis dahin musst du deine Entscheidung getroffen haben. Sie oder ich! Du hast die Wahl! So halte ich das auf jeden Fall nicht mehr aus. Es muss etwas passieren!«

Uuuh, wow!

»Alistair, wo willst du hin?« Madelyn klang panisch.

»Dahin, wo ich atmen kann!«

Als sich die Tür nebenan öffnete, kletterte ich hastig aus dem Schrank und sprang ins Bett zurück. Was völlig idiotisch war. Als ob Alistair mich sonst durch die verschlossene Abteiltür hätte lauschen sehen können.

Seine Schritte entfernten sich in Richtung Speisewagen. Wahrscheinlich war sein Ziel wohl eher der Salon. Ich weiß noch, dass ich darüber nachdachte, ob die Gäste sich selbstständig an der Bar bedienen durften, wenn die eigentlich schon lange geschlossen war. Nebenan hörte ich Madelyn leise schluchzen.

Diesmal war es ein markerschütternder Schrei, der mich aus dem Bett katapultierte. Mit einem Satz war ich auf den Füßen.

»Was isn los? Millie?«, brummelte Rachel verschlafen. »Hast du das Dinner nicht vertragen?«

»Da hat jemand geschrien!«

»Was?« Als Rachels Nachttischlampe aufflackerte, war ich schon längst an unserer Tür. Ich riss sie auf und raste auf den Gang hinaus. Aus dem offen stehenden Türspalt rechts neben unserer Suite ergoss sich Licht auf den Teppich. Der Schrei musste von dort gekommen sein.

Ohne darüber nachzudenken, was mich erwarten konnte, stürmte ich in das Abteil. Tracey wirbelte ertappt zu mir herum.

»Oh, mein Gott, Tracey! Ist alles okay?«, keuchte ich.

»Ich habe schlecht geträumt! Nichts weiter!« Mit der einen Hand hielt sie ihr champagnerfarbenes Spitzennachthemd am Hals zusammen, während sie mit der anderen die oberste Schublade der Kommode hinter ihrem Rücken hastig zuschob.

»Kein Wunder nach allem, was heute vorgefallen ist. Dein Unterbewusstsein verarbeitet das«, meldete Rachel sich vom Türrahmen aus zu Wort.

»So wird es sein!«, nickte Tracey, fast eine Spur zu dankbar. Hinter Rachel entdeckte ich Cara und Benjamin Frost. Gigi und Eva steckten ebenfalls ihre Köpfe in die Suite. Scheinbar hatte Traceys schriller Schrei auch den Rest unserer Reisegesellschaft alarmiert.

»Geht wieder schlafen! Es tut mir leid, dass ich euch geweckt habe.« Tracey zwang sich ein Lächeln auf die Lippen.

»Nun macht schon!«, rief sie fast ärgerlich und wir ließen sie allein.

Zu diesem Zeitpunkt ahnten wir noch nicht, dass die seltsamen Ereignisse dieses Tages nichts gegen das sein sollten, was uns am kommenden erwarten würde.

❄ ❄ ❄

Mit einem fröhlichen Pfiff verkündete der *Golden Highlander* am nächsten Morgen unsere Weiterfahrt. Da saßen schon alle beim Frühstück zusammen und zwar bei ziemlich gedrückter Stimmung.

Denn natürlich beherrschte das, was sich gestern Abend während der Zaubervorführung ereignet hatte, jedes Gespräch.

»Tracey sollte ihre Kette besser Mr Frost anvertrauen. Gestern hat der Dieb sein Ziel zwar nicht erreicht«, sagte Rose gerade und umklammerte dabei ihr Strickkörbchen, als befürchtete sie, ihre Stricknadeln wären sein nächstes Ziel. »Aber wer sagt denn, dass er es nicht noch mal versucht?«

»Zuerst fand ich das noch irgendwie lustig«, gab Gigi zu und stützte die Ellenbogen auf unserer blütenweißen Tischdecke auf. »Die Reichen beklauen sich gegenseitig.«

Ich schwebte zwar noch in einem Dämmerzustand, weil mein Kaffee bis jetzt nicht wirkte. Doch genau darüber hatten Rachel und ich uns gestern Nacht auch sehr amüsiert.

Gigi hob die Schultern. »Aber mal im Ernst. Muss es denn zwangsläufig einer von uns gewesen sein? Der Zug hat seit unserem Ausflug den Bahnhof nicht verlassen. Zugegeben, der ist eigentlich stillgelegt und liegt am A… der Welt. Aber so ein Luxuszug wie dieser mit stinkreichen Gästen an Bord könnte doch Diebe auf den Plan gerufen haben. Die Reisestrecke inklusive der Stopps ist kein Geheimnis.«

Plötzlich war ich hellwach. »Du meinst, dass ein professioneller Dieb in den Zug gestiegen ist und jetzt noch hier ist?« Im Schneckentempo breitete sich eine Gänsehaut auf meinen Armen aus.

Rachel legte sich geschockt die Hand an die Lippen: »Auf die Idee bin ich ja noch gar nicht gekommen.«

»Tja!«, gab Gigi zurück und nippte an ihrem Tee. »Wie auch immer! Ich habe in der Nacht drei Mal überprüft, ob meine Abteiltür auch wirklich zu ist. Traceys aufgeschreckter Schrei ging mir durch und durch! Wenn noch mal etwas Seltsames passiert, bin ich beim nächsten halbwegs belebten Bahnhof weg. Das wird mir zu gruselig! Wer weiß, welcher Freak mich hierher gelotst hat und warum.«

Sie schüttelte sich.

»Aber selbst wenn sich ein Fremder Zutritt zum Zug verschafft haben sollte«, überlegte Rachel weiter, »ist er nach dem gescheiterten Diebstahlversuch bestimmt sofort wieder verschwunden. Ihm muss doch klar gewesen sein, dass jetzt alle besonders gut achtgeben.«

»Ich bin so froh, dass mein Archie dieses Desaster nicht miterleben musste«, stöhnte Rose kopfschüttelnd. »Wenn ich daran denke, wie hart und wie lang wir für diese Reise arbeiten mussten. Und Mr Frost sagt rein gar nichts zu dem Vorfall.«

Wie aufs Stichwort betrat der jetzt gefolgt von Mr Lory den Speisewagen. Sofort erstarb das ungute Gemurmel und alle Augen richteten sich auf den Vorstandsvorsitzenden der Bahngesellschaft.

»Guten Morgen, alle miteinander!« Mr Frost räusperte sich. »Gestern Abend hat sich ein Vorfall ereignet, den wir so schnell nicht vergessen werden. Vor allem du nicht.« Er nickte Tracey zu, die ihn mit gespitzten Lippen betrachtete. »Ich bin unendlich froh, dass du nicht ernsthaft verletzt wurdest, als ein Unbekannter im Schutz der Dunkelheit versucht hat, dir deine Kette vom Hals zu reißen.« Er faltete die Hände, legte die Fingerspitzen an seine Lippen und überlegte kurz. »Sie, ihr alle habt darauf vertraut, dass ihr an Bord des *Golden Highlander* eine Reise der Extraklasse erleben werdet. Vor allem aber habt ihr erwartet, dass ihr hier in Sicherheit seid. Nun ist dieses Vertrauen böse enttäuscht worden. Dafür übernehme ich als Vorstandsvorsitzender der Bahngesellschaft die volle Verantwortung.«

»Wofür man sich nichts kaufen kann«, unkte Gigi. Dabei trommelte sie mir ihren langen Fingernägeln auf dem Fuß unserer kleinen Tischlampe herum, die sich sehr anstrengte, gegen den trüben Tag anzuscheinen.

»Wenn irgendjemandem etwas aufgefallen sein sollte oder er oder sie einen Verdacht hat, sprecht mich an. Vielleicht war es auch einfach nur ein sehr dummer und unüberlegter Streich. Wir wollen die Sache nicht zu hoch hängen. Und trotzdem alle gebotene Vorsicht walten lassen. Lassen Sie Ihre Wertgegenstände in Ihrer verschlossenen Suite. Dort sind sie sicher. Ich danke für Ihre Aufmerksamkeit und hoffe, dass wir unsere Reise ohne weitere unschöne Vorkommnisse fortführen können.«

Ich folgte Mr Frosts sorgenvollem Blick nach draußen. Oha! Über Nacht hatte der Schneefall deutlich zugenommen. Die dunklen Wolken hingen so tief, dass es aussah, als hätten sie die Tannenspitzen zum Frühstück verspeist. Die Tannen selbst waren in gräulich-schwarze Schneemäntel gehüllt, als trügen sie Trauer.

Kapitel 10

Dass Sally nicht zum Frühstück erschienen war, fiel mir erst in dem Moment auf, in dem sie dann doch auftauchte. Auch ihre Laune war nicht die beste. Die Lippen fest aufeinandergepresst, die Augen zu schmalen Schlitzen, nahm sie am Tisch der Freundinnen genau gegenüber von Tracey Platz. Von dort aus fixierte sie sie mit stechendem Blick.

»Hast du verschlafen?«, hörte ich Madelyn fragen. Alistair saß nicht neben ihr. Er hatte sich heute Morgen für einen Einzeltisch entschieden, von wo aus er düstere Blicke zu den Frauen hinüberwarf.

»Ich habe in meinem Abteil gefrühstückt.« Pause. »Ich wollte Stratford nicht alleine lassen.«

»Gestern Morgen hast du ihn doch auch mitgeschleppt?«, wunderte sich Eva.

»Da gab es auch noch kein offizielles Verbot.« Schweigen. »Herrgott, noch mal, Tracey! Was für ein Problem hast du mit meinem Hund? Er hat dich ein bisschen angeknurrt. Na, und? Wir reden von einem kleinen Malteser und nicht von einem Pitbull. Stratford ist zu jedem Menschen freundlich, der nett zu ihm ist. Sein Fehler ist nur, dass er Menschenkenntnis besitzt und von Anfang an gespürt hat, was du für ein mieser kleiner Charakter bist.«

Sally stieß so heftig ihren Stuhl zurück, dass er umfiel. Hastig hob sie ihn wieder auf und stürmte aus dem Speisewagen.

»Ach, Mann«, stöhnte Rachel. »Für Sally ist Stratford die Welt. Sie lebt doch allein und hat keinen Partner.«

»Ist es euch aufgefallen?«, flüsterte Gigi grinsend. »Der Sache mit der Menschenkenntnis und dem miesen kleinen Charakter hat keine der Freundinnen widersprochen.«

Ich nickte.

Gigi kicherte immer noch, als James an unseren Tisch trat.

»Na, wenigstens eine lacht hier noch! Wenn die Lage ernst ist, muss der Service hervorragend sein. Ist alles zu Ihrer und eurer Zufriedenheit?«, erkundigte er sich gut gelaunt, wobei er tatendurstig die Hände rieb. »Oh, so schlimm kann es doch gar nicht sein. Mrs Smith, was muss ich denn tun, damit ich wieder Ihr hübsches Lachen sehen kann?«

»Ach, James, verschwenden Sie Ihren Charme nicht an mich alte Frau«, winkte Rose ab. Dass sie aber doch sehr geschmeichelt war, sah ich ihr an den geröteten Wangen an.

»Wahre Schönheit kennt kein Alter, Mrs Smith!«, setzte James noch einen drauf. Dann wandte er sich Rachel zu: »Wie sieht es aus. Tee? Gebratene Würstchen? Ein Scone mit Orangenmarmelade? Was lässt Ihr Herzchen denn höher schlagen?«

»Ich bin schon satt. Danke. Aber wie wäre es mit einem Interview nach Feierabend?«, schlug Rachel vor.

»Sie sind aber leicht glücklich zu machen. Wenn es weiter nichts ist. Das wird dann aber eine Mitternachtssitzung!«, lachte James. Sein Blick wanderte von Rachel zu mir. Doch bevor er den Mund öffnen konnte, sagte Gigi schon: »Du könntest mir verraten, wann wir den nächsten Bahnhof mit Anschluss an die Zivilisation erreichen.«

»Morgen gegen Mittag«, antwortete James wie aus der Pistole geschossen.

»Was?« Mit aufgeplusterten Wangen ließ Gigi sich gegen ihre Lehne plumpsen. »Vor Edinburgh kommt kein Bahnhof mehr?«

»Nope!«, bestätigte James. »Das heißt doch. Für den Ausflug zur Whiskey-Destillerie legen wir noch einen Stopp an einem stillgelegten Bahnhof ein. Mitten in der Pampa. Mit dem Shoppen wirst du also warten müssen.«

»Ach, wer will denn shoppen? Es geht um meine Sicherheit und die meiner teuren Klamotten.« Nachdenklich schob sich Gigi einen langen Fingernagel zwischen die Zähne. »Okay. Neuer Plan«, verkündete sie freudestrahlend. »Da ich keine Lust habe, die ganze Nacht mutterseelenallein in meiner Suite zu verbringen, werde ich auf dem Maskenball heute Abend meine Schuhe durchtanzen und bis zum Morgengrauen Party machen. Wer ist dabei?«

»Cool! Wenn die Oldies im Bett sind, lassen wir es krachen!«, stimmte James ihr fröhlich zu, grinste allerdings mich dabei an. Deshalb registrierte er auch nicht, dass Gigi sich den Hals nach Charles verrenkte. Dem nun wiederum Gigis einladender Blick entging, weil er seine Nase tief in das Buch gesteckt hatte, das ich ihm empfohlen hatte.

»Und du, Millie?«, riss James mich aus meinen Betrachtungen.

»Du hast mir doch schon längst einen Gefallen getan«, erinnerte ich ihn.

»Wann das denn?« Wie ein Clown verschränkte er spielerisch die Arme vor der Brust, stellte einen Fuß auf der Hacke auf und legte den Kopf schräg.

»Gestern. Abend.« Dummerweise verfolgte Gigi unser Gespräch aufmerksam, weshalb ich mich nicht traute, die Sache mit dem Handy direkt anzusprechen. Unter Garantie würde sie sonst auch ihres wiederhaben wollen. »Wir hatten doch über meine Freundin gesprochen …«

»Ja-a?« James legte abwartend seine Stirn in tiefe Falten.

»Genau. Und da warst doch so nett und hast mir in dieser Sache geholfen!« Mein Gott, die Nachricht musste doch jetzt bei ihm angekommen sein.

»Sorry, verstehe kein Wort, meine Schöne!«

Es klimperte und dann schlug Gigis Messer mit einem dumpfen Geräusch auf dem Teppichboden auf. Ich nutzte die Sekunden, in denen sie sich nach unten beugte, um es aufzuheben.

»Mein Handy! Du hast es doch in unsere Suite gelegt!«, zischte ich.

»Was? Das hast du geträumt! Hey, für eine schöne Frau tu ich ja fast alles. Aber unter Garantie riskiere ich nicht meinen Job!«

James' Blick flog zu der Tür, die den Speisewagen mit der Küche verband. Als ich ihm folgte, sah ich, dass Mr Lory dort stand und seinen Schüler ganz genau beobachtete.

»Wer hat was geträumt?« Gigi legte das Messer neben ihren Teller und schaute sich fragend an unserem Tisch um.

»Keine Ahnung«, flunkerte Rachel, während Rose verschmitzt vor sich hin lächelte.

In diesem Moment war ich mir absolut sicher, dass James log. Und zwar wegen Mr Lory. Vielleicht konnte der Chef-Steward ja Lippen lesen. Gleichzeitig fand ich es aber wahnsinnig schmeichelhaft, dass James das Risiko für mich eingegangen war. Nur, um mich zu beeindrucken. Außer Rachel, ihm und mir hatte schließlich niemand von meinem geplanten Chat mit Susan gewusst.

Unauffällig linste ich zu Charles rüber und beobachtete, wie er, die Ellenbogen auf den Tisch gestützt, völlig in die Geschichte versunken die Seiten des Buches umblätterte.

»Der ist voll cute, oder?«, pflichtete mir Gigi ungefragt bei. Was mir sofort die Röte ins Gesicht schießen ließ.

»Hey, dein guter Geschmack muss dir doch nicht peinlich sein!« Lachend wickelte sie sich ihre weiße Strähne um die Finger. »Weißt du was?« Mit einem finalen Dreh ließ sie sie wegflutschen und schob ihren Stuhl zurück. »Ich habe jetzt einen Termin bei Marissa im Spa und auf dem Weg dahin lade ich den süßen Charles zu unserer inoffiziellen Aftershow-Party ein. Und Marissa und Natalie frage ich natürlich auch, ob sie mitmachen wollen. Je mehr, desto besser.«

Gigi hatte sich schon halb zum Gehen gewandt und wäre dabei beinahe mit James zusammengestoßen, der gerade ein Tablett mit benutztem Geschirr in die Küche zurücktragen wollte, als Rose sich wackelig aufrichtete. »Ach, Gigi, könntest du mich wohl in meine Suite begleiten? Ich würde mich gerne ein paar Minütchen ausruhen. Du würdest mir einen großen Gefallen tun, wenn du dich vergewissern würdest, dass niemand in meinem Kleiderschrank lauert.«

»Aber sicher, Rose, das mache ich doch sehr gerne«, erwiderte Gigi und hakte Roses Arm in ihren ein. Unter gesenkten Lidern beobachtete ich, wie sie bei Charles haltmachten, der aufblickte, als Gigi ihn ansprach und dann zu uns herüberschaute, weil Gigi mit ausgestrecktem Arm in unsere Richtung gedeutet hatte. Blitzschnell senkte ich den Blick auf meinen leer gefutterten Teller.

»Sie sind weitergegangen«, flüsterte mir Rachel nach wenigen Sekunden über den Rand ihrer Tasse verschwörerisch zu. »Nur falls dich das interessieren sollte.«

»Tut es!«, erwiderte ich und Rachels dämliches Grinsen war mir völlig egal. Bevor mich der Mut verlassen konnte, stemmte ich mich mit einem Ruck hoch, schüttelte mir die Haare aus dem Gesicht und marschierte auf wackeligen Knien auf Charles zu. Dabei zermarterte ich mir das Hirn auf der Suche nach einem lockeren Gesprächsthema. Mich trennten nur noch drei Schritte von dem Moment, in dem ich ihn entweder ansprechen oder ohne anzuhalten an ihm vorbeimarschieren musste. Wie ein Zeichen vom Himmel ertönte in diesem Moment der Song *Magic* und lieferte mir ein unverfängliches Gesprächsthema.

»Coole Vorstellung gestern«, begann ich. Für den Fall, dass er nur einsilbig antworten sollte, war ich vorsichtshalber in Schrittposition neben seinem Tisch stehen geblieben. So signalisierte ich die Beiläufigkeit meiner Bemerkung. Das hoffte ich zumindest. Genauso wie ich hoffte, dass ihm meine Hand nicht auffiel. Meine Knie waren nämlich mittlerweile so wackelpuddingweich, dass ich mich an der Tischkante festhalten musste, um nicht einzuknicken.

»Freut mich, dass sie dir gefallen hat«, entgegnete Charles.

Okay, und wie jetzt weiter? Mir wurde plötzlich furchtbar warm. Was nicht zuletzt daran lag, dass mir Rachels Blick auf dem Rücken brannte.

»Beinahe hätte ich dich ja gefragt, ob du mir heute Abend assistieren möchtest.« Charles nahm seinen Finger aus dem halb zugeklappten Buch und schob die Ecke seiner Serviette als Lesezeichen zwischen die Seiten.

»Total gerne!«, rief ich begeistert. »Wobei? Als zersägte Frau?«

Jetzt musste Charles lachen. »Na ja, so was Ähnliches. Es wäre mehr der Verschwindetrick geworden. Millie rein in die Kiste. Deckel zu. Abrakadabra! Und tschu!«

»Tschu?« Verständnislos legte ich den Kopf zur Seite.

Zur Verdeutlichung ließ Charles die Finger beider Hände nach vorne springen. »Tschu! Deckel auf. Millie weg.«

»Ahhh!«, raunte ich. »Warum *hätte?*«

»Weil Mr Frost denkt, dass eine zweite Zaubershow nach dem versuchten Diebstahl gestern Abend die Stimmung der Gäste eher drückt als hebt.« Charles war die Ruhe selbst. Er schien den Ausfall seiner Show sehr gelassen zu nehmen. Und im nächsten Augenblick erfuhr ich auch schon den Grund dafür. »Mir kann es egal sein. Bezahlt werde ich so oder so. Und auf diese Art kann ich dann den ganzen Abend genießen.«

Er legte den Kopf schräg und lächelte mich von unten herauf an. Es war so ein Lächeln, das Eisberge zum Schmelzen bringen konnte.

»Gigi sagt, heute Abend steigt eine Party nach der Party. Wenn die Ü 30 Liga in ihren Betten verschwunden ist.«

»Ähm!«, nickte ich. »Wir verlängern den Zwanzigerjahre-Maskenball. Auf den freue ich mich schon wie irre. Der wird bestimmt wie bei Jay Gatsby!«

Nicht eine Sekunde hätte ich angenommen, dass er mit diesem Namen etwas anfangen konnte. Deshalb haute es mich echt aus den Socken, als er wissend grinste. »Du meinst: Der große Gatsby!« Allerdings rollte er mit den Augen und der Tonfall, mit dem er das gesagt hatte, klang auch genervt.

»Meine Mum ist ein riesengroßer Robert-Redford-Fan. Ich kann dir gar nicht sagen, wie oft wir uns die Verfilmung mit ihm als Jay Gatsby angucken mussten.«

»Ich liebe das Buch. Aber ich kenne nur die Verfilmung mit Leonardo DiCaprio«, gestand ich und plötzlich begann die Luft zwischen uns zu vibrieren.

»Dann sollten wir uns mal zu einem Netflix-Abend verabreden. Erst Mr Redford, dann Mr DiCaprio und anschließend stimmen wir ab.«

»Gerne!« Ein Kribbeln wie von Millionen Ameisen breitete sich in meinem Körper aus. Wir hatten ein Date!

»In Edinburgh oder in London?« Der meinte es wirklich ernst.

»London«, krächzte ich mit heiserer Stimme.

»Und was machen wir heute? Hast du dich für den Ausflug zur Whiskey-Destillerie eingetragen?«

»Bah, Whiskey!« Ich schüttelte mich. »Ich habe keine großen Pläne. Ich wollte lesen und stricken.« Boah, wie blöd war ich denn? Da hätte ich ja auch direkt knurren könne: »Ich will alleine sein!« Ich hätte mich in den Hintern beißen können.

»Was dagegen, wenn wir das zusammen machen? Lesen?«

»Gar nicht!« Das war jetzt vielleicht etwas zu begeistert über meine Lippen gekommen. Aber egal!

»Aus dem Weg!« Mit einem Satz zur Seite bewahrte ich Charles' Full English Breakfast davor, auf dem Teppich zu landen. James wirbelte den voll beladenen Teller wie ein Jongleur durch die Luft und setzte ihn knapp neben der Tischkante auf. »Hier kommt die zweite Runde!«, trällerte er, schlug sich die weiße Serviette, mit der er den heißen Teller angefasst hatte, über die Schulter und schlenderte leise pfeifend davon.

Glückselig schwebte ich zu unserer Suite. Ich wollte das Handy holen, um es James zurückzugeben. Denn zu diesem Zeitpunkt war ich noch hundertprozentig davon überzeugt, dass er es sehr wohl in unser Bett gelegt hatte und ich wollte nicht, dass er meinetwegen Ärger bekam. Doch in meiner Nachttischschublade lag nur noch *Mord im Orientexpress*. Das Handy war weg!

Kapitel 11

Aus dem Ausflug zur Whiskey-Destillerie MacMillan & Sons wurde nichts. Das Schneetreiben hatte im Verlauf des Vormittags so beängstigende Ausmaße angenommen, dass Mr Frost sich aus Sicherheitsgründen gezwungen sah, unsere Fahrt nach Edinburgh ohne einen weiteren Stopp fortzusetzen. Was er uns kurz vor dem Lunch ziemlich bedröppelt mitteilte. Kaum zu glauben, dass sich die minutiös geplante Jungfernfahrt in kürzester Zeit zu so einem Desaster entwickelte! Doch die meisten nahmen die schlechte Nachricht mit einem gleichgültigen Schulterzucken hin. Die fröhliche Stimmung von gestern Morgen war eh schon lange verpufft. Was mich anging, mir war alles egal, solange Charles und ich heute Abend auf dem Maskenball zusammen tanzen und Spaß haben konnten.

Wir, also Charles und ich, hatten uns für fünfzehn Uhr im Salon verabredet, wo ich jetzt saß und kritisch meine Außenwirkung überdachte. Mit übereinandergeschlagenen Beinen hielt ich *Mord im Orientexpress* in der Hand und schlielte auf mein Strickzeug, das ich zwischen mich und die Sofalehne geschoben hatte. Wir wollten zusammen lesen und trotzdem erschien es mir strategisch günstiger zu stricken, wenn Charles kam. So ein Buch vor der Nase, schrie ja geradezu: »Stör mich nicht!« Dabei wollte ich doch, dass er mich störte. Also tauschte ich *Mord im Orientexpress* gegen Mums Schal.

Zufrieden stellte ich fest, dass ich schon ziemlich weit gekommen war und mich bald ans Abstricken machen konnte.

Erschrocken zuckte ich zusammen. Amy hatte eine Spielesammlung krachend auf den Tisch vor mir fallen lassen.

»Sie will *Mensch ärgere Dich nicht!* spielen, aber ich reiche ihr nicht.« Mein Herz machte einen Hüpfer. Charles hatte ich gar nicht gesehen.

»Zu zweit ist das langweilig!«, brummte Amy. Womit sie ja auch recht hatte.

»Ich habe ihr angeboten, dass wir ihr *Eine Weihnachtsgeschichte* vorlesen.« Charles hob das Buch in seiner Hand an. »Mit Rollenverteilung, aber …«

»Tante Cara hat mir schon vorgelesen. Ich will jetzt spielen!«, quengelte Amy, kniete sich vor den Tisch und nahm den Deckel von der Spielesammlung. »Ich nehme Blau.« Mit ihren kleinen Fingern sortierte Amy die Figuren auseinander. Ohne uns zu fragen, legte sie die roten vor meinen Platz und die grünen …

»Ich sitze neben Millie und du da drüben«, entschied sie und deutete auf den freien Sessel mir gegenüber.

Enttäuscht blickte ich zu Charles auf. Ich hätte ihn so gerne nah bei mir gehabt. Bestimmt ging es ihm ähnlich. Denn so, wie er jetzt das Buch gegen seine Brust drückte und mit beiden Armen umschlang, hatte ich fast das Gefühl, als müsste es etwas ersetzen. Oder besser jemanden, den er so gerne, äh, umarmt hätte?

Scheinbar hatten wir beide Probleme, uns auf das Spiel zu konzentrieren. Immer wieder ließ Charles Gelegenheiten aus, um eines meiner Männchen aus dem Feld zu werfen oder er schob eine Figur die gewürfelte Augenzahl an Plätzen weiter, obwohl er eine andere hätte in Sicherheit bringen können. Und mir ging es nicht besser. Daran hatte Amy natürlich ihren Spaß. Schon zum dritten Mal hatte sie als Erste ihre Männchen sicher nach Hause gebracht. »Gewonnen. Schon wieder!« Begeistert reckte sie ihre Arme in die Luft, bevor sie mir ihre Händchen auf die Wangen klatschte und sie so lange zusammenschob, bis ich einen Fischmund hatte. »Ihr seid so schlecht!« Strahlend vor Stolz betonte sie jedes einzelne Wort.

»Stimmt!«, nuschelte ich wie ein dicker Karpfen auf dem Trocknen. Ich war heilfroh, als Amy endlich meine Wangen losließ. Denn Charles hatte alle Mühe, sich das Grinsen zu verkneifen. Ich sah bestimmt furchtbar aus.

»Ich hoffe, Amy stört nicht?«, erkundigte sich Cara, als sie mit einem Buch in der Hand an uns vorbeischlenderte. *Mikro-Ökonomie in Zeiten der …* entzifferte ich den Anfang des langweiligen Titels. Wer las denn so etwas freiwillig? Kurz schossen Caras Augen zwischen Charles und mir hin und her. Plötzlich zuckten ihre Mundwinkel kaum sichtbar. Aber das wissende Lächeln verschwand genauso schnell, wie es auf ihrem Gesicht erschienen war.

»Noch eine Runde, Amy, okay? Dann kommst du zu mir rüber. Wir wollten doch noch ein Bild für Father Christmas malen.« Wie lieb von ihr! Sie hatte sofort durchschaut, dass Charles und ich eigentlich allein sein wollten, und ersparte uns so sehr elegant, zu schwindeln.

»Ihr habt es gehört«, verkündete Amy. »Das ist jetzt eure allerletzte Chance!« Sie reckte den Zeigefinger in die Luft und ließ ihn mit strenger Miene von mir in Richtung Charles wandern. Bestimmt hatte sie sich das im Kindergarten von der Erzieherin abgeguckt. Schmunzelnd ging Cara weiter, nickte kurz den Frauen an dem Tisch neben unserem zu und setzte sich dann zu Rose, die bis jetzt allein in einer Sitzgruppe gesessen und, die Nase in einer Klatschzeitung, ein Wollknäuel aufgewickelt hatte.

»Okay, diesmal gewinne ich!«, verkündete Charles und stellte seine Figürchen auf den Startplätzen auf. Unbeeindruckt schnappte Amy sich die Würfel und warf direkt eine Sechs.

»Sally hat sich im Übrigen dazu entschieden, in Edinburgh ins Hotel zu gehen. Sie wird weder den Weihnachtsmorgen noch Madelyns Party mit uns verbringen«, hörte ich Tracey am Nebentisch sagen. »Ihre Entscheidung. Wenn ihr der Köter wichtiger ist als wir.«

»Versuch es doch einfach mit einer Scheibe Wurst. Stratford ist bestimmt bestechlich«, riet Madelyn. Es lag ein Flehen in ihrer Stimme. »Und Sally wäre doch sofort versöhnt.«

»Tja, vielleicht kommt es Tracey aber gar nicht auf eine wirkliche Versöhnung an!« Eva Williams sog scharf die Luft ein. Aus den Augenwinkeln sah ich, dass sie aufstand. »Ich muss noch arbeiten. Einen wichtigen Bericht durchsehen, ehe wir in Edinburgh ankommen.«

Während die Stimmung bei der Freundinnengruppe offenbar immer giftiger wurde, fand ich es hier mit Charles und Amy so richtig gemütlich. Bis Gigi sich neben uns aufbaute. Ich musste sofort niesen.

»Oh, *Mensch-ärgere-Dich-nicht*! Das habe ich ja seit Ewigkeiten nicht mehr gespielt. Darf man mitmachen?« Sie wartete unsere Antwort gar nicht erst ab, sondern fläzte sich in den freien Sessel neben Charles. Bestimmt hätten wir nicht Nein gesagt. Obwohl alles in mir diese vier Buchstaben schrie. Denn natürlich wollte ich Charles für mich alleine haben. Besonders, nachdem Gigi ihren Sessel ganz nah an seinen herangerückt hatte und sich jetzt auch noch so voll unnötig mit der Hand auf seinem Knie abstützte, um sich die gelben Spielfiguren zu angeln.

Damit hier kein falscher Eindruck entsteht, ich mochte Gigi wirklich. Sie war locker, witzig und trotz ihrer Berühmtheit nicht die Spur eingebildet. Was ich aber gar nicht mochte, war zuerst mal, dass sie überhaupt mit Charles flirtete, und dann, wie sie es tat. So locker, so selbstbewusst, so welterfahren, dass ich mich daneben ganz klein und überflüssig fühlte. Nachdem sie ihre Männchen aufgestellt hatte, rieb sie sich mit Feuereifer die Hände. »So, jetzt werdet ihr euer blaues Wunder erleben!«

Ein Quietschen, schlimmer als das von Kreide auf einer Tafel, stach mir schmerzhaft in die Ohren. Gleichzeitig ging ein Ruck durch den Zug. Mit der rechten Hand schnappte ich mir Amy und krallte meine linke um die Armlehne. Eva stolperte rückwärts, unsere Spielfiguren kegelten vom Tisch. Spitze Schreie zerrissen die Luft und erstarben erst, als der Zug mit einem letzten Zittern zum Stehen kam.

»Ey, das ist voll gemein! Ich hätte schon wieder gewonnen!« Amy befreite sich aus meiner Umarmung.

»Meine Damen und Herren, bitte entschuldigen Sie!« Gefolgt von Mr Lory kam Mr Frost mit erhobenen Händen in den Salonwagen gerannt. James war schon längst da und machte sich zusammen mit Natalie daran, den umgekippten Weihnachtsbaum wieder aufzustellen. »Vor uns hat sich eine meterhohe Schneewehe auf den Schienen aufgetürmt. Wegen der schlechten Sichtverhältnisse hat unser Lokführer sie erst in allerletzter Sekunde gesehen. Ich hoffe, es ist niemand verletzt worden.«

Sein blasses Gesicht sprach dafür, dass ihm der Schreck in alle Glieder gefahren war. Ein versuchter Diebstahl, Dreckswetter, das für den Ausfall des Reiseprogramms gesorgt hatte und nun auch noch das. Hätte er Stratford gestern Abend nicht so grob angefasst, hätte er mir beinahe leidtun können.

»Soll das etwa heißen, wir stecken hier fest?« Tracey funkelte Benjamin Frost an, als habe er persönlich jede einzelne Schneeflocke auf die Gleise gelegt, um uns an der Weiterfahrt zu hindern. Unwillkürlich huschten meine Augen zu Madelyn rüber. In ihrer Haut wollte ich nicht stecken. Das Ultimatum ihres Mannes lief heute Abend ab. Genauer gesagt musste sie Tracey bis zum Dinner aus ihrem Leben verbannt haben oder ihr Mann würde die Scheidung einreichen. Ich konnte mir nicht vorstellen, dass sich irgendwer Tracey freiwillig zur Feindin machte. Und genau das würde Madelyn riskieren. From friend to foe war eine richtig üble Sache. Schließlich ist die beste Freundin normalerweise auch die größte Vertraute. Diejenige, die über die fantastischsten Träume, die peinlichsten Schwächen und die dunkelsten Geheimnisse der anderen Bescheid weiß. Aber vielleicht zog ja auch Alistair den Kürzeren.

Genau wie Gigi, Charles und Amy rutschte ich mittlerweile auf den Knien über den Teppich, um die verstreuten Spielfiguren einzusammeln. Damit ich nicht Gigi dabei zusehen musste, wie sie Charles beiläufig mit ihren rot bekrallten Fingern berührte und mit einem perlenden Lachen ihre glänzenden Haare über die Schulter schüttelte, senkte ich den Kopf und ließ mir auf meiner Seite des Tisches Zeit.

»Haben wir etwas gerammt?« In einem weißen Kosmetikerinnen-Kittel, die Hände fettig glänzend, stürmte Marissa in den Salon. Direkt hinter ihr flatterte eine große Fledermaus in einem weißen Umhang, Haube auf dem Kopf und grünem Grinchgesicht. Ich erkannte Sally unter der Algenmaske erst, als es leise aus ihrer großen Umhängetasche knurrte. Schnell warf sie den wallenden Kosmetikumhang darüber und zischte: »Ruhe, jetzt!«

Stratford schien den Ernst der Lage verstanden zu haben. Das Knurren erstarb. Dafür schob er neugierig sein kleines schwarzes Näschen unter dem Saum des Umhangs hervor.

»Scheinbar hatten wir mehr Glück als Verstand!«, zischte Tracey.

»Nur eine Vollbremsung. Nichts weiter!«, beeilte sich Benjamin, den Vorfall herunterzuspielen.

»Für die Wetterverhältnisse kann nun wirklich niemand etwas«, kam Cara ihrem Mann zu Hilfe. »Der Lokführer ist ja schon langsamer gefahren.«

»Alles gut bei dir?« Ich spürte Rachels Hand auf meiner Schulter und nickte. »Und bei dir?«

»Bis auf einen verschütteten Kaffee …«

»Um Ihre Frage zu beantworten, Marissa …«, setzte Mr Lory an, während er seinen Blick durch die Runde gleiten ließ. »… die Strecke vor uns wird von einer gewaltigen Schneewehe blockiert. Bis auf Weiteres stecken wir fest.« Er seufzte. Dann warf er Mr Frost einen fragenden Blick zu. Als wäre ihm bald alles egal, winkte der mit schlaffer Hand seine Zustimmung. »Die letzte Nachricht per Funk lautete«, fuhr Mr Lory deshalb fort, »dass für ganz Großbritannien der Katastrophenfall ausgerufen worden ist. Danach ist der Kontakt zur Leitstelle abgebrochen. Und außerdem …«

»Oh, mein Gott!«, hauchte Madelyn schockiert, woraufhin Tracey beruhigend ihre Hand auf den Unterarm ihrer Freundin legte. »Nix, mein Gott!«, lachte sie sarkastisch. »Das ist doch wunderbarer Stoff für deine Memoiren. In fünfzig Jahren werden wir dieser Katastrophenreise ein ganzes Kapitel widmen. Mindestens. Aber das ist noch nicht das Beste! Das Beste daran ist, dass du, mein lieber Ben, mir jeden Penny, den ich für die Tickets bezahlt habe, zurückerstatten wirst. Denn hätte ich eine Abenteuerreise machen wollen, hätte ich die Mädels ins Flugzeug gepackt und hätte mit ihnen den

Mount Everest bestiegen. Das hier …« Dreimal tippte sie mit dem Zeigefinger auf ihre Sessellehne. »… sollte das Gegenteil davon sein. Entspannter Luxus mit Weihnachtsfeeling und ohne Aufregung. Und bei Gott, dafür haben wir ein Vermögen hingeblättert und das will ich nach den Feiertagen wieder auf Madelyns Konto sehen.«

»Ach, Tracey, lass es doch …!«, zischelte Madelyn. »Das blöde Geld!«

»Nein, ich lasse es nicht gut sein, Madelyn. Genau dafür bezahlst du mich schließlich. Damit du dich nicht über den Tisch ziehen lässt!«

Mr Frosts Adamsapfel hüpfte auf und ab, dann schüttelte er in einer Mischung aus Trauer und Enttäuschung den Kopf hin und her, ohne Tracey aus den Augen zu lassen.

Bis auf die leise Hintergrundmusik – dieses Mal trällerten die Boxen *Thank God it's Christmas* – war es totenstill im Salon geworden. Unauffällig linste ich zu Charles hinüber. Ich weiß, es war furchtbar egoistisch, aber mir kam die Schneewehe wie gerufen. Jede Minute, die sich unsere Ankunft in Edinburgh nach hinten verschob, bedeutete eine Minute mehr mit ihm.

»Und außerdem …?« Es war Eva, die schließlich das Schweigen brach.

»Haben wir seit circa einer halben Stunde auch kein Netz mehr. Selbst wenn die Hilfskräfte es bis zu uns schaffen würden, wir könnten sie noch nicht mal rufen.«

Kaum hatte Mr Lory das letzte Wort ausgesprochen, redeten und fluchten alle wild durcheinander. Dazwischen seufzte Rose immer wieder: »Ach, Archie, du glaubst es nicht!«

»Wir können natürlich hier herumsitzen, Champagner schlürfen und unser Schicksal beklagen oder wir nehmen die Sache selbst in die Hand …«, übertönte Cara Frost das missmutige Stimmengewirr. Sie war aufgestanden und zu ihrem Mann hinübergegangen. »Mr Lory, wie viele Schneeschippen und Schaufeln haben wir im Zug? Versuchen wir doch, uns selbst zu befreien!«

Kapitel 12

Es waren nicht genug Schneeschippen und Schaufeln für alle da. Wir würden uns abwechseln müssen.

»Schneeballschlacht!«, brüllte Amy. Schon hatte sie das *Mensch-ärgere-Dich-nicht*-Spiel vergessen und raste los, um sich umzuziehen. Sie war so süß, so unbedarft und ahnte nicht, welcher Herzschmerz ihr in circa zehn Jahren noch bevorstehen würde.

»Coole Sache!«, rief Gigi begeistert, als sie sich den imaginären Dreck von den Handflächen klopfte. »Endlich mal eine Gelegenheit, meinen neuen Schneeanzug einzuweihen! Er ist feuerrot, von Prada.«

Bis jetzt war ich mit meinen Klamotten immer zufrieden gewesen und die Nobelmarken hatte ich mehr verachtet, als neidisch betrachtet. Aber in diesem Moment hätte ich alles für ein Designerstück gegeben. Und gleichzeitig hätte ich mich selbst dafür ohrfeigen können.

Tracey war aufgestanden und hatte sich in die Mitte des Salons in unmittelbare Nähe zu Sally begeben. Das kehlige Knurren schien sie dieses Mal zu ignorieren. Vielleicht hatte Evas scharfe Bemerkung von vorhin ja doch etwas genutzt. »Tut ihr, was ihr nicht lassen könnt. Ich werde mich in die Bibliothek zurückziehen und dort den ganzen Nachmittag bleiben. Allein.«

Warum sie es für so wichtig hielt, uns anderen mitzuteilen, dass sie sich an der Gemeinschaftsaktion nicht beteiligen würde, war mir zu diesem Zeitpunkt erstens schleierhaft und zweitens total egal. Ich hatte schließlich andere Sorgen.

»Aua! Mein Fuß! Mist, verdammter! Mist! Mist! Mist!« Weil ich mit meinem Styling so lange gebraucht hatte, war Rachel schon ungeduldig vorgegangen. So schnell ich konnte, rannte ich ihren Schreien hinterher zur Tür unseres Waggons. Eilig schob ich mich an Cara, Mr Frost, Madelyn und Alistair vorbei, bis ich meine arme Schwester mit schmerzverzerrtem Gesicht unter mir im Schnee liegen sah. »Alles in Ordnung mit dir?« Vorsichtig stieg ich die Stufen hinab. Dann sprang ich von der letzten und legte eine butterweiche Landung hin.

»Wie ich diese Frage hasse!« Aus Rachels Augen sprühten Funken. Während sie ihren linken Knöchel umklammerte, presste sie ihre Lippen fest aufeinander. »Natürlich ist alles in Ordnung, wenn ich Aua schreie und rumfluche, dass Mum es besser nicht zu Ohren bekommen sollte. Ja, Millie, dann geht es mir bestens. – Verdammter Mist, Dreck, Scheiß, tut das weh! Ich glaube, ich habe mir den Fuß verstaucht oder gebrochen oder die Bänder gerissen. Vielleicht auch alles gleichzeitig. Wenn ich den erwische, der mich geschubst hat!«

»Bei einem Bänderriss gibt es ein sattes Plopp.« Als ich mich umdrehte, sah ich, wie James von der untersten Waggonstufe sprang. Dabei hielt er eine Leiter in der Hand, die er jetzt erst in den Schnee rammte und dann an die Stufen lehnte. Im Näherkommen sagte er: »Wie heißt es so schön? Mind the gap! Sie hätten besser auf mich gewartet.«

Und er hätte wohl besser die Klappe gehalten, was ihm auffiel, als Rachel kampfbereit den Unterkiefer vorschob, die Augen zu kleinen Schlitzen verengte und wie ein Höllenhund zu schnaufen begann.

»Blöder Spruch!« James hob bedauernd die Schultern, beugte sich zu Rachel hinab und zog sie auf die Füße. »Können Sie auftreten?«

»Au!«

»Okay, das ist also nicht so toll. Legen Sie Ihren Arm um meine Schulter«, bot James hilfsbereit an. »Wie ist das denn überhaupt passiert?«

»Ich weiß auch nicht!« Rachel verzog schmerzhaft das Gesicht. Gestützt auf James hüpfte sie durch den Schnee zum Waggon zurück. »Ich sag doch, irgendwer hat mich geschubst.«

»Mit Absicht?« Wer tat denn so was?

»Keine Ahnung!«

So wie Amy sich schuldbewusst in der Waggontür an das Bein ihrer Tante klammerte, hatte ich sehr wohl eine Ahnung.

»Mr Lory!«, brüllte James durch die Beinpaare, die sich in der Waggontür drängten. »Ich brauche mal Ihre Hilfe, bitte. Waggon Nummer drei.«

Ich blickte mich um. Nicht nur von unserem Waggon aus wurde das Geschehen beobachtet. Aus der offenen Tür von Wagen Nummer vier, dem zweiten Schlafwagen, lehnte sich ein roter Fleck hinaus, den ich für Gigis Schneeanzug hielt. Und Eva reckte ihren Kopf aus einem der Fenster ihrer Suite. Falls Tracey in der Bibliothek überhaupt etwas von Rachels Unfall mitbekommen hatte, hätte ich sie auf die Distanz eh nicht am Fenster erkennen können. Auch von Natalie war nichts zu sehen. Sie war bei leiser Weihnachtsmusik hinter der Bar geblieben, für den Fall, dass jemand etwas brauchte oder sich später bei einem Kakao oder Tee aufwärmen wollte. Marissa und Sally fehlten ebenfalls, sie waren bestimmt wieder in den Spa zurückgegangen, um Sallys Schönheitsbehandlung abzuschließen.

»Mr Lory!«, versuchte James noch mal sein Glück.

»Lassen Sie, wir helfen Ihnen.« Alistair Hadley nickte Benjamin Frost zu, bevor er aus dem Wagen sprang. Mr Frost ging vor den Stufen auf die Knie und streckte seine Arme nach Rachel aus, während sie ihm von der untersten Sprosse der Leiter ihre Hände entgegenhielt und dabei von Alistair und James gesichert wurde.

»Vielen Dank! Ach, das ist mir alles so furchtbar unangenehm!« Was jeder an der hochroten Birne meiner Schwester ablesen konnte. Die Arme!

Mr Hadley suchte Mr Frosts Blick, nickte dann James zu und gab das Kommando. »Auf drei. Eins. Zwei. Drei.«

Ein Ruck und Rachel saß schnaufend auf der obersten Stufe. Direkt neben Amy, deren Schultern verdächtig zu beben begannen. »Tut es schlimm weh, Rachel«, fragte sie und biss sich auf die Unterlippe.

»Ich kann mir Schöneres …« … vorstellen, hatte Rachel bestimmt erwidern wollen, war aber von den dicken Tränen, die jetzt über Amys Wangen liefen, gestoppt worden. »Sag mal, Amy? Hast du mich vielleicht geschubst?«

Erst nickte Amy tapfer, dann wirbelte sie zu Cara herum und vergrub ihr Gesicht in deren langen Wintermantel. »Es tut mir so leid!«, schluchzte sie gedämpft. »Ich wollte doch nur die Erste im Schnee sein! Deshalb bin ich ganz schnell gerannt und dann habe ich dich zu spät gesehen.«

»Ach, Amylein, nun wein doch nicht!« Cara war vor ihr in die Hocke gegangen. »So was kann passieren. Nicht war, Ms McEwan?«

»Das sieht man ja!«, erwiderte Rachel schulterzuckend. »Alles gut, Amy! Ehrlich, da kommt ein Coolpack drauf und in ein paar Tagen ist mein Knöchel wieder wie neu. Versprochen!«

Tröstend streichelte sie Amy über den Rücken.

»Aber Father Christmas hat das bestimmt gesehen und jetzt bekomme ich keine Geschenke mehr«, weinte Amy dicke Tränen um ihre Weihnachtswünsche.

»Ach, herrje, was ist denn hier passiert?« Mr Lory war endlich eingetroffen. »Ein Unfall?«

»Meine Schwester ist blöd im Schnee gelandet!«, kam ich allen anderen Erklärungen, die den Namen Amy beinhaltet hätten, zuvor. Aus Mr Lorys Blick sprach die pure Verzweiflung. Er konnte es nicht glauben, dass sich schon wieder ein Unglück ereignet hatte. Als er Rachel auf die Beine half, warnte sie ihn: »Ich kann mit meinem linken Fuß nicht auftreten.«

»Stützen Sie sich auf mich. Ich bringe Sie in den Salon oder möchten Sie lieber in Ihre Suite?«

»In den Salon«, entschied Rachel. Gerade, als ich die Leiter zu ihr hochklettern wollte, hörte ich hinter mir ein perlendes Lachen. »Was soll das denn werden?«

»Ich komme wieder rein und leiste dir Gesellschaft!«

»Nicht nötig, Millie!«, entschied Rachel. Dabei fixierte sie einen Punkt in meinem Rücken. »Natalie wird mich mit Tee für die Nerven, Eis für meinen Knöchel und Schmerztabletten versorgen. Mehr brauche ich im Moment nicht. Außerdem wartet da jemand auf dich.«

Noch bevor ich mich umdrehte, machte mein Herz einen vorfreudigen Hüpfer. Und dann sah ich ihn in Jeans und blauer Winterjacke. Charles, der sich grinsend die Schneeflocken von den Wimpern blinzelte.

»Wie sieht es aus? Hat eben nicht einer was von wegen Schneeballschlacht gesagt?« Gigi hatte sich zu uns durchgekämpft. Wie es zu erwarten gewesen war, sah sie in ihrem roten Schneeanzug aus, als wäre sie vom Cover der *Vogue* gehüpft. Alle drei schauten wir zu Amy hoch. Wie ein Häuflein Elend stand sie neben ihrer Tante und schüttelte immer wieder traurig ihren Kopf.

»Wo bleibst du denn, Amy, wir warten auf dich!«, rief Charles ihr zu. Im nächsten Moment stürmte er zur Leiter und streckte ihr seine Arme entgegen. »Schon vergessen?«, fragte er. »Schneeballschlacht!«

Amys verweinte Augen leuchteten auf. Sie schaute ihre Tante fragend an und als die lachend nickte, warf sie sich mutig in Charles' Arme.

»Du Macho! Dich stecke ich doch locker in die Tasche.«

Ich drehte mich zu Gigi um und wurde Zeugin davon, wie sie sich von James eine Schneeschippe reichen ließ und sich dann lachend bei ihm unterhakte.

»Gigi hätten wir dann wohl verloren!«, kommentierte Charles, als er mit Amy an der Hand neben mich trat. Was ich jetzt gar nicht sooo traurig fand.

Plötzlich traf mich ein Schneeball mitten ins Gesicht.

»Wer war das?«, prustete ich, obwohl ich genau wusste, wem ich die Ladung zu verdanken hatte.

»Getroffen!«, lachte Amy, die allen Kummer über Rachels Unfall vergessen hatte.

»Rache!«, brüllte ich zurück, was Charles auf den Posten rief. »Jeder gegen jeden!«

»Ich seid viel größer als ich, das ist nicht fair!«

»Stimmt!«, pflichtete ich Amy bei. Mein erster Schneeball war gleich fertig geformt und er würde mein Ziel vernichtend treffen. »Du und ich gegen Millie!«, holte Charles Amy in sein Team, bevor ich das machen konnte.

»Ihr habt es so gewollt!« Ein gezielter Schuss und Charles griff sich leidend an die Schulter. Dahin, wo ich ihn erwischt hatte!

Kapitel 13

Es war noch gar nicht so spät und trotzdem schickte der Abend schon seine Vorboten in den trüben Wintertag hinaus. Die grauen Wolken hingen schwer am Himmel, der immer dunkler wurde. So dunkel, dass Tracey in der Bibliothek die kleine Tischlampe vor ihrem Ohrensessel angeschaltet hatte. Womit sie sich dort die Zeit vertrieb, konnte ich nicht sehen. Las sie ein Buch? Die Flocken schwebten so unermüdlich auf uns herab, dass ich mich fragte, ob die Schneeschippaktion wirklich sinnvoll sein konnte.

Die Schneeballschlacht mit Charles und Amy war in vollem Gange, aber die anderen schippten fleißig. Madelyn und Alistair luden nebeneinander Schnee auf ihre Schaufeln. Sie sprachen kein Wort miteinander. Rose war im Schutz des Waggons stehen geblieben und beobachtete schmunzelnd die Szenerie.

Zu weiteren Beobachtungen kam ich nicht, weil ich alle Hände voll damit zu tun hatte, meine Haut zu retten. Zweimal hatten Charles und Amy mich schon eingeseift und auf ein drittes Mal hatte ich echt keine Lust. Mein Gesicht brannte jetzt schon wie Feuer. Auf der Flucht vor den beiden erhaschte ich einen kurzen Blick auf Alistair und bekam mit, wie er Madelyn zunickte und sie daraufhin in Richtung Zug durch den Schnee stapfte. Ich meine, mich daran zu erinnern, James' und Mr Lorys Uniformen genauso wie Mr Frosts dunklen Mantel an der Schneewehe gesehen zu haben. Gigi hatte ich aus den Augen verloren. Vielleicht war ihr teures Designerstück von einem Schneeanzug nur schön teuer und nicht warm und funktional und deshalb war sie reingegangen, um sich von Natalie einen heißen Kakao mit Sahne und Schokostreuseln machen zu lassen. Und Sally war nur mal kurz mit einer Schaufel in der Hand durch mein Blickfeld gehuscht, als sie vermutlich mit ihrer Spa-Session fertig gewesen war.

»Wir haben sie verloren, Amy!«

Von wegen. Sie waren näher an mir dran, als Charles dachte, und deshalb warf ich mich in den Schnee und krabbelte auf allen Vieren unter den Bibliothekswagen. Erst tauchte ich in den schwachen Lichtkegel, der von der Bibliothek aus nach draußen fiel, dann ins Halbdunkel unter dem Zug. Kaum war ich keuchend zu Atem gekommen, als ich über mir eine Stimme registrierte.

»Du willst was?« Es war Tracey und sie hatte so laut gebrüllt, dass ich sie selbst durch die geschlossenen Fenster und den Fußboden in meinem Versteck unter dem Wagen hören konnte. »Wo wärst du ohne mich, Madelyn? Was wärst du ohne mich? … Alistair?! … Für diesen Frauenheld … Bei seinem Aussehen könnte er jede haben. Hast du schon mal überlegt, was ihn an dir so reizt? Du oder die Höhe deines Bankkontos?«

Wow! Ich hielt geschockt den Atem an. War das verletzend!

»Amy! Hier ist sie!« Bevor ich begreifen konnte, wie nah Charles mir schon war, rollte er sich zu mir unter den Waggon. Natürlich wollte ich ihm gar nicht entkommen, aber es gehörte zum Spiel. Schon möglich, dass ich mir nicht allzu viel Mühe gab und meinen ausgestreckten Arm absichtlich gerade so lange liegen ließ, bis er mich am Handgelenk erwischte.

Keuchend warf ich mein Gesicht lachend von links nach rechts, während Charles mit der rechten Hand Schnee zusammenschob.

Ich kniff die Augen fest zusammen. Doch anstelle eisiger Kälte spürte ich warme weiche Lippen auf meinem Mund. Charles' Lippen. Ungemein zärtlich. Das Blut schoss mir durch die Adern und mein Herz pochte so laut, dass er es bestimmt hören musste. Ich schlang meine Arme um ihn. Von mir aus hätte dieser Moment ewig dauern können. Ich hörte keine keifende Tracey mehr. Um mich herum gab es nichts anderes als Charles und mich. Ich fühlte mich so leicht, so glücklich, so schwerelos. Bis es neben uns raschelte.

»Bah, ist das eklig!«

Charles und ich rissen die Augen auf. Schicksalsergeben ließ er sich auf den Rücken rollen. »Amy!«

»Meine Mum und mein Dad machen das auch. Aber wenn Onkel Benjamin mit Tante Cara knutschen will, dreht sie manchmal den Kopf weg. Ich denke, sie findet das auch total ekelig.« Amy schüttelte sich.

»Aber eigentlich ist Küssen schon schön!«, flüsterte ich, als ich meinen Kopf zu Charles drehte, weil ich einfach in seine gütigen braunen Augen schauen musste. Mein Herz explodierte und das nicht nur, weil er mich glücklich anstrahlte, sondern auch weil er seine Finger mit meinen verknotete, als ob er mich nie wieder loslassen wollte.

Amy runzelte skeptisch die Stirn: »Wollen wir einen Schneemann bauen?«

Nach der langen Zeit, die wir im Zug eingesperrt gewesen waren, fand ich es so herrlich, durch den Schnee zu toben, die Flocken mit der Zunge aufzuschnappen und mich zusammen mit Amy im Kreis zu drehen, dass ich das Schneeschippen darüber völlig vergaß. Außerdem war da ja auch noch diese andere Sache, die meine Sinne benebelte! Mein Herz lief über vor Glück, wenn ich dem Kuss nachspürte. OMG! Mit einem Lächeln auf den Lippen schaute ich mich nach Charles um. Wir waren doch zusammen unter dem Waggon hervorgekrabbelt. Wo war er denn nur hin?

Als ich das nächste Mal zur Bibliothek hinüberschaute, war die Tischlampe aus. Was mir zu diesem Zeitpunkt nicht sonderlich alarmierend erschien.

Im Salon brannte zwar Licht, aber von Rachel konnte ich nicht mehr als ihren Haarschopf sehen.

Was Amy und ich mit einem kleinen Schneeball begonnen hatten, war bald eine riesige Kugel geworden. Wir rollten noch eine kleinere. Charles war rechtzeitig wieder bei uns, um uns beim Hochhieven zu helfen. Wieder streifte mein Blick die Bibliothek. Tracey saß immer noch in ihrem Sessel. Leicht vornübergebeugt, so als ob sie eingenickt sei. Vor ihr stand eine Gestalt und redete auf sie ein. Was ich so gut erkennen konnte, weil die Tischlampe wieder brannte. Jetzt beugte sich die Gestalt über Tracey und streckte die Hand nach ihr aus.

»Sollen wir in der Küche nach einer Möhre fragen?« Die Hände in die Hüften gestemmt, betrachtete Amy unser Werk.

»Unbedingt!«, pflichtete Charles ihr bei. »Unser Schneemann braucht doch eine Nase!«

»Und Onkel Benjamin leiht uns bestimmt seinen Zylinder, wenn ich ihn lieb darum bitte. Dann fehlen uns noch Kohlen …«

»Wartet mal … was ist denn da los?« Die Gestalt hatte ihre Hand auf Traceys Schulter gelegt und schüttelte sie. »Charles, da stimmt was nicht«, raunte ich. »Bleib du bei Amy!« Mit pochendem Herzen rannte ich los. Ich sah, wie die Gestalt, es war Sally Rudner, ja, jetzt erkannte ich sie, Tracey immer heftiger schüttelte. Plötzlich riss sie den Mund auf und schrie, schrie, schrie …

Kapitel 14

Egal, wie lange Sally sie noch anschreien und panisch an ihrer Schulter rütteln würde, Tracey Pitts würde ihr nie wieder antworten. Das erkannte ich, kaum dass ich vor ihr stand.

Leblos in sich zusammengesackt saß Tracey in einem der Ohrensessel in der Bibliothek. In ihrer Brust steckte ein Messer. Um die Klinge herum hatte sich ihr cremefarbener Pullover rot verfärbt. Sie war ermordet worden. Mit dieser Erkenntnis sackte mir das Blut in die Beine und das Letzte, woran ich mich noch erinnere, ist, dass vor meinen Augen schwarze Punkte tanzten. Charles sagte später, ich hätte noch gemurmelt: »Ich muss hier …«, doch vor dem letzten Wort war ich dann zusammengeklappt.

Als ich meine Augen wieder aufschlug, war ich immer noch in der Bibliothek. Nur lag ich jetzt auf dem Sofa und Rose hielt meine Beine hoch, während Charles neben mir saß und sanft meine Hand streichelte. Wie peinlich war das denn? Am liebsten wäre ich sofort wieder in Ohnmacht gefallen. Wahlweise hätte ich mich auch mit einem Loch im Erdboden zufriedengegeben. Alle Lichter waren jetzt hell erleuchtet.

»Hey, da bist du ja wieder?«, flüsterte Charles mit samtweicher Stimme.

»Mehr oder weniger!« Ich versuchte mich an einem schwachen Lächeln. »Danke, Rose, ich würde mich gerne aufsetzen.«

»Sicher, Herzchen! Wenn es dir wieder besser geht«, erwiderte Rose und senkte meine Beine auf die Armlehne herab.

»Aber lieber vorsichtig!«, riet Charles mir, als ich die Füße auf den Boden schwang. Unter uns gesagt, war ich ihm sehr dankbar dafür, dass er mich fürsorglich in die Arme schloss, denn mir war immer noch ein wenig schwindelig.

Jetzt erst sah ich Rachel. Auf einen mir unbekannten Regenschirm gestützt, stand sie mitten im Raum. Ungläubig schüttelte sie den Kopf.

Ihr linker Knöchel war angeschwollen wir eine Melone. Um ihn besser kühlen zu können, hatte sie ihre Socke abgestreift. Von Sally fehlte jede Spur. Ich nahm an, dass sie jemand weggebracht hatte, damit sie sich beruhigen konnte.

Mr Lory und Benjamin Frost hatten sich über Tracey gebeugt. Mit zitternden Händen legte Mr Frost Zeige- und Mittelfinger an ihre Halsschlagader. Als er sich wieder aufrichtete, war er kreidebleich. Er senkte den Kopf und schüttelte ihn kaum sichtbar. Damit bestätigte er das, was wir alle schon gewusst hatten. Tracey Pitts lebte nicht mehr.

Hinter James drängte sich Natalie in die Bibliothek.

Als unsere Grandma mütterlicherseits gestorben ist, nicht die aus Edinburgh, da durften Mum, Dad, Rachel und ich noch mal zu ihr, um an ihrem Totenbett Abschied zu nehmen. Sie war friedlich eingeschlafen. Und … sie war sehr alt geworden. Eine Tatsache, die mich damals nicht wirklich getröstet hat. Grandmas Haut hatte wächsern ausgesehen und in meiner Erinnerung hatte sie auch leicht bläulich geschimmert. Wie uns der Arzt erklärte, hing das damit zusammen, dass einige Stunden zwischen ihrem Tod und unserer Ankunft im Krankenhaus vergangen waren. Auf Tracey hatte der Tod noch keine Spuren hinterlassen. Eigentlich sah es so aus, als wäre sie nur kurz eingenickt und das Buch vor ihren Füßen sei ihr aus den Händen geglitten.

»Oh, mein Gott! Ist das wirklich Tracey?« Madelyn Clarkson schob sich an James und Natalie vorbei, bis sie direkt vor ihrer toten Freundin stand. Sie schlug sich die Hände vors Gesicht. Ihre Schultern bebten, als sie zu ihrem Mann herumwirbelte und sich schluchzend in seine Arme warf. »Tracey ist …«

»… tot!« Ihr Mann stand mit dem Rücken zu mir, weshalb ich sein Gesicht nicht sehen konnte. Das musste ich aber auch gar nicht. Er hatte die drei Buchstaben mit einer Mischung aus Gleichgültigkeit und Genugtuung von sich gegeben. Ihr Tod war ihm nicht nur einerlei, er hatte Mühe, seine Freude darüber zu verbergen.

»Marissa hat mich bei Sally abgelöst.« Es war also Eva gewesen, die ihre Freundin vom Tatort weggeführt hatte. Zusammen mit Gigi war sie nun zurück, um sich mit verschränkten Armen vor Tracey aufzubauen. »Tja … weil man über Tote nur Gutes sagen darf, halte ich jetzt wohl besser meinen Mund.«

Als könnte ihr Gehirn nicht verarbeiten, was ihre Augen ihr meldeten, stand Gigi einfach nur reglos da.

Ich hörte, wie Charles neben mir einen leisen Pfiff ausstieß. Ich hatte Tracey auch nicht gemocht. Wie denn auch. So, wie ich sie kennengelernt hatte, war sie nicht besonders liebenswert gewesen. Trotzdem war es schrecklich, dass ein Mensch starb und nur eine Person Tränen für ihn vergoss.

»Wir sollten jetzt besser die Bibliothek räumen«, entschied Benjamin Frost mit belegter Stimme. »Immerhin ist das hier ein …« Er schluckte, um dann sehr mühsam hervorzubringen: »… ein Tatort. Ich kenn mich nicht aus. Aber die Polizei wird sich das alles ansehen und Spuren sichern wollen. Mr Masterson, könnten Sie die junge

Ms McEwan in den Salon hinüberbegleiten?«, wandte er sich an Charles. »Mr Lory wird dann hinter uns abschließen.«

❄ ❄ ❄

»Ich … ähm … ist es okay, wenn ich mal für 'ne halbe Stunde weg bin?« Charles hatte mich bis zu der Sitzgruppe gebracht, die irgendwie zu Rachels und meinem Stammplatz im Salon geworden war. Hier hatte meine Schwester das Interview mit Madelyn oder wohl eher mit Tracey geführt. Mein Buch und mein Strickzeug sowie die Spielesammlung lagen noch immer hier und erzählten davon, wie Charles, Amy und ich vor wenig mehr als einer guten Stunde friedlich *Mensch-ärgere-Dich-nicht* gespielt hatten. Und so wie es aussah, hatte Rachel sich auch genau hier mit zig Coolpacks, die sich auf dem niedrigen Tisch türmten, nach ihrem Sturz auf dem Sofa ausgestreckt und ihren verstauchten Fuß auf einem Kissenberg hochgelegt.

»Wo willst du denn hin?«, fragte ich, bevor Rachel sich mit einem dumpfen Tschu-buff, Tschu-buff auf dem Teppich ankündigte. Wie Kapitän Ahab aus Moby Dick kam sie auf ihrem Spazierstock angehinkt. Als sie mich auf dem Sofa erblickte, feuerte sie einen grimmigen Blick auf mich ab, der dem holzbeinigen Walfänger alle Ehre gemacht hätte. Und der besagte: »Das ist mein Platz!«

»Bin schon so gut wie weg!« Mit erhobenen Händen stand ich auf und ließ mich in einen der freien Sessel dem Sofa gegenüber fallen.

»Ich muss doch noch die Zaubershow für heute Abend vorbereiten«, beantwortete Charles meine Frage.

»Die mit der zersägten Frau?« Verwundert wanderten meine Augenbrauen hoch, während Rachel sich ächzend auf das Sofa plumpsen ließ.

»Mit der Frau in der doppelten Kiste!«, korrigierte Charles mich.

»Aber die ist doch abgesagt!«, erinnerte ich ihn.

Verwirrt schüttelte Charles den Kopf. »Stimmt. Oh, Mann! Ich glaube, mir wird gerade erst richtig klar, was da nebenan passiert ist.« Seufzend fuhr er sich mit beiden Händen durch die Haare, bis sie wüst von seinem Kopf abstanden. »Ich brauche einfach mal ein paar Minuten …«

Der arme Kerl. Er war blass wie der Schnee draußen geworden. Bestimmt hatte er einen Schock erlitten. Es wäre kein Wunder. »Vielen Dank für deine Hilfe!«, schob ich noch nach.

»Für dich immer!« Er drückte mir einen flüchtigen Kuss auf die Lippen und winkte dann Rachel zu, bevor er die Hände in seinen Hosentaschen vergrub und den Salon verließ. »Wir sehen uns beim Dinner.«

Als sich Rachels und meine Blicke kreuzten, blitzte nur kurz ein zustimmendes Lächeln in ihren Augen auf. Dann war es wieder verschwunden. Traceys Tod war so unglaublich, so gewaltig, dass er alles andere überschattete. Dass Charles und ich jetzt offensichtlich zusammen waren, war zur Nebensache geworden.

Für den Bruchteil einer Sekunde überlegte ich, ob ich ihn nicht zurückrufen sollte. Immerhin befand sich nicht nur ein Dieb, sondern auch noch ein Mörder in diesem Zug. Doch dann streifte mein Blick die Menschengruppe, die sich in der Zwischenzeit an der Bar zusammengefunden hatte. Mr Frost, Madelyn, Alistair, Eva, Gigi und Rose. Natalie mixte gerade für irgendwen irgendeinen Drink zusammen. Marissa war bestimmt noch bei Sally, während Cara unter Garantie die unschöne Aufgabe übernommen hatte, Amy zu erklären, was mit Tracey passiert war. Da standen sie alle zusammen, tranken Tee, Whiskey oder Gin und taten mehr oder minder betroffen. Dabei hatten die meisten von ihnen Tracey nicht ausstehen können. Und da wusste ich, dass Charles, dass niemandem von uns eine Gefahr drohte. So dachte ich zumindest damals.

»Millie, hör auf der Stelle auf, das zu denken, was du denkst!«

»Was denke ich denn, Rachel?«

Meine Schwester hatte sich wieder auf dem Sofa ausgestreckt und als könnte es sie vor allem Übel dieser Welt beschützen, lag jetzt ein dickes Kissen auf ihrem Bauch, das sie mit beiden Armen an sich drückte. »Du fragst dich, wer Tracey ermordet hat.«

»Tu ich gar nicht!« Tat ich wirklich nicht. Oder besser: hatte ich nicht getan, bevor sie mich auf die Idee gebracht hatte.

»Frische Coolpacks, Ms McEwan?« Plötzlich stand James neben uns. Geschäftig sammelte er die aufgeweichten Kältekissen ein und stapelte sie in seinen Händen.

»Oh, ja, das wäre großartig«, seufzte Rachel und richtete sich auf, um ihr Kissen aufzuschütteln.

»Werden sofort geliefert«, nickte James. Obwohl seine Stimme aufmunternd geklungen hatte, ging er mit untypisch hängenden Schultern zur Bar zurück, vorbei an Eva, die sich an den Tresen lehnte, als bräuchte sie dringend Halt. Wieso starrte die denn so betroffen in ihr Whiskeyglas? Geradezu verzweifelt presste sie die Lippen aufeinander und ließ dann kraftlos den Kopf nach vorne kippen.

Sie hatte Tracey doch gehasst und das eben noch zugegeben. Und jetzt schob sie Trauer? Das passte ja mal gar nicht!

»So, dann wollen wir Sie verarzten!« James war zurück. Mit geschickten Fingern legte er ein ganzes Band aus Coolpacks um Rachels Klumpknöchel und wickelte zum Abschluss ein Handtuch drum herum. »Damit die Sache auch hält!«

»Danke!« Mit geschlossenen Augen legte meine Schwester sich

den Unterarm auf die Stirn. »Ich war direkt nebenan und habe nichts mitbekommen. Ist das nicht gruselig?«

»Du hast wirklich gar nichts gehört?«, bohrte ich nach. Wie um alles in der Welt, hatte sie den Krach zwischen Tracey und Madelyn verschlafen können?

»Ich weiß nicht … ich habe geträumt, dass Paul, dieser Blödmann, mich anschreit, ob ich sie noch alle habe, ihn wegen dieses Frauenhelds verlassen zu wollen. Der nur wegen des Geldes hinter mir her sei. Äh. Ich hatte keine Ahnung, wen er meinen könnte. Und viel Geld hab ich leider auch nicht auf meinem Konto.« Sie gähnte.

»Es gab einen Streit zwischen Tracey und Madelyn und du hast ihn in deine Träume eingebaut«, klärte ich sie auf. Ich konnte doch nicht zulassen, dass sie jetzt schlecht von Paul dachte, der sie schließlich immer auf Händen trug. Solange er nicht gerade im Labor war.

»Und sonst? Haben Sie denn auch niemanden gesehen?«

Mein Kopf wirbelte herum. Dass James mit verschränkten Armen immer noch bei uns stand und uns ungeniert zuhörte, hatte ich gar nicht mitbekommen.

»Ich fürchte, nein!«

»Hmm … na ja, wenn der Mörder schlau war, ist er auch nicht durch den halben Zug in die Bibliothek gegangen, sondern ist von außen gekommen«, überlegte James laut. Ja, das war eine Möglichkeit.

Verstohlen deutete James auf mein Buch, mein Strickzeug und tippte anschließend mit dem Finger in Richtung Küche. Ich warf einen Blick auf meine Schwester, deren Kopf zur Sofalehne weggesackt war. Sie war doch glatt schon wieder eingeschlafen. Ich tippte mal darauf, dass ihre Müdigkeit eine Nebenwirkung der

Schmerztabletten war. Ich hatte keine Ahnung, ob James mit mir mein Strickmuster besprechen wollte oder warum ich meine Sachen mitbringen sollte. Aber ich tat ihm den Gefallen, sammelte alles auf und baute mich vor dem Küchenwagen auf. Als plötzlich Mr Lory an mir vorbeieilte und James winkte, ihm zu Mr Frost zu folgen. Ich hätte mein ganzes Monatsgehalt, das ich bis vor Kurzem in dem kleinen Café bei uns um die Ecke als Aushilfe verdient hatte, hergegeben, um zu erfahren, was die da zu bequatschen hatten. Mr Lory redete mit Händen und Füßen. James machte große Augen und Mr Frost lief so rot an, dass ich befürchtete, er würde gleich explodieren. »Das darf ja wohl nicht wahr sein!«, rief er aufgebracht. »Jetzt noch mal ganz langsam. Was ist mit der Heizung …?«

Wieder begann Mr Lory zu sprechen und wieder verstand ich kein Wort. Schließlich wandte er sich an James, der nickte. Dann kippte Mr Frost seinen Whiskey in einem Schluck runter, setzte sein Glas krachend auf der Bar ab und ging mit Mr Lory in Richtung Bibliothek davon. Jetzt erst bemerkte ich, wie aufmerksam Gigi das kurze Gespräch verfolgt hatte. Sie beobachtete auch, dass James zu mir kam, meine Hand nahm und mich mit sich zog.

»Wo wollen wir denn hin?«

»Abwarten!«

Er führte mich vorbei an der Küche, durch den menschenleeren Speisewagen. Hier hatten fleißige Hände schon alles für das Dinner eingedeckt und mit glitzernden Sternchen, Schneemännern aus Filz und Mini-Christbaumkugeln in Rot, Grün und Gold dekoriert. Übermorgen war Weihnachten. Über allem sollte jetzt doch eigentlich der Geist von Frieden und Vorfreude schweben. Aber heute war ein Mensch gewaltsam aus dem Leben gerissen worden. Auch mit sehr viel Fantasie konnte ich mir nicht vorstellen, dass irgendwer

Lust auf erlesene Gourmet-Küche hatte. Ach, und der Maskenball? Selbstverständlich würde Mr Frost ihn absagen, sobald er den Kopf dafür frei hatte.

Als Nächstes betraten wir Waggon Nummer vier. Das war einer der beiden Schlafwagen. Wir ließen die Durham Suite genauso wie die Balmoral Suite rechts von uns liegen. Erst vor der Stirling Suite, der Nummer sieben, machte James halt, zog seinen Schlüsselanhänger ohne Schlüssel daran hervor und hielt ihn vor das Schloss. An dieser Stelle sollte ich etwas zu den Schlüsseln erklären. Die waren nämlich purer Fake. Ihre einzige Funktion lag darin, verschnörkelt und nostalgisch auszusehen. Wollte ich die Tür zu unserem Abteil öffnen, musste ich nur den Anhänger vor das Schloss halten, weil sich darin in Gestalt einer hochmodernen Key Card das Sesam-Öffne-Dich versteckte.

»Was hast du vor? Wer wohnt hier?« Nervös schaute ich den Gang hoch und runter.

»Niemand.« Gleichzeitig mit James' Antwort gab das Schloss das vertraute *Klack* von sich und James zog mich in das dunkle Abteil. »Jemand musste wegen Krankheit auf den letzten Drücker absagen.«

Ich hörte, wie James sich mit der Sicherheit einer Katze durch die Dunkelheit tastete. Dann machte es zwei Mal *ratsch*. Er hatte die Rollos heruntergezogen. Schon in der nächsten Sekunde leuchtete der Lichtkreis einer winzigen Tischlampe auf.

»James, bitte, was machen wir hier?« Das ungute Gefühl, dass ich nicht hier sein sollte, krabbelte mit eisigen Fingern meinen Rücken hinauf.

Anstelle einer Antwort ließ er sich in einen der beiden Sessel fallen. Als ich zögerlich auf ihn zuging, zog er etwas aus seiner Hosentasche, hielt den Gegenstand aber so, dass ich ihn nicht sehen konnte. Kaum hatte ich ihn erreicht, nahm er mir mein Buch ab, legte es auf den Tisch vor sich und das Ding in seiner Hand daneben. Es sah aus wie eine zerknitterte Graphic Novel. James strich sie glatt, sodass ich das Profil eines Kopfes mit prägnanter Nase, Pfeife im Mund und der berühmtesten Deerstalker-Mütze der Welt erkennen konnte. Dann schaute er mich triumphierend an.

»*Mord im Orientexpress* und *Eine Studie in Scharlachrot*«, nickte er. »Das ist ein Zeichen, und zwar dafür, dass wir zusammen ermitteln sollen. Miss Marple und Sherlock Holmes.«

»Was?«

»Millie! Nun tu mal nicht so! Ich habe das Gespräch zwischen dir und deiner Schwester zufällig mit angehört. Auch du willst wissen, wer Tracey Pitts ermordet hat. Streite es nicht ab! Ich habe es dir an der Nasenspitze angesehen.« James streckte mir den Zeigefinger entgegen. »Und genau diese Frage lässt mir auch keine Ruhe. Whodunnit?«

Kopfschüttelnd ließ ich mich in den freien Sessel plumpsen und nahm mein Strickzeug auf den Schoß. »Das ist ein riesengroßes Missverständnis, James. Erstens ermittelt Hercule Poirot im Orient Express und nicht Miss Marple. Wer auch immer das ist.«

»Was?« James starrte mich so fassungslos an, als ob ich behauptet hätte, die Erde sei eine Scheibe. »Du weißt nicht, wer Miss Jane Marple ist?«

Ich schüttelte den Kopf. »Meine Freundin Susan würde es bestimmt wissen. Sie ist die Krimitante. Nicht ich. Sorry!«

»Was für eine Enttäuschung!«, stieß James verachtungsvoll aus und betrachtete dann das Profil von Sherlock Holmes, als würde er mit dem Meisterdetektiv, den selbst ich kannte, Zwiesprache halten. Nach ein paar Augenblicken kratzte er sich hinter dem Ohr. »Gut, Textsicherheit ist auch gar nicht nötig«, entschied er. »Millie, wir sind uns gestern erst begegnet, aber ich glaube, ich kenne dich schon ganz gut. Du bist unerschrocken, neugierig und Gerechtigkeit ist dir wichtig. Das sind die besten Voraussetzungen, um mit mir im Mordfall Tracey Pitts zu ermitteln. Sei mein Watson!«

So wie er das sagte, klang es wie ein Heiratsantrag. Um nicht zu grinsen, biss ich mir vorsorglich auf die Unterlippe.

»Ach, komm schon! Ich brauch jemanden, der die blöden Fragen stellt und mir damit auf die Sprünge hilft!«

»Das klingt wirklich sehr verlockend und ausgesprochen schmeichelhaft.« Jetzt musste ich doch grinsen.

James stieß aufstöhnend die Luft aus. »Du weißt genau, wie ich es meine. Also, bist du dabei?«

Keine Ahnung warum. Vielleicht weil ich mir das heimliche Herumschleichen und Spurensuchen unglaublich aufregend vorstellte, nickte ich. »Bin dabei!«

»Genau das wollte ich hören!« James steckte den Zeigefinger unter das schwarze Bändchen, mit dem sein Hut unter dem Kinn befestigt war, und schob ihn hin und her, als ob es ihn juckte. »Wir sind also ein Team. Zuerst mal die Regeln: Niemand darf von unseren Ermittlungen erfahren. Ja, das wäre besser«, überlegte er laut. »Wir sind nämlich nur so lange sicher, wie der Mörder nichts von unseren Untersuchungen weiß, und da wir keine Ahnung haben, wem wir vertrauen können …« Mit ausgebreiteten Händen ließ er den Rest des Satzes in der Luft zwischen uns schweben.

»Rachel können wir vertrauen!«, erwiderte ich blitzschnell. Und Charles, wollte ich noch hinterherschieben, aber ein leises inneres Stimmchen hielt mich davon ab.

»Deine Schwester. Guter Punkt, Watson!« James grinste zufrieden. »Ich wusste doch, dass es eine fantastische Idee war, dich und nicht Gigi zu fragen. Rachel könnte uns sogar richtig nützlich werden. Wenn sie die Leute interviewt, kann sie ihnen gleichzeitig für uns auf den Zahn fühlen.«

Ich sog scharf die Luft ein und rutschte auf die Sesselkante vor. »Nun, ähm, ich habe gesagt, wir können ihr vertrauen. Im Notfall. Nicht, dass sie unbedingt von unseren Ermittlungen erfahren muss.«

»Verstehe!« Aus James' leidgeprüftem Kopfnicken sprach die Erfahrung eines jüngeren Bruders. »Weil ich die meiste Zeit arbeiten muss, werden wir nicht allzu häufig im Team arbeiten können. Trotzdem sollten wir uns immer gegenseitig auf dem Laufenden halten. Okay?«

»Klingt vernünftig!«, stimmte ich ihm zu. »Und wie gehen wir jetzt vor?«

»Als Allererstes müssen wir den Tatort unter die Lupe nehmen.«

Mir klappte die Kinnlade runter. »Was? Du meinst die Bibliothek? Mit der toten Tracey?« Entschieden schüttelte ich den Kopf. »Vergiss es!«

»Gruselig. Ich weiß«, stimmte James mir zu, um dann hinzuzusetzen: »Wäre da nicht die Heizung.« Er verdrehte die Augen. »In der Haut der Ingenieure möchte ich nicht stecken. Da haben wir einen Luxuszug, der Millionen gekostet hat. Alles vom Feinsten. Und was haben sie bei der Planung verbockt?«

»Die Heizung?«, kombinierte ich.

»Exakt! Die lässt sich nämlich nicht waggonweise regeln. Gut für uns, schlecht für die Ingenieure. Für sie bedeutet das Ärger. Für uns, dass Mr Lory und Mr Frost, während wir hier sitzen, den Leichnam von Tracey Pitts in den Gepäckwagen tragen. Denn das ist der einzige Wagen ohne Heizung. Ich glaube, ich muss nicht erklären, warum es keine gute Idee wäre, eine Leiche unter diesen Umständen bis Edinburgh in der Bibliothek …« Er hob die Schultern.

Schon klar, und bitte keine Bilder für meinen Kopf! Bloß nicht!

»Die Leute sind mit sich und dem schrecklichen Vorfall beschäftigt. Ich glaube nicht, dass es jemandem groß auffällt, wenn ich noch ein paar Minuten länger weg bin. Ich habe Natalie gesagt, ich bräuchte mal eine kleine Auszeit. Aber wir sollten ihre Geduld nicht allzu sehr auf die Probe stellen.«

»Dann gehen wir jetzt wirklich in die Bibliothek?« Ich wollte schlucken, aber die Zunge blieb mir am Gaumen hängen. Die Vorstellung, wieder vor dem Sessel zu stehen, in dem Tracey … Aber immerhin war sie ja nicht mehr da.

»Wenn nicht jetzt, wann dann?« James erhob sich und nahm mir mein Strickzeug aus der Hand. »Das können wir später holen!«

Kaum war ich auch aufgestanden, warf er es mit der Präzision eines Basketballspielers an mir vorbei auf den Sessel in meinem Rücken. Dann knipste er das Licht aus. Im selben Moment schoss mir ein Gedanke durch den Kopf. »Wir können gar nicht in die Bibliothek. Mr Lory wird sie doch wieder verschlossen haben?«

»Mein Generalschlüssel öffnet jedes Schloss in diesem Zug!«, flüsterte James. Wir hatten uns bis zur Tür vorgetastet. Ich spürte, wie er seinen Arm neben mir nach dem Knauf ausstreckte.

Jedes Schloss in diesem Zug, hallte es in meinen Ohren nach. Mein Handy! Über den Ereignissen des Tages hatte ich es ganz vergessen. Im Dunkeln wirbelte ich zu ihm herum. »Und du bist dir absolut sicher, dass du nicht doch mein Handy in unsere Suite gelegt und heute Morgen wieder an dich genommen hast? Gestern Nacht war es da und nach dem Frühstück war es verschwunden. Wie von Geisterhand.«

»Nein, mein lieber Watson, das war ich nicht. Das kann jeder gemacht haben, der einen Generalschüssel hat, und dazu gehören Marissa, Natalie, Mr Lory. Und auch jeder, der sich den Reserve-Generalschlüssel aus Mr Lorys Büro *ausgeliehen* hat.« So, wie er das vorletzte Wort betonte, war klar, was er meinte. Geklaut! »Er benutzt ihn als Lesezeichen für die fette Betriebsanleitung des *Golden Highlander* und meint, das wäre eine tolle Tarnung.«

Plötzlich waren seine Lippen ganz nah an meinem Ohr. »Und wie gesagt«, flüsterte er leise. »Für eine schöne Frau tu ich fast alles. Aber ich riskiere ganz bestimmt nicht meinen Job.«

»Und wie nennst du das, wenn du hinter dem Rücken deines Chefs heimlich ermittelst?« Alles in mir schrie, dass ich auf Abstand gehen sollte, dass es nicht okay war, wie nah wir beieinanderstanden. Und trotzdem tat ich es nicht. Irgendetwas, das ich noch nicht fassen konnte, faszinierte mich an ihm. Vielleicht die Tatsache, dass er genauso abenteuerlustig war wie ich?

»Wer sagt denn, dass ich es heimlich tu?« Er öffnete die Tür einen Spaltbreit, schob sich an mir vorbei und vergewisserte sich, dass der Gang leer war.

Kapitel 15

Hätte ich doch nur nicht meine Jacke im Salon liegen lassen! Wenn das überhaupt möglich war, dann war es draußen jetzt noch kälter als vorhin. Die vom Wind gepeitschten Schneeflocken piksten wie tausend Nadeln auf meinem Gesicht, als ich von der untersten Stufe des Waggons in James' Arme sprang. Der direkte Weg durch den wohlig warmen Zug wäre eindeutig bequemer gewesen. Aber der verbat sich ja von selbst. Zu viele Zuschauer. Die Köpfe gesenkt rannten wir im gelblichen Licht, das durch die Fenster fiel, bis zum Bibliothekswagen. Dort angekommen, zog ich mich an der Griffstange hoch, während James meinen angewinkelten Unterschenkel fasste und von unten nachhalf. Kaum war ich oben, drehte ich mich um und kniete mich hin, um ihm meine Hand entgegenzustrecken. Doch er war schneller und hatte sich schon geschickt nach oben gehangelt. Ein *Klack,* ausgelöst von James' Generalschlüssel, und die Tür öffnete sich für uns. Eine Sekunde lang musste ich daran denken, wie ich gestern genau an dieser Stelle gestanden hatte. Kurz nachdem ich das heimliche Gespräch belauscht und anschließend Charles in der Bibliothek begegnet war. Ich war mir nicht sicher gewesen, ob Schnee auf seinem Haar schmolz. Seine Schuhe waren trocken gewesen. *Ich kann zaubern!*, erscholl es ungerufen in meinen Ohren.

»Worauf wartest du?« Der Schein einer kleinen, ziemlich flachen Taschenlampe leuchtete auf. »Ein guter Steward ist auf alle Situationen vorbereitet«, informierte mich James, weil er meinen überraschten Blick bemerkt hatte. »Auch auf Stromausfälle.« Er hielt mir seine andere Hand ausgestreckt entgegen. »Und darauf, dass andere Leute es nicht sind.«

»Danke!« Ich nahm ihm die zweite Taschenlampe ab und schaltete sie ein. Dann holte ich ganz tief Luft. Dabei registrierte ich einen schwachen Hauch von Vanille.

Vor uns lag die dunkle Bibliothek. Obwohl ich wusste, dass Traceys Leichnam dort nicht mehr auf uns wartete, stellten sich mir alle Nackenhärchen auf. »Oh, Susan!«, fluchte ich innerlich. Vor ein paar Jahren war sie völlig besessen von Geistern und Gespenstern gewesen. Von morgens bis abends hatte sie mir davon erzählt, dass jeder Ort, an dem jemand gestorben ist, ein heimgesuchter Ort ist. Sprich: Dort spukt es. Mir lief ein Schauder über den Rücken. Ob Traceys Geist mir in diesem Moment spöttisch über die Schulter guckte?

»Ich glaube nicht, dass ich das gerade wirklich mache!«

»Du bist doch tough!«, behauptete James und klopfte mir aufmunternd auf die Schulter.

Vielleicht eher so pseudo-mutig wie Stratford. Ich konnte mir gut vorstellen, wie der kleine Malteser einen Schatten anknurrte, bis der zurückknurrte.

Eilig hastete James zu den Fenstern und zog die Rollos hinunter.

Gute Idee! Auch wenn ich nicht glaubte, dass sich irgendwer außer uns freiwillig in den tobenden Schneesturm hinausbegeben würde.

Bis auf das Heulen des Windes war es hier drinnen gespenstisch still.

»Okay, wonach suchen wir?« Wenn ich in *Mord im Orientexpress* doch nur schon bis zum Mord gekommen wäre, dann wüsste ich jetzt wenigstens, worauf Hercule Poirot am Ort der Tat geachtet hatte.

»Keine Ahnung. Sammeln wir erst mal alles, was wir finden können. Aber hey. Stopp, erst die Handschuhe«, hielt James mich auf. »Die will ich doch nicht umsonst in weiser Voraussicht aus der Küche geklaut haben!« Er zog zwei Paar Latexhandschuhe aus einer Jackentasche und reichte mir eins. »Damit wir keine Fingerabdrücke hinterlassen und die Polizei uns später nicht für die Mörder hält«, erklärte er mir und schlüpfte in die Handschuhe.

»Guter Punkt!« Nachdem ich mir die engen Dinger über die Finger gezerrt hatte, richtete ich den Strahl meiner Taschenlampe auf die beiden Ohrensessel. Sofort sah ich wieder die tote Tracey vor mir sitzen. Mit dem Messer in ihrer Brust. Schaudernd wandte ich mich ab.

»Das Messer …« Ich drehte mich zu James um, der vor einem der Vitrinenschränke auf allen vieren über den Boden kroch und jetzt angeekelt ein angelutschtes Bonbon in den Fingern drehte.

»Ist ja widerlich. Das hat bestimmt irgendwer an den Schuhen gehabt.« Er konnte es gar nicht schnell genug wieder loswerden.

»Woher hatte der Mörder dieses Messer?«, fragte ich ihn. Obwohl ich nur einen sehr kurzen Blick auf seinen Griff geworfen hatte, waren mir sofort die Verzierungen darauf aufgefallen.

»Ich weiß nicht.« James richtete sich auf. »Aus der Küche kam es auf jeden Fall nicht. Die haben nicht solche … Piratenmesser. Besser kann ich es nicht beschreiben. Aber so genau habe ich auch nicht hingesehen.«

Wofür ich größtes Verständnis hatte. Ich wandte mich wieder der Sitzgruppe mit den beiden gegenüberstehenden Sesseln und dem Tischchen dazwischen zu.

Tracey hatte ihren Tee hier eingenommen. Auf der Etagere lagen noch ein Scone und ein Käsesandwich. Der Teller vor ihrem Sessel war mit Krümeln bedeckt und in der Tasse schwamm der letzte Rest einer bräunlichen Flüssigkeit. Aber es gab noch einen zweiten, unberührten Teller, der neben einer unbenutzten Teetasse vor dem anderen Sessel stand.

»Ich glaube, sie hat auf jemanden gewartet, der dann doch nicht gekommen ist«, lenkte ich James' Aufmerksamkeit auf den Tisch.

Er inspizierte gerade das Buch, das vor Traceys Sessel auf dem Boden lag. »Oder der Besuch ist gekommen, hatte aber keinen Appetit.«

»Stimmt auch wieder«, gab ich zu.

»*Herz der Lügen*«, murmelte James. Es war der Titel, der mit Goldprägung auf dem ledernen Buchumschlag stand. »Hättest du gedacht, dass Tracey Pitts Liebesromane gelesen hat?«

Ich hob unbestimmt die Schultern. »Harte Schale, romantischer Kern?« Auf den Knien robbte ich zu dem zweiten Sessel hinüber.

Ich beugte mich vor und streckte meine Hand unter den Volant. Und plötzlich spürte ich etwas. Es war ein zusammengeknüllter Zettel.

»Was hast du da?« Sofort stand James neben mir.

Mit hektischen Fingern entknitterte ich das Papier und strich es anschließend glatt.

»Lass sehen!« James wollte neugierig nach dem Zettel greifen, aber ich drehte mich blitzschnell weg. Er war meine Beute und deshalb durfte ich vorlesen, was dort in einer fast unleserlichen Ärztehandschrift stand:

»Genug mit dem Theater!
Wir sollten reden.«

»Mehr nicht?« Enttäuscht spitzte James die Lippen.

»Genug mit dem Theater. Wir sollten reden«, wiederholte ich ratlos. Keine Anrede. Kein Du oder Sie. Keine Unterschrift.

»Sag mal, riechst du das auch?« Schnuppernd reckte James die Nase in die Luft. »Es ist ganz schwach. Nicht mehr als eine Andeutung und wären wir später gekommen, hätte sich der Duft längst verflüchtigt. Aber das ist doch …«

»Gigis Parfum«, vollendete ich für ihn den Satz. Deshalb hatte ich beim Eintreten den Hauch von Vanille wahrgenommen. Erstaunlich, dass ich nicht niesen musste. Aber entweder war der Duft einfach zu schwach, um meine Schleimhäute zu reizen, oder ich hatte mich mittlerweile daran gewöhnt.

Plötzlich streckte James seine freie Hand aus und deutete mit einem gehauchten »Bingo!« neben Traceys Sessel. Denn von dort leuchtete uns ein feuerroter künstlicher Nagel entgegen.

»Sie war hier. Definitiv!«, freute ich mich. Aber nur über die Spur, nicht darüber, was sie bedeutete.

»Keine voreiligen Schlüsse!«, ermahnte mich James mit einer Miene, die eines Sherlock Holmes würdig gewesen wäre. Und ich fühlte mich wie ein wahrer Watson, der eine dämliche Schlussfolgerung gezogen hatte. »Was sagen uns der Duft ihres Parfüms und der Nagel?«

»Dass Gigi hier gewesen ist.« Ich kam mir vor wie im Matheunterricht. Wenn x gleich dem ist, dann ist y gleich was?

»Aber nicht wann!« So ungerne ich es zugab, damit hatte James natürlich recht. Weil ich nicht völlig blöd dastehen wollte, deutete ich auf die dunklen Flecken auf dem Teppich. »Außerdem waren wir fast alle, inklusive Gigi, nach dem Mord hier in diesem Raum. Deshalb auch die nassen Stellen auf dem Boden.« Und jetzt auch auf meinen Knien, wie ich im Aufstehen feststellen durfte. »Die meisten sind von draußen reingekommen und hatten noch Schnee auf ihren Schuhen, Mützen und Jacken.«

»Trotzdem kann der Fingernagel ein wichtiger Beweis sein.« James sah sehr zufrieden aus, als er auf den Zettel deutete, den ich auf dem Tisch abgelegt hatte. »Und der hier ist hundertprozentig einer. Leider muss er trotzdem wieder dahin zurück, wo du ihn gefunden hast.«

Er schnappte sich den Zettel und zerknüllte ihn mit einer Hand, bis er wieder aussah wie ein kleiner Ball. Dann schob er ihn mit seiner Schuhspitze unter den Sessel. Anschließend ließ James ein letztes Mal seinen prüfenden Blick durch die Bibliothek schweifen. »Ich denke, das war es. Mehr ist hier nicht zu finden.«

Ich nickte bestätigend.

»Ich muss gleich beim Dinner bedienen, Millie. Was blöd ist, denn am liebsten würde ich sofort einen Schlachtplan mit dir ausarbeiten. Wie wollen wir es machen? Treffen wir uns um eins wieder in der Stirling Suite, um alles Weitere zu besprechen? Meinst du, du kannst dich davonschleichen?«

»Ich kann es nicht versprechen. Aber ich werde es auf jeden Fall versuchen«, erwiderte ich. Auch wenn ich nicht so genau wusste, was er mit alles Weitere genau meinte. »Sollte Rachel noch wach sein, reden wir morgen. Okay?«

»Klar, Schönheit! … Und jetzt: Licht aus! Ich lasse die Rollos wieder hoch und dann verschwinden wir.«

»James?«

»Hmm!«

»Lass das Schönheit-Gequatsche! Es nervt!«

»Alles klar, Schön…, Millie!«

Wir gingen, wie wir gekommen waren, und kletterten auch genauso wieder in Waggon Nummer vier zurück. Nachdem James noch unsere Sachen aus der Stirling Suite geholt hatte, ging er in Richtung Speisewagen davon, während ich mich zu unserer Suite aufmachte. Plötzlich hörte ich in meinem Rücken Schritte. Als ich mich umdrehte, stand James wieder vor mir und streckte mir die rechte Hand entgegen. »Ich freue mich auf unsere Zusammenarbeit!« Das sagte er todernst. Mit der gleichen Wichtigkeit ergriff ich seine Hand und schüttelte sie. »Ich mich auch!«

James grinste und rannte davon.

Mir pochte das Herz bis zum Hals. Ich ermittelte in einem Mordfall! Im Gehen zerrte ich mir die Latexhandschuhe von den Händen und schob sie in meine Hosentasche. Wie unglaublich war das denn? Ungefragt stahl sich ein ziemlich breites Grinsen auf mein Gesicht. Wenn ich Susan davon erzählte, würde sie mich mit tellergroßen Augen anstarren und mir kein Wort glauben. Verständlich. Ich hielt die letzten zwanzig Minuten ja selbst für einen Traum.

»Wo hast du denn gesteckt? Ich wollte schon ein Suchkommando losschicken!« Ohne die Verbindungstür zwischen den beiden Schlafwagen wieder zu schließen, drehte ich mich zu Rachel um, die hinter mir über den Gang auf mich zugehinkt kam. Auf ihrem freien Unterarm trug sie meine Winterjacke. »Charles hat dich auch gesucht und Gigi gefunden. Sie meinte, du wärst mit James unterwegs.«

»Du hast mich vermisst?«, piepste ich, den Türknauf in der Hand. Ich klang wie eine Maus, die beim Anheben der Käseglocke erwischt worden ist.

»Lenk nicht ab!« Das war der Große-Schwestern-Ich-weiß-genau-was-du-getan-hast-Blick, vor dem ich mich insgeheim gegruselt hatte.

Ungeachtet meiner Vorsätze war ich bereit, alles zu gestehen. »James wollte mir etwas zeigen …«

»Du bist hysterisch!«, fiel mir da unverhofft eine Stimme ins Wort. Unverkennbar Alistair. Er musste direkt hinter der Tür zu seiner und Madelyns Suite stehen.

»Meine beste Freundin ist ermordet worden, da ist es ja wohl kein Wunder, wenn ich aufgeregt bin«, antwortete ihm seine Frau mit tränenerstickter, aber wütender Stimme. »Außerdem rede ich mit Benjamin und nicht mit dir!«

Ui!

Ich winkte Rachel, mir zu folgen. Logisch schüttelte sie entschieden den Kopf. Als ich mich dann aber auf Zehenspitzen in Bewegung setzte, kam sie mit einem unterdrückten Seufzer hinterher. Vor der Abington Suite machte ich halt und presste mein Ohr an den schmalen Spalt zwischen Tür und Wandverkleidung.

»Das tut man aber nicht!«, beschwerte sich Rachel. Als Antwort tippte ich den Zeigefinger gegen meine Lippen und sperrte meine Ohren extraweit auf. Wie sich herausstellte, war das gar nicht nötig. Die Gemüter hinter der Tür waren so erhitzt, dass keiner auf seine Lautstärke achtete.

»Warum hast du nach mir schicken lassen, Madelyn?« Mr Frost klang, als seien seine Nerven zum Zerreißen gespannt. Konnte man ihm das übel nehmen? Bestimmt nicht. Die Jungfernfahrt seines Traumzuges hatte sich zu einer unfassbaren Katastrophe entwickelt.

»Wegen Tracey. Natürlich.« Madelyn schnäuzte sich wie ein Elefant in ein Taschentuch. »Benjamin, ich glaube, ich weiß, wer sie ermordet hat!«

Beinahe hätte ich laut »Wer?« gerufen.

»Was sagst du da?« Madelyn hatte Mr Frosts volle Aufmerksamkeit. »Wer?« Danke, Mr Frost.

»Der Dieb!«

Mit kraus gezogener Stirn suchte ich Rachels Blick, die überfragt die Schultern hob.

»Kannst du dich etwas klarer ausdrücken? Welcher Dieb, Madelyn?« Per Telepathie sandte ich Mr Frost ein großes Dankeschön. Er stellte einfach immer die richtigen Fragen.

»Tracey hat Madelyn erzählt, dass ihr gestern Nacht etwas gestohlen worden ist«, mischte sich Alistair ungefragt ein.

»Aber sie hat doch gesagt, es sei alles in Ordnung.«

»Tracey hat gelogen, Benjamin.« Das war jetzt wieder Madelyn, die sprach. »Tracey hat gesagt, es war jemand in ihrem Abteil. Sie ist von einem Rascheln und Knistern wach geworden. Mit ihrem Schrei hat sie den Einbrecher in die Flucht geschlagen. Nur hat er etwas mitgenommen, an dem sie sehr gehangen hat. Bestimmt hat er gedacht, sie habe ihn erkannt und deshalb ist er heute Nachmittag zu ihr in die Bibliothek geschlichen, um sie … um sie …«

Schluchzend brach Madelyn ab.

»Ich verstehe«, stöhnte Benjamin Frost. »Und was genau ist ihr gestohlen worden?«

»Na, ihre Kette, natürlich!«

»Ach so. Die Kette. Und was soll ich jetzt deiner Meinung nach tun?« Mr Frost klang sehr gereizt.

»Das liegt ja wohl auf der Hand. Du musst alle Abteile durchsuchen lassen, bevor der Dieb die Kette irgendwo verstecken kann. Es ist doch ganz einfach. Wer Traceys Kette hat, muss ihr Mörder sein!«

Traceys Kette war gestohlen worden? Die mit den Smaragden und den anderen bunten Steinen, deren Namen mir auf die Schnelle nicht einfallen wollten? Ha! Ich hatte doch gleich geahnt, dass sie in der Nacht etwas zu verbergen gehabt hatte. So hastig, wie sie die Schublade hinter sich zugeschoben hatte. Ich war ein Watson mit

Sherlock-Qualitäten. Das würde ich James bei der nächsten Gelegenheit brühwarm unter die Nase reiben.

Doch meine Freude sollte nicht lange anhalten, denn plötzlich drückte etwas sanft gegen mein Ohr. Es war die Tür, die von innen geöffnet wurde. Entsetzt machte ich einen Satz zurück und landete prompt auf Rachels schlimmem Fuß. Die Arme! Gott sei Dank schaffte sie es, den Schmerzensschrei rechtzeitig zu unterdrücken. Denn gleich würde Benjamin Frost auf den Gang treten und dann durften wir nicht mehr hier sein! Ich nickte in Richtung Verbindungstür. Und obwohl Rachel lautlos aufstöhnte, sah sie wohl doch ein – Hinkefuß hin oder her –, dass uns keine andere Wahl blieb, als so schnell wie möglich dahinter zu verschwinden.

Kurze Zeit später schlenderten wir den Gang wieder zurück in Richtung unserer Suite, als sei nichts gewesen, und begegneten einem sehr nachdenklichen Mr Frost. Wir grüßten höflich und hofften beide, dass ihm unsere tomatenroten Gesichter nicht auffielen.

Kapitel 16

Rachel drückte mir meine Winterjacke in die Hand und humpelte ins Bad. Nachdem ich sie in den Schrank zu unseren anderen Sachen gehängt hatte, streifte ich meine Stiefel von den Füßen und stellte sie ordentlich auf die Schuhmatte neben der Tür. Nachdenklich sah ich dabei zu, wie der letzte Schnee in kleinen Rutschbahnen auf den Kunststoff glitt. Besser ich wischte die Tropfen auf, bevor Rachel sie entdeckte. Ich musste sie ja nicht mit der Nase darauf stoßen, dass ich den Zug zwischenzeitlich verlassen hatte.

»Der Dieb hat also doch bekommen, was er wollte!«, hörte ich Rachel über dem Rauschen des Wasserhahns, als ich das jetzt feuchte Taschentuch in den Papierkorb kickte.

Beim Eintreten hatte Rachel die Deckenleuchte angeschaltet. Ob ich dachte, dass jede weitere Lampe mehr Licht nicht nur in unser Abteil, sondern auch ins Dunkel der Ermittlungen bringen würde? Möglich. Auf jeden Fall lief ich erst mal von Schalter zu Schalter, um jede verfügbare Lampe anzuknipsen, dann ließ ich mich auf unser Bett plumpsen. Plötzlich war ich sehr, sehr müde.

»Was Madelyn da gesagt hat, klingt in meinen Ohren sehr logisch. Wer die Kette hat, ist Traceys Mörder.« Rachel hatte ihren Kopf zwar in unsere Suite gesteckt, trotzdem hatte ich Mühe gehabt, sie unter dem Handtuch, mit dem sie ihr Gesicht abrubbelte, zu verstehen. Mit geröteten Wangen fixierte sie mich. »Und jetzt zurück zu dir, meine liebe kleine Schwester. Was wollte James dir denn zeigen?«

Okay, Showtime …

❄ ❄ ❄

»Spinnst du?«, war Rachels erste Reaktion, nachdem ich meine Beichte abgelegt hatte. Das Handtuch hatte sie schon längst ins Badezimmer geworfen. Im Verlauf meines Berichts war sie auch zu mir rübergehumpelt. Bestimmt war nicht nur ihr schmerzender Fuß, sondern auch das, was sie von mir zu hören bekam, Grund genug, um sich setzen zu müssen. Und zwar mit einem gewaltigen Plumps! »Für wen hältst du dich eigentlich?«

Ich hatte den Mund schon geöffnet, doch sie legte mir einfach die flache Hand auf die Lippen. »Das war eine rhetorische Frage! MILLIE!« Uuuh. Sie war stinksauer. »Dahinten im Gepäckwagen …« Gut, ich klärte sie mal nicht darüber auf, dass ihr Zeigefinger gerade in die falsche Richtung, nämlich in Richtung Lok die Luft durchbohrte. Das wäre jetzt bestimmt nicht gut gekommen. »… liegt eine tote Frau. Mit einem Messer in der Brust. Verstehst du? Das ist kein Spiel! Und es ist eine Frechheit von James, der gut und gerne vier Jahre älter ist als du, dich für seine Zwecke zu instrumentalisieren. Bloß, weil er ein Mal Sherlock Holmes spielen will.«

»Mr Frost hat ihm doch den Auftrag …«

»Den werde ich auch gehörig zusammenstauchen. Alle beide!«

»Nein, Rachel, das kannst du doch nicht machen! Außerdem habe ich James gesagt, dass wir dir vertrauen können. Wie stehe ich denn dann da?«

»Das ist mir so was von egal! Hier geht es um deine Sicherheit! Was meinst du wohl, wird der Mörder tun, wenn ihr ihm zu nahekommt? Hm? Keine Ahnung, wie viele Messer er im Gepäck hat. Und falls die ihm ausgehen sollten, kann er sich ja noch in der Küche bedienen oder den nächsten Traktor losschicken, damit er euch überrollt. Mensch, Millie! Ich will dich doch nur beschützen!« Den letzten Satz hatte Rachel so laut gebrüllt, dass ich zusammenzuckte. Aber dafür hatte ich kapiert, warum sie so einen Aufstand machte. Als James mir vorhin Ähnliches gesagt hatte, hatte ich es auch gehört. Nur war die Tragweite seiner Worte nicht so wirklich in mein Bewusstsein gedrungen.

»Red doch bitte leiser«, herrschte ich sie an. »Wenn du nicht willst, dass Madelyn und Alistair jedes Wort verstehen. Die Wände sind verflucht dünn. Gestern Nacht haben die beiden sich gefetzt. Alistair hat Madelyn ein Ultimatum gestellt. Tracey oder er. Sie sollte sich bis zum Dinner entscheiden. Danach ist er aus der Suite gestürmt.«

»Das hast du alles mit anhören können?«

»Deshalb sag ich es ja!« Dass ich dazu in unseren Kleiderschrank geklettert war, musste ich ihr ja nicht auf die Nase binden.

Ächzend schob sich Rachel zu ihrem Nachttisch hinüber. »Ich brauche eine Schmerztablette. Für meinen Fuß und für meinen Kopf. Schade, dass es keine gegen Dummheit gibt«, brummte sie, warf mir dabei aber ein leise versöhnliches Lächeln zu. »Ich würde dir eine LKW-Ladung voll kaufen!«

»Und ich würde sie nehmen. Du hast ja recht«, knurrte ich. Und ja, ich gebe es zu. Fehler einzugestehen, gehört nicht zu meinen Kernkompetenzen.

»Um den Mörder soll sich die Polizei kümmern, die hoffentlich bald hier aufschlägt.« Ich hörte, wie sie die Schublade aufzog. Dann wurde es verdächtig still. Bis mich ein zittriges »Millie? Könntest du mal gucken kommen?« erreichte.

»Was ist denn?« Ich stand auf, trat neben sie und folgte dem Blick ihrer weit aufgerissenen Augen.

»Was zum Henker …!« In der offenen Schublade lagen nicht nur Rachels Oropax und eine Packung Schmerztabletten, sondern auch ein dunkelblaues Samttuch. Und unter dem blitzte ein Gegenstand hervor. Meine Hand zitterte, als ich sie nach dem Stoff ausstreckte und ihn mit spitzen Fingern auseinanderzog. Für mindestens einen Schlag setzte mein Herz aus. Da erklang Mr Lorys Stimme, als würde er neben uns stehen.

»Meine sehr geehrten Damen und Herren«, tönte es aus einem unsichtbaren Lautsprecher irgendwo in unserer Suite, »ich bitte Sie im Namen von Mr Frost als Vorstandvorsitzenden der Bahngesellschaft um Ihre Aufmerksamkeit. Der für heute Abend geplante Maskenball muss selbstverständlich ausfallen. Außerdem bitten wie Sie, Ihre Abteile bis auf Weiteres nicht zu verlassen. Aber zu öffnen, wenn Mr Frost, Natalie und ich bei Ihnen klopfen werden.«

Sie würden kommen, um alles auf den Kopf zu stellen.

Rachel und ich fassten uns bei den Händen.

»Wer Traceys Kette hat, ist ihr Mörder«, hatte Madelyn geschlussfolgert. Und wir waren mit ihr einer Meinung gewesen. Plötzlich wurde die Luft zu dick zum Atmen. Denn nichts anderes funkelte uns aus Rachels Nachttischschublade entgegen als Traceys gestohlene Halskette.

Kapitel 17

»Wenn die jetzt kommen und die Kette hier finden … dann müssen sie ja denken, dass ich … dass du … dass wir beide … Wo kommt die her?«, stotterte Rachel.

Über den Gang näherten sich gedämpfte Stimmen. Wenn Mr Frost die Sache systematisch angehen wollte, würden er, Mr Lory und Natalie mit der Suche in Traceys Abteil beginnen. Sollte sich die Kette dort doch noch befinden, wären alle weiteren Durchsuchungen überflüssig. So würde ich mir das zumindest denken. Aber sie würden sie dort nicht finden, weil sie ja hier vor uns lag. Wie würden sie also weitermachen? Ich konnte mir nicht vorstellen, dass sie Abteil Nummer eins wahnsinnig gründlich untersuchen würden, wenn überhaupt. Denn dort residierte ja schließlich Mr Frost, der Vorstandsvorsitzende der Bahngesellschaft, höchstpersönlich. Mit seiner Frau Cara und seiner Nichte Amy. Kein Chef-Steward und keine Barkeeperin der Welt würden in Anwesenheit ihres obersten Bosses dessen Habseligkeiten bis auf die Unterhosen durchwühlen. Folglich hatten wir keine Sekunde zu verlieren. Unter Zeitdruck kann ich nicht gut denken, deshalb war Rachels panisches »Millie?!« auch gar nicht hilfreich.

»Ich überlege ja schon«, fauchte ich sie an. Auf der Suche nach einem guten Versteck scannte ich unsere Suite ab. So offensichtliche Schlupfwinkel wie den Schrank oder die kleine Kommode schloss ich als Erste aus. Im Fernsehen habe ich mal eine Dokumentation über einen ehemaligen Einbrecher gesehen, der die Seiten gewechselt hatte und jetzt für die Polizei arbeitete. Er hatte gewarnt, dass gerade die Verstecke, die jemand wie ich als besonders schlau einstufen würde, die ungeschicktesten sind. Damit fielen die Rollos genauso weg, wie die Schlitze zwischen den Polstern der Sessel oder des Sofas. Denk nach!

»Unter der Matratze!« Rachel hatte ihren verstauchten Fuß vergessen und ihn beim Aufspringen voll belastet. Mit einem unterdrückten Schmerzensschrei fiel sie wie ein gefällter Baum zurück aufs Bett.

»Zu offensichtlich!«

»Unsinn. Da kommt keiner drauf!«, jammerte sie, während sie vorsichtig ihren Fuß aufs Bett zog.

»Vertrau mir. Da werden sie als Erstes nachgucken. Nein. Hier drinnen gibt es kein sicheres Versteck.« Schon war ich auf den Beinen. »Wir müssen sie loswerden.«

Ich griff in die Schublade, schlug das Tuch wieder über der Kette zusammen, schnappte mir das kleine Paket und stürzte zum nächstgelegenen Fenster.

»Ja, sehr gut! Schmeißen wir sie einfach in den Schnee!«, jubelte Rachel.

Aus Traceys Suite drangen Stimmen wie leises Wispern zu uns herüber. Schätzungsweise war es nur noch eine Frage von wenigen Minuten, bis sie mit der Durchsuchung da drüben fertig waren.

Weil der *Golden Highlander* mit altmodisch anmutenden Schiebefenstern ausgestattet worden war, bekam ich es mit einem Verriegelungsmechanismus zu tun, der sich am unteren Rand des oberen Fensterteils befand. Und das dumme Ding bockte! Egal, was ich versuchte, es ließ sich weder verschieben noch drücken noch sonst wie bewegen.

»Zeitverschwendung! Los, zum nächsten!«, feuerte Rachel mich an.

Ich hatte es noch nicht erreicht, als Traceys Abteiltür ins Schloss fiel.

❄ ❄ ❄

»Sie kommen!«, kreischte Rachel. Ich war vor Schreck wie zu Eis erstarrt. Es klopfte. Zwei Mal und sehr bestimmt. Es dauerte einen Moment, bis mir mein Körper wieder gehorchte. Instinktiv entschloss ich mich dazu, es nicht mit dem zweiten Fenster zu versuchen. Stattdessen schlug ich mit fliegenden Händen das Tuch auseinander, griff mir die Kette, legte sie mir um den Hals und schob sie unter meinen Rollkragenpullover. Kalt brannte sie auf meiner Haut.

»Ms McEwan, wir sind es. Mr Frost, Mr Lory und Natalie. Würden Sie bitte öffnen?«

»Einen kleinen Moment noch!« Mein Mund war staubtrocken. »Ich bin grad nicht angezogen.« Schon stand ich am Schrank und zerrte hektisch meine schwarze Stola unter meinem Hut und meinen Lederhandschuhen hervor. Dann schlang ich sie so um mich, dass sie die verräterischen Erhebungen der Edelsteine unter meinem Pullover versteckte.

»Was ist das denn?«, zischte Rachel und deutete auf ein Stück Papier, das vor dem zweiten Fenster auf dem Boden lag. »Hast du das gerade verloren?«

»Keine Ahnung. Steck es weg!« Schon hatte ich es aufgehoben und Rachel in die Hand gedrückt, die es blitzschnell in ihrer Hosentasche verschwinden ließ. Hastig stopfte ich noch das blaue Tuch in den Bund meiner Hose. Unnötig. Das weiß ich jetzt auch. Aber damals machte ich es nun mal.

Keine drei Sekunden später pustete ich mir die Haare aus dem Gesicht. »Okay, bin so weit!«

»Mr Frost. Mr Lory. Natalie. Was können wir für Sie tun?« Für meine Begriffe war Rachel eine Spur zu aufgekratzt, als ich unseren Besuchern die Tür öffnete. Auf der anderen Seite war heute Nachmittag ein Mensch eines gewaltsamen Todes gestorben. Und sein Mörder war immer noch hier in diesem Zug. Dass man da ein wenig nervös sein konnte, war wohl nachvollziehbar. Dachte ich mir. Und auf einmal fiel mir Gigis Theorie von dem zugestiegenen Dieb wieder ein.

»Es ist mir sehr unangenehm und ich muss Sie vielmals um Entschuldigung bitten.« Mr Frost räusperte sich und trat gefolgt von Mr Lory und Natalie in unsere Suite. »Aber aus gegebenem Anlass müssen wir eine Durchsuchung durchführen. Nicht nur bei Ihnen. In allen Suiten und auch im restlichen Zug. Leider kann ich Ihnen nicht sagen, worum es dabei geht. Ich bitte da um Ihr Verständnis.«

»Aber sicher!«, nickte ich.

Mr Lory und Natalie standen da, als würden sie am liebsten im Fußboden versinken.

»Sollen wir Sie allein lassen?« In meinen Augen war Rachels Vorschlag etwas zu kooperativ, auch wenn ich liebend gerne auf den Gang hinausgestürmt wäre, um mir die Kette vom Hals zu reißen. Mit jedem von Mr Frosts Worten brannte sie heißer auf meiner Brust. Wegen diesem Ding war ein Mord begangen worden. Und wenn auch nicht buchstäblich, so klebte doch im übertragenen Sinne Blut daran.

»Ich bestehe darauf, dass Sie bleiben«, antwortete Mr Frost. »Damit Sie sehen, dass wir nichts unrechtmäßig an uns nehmen.«

Ich fand es sehr rücksichtsvoll, dass er daran gedacht hatte, eine Frau zur Durchsuchung unserer Suite mitzubringen. Denn es wäre weder mir noch Rachel recht gewesen, wenn einer der Herren unter unseren BHs und Slips nach Traceys Kette gesucht hätte. Artig wanderten Rachel und ich von einer Ecke in die andere, um niemandem im Weg zu stehen. Immer wieder musste ich meinen rechten Fuß vom hektischen Wippen abhalten. Weil die Anspannung aber irgendwo hinmusste, verschränkte ich die Arme schließlich unter den Falten meiner Stola. Dort konnten meine Finger so viel und so lange unbeobachtet zappeln, wie sie wollten.

Nachdem sie die Kommode, die Nachttische und unseren Schrank durchsucht hatten, nahmen Mr Lory und Mr Frost sich unser Bett vor. Gemeinsam zerrten sie unsere Decken und Kissen herunter. Dann hoben sie tatsächlich die Matratze an. Rachel sog scharf die Luft ein. Fernsehen bildet eben manchmal doch.

Währenddessen hatte Natalie sich die Sessel und das Sofa vorgeknöpft. Mit der flachen Hand war sie sogar tief in die Ritzen gefahren. Jetzt erst fiel mir auf, dass alle drei Latexhandschuhe trugen. Ob sie die ebenfalls aus der Küche hatten?

Auch die Rollos vor den Fenstern waren nicht vor Natalie sicher und weil sie jetzt einmal unten waren, ließ sie sie gleich für die Nacht in dieser Position. Im Badezimmer blieb ihre Suche ebenfalls ergebnislos. Denn die Kette lag ja immer noch wie ein Wackerstein um meinen Hals.

»Bitte entschuldigen Sie noch mal die Unannehmlichkeiten.« Mr Frost stand schon an der Tür. »Das Dinner wird heute in den Abteilen serviert. Für den Moment denke ich, dass dort alle am besten aufgehoben sind. Verschließen Sie Ihre Türen für die Nacht gewissenhaft. Morgen sehen wir dann weiter.«

»Wir stehen unter Arrest?«, fragte Rachel verwundert nach.

»Um Gottes willen, nein! Es ist nur eine Vorsichtsmaßnahme. Ich möchte verhindern, dass noch etwas passiert.«

Kaum war die Tür endlich hinter den dreien ins Schloss gefallen, ließ ich mich wie ein nasser Mehlsack auf das Sofa fallen, tastete nach der Kette und riss sie mir vom Hals.

»Madelyn? Alistair?« Es klopfte an der Tür nebenan. »Ich bin es, Benjamin …«

Hastig zerrte ich das blaue Samttuch aus meinem Hosenbund, legte es neben mich auf das Sofa und bettete die Kette darauf. So schön ihre Steine im Licht der Lampen auch um die Wette funkelten, für mich hatte Traceys Tod alles, was vielleicht mal edel und begehrenswert an diesem Schmuckstück gewesen war, mit sich in die Dunkelheit gerissen.

»Oh, mein Gott! Noch eine Sekunde länger und ich wäre gestorben!«, stöhnte Rachel. Ächzend ließ sie sich neben der Kette auf dem Sofa nieder, sodass das Schmuckstück jetzt zwischen uns lag.

»Frag mich mal!« Meine Knie zitterten.

»Wer auch immer Tracey wegen dem Ding da ermordet hat, ist ganz schön dreist. Er hat damit gerechnet, dass der Diebstahl auffliegen könnte. Und vorhergesehen, was dann passieren würde. Deshalb hat er die Kette für den Fall der Fälle woanders deponiert, um von sich abzulenken.« Sanft ließ Rachel ihre Fingerspitzen über die Edelsteine wandern, so als könnten sie wie Luftblasen zerplatzen, wenn sie zu fest drückte.

»Warum ausgerechnet bei uns?« Aus dem Stegreif würden mir zehn neutrale Orte in diesem Zug einfallen, die sich auch noch hundertmal besser geeignet hätten als Rachels Nachttischschublade.

»Und wie ist er hier hereingekommen?«, kam Rachel mit der nächsten Frage um die Ecke.

Aber die konnte ich beantworten: »Das ist leicht. Mit dem Generalreserveschlüssel.«

»Generalreserveschlüssel?«

Davon hatte ich ihr noch nichts erzählt und das holte ich jetzt nach. Alles, was James mir über die Generalschlüssel, ihre Besitzer und den einen Reserveschlüssel, den Mr Lory verwahrte, berichtet hatte.

»Na, toll!« Rachel rollte ihre Augen zur Waggondecke.

»Ich ahne, warum er uns ausgesucht hat! Weil unser Abteil direkt neben Traceys liegt. Weil er die Kette nach dem Diebstahl schnell wieder loswerden wollte.« Ich ließ meinen Gedanken freien Lauf und marschierte dabei vor Rachel hin und her.

»Denk doch mal nach. Gestern Nacht hat sich gefühlt der halbe Zug vor Traceys Abteil geknubbelt. Wer wann aufgetaucht ist, kann wahrscheinlich keiner mehr mit Gewissheit sagen. Ich war da. Du bist kurz nach mir gekommen und wahrscheinlich hast du die Tür zu unserer Suite offen stehen lassen. Das war ja die reinste Einladung.«

Unsere Augen wanderten zu Rachels Nachttisch.

»Kann nicht sein«, widersprach mir meine Schwester. »Ich hätte sie doch sehen müssen, als ich heute Morgen meine Oropax in die Schublade gelegt habe.«

»Oder hast du sie wie immer einfach reingeschmissen? So wie zu Hause. Schublade auf. Oropax rein. Schublade zu. Und du hast nicht einen Blick reingeworfen«, gab ich zu bedenken.

Es vergingen ein paar Momente, dann erwiderte Rachel: »Könnte schon sein!«

»Um die Kette hier zu deponieren, hat er den Generalschlüssel nicht gebraucht. Trotzdem hatte er ihn natürlich bei sich. Denn irgendwie muss er ja auch in Traceys Abteil gekommen sein. Stopp!«, rief ich und schlug mir die Hand vor den Mund. »Mein Handy!«

»Was willst du denn jetzt damit?« Dass Rachel so aggressiv klang, war nur ein Zeichen für ihre Anspannung. Ihr böser Ton galt nicht mir. Ich zog mein Knie hoch und drehte mich zu ihr. Dann streckte ich ihr meinen Daumen entgegen und begann mit meiner Aufzählung. »Erst legt jemand mein Handy in unser Bett. Wir dachten, James hätte mir einen Gefallen tun wollen, weil er von meiner Chatverabredung wusste.« Scott, seine Weihnachtsparty, das Foto von Susan, all das schien Lichtjahre entfernt zu sein.

Rachel nickte bestätigend.

»Er war es aber nicht, was ich ihm nicht geglaubt habe. Ich dachte, er schwindelt, weil er Angst hat, dass Mr Lory etwas von der Sache mitbekommen könnte. Und jetzt kommt es.« Ich streckte meinen Zeigefinger aus. »Weil ich ihm nicht geglaubt habe und ihn nicht in Schwierigkeiten bringen wollte, bin ich nach dem Frühstück hierhergekommen, um mein Handy zu holen und es ihm zurückzugeben. Es war weg.« Eigentlich war es völlig sinnlos, dass ich jetzt auch noch meinen Mittelfinger ausstreckte. Ich tat es der Vollständigkeit halber, einfach weil man eben immer drei Dinge aufzählt und nicht nach zweien Schluss macht.

»Kombiniere: Der Dieb hat mein Handy in unserer Suite deponiert. Und zwar nachdem ihm der erste Diebstahlversuch misslungen ist. Er wollte es in der Nacht noch mal probieren und gleichzeitig auf Nummer sicher gehen, dass ich eventuelle Geräusche von nebenan nicht höre. Während wir beim Frühstück waren, hat er das Handy wieder an sich genommen, um es zu den anderen zurückzulegen.«

»Okay, und wieso hat er mir dann nicht auch mein Handy zurückgegeben?« Mit verschränkten Armen schaute Rachel mich herausfordernd an.

»Weil er von deinen Oropax gewusst hat? Und dass Leute meiner Generation gerne zum Einschlafen Musik oder Hörbücher hören, ist ja nun auch kein Geheimnis.«

»Und was ist mit den Frosts? Ihr Abteil grenzt auch an das von Tracey.« Mit der Frage hatte Rachel eindeutig einen Punkt. Doch den konnte ich schnell aufklären. »Glaubst du allen Ernstes, dass diese Keine-Handys-Tablets-Rechner-und-Fotoapparate-Regelung auch für den Vorstandsvorsitzenden der Bahngesellschaft und seine Familie gilt?«

Einvernehmlich schüttelten wir den Kopf. Wenn hier einer fully equipped war, dann ja wohl ganz bestimmt Mr Frost und sein Anhang.

»Room-Service!«, hallte in diesem Moment James' Stimme über den Gang. »Ich bringe das Dinner!«

»Hör zu, Rachel!« Das war meine Chance und ich würde sie mir nicht durch die Lappen gehen lassen. »Wir sind uns einig: Irgendjemand versucht mit echt fiesen Mitteln, uns die Schuld an Traceys Tod in die Schuhe zu schieben«, setzte ich an, worauf meine Schwester »Der Arsch!« brummte. »Das sehe ich auch so. Sind wir uns denn auch einig, dass wir uns verteidigen müssen?«

»Was für eine Frage?«, fuhr Rachel fassungslos auf. »Natürlich! Wir werden dem Kerl das Handwerk legen, ihn überführen und der Polizei übergeben!«

Ein Lächeln stahl sich auf mein Gesicht. Und je breiter es wurde, desto betroffener wurde Rachels Miene, als ihr aufging, wozu sie gerade ihr Einverständnis gegeben hatte.

Es klopfte. Diesmal bei uns. »Room-Service. Ich bringe das Dinner.«

Schon war ich aufgesprungen und hatte die Tür aufgerissen.

»Komm rein!« Ich packte James am Arm.

»Mein Gott, bist du derart ausgehungert?« Weil ich so an ihm zerrte, stolperte er geradezu mit seinem Servierwagen in unsere Suite. »Guten Abend, Ms McEwan, was macht der Fuß?«

»Was mein Leben macht, ist wohl eher die Frage«, grummelte Rachel missmutig.

James hatte meiner Schwester nur einen flüchtigen Blick über die Schulter zugeworfen, weil er sich direkt darangemacht hatte, den Tisch für unser Dinner zu decken. Und ganz offensichtlich hatte er deshalb die Kette noch nicht entdeckt. Die Sekunden kamen mir vor wie Stunden, bis er sich endlich zu uns umdrehte und verkündete: »Es ist angerichtet, meine Damen!«

Jetzt! Seine Augen wurden so groß wie Wagenräder: »Ist das nicht … die Kette von Tracey Pitts?«

Kapitel 18

»Ist ja der Hammer!« Mittlerweise saß James uns gegenüber, und zwar in dem Sessel, den er sich zu uns rübergezogen hatte. Ich hatte nicht mehr als zwei Minuten gebraucht, um ihn upzudaten. Mit jedem weiteren Wort hatte ich seine Augen mehr zum Leuchten gebracht.

»Genau. Das finden Rachel und ich auch. Sie weiß im Übrigen von unseren Ermittlungen.«

»Oh!« Als erwartete er ein gehöriges Donnerwetter, zog James vorsorglich schon mal die Schultern hoch.

»Alles gut. Keine Sorge!« Mit dem nächsten Satz wagte ich mich auf sehr dünnes Eis. Ich biss mir auf die Unterlippe. »Und wegen der Sache mit der Kette ist sie nicht nur mit unseren Ermittlungen einverstanden. Sie ist sogar mit im Boot.«

»In welchem Boot jetzt?«

Es war besser, diese Frage zu überhören: »Wir werden zu dritt ermitteln.«

Gequält warf Rachel den Kopf in den Nacken und schloss die Augen. »Hätte ich gewusst, was auf dieser Reise alles passieren würde, ich hätte Josh die Tickets vor die Füße geschleudert!«

»Wunderbar!«, freute sich James. Ich ging jetzt mal einfach davon aus, dass sich sein Ausruf auf meine Neuigkeiten und nicht auf Rachels Bemerkung bezog. »Da Sie etwas fußlahm sind, Ms McEwan …«

»Rachel. Ich heiße Rachel!«, brummelte meine Schwester. »Wenn wir schon zusammen auf Verbrecherjagd gehen.«

»Cool. James!« Er erhob sich und streckte ihr die Hand entgegen, weil sie das aber nicht sehen konnte, ergriff sie sie auch nicht und James setzte sich wieder hin.

»Sie kennt deinen Namen«, erinnerte ich ihn.

»Ja, stimmt! Wo war ich?« Nachdenklich schob James sein Hütchen mehr nach rechts. »Da du, Rachel, etwas fußlahm bist und sowieso hier, um die Reisenden zu interviewen, machst du einfach weiterhin deinen Job. Dabei könntest du so Fragen einfließen lassen wie: ›Mochten Sie Tracey? Wie war Ihr Verhältnis zu Tracey? Wo sind Sie gewesen, als Tracey ermordet wurde?‹ Die sind jetzt sehr direkt. Ein bisschen über Umwege wäre schon besser. Du verstehst, was ich meine. Und Millie und ich übernehmen in der Zwischenzeit die Laufarbeit.«

»Ich will gar nicht wissen, was du darunter verstehst!« Rachels Kopf wippte nach vorn und ihre Augen klappten auf. »Damit hier eins glasklar ist: Ihr seid vorsichtig und begebt euch nicht in Gefahr. Der Mörder darf unter absolut gar keinen Umständen spitzkriegen, dass ihr nach ihm sucht. Wenn ihm klar wird, dass ihr ihm oder wir ihm auf den Fersen sind, ist es zu spät. Dann macht er kurzen Prozess mit euch. Verstanden?«

»Yes! Madam!« James rieb sich die Knie und warf einen Blick auf seine Armbanduhr. »Upps. Schon so spät? Ich sollte Mr Frost nicht länger auf sein Dinner warten lassen. Immerhin ist er mein Boss.« Er stand auf. »Dann könnte ich doch eigentlich auch um eins direkt hierhin kommen, oder?« Fragend schaute er zwischen Rachel und mir hin und her.

»Wir wollten uns treffen, um unsere nächsten Schritte zu besprechen«, klärte ich meine Schwester auf.

»Von mir aus«, seufzte Rachel. »Aber ich pule mir dann meine Oropax in die Ohren.«

»Okay, um ein Uhr hier, James!«

Schweigend hatten Rachel und ich unsere Klare Suppe gelöffelt und waren schon beim Scottish Steak Pie mit Erbsen und Kartoffelpüree angekommen, als Rachels Besteck scheppernd auf ihrem Teller landete. »Weißt du eigentlich, was du da eben gesagt hast?«

Überfragt kräuselte ich die Augenbrauen. Ich hatte viel gesagt. »Wann eben? Und was jetzt genau?«

»Wenn der Dieb-Schrägstrich-Mörder einen Generalschlüssel besitzt ...« Meine Schwester schnappte nach Luft. »Dann kann er sich doch jederzeit in jede Kabine schleichen, oder?«

»Theoretisch ja.« Genüsslich kaute ich auf einer Gabelfüllung Erbsen herum.

»Wie kannst du nur so ruhig bleiben? Verstehst du denn nicht, was das bedeutet?« Die Angst hatte Rachel mit kalten Fingern gepackt. Ihrer Quarkspeise mit Himbeeren und Schokoraspeln würde ich mich wohl annehmen müssen. Was ich sehr gerne tat, denn im Gegensatz zu meiner Schwester, der die Mörderjagd auf den Magen schlug, machte sie mich richtig hungrig. »Nichts hindert ihn daran, durch diese Tür da zu kommen und sich die Kette zurückzuholen!« Rachels Zeigefinger zuckte in Richtung Abteiltür. »Wenn er so schlau ist, wie ich denke, dass er es ist, dann weiß er, dass Mr Frost sie nicht bei uns gefunden hat. Was wiederum bedeutet, er weiß, dass wir sie vorher entdeckt und versteckt haben.«

»Sehr gut, Rachel! Und du hast völlig recht. Er hat sie nicht für uns, sondern für sich geklaut. Er wird sie sich irgendwann holen kommen. Und ich an seiner Stelle würde das im Schutz der Nacht erledigen.« Genüsslich legte ich mein Besteck zusammen, schob meinen leer gefutterten Teller zur Seite und drapierte gleich beide Dessertschalen vor meiner Nase. »Und wir werden auf ihn warten!«

Ha, ich würde James schon noch beweisen, wer hier der Watson und wer der Sherlock war!

Es fiel nicht sonderlich viel Licht in unsere Suite. Und das, obwohl Rachel und ich die Rollos vor den Fenstern wieder aufgerollt hatten, bevor wir uns im Kleiderschrank versteckt hatten. Wie denn auch? Mitternacht rückte näher und außerdem schneite und stürmte es draußen immer noch zum Gotterbarmen. Die gute Nachricht war, dass die Schranktüren im oberen Teil Lamellen hatten, sodass wir sie nicht öffnen mussten, um in den Raum spähen zu können. Trotzdem wurde die Luft hier drinnen langsam stickig. Um unseren nächtlichen Besucher aufs Glatteis zu führen, hatten wir aus unseren Kissen und Decken zwei Menschen nachmodelliert. Mein Dummy lag mit angezogenen Beinen auf der Seite. Weil es möglichst realistisch aussehen sollte, hatte ich Rachels Avatar so angeordnet, dass der linke Fuß erhöht auf einem Kissen lag. Wichtig war, dass beide Gestalten Rachels Nachttisch den Rücken zukehrten, damit der Dieb-Schrägstrich-Mörder sich in Sicherheit wiegen konnte.

»Was für eine Schnapsidee«, mopperte Rachel, was sie im Übrigen schon tat, seitdem wir Geschirr, Besteck und Gläser auf dem Servierwagen verstaut und ihn auf den Gang hinausgerollt hatten. So, wie James es uns gesagt hatte. »Wenn unsere Theorie stimmt und der Dieb nicht nur ein Dieb ist, sondern auch noch ein Mörder, dann manövrieren wir uns sehenden Auges in eine lebensgefährliche Lage. Oder glaubst du allen Ernstes, dass du wirklich imstande wärest, einem Menschen diese Wasserkaraffe da über den Schädel zu ziehen?«

Ich spürte mehr ihr Kopfnicken auf den einzigen Gegenstand, den wir nicht auf den Servierwagen zurückgeräumt hatten, als dass ich es sah.

»Im Notfall …«, gab ich vollmundig zurück und wog das schwere Kristall in meiner Hand. »… auf jeden Fall!«

»Oh, mein Fuß! Das ist Folter. In meinem Knöchel pocht es, als wäre darin ein Presslufthammer zugange.« Natürlich glaubte ich Rachel, dass sie furchtbare Schmerzen hatte. Aber was soll ich sagen? Sie hatte sich ja auch nicht ins Bett legen und schlafend stellen wollen. Was die einzige Alternative gewesen wäre. Klinge ich herzlos? Das war ich nicht. Es ging im Moment doch einfach nur um so viel mehr.

»Warum mache ich das nur?«, brummelte Rachel.

»Weil wir versuchen, unsere Haut zu retten. Oder eher deine. Zum Zeitpunkt des Mordes war ich draußen und habe mit Charles und Amy einen Schneemann gebaut. Aber du hast im Salon auf dem Sofa gelegen. Und erzähl mir nicht, dass Natalie die ganze Zeit hinter der Bar gestanden hat und bezeugen könnte, dass du nicht in die Bibliothek gehumpelt bist, um Tracey zu ermorden.«

»Sag mal, geht es dir noch gut?« Rachel schnaubte wie ein wütender Stier in mein Ohr. »Wieso hätte ich das denn tun sollen?«

Überfragt hob ich die Schultern, was sie im Dunkeln nicht sehen konnte. Deshalb ergänzte ich noch: »Weil du theoretisch die Kette gestohlen haben könntest und Tracey dann ermordet hast, weil du Sorge hattest, sie könnte dich erkannt haben. So könnte die Polizei die Sache sehen.«

»Hä? Ich habe neben dir geschlafen. Die ganze Nacht. Bis du mich aus dem Bett geworfen hast. Weil Tracey geschrien hat.«

»Stimmt! Aber könnte ich mit hundertprozentiger Sicherheit sagen, dass du unsere Suite nicht zwischendurch verlassen hast? Nein, könnte ich nicht. Ich habe ja geschlafen.« Gemein. Ich weiß. Und natürlich hinkte meine Argumentation. Aber als Zeitvertreib war es einfach großartig, Rachel auf die Palme zu bringen.

»Hast du Lack gesoffen?«

»Ich mach doch bloß Spaß!« Um mein Gelächter zu dämpfen, vergrub ich meinen Mund in meiner Armbeuge. »Vielleicht hast du ja Glück und der Dieb lässt sich nicht blicken«, wechselte ich das Thema, bevor Rachel mich erwürgen konnte.

Aus zwei Gründen hoffte ich, dass der Dieb auftauchen würde. Zum einen, weil ich den Nervenkitzel wahnsinnig genoss. Und zum anderen, weil wir dann möglicherweise innerhalb von noch nicht mal sieben Stunden den Mord an Tracey aufgeklärt hätten.

Der Eindringling kündigte sich mit einem leisen Schaben an. Wäre ich vorher beinah noch eingenickt, war ich jetzt mit einem Schlag hellwach. Es kam von der Tür. Natürlich. Ich verrenkte meinen Kopf, so gut ich es in dem engen Schrank konnte, um einen Blick auf den unteren Türschlitz zu erhaschen. Dorthin, wo das Licht vom Gang in einem schmalen Streifen auf den Teppichboden fiel. Da! Ein Schatten. Zwei Füße standen vor unserer Tür. Mein Blut raste durch meine Adern wie auf einer wilden Achterbahnfahrt, trotzdem zwang ich mich zur Ruhe.

»Oh, Gott! Da ist er!« Beschwichtigend legte ich meine Hand um Rachels Handgelenk. Es war eiskalt. Ich lauschte. Aus dem Schaben war ein Kratzen geworden und ich bildete mir ein, die Person vor der Tür atmen zu hören. Meine Knie wurden so weich wie Götterspeise. So abgebrüht, wie ich gedacht hatte, war ich dann wohl doch nicht. Ich war der Hund, der so lange den Schatten ankläffte, bis der zurückkläffte, und genau das passierte gerade. Gut, mit etwas Glück kam der Dieb einfach rein, ging zu Rachels Nachttisch, nahm die Kette, die wir wieder dort hineingelegt hatten, und verschwand, wie er gekommen war, ohne etwas von unserer Scharade bemerkt zu haben. Warum auch nicht? Es war doch anzunehmen, dass er kein großes Interesse daran hatte, sich länger als nötig hier aufzuhalten.

Wir aber hätten ihn mit unseren eigenen Augen gesehen und könnten Mr Frost den Namen des Mörders nennen.

Einatmen und dabei bis vier zählen. Acht Sekunden halten und dann … Hätte das Türschloss nicht längst klacken müssen? Ich presste mein Ohr an die Lamellen und horchte. Nach unserer Theorie verfügte der Einbrecher über einen Generalschlüssel. Und mit dem dürfte es doch kein Problem für ihn sein, die Tür ganz fix zu öffnen. Worauf wartete er?

»Ich glaube, ich werde ohnmächtig!«, hauchte Rachel und sackte ein kleines Stückchen in sich zusammen. Blitzschnell packte ich sie unter den Achseln und richtete sie wieder auf. »Beweg die Zehen. Das bringt den Kreislauf in Schwung. Alles wird gut! Ich verspreche es dir. Wir müssen nur leise sein!« Ich legte so viel Überzeugungskraft wie nur möglich in mein Flüstern. Was hatte ich mir nur dabei gedacht, meine ohnehin schon ängstliche Schwester, uns, in so eine verdammt brenzlige Situation zu bringen? Ich rücksichtsloseste, sensationsgierigste Freizeitermittlerin aller Zeiten! Doch bevor mich das schlechte Gewissen völlig übermannen konnte, erlöste uns ein flehentliches Wispern.

»Rachel? Millie? Seid ihr noch wach?«

Ja, natürlich, hinterher kann man immer fragen: Warum hat Rachel ihr die Tür geöffnet? Gehörte sie nicht auch zu den Verdächtigen? Warum hast du deine Schwester nicht aufgehalten? Aber hock du mal, ich weiß nicht wie lange, schlotternd vor Angst in einem engen Kleiderschrank und dann hörst du eine vertraute Stimme. Ich schwöre dir, auch du wärst ohne großes Zögern aus dem Schrank gehinkt und hättest erleichtert die Tür aufgerissen.

»Sally!«

»Und Stratford«, ergänzte ich, während ich über Rachels Schulter linste. In einem gefütterten Mäntelchen hockte der kleine weiße Malteser auf Sallys Arm und guckte so, als hätte er lieber gefroren, als in diesem Ding gesehen zu werden. »Um … wie spät haben wir es?«

»Gleich zwölf.« Als wollte sie zu einer Expedition aufbrechen, hatte Sally sich in Mantel, Mütze, Schal und Handschuhe gehüllt. Ihre Füße steckten in dicken Winterstiefeln.

»Habe ich euch geweckt?« Kurz huschten ihre Augen zu der schweren Kristallkaraffe in meiner Hand, die ich schleunigst hinter meinem Rücken verschwinden ließ. »Wir haben einen Notfall. Stratford muss raus und ich trau mich alleine nicht in die Dunkelheit. Obwohl ich mich frage, wie überhaupt noch Flüssigkeit in diesem geschundenen, armen kleinen Wesen stecken kann, nachdem er heute Nachmittag …« Sie schluchzte, zerrte ein Taschentuch aus ihrer Manteltasche und wischte sich damit über die Nase. Der Malteser seufzte stoßartig, dabei legte er theatralisch sein Schnäuzchen auf Sallys Oberarm ab. Der Schlingel wusste haargenau, dass es um ihn ging und das, was auch immer ihm zugestoßen war.

»Wärt ihr so nett und würdet uns begleiten?«

Stratford ließ ein herzzerreißendes Winseln hören. »Ja, ist ja schon gut. Du armer kleiner Schatz. Tante Rachel und Tante Millie ziehen sich ganz schnell an.«

Tante Rachel und Tante Millie? Wenn es um ihre Tiere ging, konnten einige Menschen wirklich sehr seltsam werden.

»Klar, ich komme mit raus. Aber Tante Rachel muss wegen ihres Aua-Fußes hierbleiben, Stratford.« Zärtlich streichelte ich dem weißen Wollknäuel über das Köpfchen.

»Ich stelle mich hier ans Fenster und beobachte euch. Bewegt euch nicht aus meinem Sichtfeld, wenn ihr nicht wollt, dass ich Alarm auslöse!«, schärfte Rachel uns ein, während ich meine Jacke überstreifte und in meine Stiefel schlüpfte.

Obwohl Sally nichts sagte, erkannte ich doch an ihrer gekräuselten Stirn, dass sie das seltsame Arrangement unserer Kissen und Decken bemerkt hatte.

»Und bleibt nicht zu lange weg!«, mahnte Rachel mit strengem Lehrerinnenblick. Unauffällig ließ sie dabei ihr Kinn in Richtung Nachttisch zucken. Oh, der Mörder! Er konnte jeden Moment hier auftauchen. Und natürlich wollte sie dann nicht allein sein.

»Weißt du was, schalte einfach die Lampen ein. Und zwar alle. Finstere Gestalten scheuen das Licht. Drinnen und draußen!« Mächtig stolz auf meine doppeldeutige Geheimbotschaft verließ ich hinter Sally und Stratford unsere Suite.

Kapitel 19

Um niemanden auf uns aufmerksam zu machen, schlichen wir im für die Nacht heruntergedimmten Licht über den Gang auf den nächstgelegenen Ausgang zu. Kaum hatten wir die Waggontür geöffnet, schleuderte uns der eisige Wind die Schneeflocken ins Gesicht. Weil keine von uns wusste, ob sich die Tür nachts von außen ohne Weiteres wieder öffnen lassen würde, wickelte ich schnell meinen Schal vom Hals und legte ihn zwischen Tür und Rahmen.

Den Kopf zum Schutz gegen den schneidenden Wind tief zwischen die Schultern gezogen, bereute ich es sofort, meinen Schal als Türstopper benutzt zu haben. Eigentlich war es das ideale Wetter, um bei Mum und Dad am lodernden Kaminfeuer zu sitzen und die letzten Weihnachtsgeschenke hübsch zu verpacken, während aus der Küche der köstliche Duft von frisch gebackenen Plätzchen ins Wohnzimmer waberte. Wie gerne wäre ich jetzt bei ihnen und hätte diese verfluchte Reise nie angetreten!

»So, mein Schatz, ich weiß, das wird jetzt kalt!« Behutsam setzte Sally den bibbernden Stratford im Schnee ab. Und ich winkte Rachel zu, die meinem Rat mit den Lampen gefolgt war und wie James Bond hinter einem unserer Fenster Posten bezogen hatte, um die finstere Schneelandschaft abzuscannen. Wegen Stratfords kurzen

Beinchen konnten wir uns nicht allzu weit aus dem Lichtkegel hinausbewegen. Der kleine Malteser wäre sonst im kniehohen Schnee versunken. Allerdings schien er von der hellen Beleuchtung alles andere als begeistert zu sein. Vorwurfsvoll schaute er zu uns auf.

So, als habe er nicht die geringste Lust darauf, vor Publikum sein Geschäft zu verrichten.

»Weißt du, Millie, eigentlich bin ich kein besonders ängstlicher Mensch«, setzte Sally an. Als sie Stratford pietätvoll den Rücken zuwandte, tat ich das Gleiche. Auch er hatte schließlich ein Anrecht auf seine Privatsphäre. Abhauen konnte er eh nicht, denn Sally hatte vorhin die Flexi-Leine an seinem Halsband einschnappen lassen. »Ich habe mir in Kolumbien einen schwarz eingefärbten Sack über den Kopf ziehen und mich auf die Rückbank eines stinkenden Autos werfen lassen, um an einen unbekannten Ort gebracht zu werden und ein Interview mit einem Drogenboss zu führen. Ich bin nicht davor zurückgeschreckt, an einer Himalaya-Expedition teilzunehmen, und bin todesmutig vor der Küste Floridas in einen Gitterkäfig geklettert, um über ein Rendezvous mit einem Weißen Hai berichten zu können. Aber die Sache mit Tracey …« Sie schüttelte ihren Kopf. »Nicht, dass ich ihr auch nur eine Träne nachweinen würde. Vor allem nicht nach dem, was sie …« Sally zog geräuschvoll die Nase hoch. »… Stratford heute Nachmittag angetan hat.« Sie brach in Tränen aus. »Aber dass sie so enden musste, ist trotzdem furchtbar!«

»Sally, hey, was hat sie denn nur mit Stratford gemacht?« Mitfühlend streichelte ich über ihren Oberarm und sie ließ es sich gefallen.

»Sie muss es gewesen sein. Es war ihre Schokolade«, schniefte Sally in ihr Taschentuch. »Sie wusste, dass der kleine Fresssack alles in sich reinstopft. Das hatte ja jeder mitbekommen. Wie er sich beim Frühstück zu euch geschlichen hat, weil ihm der Speck in die Nase gestiegen ist.« Ein wehmütiges Lächeln stahl sich auf ihr Gesicht, bis sich ihre Miene mit einem Mal verhärtete. »Das hat sie ausgenutzt. Und ich glaube, ich weiß auch, wann sie ihre ekelhafte Zartbitterschokolade in meine Stratford-Tasche gesteckt hat! Ich fand es gleich komisch, dass sie sich so nah neben mich gestellt hat, um der Welt zu verkünden, dass die große Tracey Pitts geruht, den Nachmittag in der Bibliothek zu verbringen, während das Fußvolk Schnee schippen darf. Hätte sie nicht sofort losbrüllen müssen, weil Stratford sie schon wieder so böse, böse angeknurrt hat? Hat sie aber nicht, und zwar weil sie Wichtigeres vorhatte. Da hat sie nämlich die Schokoriegel heimlich in meine Tasche geschoben. Sie muss das Geschick eines Taschendiebs gehabt haben.«

Sofort flackerte das Bild von Traceys Clutch mit der seltsamen Erdnuss-Silberschalen-Beule vor meinem inneren Auge auf. Ja. Sie hatte Taschendiebqualitäten gehabt. Das konnte ich bestätigen. »Immerhin lag der Kosmetikumhang über der Tasche und ich habe nichts gemerkt«, sagte Sally gerade.

»Ich verstehe nicht … was ist denn an Schokolade so schlimm?« Meine naive Frage ließ Sallys Augen böse aufblitzen. »Schokolade, genauer gesagt ein bestimmter Inhaltsstoff im Kakao, kann für Hunde tödlich sein. Wusstest du das nicht?«

»Nein.« Keinen Plan.

»Es kommt auf die Größe des Hundes und auf die Menge an Schokolade an. Nachdem ihr heute Nachmittag in den Schnee hinausgestürmt seid, um die Schneewehe wegzuschaufeln, sind Marissa und ich ins Spa zurück. Ich hatte ja nun mal die Matsche im Gesicht und die musste wieder runter.« Sie seufzte. »Zurück in meiner Suite habe ich mich schnell passend angezogen, habe Stratford einen Kuss aufs Näschen gedrückt und bin raus, um euch beim Schneeschippen zu helfen. Als meine Handschuhe klitschnass waren, bin ich zurück, um mir ein Paar trockene zu holen. Und da wartete eine böse Überraschung auf mich. Stratford torkelte wie ein Betrunkener auf mich zu und zitterte wie Espenlaub. Er hat gehechelt und konnte gar nicht aufhören zu trinken. Erst konnte ich mir diese sonderbaren Symptome gar nicht erklären. Bis ich in meiner Tasche auf die Überreste von Traceys Schokolade mitsamt dem verräterischen bunten Stanniolpapier gestoßen bin. Da wusste ich Bescheid. Diese hinterhältige Hexe! Diese … böse Bitch!« Ich sah, wie Sally die Hände zu Fäusten ballte. »Ich dachte schon, Stratford müsste sterben. Ohne Tierarzt und medizinische Versorgung. Es war pures Glück, dass die Dosis nicht tödlich gewesen ist. Alles kam vorne und hinten gleichzeitig wieder raus. Als der Kleine dann irgendwann völlig erschöpft eingeschlafen ist, hat mich nichts mehr gehalten. Oh, ich war so wütend!« Aufgebracht ballte sie die Hände zu Fäusten. »Auf dem Weg in die Bibliothek habe ich alle Schimpfworte und Beleidigungen hervorgekramt, die mir einfallen wollten, und ich hätte ihr auch all das um die Ohren gehauen, was ich ihr schon seit der Schule immer mal sagen wollte, es aber für mich behalten habe, weil ich wusste, dass ehrliche Worte an Tracey auch das Ende meiner Freundschaft zu Madelyn bedeutet hätten. Aber heute Nachmittag war mir das schnurzpiepegal! Ich wollte wissen, warum sie einem kleinen unschuldigem Hündchen so etwas Grausames antut? Was hatte Stratford denn schon Schlimmes getan? Ja, er hatte sie angeknurrt und die Zähne gefletscht. Zähnchen gefletscht, sollte ich wohl besser sagen. Und deshalb sollte er sterben? Das wollte ich alles von ihr wissen. Und danach hätte ich ihr entgegengebrüllt, was ich von ihr halte. Sehr detailliert und mit Worten, die ich normalerweise nicht in den Mund nehme. Nur war sie da schon tot.«

Sally atmete geräuschvoll aus. So, als hätte ihr die lange und sehr ausführliche Schimpfkanonade gutgetan.

In der Suite von Madelyn und Alistair flackerte plötzlich Licht auf. Sallys Wutausbruch war bemerkenswert, dachte ich. Bestimmt war er nur eine winzig kleine Kostprobe von dem hasserfüllten Sturm, den Stratfords Zustand heute Nachmittag in ihr ausgelöst hatte. Sie musste völlig ausgerastet sein.

Als hätte eine Fee ihren Zauberstab geschwungen, wurde es von jetzt auf gleich vor dem Fenster von Madelyn und Alistair wieder dunkel. Trotzdem oder gerade deswegen traf mich beinah der Schlag, als es plötzlich neben uns knirschte.

»Ich will euch sehen können, habe ich gesagt!«, zischte eine Stimme aus dem Off.

»Bist du irre?«

Meine werte Schwester stand mit schief gelegtem Kopf hinter einem unserer Abteilfenster. Sie hatte es geschafft, es einen Spaltbreit herunterzuschieben. Gerade mal so weit, dass sie uns durch den schmalen Schlitz anmeckern konnte.

»Los, ab zurück ins Licht!«, forderte Rachel. Und Sally und ich gehorchten.

»Erst habe ich ja gedacht, Tracey würde schlafen«, fuhr Sally fort. »So nach vorn gesackt, wie sie da in ihrem Sessel gesessen hat.« Ihr Atem ging jetzt ruhiger. »Das Messer habe ich anfänglich auch gar nicht wahrgenommen. Ich war viel zu aufgebracht. Erst als ich sie an der Schulter geschüttelt habe, da … Es war schrecklich. Dieser Moment, in dem ich verstand, dass …« Sally reckte ihr Gesicht dem dunklen Himmel entgegen. »… nicht zu fassen, jetzt werde ich doch noch sentimental.« Schnell blinzelte sie die Tränen weg. »Oh, ich glaube, Stratford hat sein Geschäft erledigt. Dann stupst er mich immer so nett mit seiner Nase an.«

Sally bückte sich, um ihren Hund auf den Arm zu nehmen, und ich war froh, endlich aus der Kälte zu kommen.

»Sag mal, Sally«, fiel mir ein, als wir gerade wieder in den Zug geklettert waren. Gedankenvoll wickelte ich meinen Schal um den Arm. Er hatte hervorragende Arbeit als Türstopper geleistet. »Hast du eigentlich auf deinem Weg zu Tracey irgendwen gesehen?«

Die Hand auf Stratfords Köpfchen hielt sie im Streicheln inne und spitzte die Lippen. »Ja«, nickte sie schließlich. »Das habe ich.«

Mein Herz schlug einen Salto. »Wen? Nun sag schon!«

Als wäre es das Selbstverständlichste von der Welt, zuckte Sally mit den Schultern. »Deine Schwester. Sie lag ausgestreckt auf dem Sofa im Salon. Schnarchend wie ein betrunkener Seemann! Wie eine Irre bin ich an ihr vorbeigestürmt und trotzdem ist mir aufgefallen, dass Natalie ihren Posten hinter der Bar verlassen hatte. Und das scheinbar sehr plötzlich. Denn auf dem Tresen standen benutzte Gläser. Ich weiß noch, dass mich das wunderte. Immerhin ist Natalie doch eine sehr gewissenhafte Barkeeperin.«

Weil ich darüber nachdachte, was Natalie dazu gebracht haben konnte, den Salon zu verlassen, traf mich der Anblick absolut unvorbereitet. Mit dem Rücken zu mir ging eine Gestalt über den Gang unseres Schlafwagens auf den Spa-Bereich zu.

»Charles!«, wisperte ich hocherfreut und rannte hinter ihm her.

Ich beschleunigte meine Schritte, denn er hatte mich nicht gehört. Kurz vorm Spa hatte ich ihn dann eingeholt. Gerade wollte ich ihm auf die Schulter tippen, als er sich zu mir umdrehte.

»Hey!«, strahlte ich ihn an, trat näher und küsste ihn einfach. Ein Schmetterlingsschwarm setzte in meinem Bauch zum Start an. Und legte eine Bruchlandung hin. Irritiert trat ich einen Schritt zurück und musterte ihn. Charles hatte meinen Kuss wie ein Fremder regungslos über sich ergehen lassen und NICHT erwidert. Ich hatte ein Lächeln erwartet, eine herzliche Umarmung, vielleicht sogar ein: »Ich hatte solche Sehnsucht nach dir!« In der ersten Sekunde wusste ich gar nicht, wie ich mit der Situation umgehen sollte. In der zweiten wandte Charles sich um und ließ mich einfach stehen.

»Hey!« Sprachlos schaute ich dabei zu, wie er die Tür zum Spa-Bereich öffnete, hindurchtrat und sie, ohne sich noch einmal nach mir umzusehen, hinter sich zufallen ließ. Und da wusste ich, was los war! Hatte Rachel nicht gesagt, dass Gigi James und mich gesehen hatte und dass sie nicht nur ihr, sondern auch Charles ihre Beobachtung brühwarm unter die Nase gerieben hatte? Oh, verdammter Mist! Er hatte die Sache in den falschen Hals bekommen. Ob ich ihm in den Personalwagen folgen sollte? Laut meiner Armbanduhr war es gleich zehn vor eins. Um eins wollte James kommen, um mit Rachel und mir unseren Fall zu besprechen. Mein Herz hämmerte flehentlich in meiner Brust. Es ließ mir keine andere Wahl. Ich musste zu Charles und das Missverständnis aufklären! Rachel und James konnten auch fünf Minuten ohne mich auskommen. Also öffnete ich die Tür zum Spa-Bereich und rannte so lautlos wie möglich über den Gang, vorbei an der Tür zu Marissas Reich, bis ich keuchend vor dem Eingang zum Personalwagen stehen blieb. Woher sollte ich überhaupt wissen, hinter welcher Tür sich Charles' Unterkunft befand? First things first! Ich umschloss den Türknauf mit meiner Hand und drehte ihn. Verschlossen! Den Gästen war der Zutritt zum Personalbereich verboten.

Kapitel 20

»Lies!«

Mehr sagte Rachel nicht, als ich wenige Minuten später mit hängendem Kopf unsere Suite betrat. Einen Stapel Kissen im Rücken und die restlichen unter ihrem linken Fuß thronte sie sehr majestätisch auf unserem Bett.

»Der Dieb«, (es machte die Sache weniger bedrohlich, ihn so und nicht ›der Mörder‹ zu nennen), »hat sich also noch nicht blicken lassen?«

»Lies!«

Mit verschränkten Armen nickte Rachel auf ein Stück Papier, das ausgebreitet auf ihren Beinen lag. Daneben entdeckte ich Traceys Kette.

»Was ist das?« Ich hätte die Antwort wissen müssen.

»Lies!«

Die Matratze gab ein wenig nach, als ich mich neben meine Schwester setzte. Mit einem Ratsch öffnete ich den Reißverschluss meiner Jacke und legte den Schal neben mich. Dann nahm ich das Papier zur Hand. Es war ein Zeitungsartikel. Anfang November erschienen.

»Gerne laut!«, sagte Rachel und ich holte Luft:

»Wo ist der Mondrubin?

Ein Artikel von Tamara Tindel

Trevania. Im Fürstentum Trevania hat sich Ende Oktober einer der spektakulärsten Diebstähle in der Geschichte des Landes ereignet und das nicht etwa, weil ein Meisterdieb mit Geschick und Verstand die ausgeklügelten Sicherheits- und Alarmsysteme des Palastes überwunden hätte, sondern weil er so geduldig war, einfach nur den perfekten Augenblick abzuwarten.

Es ist fünfundzwanzig Jahre her, dass Fürst Gustav den wertvollen Mondrubin für seine Braut Leontine in einen goldenen Ring fassen ließ, um ihn ihr als Zeichen seiner Liebe und Zuneigung zur Hochzeit zu schenken. Nie hat dieser Ring den Palast verlassen. Meistens lag er gut verschlossen in einem einbruchsicheren Tresor in der Schatzkammer. Fürstin Leontine trug das Schmuckstück immer nur innerhalb der Palastmauern und ausnahmslos zu besonderen Anlässen. Einen solchen Anlass gab es, als Fürst und Fürstin vor Kurzem internationale Gäste aus Politik, Wirtschaft und Showbusiness zu einem Fest luden.

Der Ring mit dem kostbaren Mondrubin wurde aus dem Tresor geholt und der Fürstin gebracht, die ihn den ganzen Abend an ihrem Finger trug. Die Gäste waren sich einig, noch nie einen Stein mit derartiger Leuchtkraft gesehen zu haben.

Am Ende des Abends zog die Fürstin den Ring in ihren Gemächern von ihrem Finger und legte ihn bereit, damit ihre langjährige Hofdame ihn den Sicherheitskräften übergab. Ein völlig normaler Vorgang. Nur kurz verließ die Fürstin den Raum. Als sie zurückkam, war der Ring verschwunden.

Der Verdacht fiel sofort auf die Hofdame der Fürstin. Sie beteuerte ihre Unschuld und gab an, zeitgleich mit der Fürstin deren Gemächer betreten zu haben, um den Ring zu holen. Doch er habe nicht an seinem üblichen Platz gelegen. Vorher sei sie nicht dort gewesen. Da man ihr den Diebstahl nicht nachweisen konnte, wurde sie nach einer kurzen Untersuchungshaft wieder auf freien Fuß gesetzt. Es wird davon ausgegangen, dass der Dieb im Auftrag eines Unbekannten handelte. Wer das ist und wo sich der Rubin befindet, wird womöglich für immer, ein Geheimnis bleiben. Die Kinder der ehemaligen Hofdame haben angekündigt, die Unschuld ihrer Mutter zu beweisen. Die falschen Anschuldigungen hätten sie völlig gebrochen und zu einem Schatten ihrer selbst gemacht.

Mit zwei Karat ist der Mondrubin zwar nicht der größte seiner Art, aber wegen seiner selten hohen Qualität und Leuchtkraft eine Rarität. Der blutrote Stein ist von unerreichter Klarheit und Reinheit. Sein Wert wird auf über zwei Millionen US-Dollar geschätzt.«

Nachdem ich geendet hatte, stemmte Rachel ihre Hände in die Matratze und richtete sich stöhnend auf. »Dieser Zeitungsartikel ist vorhin aus dem Samttuch gesegelt, als du versucht hast, das Fenster zu öffnen.«

»Das Papier, das ich aufgehoben und dir gegeben habe?«, fragte ich sicherheitshalber nach.

Sie nickte. »Ich habe es mir erst angesehen, nachdem ich mir sicher sein konnte, dass Sally und du wieder im Zug wart.« Sie tippte mit dem Zeigefinger auf den Artikel. »Da ist von einem sehr wertvollen Rubin die Rede.« Sie bohrte sich die Zunge in die Wange, suchte meinen Blick und lenkte ihn auf die Kette. Smaragde und, ach, was weiß ich, wie man die anderen Steine korrekt nannte, funkelten mir entgegen – und ein blutroter Rubin.

»Der in einem Ring steckte.« Noch während ich das klarstellte, begannen sich die kleinen Rädchen in meinem Kopf zu drehen.

»Kleiner Crash-Kurs: Was wir Journalisten als Erstes lernen, sind die fünf journalistischen Ws: Wer? Was? Wann? Wo? Warum?« Jetzt war Rachel in ihrem Element. »Und eines dieser Ws springt einen doch an wie ein hungriger Gepard, wenn man sich dieses Arrangement hier ansieht.« Sie ließ ihre rechte Hand über den Zeitungsartikel und der Kette schweben.

»Warum?«, riefen wir gleichzeitig.

»Genau! Warum legt der Dieb diese Kette fein säuberlich in ein Tuch eingeschlagen zusammen mit diesem Zeitungsartikel ausgerechnet in meine Nachttischschublade?« Manchmal nervte mich das echt. Wenn Rachel Dinge, die völlig klar waren, noch mal ausführlich erklären musste.

❄ ❄ ❄

»Weil er dir damit etwas sagen will.« Das war zwei Minuten später James' Antwort auf Rachels Frage, als er lässig an der Wand neben dem Bett lehnte. Nachdem er geklopft und den Artikel gelesen hatte. Meine Rädchen ratterten auf Hochtouren. »Weil er weiß, dass du Journalistin bist. Weil er weiß, dass es dein Job ist, Fragen zu stellen und Antworten zu finden. Weil er will, dass du A und B zusammenzählst.« James hatte sich sein Hütchen abgenommen und fuhr sich mit beiden Händen durchs Haar. Dann schlang er das Gummiband um seinen Unterarm und fragte mit einem Nicken auf die Kette: »Darf ich mal?«

»Klar!«, sagte Rachel.

James machte einen Schritt auf das Bett zu und beugte sich an mir vorbei zur Kette herunter. Als könnte sie bei Berührung auseinanderfallen, nahm er sie ganz behutsam auf. Dann hielt er sie sich unter die Nase. »Also, ich habe ja keine Ahnung von Schmuck. Sieht das Ding für euch echt aus oder nicht?«

»Mache ich den Eindruck, als hätte ich ein Kundenkonto bei Tiffany?« Vielleicht hatte Gigi eins. Ich nicht.

Rachel räusperte sich. »Ich denke, der Rubin in dieser Kette ist der gestohlene Mondrubin.«

Erschrocken ließ James die Kette auf Rachels Bettdecke fallen, als hätte er sich daran die Finger verbrannt. »Wow. Wow. Wow«, machte er. »Dann habe ich gerade zwei Millionen US-Dollar in der Hand gehalten?«

»Mehr noch«, informierte uns meine Schwester. »Die anderen Steine und das Gold sind ja auch etwas wert. Smaragde, Saphire und mittendrin, gut versteckt und trotzdem an einem Ehrenplatz, der Mondrubin. Der Stein, der vor knapp zwei Monaten in Trevania, weiß der Geier, wo das liegt, gestohlen worden ist.«

»Es liegt zwischen Italien, Frankreich und der Schweiz. Rück mal ein Stück!« Noch bevor ich das tun konnte, quetschte James sich neben mich aufs Bett. »Miniklein und steinreich. Da leben mehr Millionäre als in Monaco. Was schaut ihr denn so? Als zukünftiger Hoteldirektor muss ich doch wissen, wo man richtig Cash machen kann.« Scheinbar hatten Rachel und ich ihn sehr überrascht angestarrt.

»Wir kommen dich dann in deinem Luxusschuppen besuchen und du quartierst uns auf deine Kosten in der Präsidentensuite ein.« Das war mein voller Ernst. James war so fleißig, unerschrocken und zielstrebig. Wenn es einer schaffen würde, seinen Lebenstraum wahr zu machen, dann er.

»Selbstverständlich, meine Dame! Stets zu Diensten, meine Dame!«, singsangte James und schwang seine Mütze dazu durch die Luft.

»Wie auch immer«, nahm Rachel den Faden wieder auf. »Im Vergleich zum Mondrubin ist der Rest nicht mehr als Peanuts.«

Gedanklich war ich schon wieder bei dem Zeitungsartikel.

»Wartet mal! Gott, ist das heiß!« Endlich schlüpfte ich aus meiner Jacke. »Als Rachel und ich die Kette in ihrer Nachttischschublade entdeckt haben, dachten wir, der Dieb habe sie aus Angst vor einer Durchsuchung versteckt und dass er den Verdacht auf uns lenken wollte. Das ist dann falsch gewesen?«

Noch bevor Rachel es aussprach, wusste ich es auch. »Er will, dass ich den wahren Dieb aufspüre.«

Rachel! Ausgerechnet. Jemand hätte dem Dieb vorher sagen sollen, dass sie bei einem Reisemagazin und nicht für einen True Crime Podcast arbeitete. Zum Glück hatte sie ja uns.

»Die Kinder der Hofdame«, kombinierte James. »Sie sind im Zug. Vielleicht auch nur eins. Um die Unschuld ihrer Mutter zu beweisen. Ich kann nicht mehr! Das ist ja wie im Film!«

»Wild!« Mit einem gezielten Wurf landete meine Jacke auf einem der Sessel.

Bevor James weitersprach, rieb er sich mit der flachen Hand mehrfach über sein Kinn. »Kann es sein, dass Tracey Pitts den Ring in Trevania geklaut hat? Ich meine, die Kette gehörte doch ihr.«

Die Rädchen in meinem Kopf nahmen wieder Fahrt auf. »Da sagst du was! Klar! Sie und Madelyn waren doch in der ganzen Welt unterwegs. Warum nicht auch in Trevania?«

»Wie auch immer die Kinder der Hofdame Tracey auf die Schliche gekommen sind«, spann James den Faden weiter. »Sie sind es. Und deshalb hat Tracey auch nicht zugegeben, dass ihr die Kette gestern Nacht gestohlen worden ist. Sie konnte es nicht, ohne sich selbst in Gefahr zu bringen.«

Ich stand unter Hochspannung. »Das heißt, dass der Diebstahl und der Mord nicht zusammenhängen, oder? Die Kinder oder das Kind sind unschuldig! Das sehe ich doch richtig? Für sie macht es keinen Sinn Tracey zu ermorden. Immerhin wollen sie ja ihre Schuld beweisen.«

»Genau«, stimmte Rachel mir zu. »Und damit die Sache akribisch recherchiert wird und richtig viel Presse bekommt, haben sie mich, eine Journalistin, ins Boot geholt.«

»Und warum nicht Sally?«, warf James ein.

»Stratford!« Für mich lag das auf der Hand. »Er hatte Stubenarrest und hätte höchstwahrscheinlich Alarm geschlagen, wenn unser Dieb Sallys Suite betreten hätte. Außerdem ist sie mit Madelyn befreundet und eventuell befangen.«

»Wer kommt denn nun als Kind der Hofdame infrage?« James gähnte und riss dabei seinen Mund so weit auf, dass ich eine Füllung im Backenzahn sehen konnte.

»Vorschlag!«, sagte Rachel. »Morgen früh werde ich Madelyn in ein Gespräch verwickeln und wenn ich es geschickt anstelle, wissen wir anschließend, ob sie und Tracey im Oktober in Trevania gewesen sind oder nicht. Lasst mich nur machen!«

»Klingt nach einem Plan!« Ich biss mir so fest auf die Zunge, dass es schmerzte. Nur, um mir ein breites Grinsen zu verkneifen. Meine Schwester hatte unseren Ermittlungen in der Annahme zugestimmt, dass der Mörder den Verdacht auf uns beide hatte lenken wollen. Vor drei Minuten hatten wir festgestellt, dass er die Kette aus einem ganz anderen Grund in ihrer Nachttischschublade versteckt hatte. Er brauchte ihre Hilfe. Und trotzdem oder gerade deswegen war sie immer noch mit Feuereifer dabei.

»Ich bin todmüde.« Als wollte er seine Worte unterstreichen, massierte James sich die Nasenwurzel. »Deshalb nur kurz: Wisst ihr, wer als Tracey Pitts Mörder infrage kommt? Bis auf uns drei, Mr Lory, die alte Mrs Smith und Amy … alle.«

Dass Amy aus seiner Rechnung fiel, war logisch. Genauso wie Rose Smith. Sie war viel zu gebrechlich, um … ja … ihr fehlte die Kraft um … Aber … »Wieso ist Mr Lory aus dem Schneider?«

»Ganz einfach. Weil er die ganze Zeit mit mir zusammen gewesen ist«, eröffnete uns James. »Seite an Seite haben wir Schnee geschippt. Klar, wir haben auch mal eine Pause eingelegt, um unsere müden Knochen zu strecken oder einen heißen Tee zu trinken. Aber wir waren nie getrennt.«

Ich nickte. Gut. Das war ein unschlagbares Argument.

»Das heißt, verdächtig sind: Mein Boss und seine Frau. Madelyn Clarkson und ihr schöner Alistair.«

»Millie hat gestern Nacht einen Streit zwischen den beiden belauscht. Alistair wollte, dass Madelyn Tracey in die Wüste schickt«, informierte Rachel James. »Er hat ihr ein Ultimatum bis zum Dinner gesetzt. Tracey oder er. Madelyn hatte die Wahl.«

»Und ich weiß auch, dass sie bei Tracey in der Bibliothek gewesen ist. Sie hat wirklich mit ihr gesprochen und Tracey ist total ausgeflippt«, ergänzte ich und war heilfroh, dass mich keiner fragte, woher ich das wusste, und wo ich zu diesem Zeitpunkt gewesen war.

»Das klingt sehr interessant, Watson! Dann ist da noch Eva Williams. Die hat Tracey ja wirklich gehasst bis aufs Blut. Sally Rudner.«

»Tracey hat versucht, Stratford zu vergiften«, warf ich mein neuestes Wissen ein.

»Hat sie nicht!«, stieß Rachel entsetzt hervor.

»Doch. Sally hat es mir eben selbst erzählt. Mit Schokolade. An zu viel Kakao können Hunde sterben. Deshalb ist Sally zu ihr in die Bibliothek gestürmt. Sie wollte sie zur Rede stellen und mit allen schlimmen Schimpfworten überschütten, die ihr auf dem Weg dorthin eingefallen sind.«

»Dann blieben noch Gigi …« Auffordernd schaute James von Rachel zu mir und wieder zurück. Als wir überfragt die Schultern hoben, fügte er seiner Aufzählung noch zwei Namen hinzu. »…

Marissa und Natalie.« Dann blieb er still. Ich konnte sein Zögern spüren. »Und Charles.«

»Nein, nein!« Ich merkte selbst, wie übertrieben mein Lachen klang. »Er war doch die ganze Zeit bei Amy und mir. Er kann es nicht gewesen sein. Warum auch?«

Trockene Schuhe, aber geschmolzener Schnee auf den Haaren. Mit aller Kraft stemmte ich mich gegen das Bild in meinem Kopf. Ich wollte nicht daran erinnert werden, welchen Eindruck Charles bei unserem Aufeinandertreffen in der Bibliothek auf mich gemacht hatte. Kurz nachdem ich das mysteriöse Gespräch belauscht hatte. Bis jetzt wusste ich nicht, wer da mit wem getuschelt hatte. Aber ich wusste, worüber …

»Bist du dir ganz sicher, dass ihr jede Sekunde zusammen gewesen seid?«, bohrte James nach. Er hatte sich vorgebeugt und schaute mich forschend an.

Stumm schüttelte ich den Kopf, bevor ich gestand: »Zwischendurch war er mal kurz weg. Dann …«

… war er auch schon wieder da. Ein paar Minuten hätten gereicht. Das wusste ich. Das wussten wir drei. Und genau deshalb schauten James und Rachel mich mitfühlend an. Es war James, der das peinliche Schweigen unterbrach. Er strahlte mich an wie ein Komet und klopfte mir auf den Rücken. »Das hat ja alles noch gar nichts zu bedeuten. Nachdem wir ein wenig herumgestöbert haben, wissen wir hoffentlich mehr. Wir sollten jetzt schlafen gehen und uns ausruhen. Der Tag war anstrengend und der morgige wird noch anstrengender.«

Er stützte die Hände auf seine Knie und stand auf.

»Träum schön, Watson!«, sagte er noch über die Schulter hinweg. Dann hatte er schon die Tür erreicht.

»Seid ihr nicht zu alt für dieses Sherlock-Watson-Getue?« Mit einem lauten Knall schob Rachel ihre Nachttischschublade zu. Morgen früh würden wir uns für die Kette und den Zeitungsartikel ein besseres Versteck ausdenken müssen, für heute hatte mein Gehirn genug gedacht.

»Dazu ist man doch nie zu alt!«, behauptete James und setzte sich sein Hütchen wieder auf.

Das erste Kissen landete am Fußende des Bettes, dann das zweite und auf dem dritten kuschelte Rachel sich jetzt gemütlich ein. »Wenn ihr Watson und Sherlock seid, wer bin dann ich?«

Überfragt schaute ich James an.

»Mrs Hudson. Die Haushälterin von Sherlock Holmes«, antwortete er wie aus der Pistole geschossen.

»Warum nicht?«, brummelte Rachel und pulte sich die Oropax in die Ohren. »Das Gute an dieser ganzen Geschichte ist jedenfalls, dass wir jetzt beruhigt schlafen können, Millie. Der Dieb ist nicht der Mörder und wird die Kette nicht zurückholen.« Damit schaltete sie ihre Nachttischlampe aus. »Gute Nacht!«

Ich eilte zur Tür, um James zu verabschieden. »Morgen früh nehmen wir uns als Erstes Traceys Abteil vor«, wisperte er und lugte vorsichtig durch den schmalen Spalt auf den schwach beleuchteten Gang hinaus.

»Und wonach suchen wir da?«

»Lassen wir uns überraschen, was wir finden«, war James' gemurmelte Antwort. Plötzlich schloss er die Tür und zischte: »Licht aus!«

»Warum?« Mein Puls schlug trommelnd in meinen Ohren.

»Frag nicht! Mach!«, drängte James und schaltete die Deckenlampe aus. Schon hastete ich durch unsere Suite und legte jeden Schalter um, den ich finden konnte. Regelmäßige Atemzüge verrieten mir, dass Rachel schon eingeschlummert war. Die einzige Lichtquelle war jetzt nur noch der schmale Streifen, der vom Gang aus unter dem Türschlitz in unser Abteil fiel. Vorsichtig tastete ich mich darauf zu.

»Bei den Frosts tut sich was!«, flüsterte James mir zu, als ich seinen Arm unter meinen Fingern spürte.

»Um diese Uhrzeit?«

»Eben. Verdächtig. Oder was sagen Sie dazu, Watson?«

Auf dem Gang waren jetzt wispernde Stimmen und schlurfende Schritte zu hören, die an unserer Suite vorbeigingen und sich dann entfernten. Diesmal klackte die Tür auf unserer anderen Seite.

»Das muss bei Madelyn und Alistair sein«, informierte ich James im Flüsterton, bevor mir einfiel, dass er als Steward den Belegungsplan der Suiten auswendig kennen musste. Gleichzeitig pressten wir unsere Ohren an die Tür. Auch wenn sie leise sprachen, waren eindeutig mehr als zwei Stimmen zu hören.

»Wo wollen die hin?«

Schon hatte James die Tür geöffnet.

»Finden wir es heraus!«

Kapitel 21

Das Herz hämmerte mir bis zum Hals, als ich geduckt hinter James über den Gang schlich. Die Frosts, Alistair und Madelyn hatten den zweiten Schlafwagen erreicht. Ich hörte ein kurzes, aber forderndes Klopfen. Dann sah ich durch die milchige Ornamentglasscheibe in der Tür, die unseren Waggon vom nächsten trennte, dass eine Gestalt auf den Gang trat. Wieder klopfte es. Und nach zwei, vielleicht dauerte es aber auch drei Sekunden, schloss sich noch jemand der Gruppe an.

»Das müssen Eva Williams und Sally Rudner sein. Ihre Suiten sind an diesem Ende von Waggon Nummer vier«, informierte mich James.

Wie die Flundern hatten wir uns links und rechts neben der Tür an die Holzvertäfelung gequetscht. Abwechselnd linsten wir an den klareren Stellen des Blumenmusters durch die Scheibe, um zu überprüfen, wie weit das Grüppchen schon gekommen war. Als die Freunde den Eingang zum Speisewagen erreicht und ihn passiert hatten, nahm James meine Hand und wir eilten hinterher. Bis die Verbindungstür zum Salon vor uns lag. Vor ihr gingen wir auf die Knie. Hinter der Ornamentglasscheibe flackerte schwaches Licht. Da drinnen sprach jemand. Nur leider so gedämpft und undeutlich, dass ich kein einziges Wort verstehen konnte.

Plötzlich schnappte James hörbar nach Luft. »Weißt du, was dieses Treffen bedeutet?«

»Keinen Plan!«, gab ich ehrlich überfragt zurück. Waren wir nicht hier, um das herauszufinden?

»Dass sie unter einer Decke stecken. Ist doch klar!« James' Stimme war deutlich anzuhören, wie sehr er sich beherrschen musste, um nicht in lauten Jubel auszubrechen. »Sie haben Traceys Tod gemeinsam geplant und durchgezogen. Und jetzt treffen sie sich, um sich gegenseitig zu feiern.«

»Da liegst du falsch!« Entschieden schüttelte ich den Kopf. »Dann hätte Mr Frost dir niemals den Auftrag gegeben, zu ermitteln.«

»Hat er ja gar nicht.« James' Geständnis kam zögernd und sehr kleinlaut.

»Hat er nicht?«, zischte ich zurück. Wie blöd war ich eigentlich? Natürlich hatte er das nicht! Welcher Chef würde schon einem Angestellten, der null Ahnung von Polizeiarbeit hatte, einen Mörder suchen lassen?

»Doch. Ja. Jetzt nicht so wörtlich. Aber … Schon vor dem Mord mussten Mr Lory und ich den ganzen Zug nach einem blinden Passagier absuchen. Weil Gigi Mr Frost mit so einer komischen Theorie vom zugestiegenen Dieb in den Ohren gelegen hat. Fehlanzeige!«

So viel zu Gigis Theorie. Rachel hatte doch gleich gesagt, dass sie damit auf dem Holzweg war.

»Und nachdem Tracey dann … na ja, da hat Mr Frost gemeint, ich soll Augen und Ohren offen halten und ihm berichten, sobald mir etwas seltsam oder verdächtig vorkommt. Mr Lory hat er im Übrigen das Gleiche gesagt.«

»Und Mr Lory hockt jetzt hinter der Bar oder was?«, schnappte ich, richtete mich auf und wagte einen Blick durch die milchige Scheibe.

»Was siehst du?«, wisperte James.

»Auf jeden Fall nicht deinen direkten Vorgesetzten!«

»Jetzt sei doch nicht sauer, Millie. Ich habe Mr Frosts Auftrag nur ein klein bisschen ausgeweitet. Mehr nicht. Und eigentlich ist es doch auch völlig wumpe. Tu mal nicht so, als ob es dich nicht sogar mehr reizen würde, dass wir hier ohne hochoffizielle Erlaubnis unterwegs sind.«

Ertappt presste ich die Lippen aufeinander. »Weiter hinten im Salon sehe ich einen Lichtkegel. Und um ihn herum sitzen Schatten«, knurrte ich angesäuert.

»Sind sie weit genug weg, dass wir unbemerkt in den Salon huschen können?«

»Müssen wir das denn?« Leider war das hier doch eine Spur aufregender, als ich es mir vorgestellt hatte.

»Wenn wir wissen wollen, worüber sie sprechen, dann schon.« Der unerwartete Realitätsschock sorgte dafür, dass ich nicht einen Ton über die Lippen brachte. Weshalb James sich jetzt neben mir ächzend aufrichtete, um selbst die Situation abzuschätzen.

»Passt!« Ein Schauder lief mir über den Rücken, als er die Hand ausstreckte. Auch wenn das Klacken des Schlosses bei der Sitzgruppe wahrscheinlich kaum zu hören gewesen war, klang es in meinen Ohren nach wie ein Paukenschlag. Bibbernd krallte ich meine Hand in James' Schulter. Doch dem Grüppchen dahinten schien das Geräusch tatsächlich nicht aufgefallen zu sein, denn das Gemurmel setzte sich unverändert fort.

»Jetzt oder nie!«, raunte James. »Bereit?«

Ich nickte tapfer und dann ließ ich mich von ihm in den Salon ziehen. Geräuschlos fiel die Tür hinter uns ins Schloss. James krabbelte auf den Weihnachtsbaum zu. Und ich folgte ihm. Als wir ihn fast erreicht hatten, deutete James erst auf mich, dann auf den

Baum. Anschließend tippte er sich gegen die Brust und zeigte hinter die Bar. Was? Nein. Entsetzt schüttelte ich den Kopf. Ich wollte mich doch nicht allein hinter den Weihnachtsbaum hocken, während er sich hinter der Bar versteckte! Doch James nickte sehr bestimmt und kroch einfach weiter.

Tatsächlich fühlte ich mich dann hinter den dicken grünen Ästen mit den orangengroßen Kugeln, den Schaukelpferdchen, den Weihnachtsmannfiguren und den Lebkuchenkringeln erstaunlich sicher. Zwischen den Ästen war sogar eine Weihnachtsgurke versteckt! Und sobald ich da mit angezogenen Knien hockte, musste ich James recht geben: Für zwei Personen wäre es ziemlich eng geworden.

»Wir alle wissen, warum wir hier sind«, riss Benjamin Frost mich aus meinen Betrachtungen. Um bessere Sicht auf das Grüppchen zu haben, schob ich den vorwitzigen Ast direkt vor meiner Nase ein Stückchen zur Seite. Der gelbliche Lichtschein, den ich durch die Scheibe der Salontür gesehen hatte, rührte von einer der kleinen Tischlampen her. Sie stand ungefähr sechs Meter von mir entfernt auf einem der niedrigen Tische. In der dazugehörigen Sitzgruppe saßen vier Personen. Benjamin Frost hatte für sich und seine Frau je einen zusätzlichen Sessel nebeneinander ans Kopfende gezogen. Wahrscheinlich hatte noch keiner von ihnen geschlafen. Und trotzdem lugten zum Beispiel unter Mr Frosts seidenem Bademantel im edlen Paisley-Muster die Hosenbeine seines Pyjamas hervor. So, wie sie jetzt bestätigend nickten, sah alles danach aus, als hätte James mit seiner Theorie einen Volltreffer gelandet. Als würden sie gleich die Champagnergläser auspacken und sich gegenseitig zu ihrem großen Triumph gratulieren. Und trotzdem flüsterte mir ein inneres Stimmchen ins Ohr, dass James falschlag.

»Sally, Eva, Madelyn. Seit der Schulzeit sind wir zusammen

durch dick und dünn gegangen. Später kamst dann du dazu, Cara. Alistair, du bist der jüngste Neuzugang. Trotzdem sind wir sechs das, was man eine eingeschworene Gemeinschaft nennt. Zwischen uns passt kein Blatt, oder?«

Wieder nickten alle zustimmend. »Einer für alle und alle für einen. Egal, was passiert.«

»Da gab es nur eine, die das anders sah!«

Warum wunderte es mich nicht, dass diese Bemerkung von Eva gekommen war?

Links von mir raschelte es leise. Ich musste mich etwas verbiegen, um sehen zu können, dass James' Schatten gefährlich weit hinter der Bar hervorgekrochen war. Jetzt drehte er sich zum Weihnachtsbaum um. Ich ahnte sein triumphierendes Grinsen mehr, als dass ich es im Halbdunkel hätte sehen können.

»Warten wir es ab, Sherlock«, murmelte ich vor mich hin. »Und jetzt geh schon wieder in Deckung!« Selbstverständlich blieb er, wo er war.

Benjamin Frost ließ seinen Blick über seine Freunde wandern. Sally und Madelyn saßen mit dem Rücken zu mir, sodass ich ihre Gesichter nur im Profil sehen konnte, wenn sie sich Benjamin zuwandten. Aber auf das abgekämpfte Gesicht von Eva und das verächtliche von Alistair hatte ich gute Sicht. Cara wirkte auf mich wie versteinert.

Offensichtlich kosteten die nächsten Sätze Mr Frost sehr viel Überwindung. Denn er holte tief Atem, bevor er weitersprach, und ich wappnete mich in meinem Versteck für das, was da kommen sollte. »Wenn einer oder eine von uns Tracey ermordet haben sollte, dann ist jetzt der Zeitpunkt gekommen, sich mir oder besser uns anzuvertrauen.«

Wie jetzt? Ein überlegenes Lächeln stahl sich auf mein Gesicht.

Sie hatten sich nicht gemeinschaftlich gegen Tracey verschworen. Ha, ich blutige Anfängerin hatte den richtigen Riecher gehabt!

»Leider hat Tracey sich mit vielen Menschen angelegt und sie gegen sich aufgebracht. Trotzdem finde ich es ausgesprochen rücksichtslos, sie ausgerechnet während der Jungfernfahrt meines Zuges umzubringen. Bei Gott, ich hätte mir eine andere Publicity gewünscht als diese.« Er schüttelte traurig den Kopf. »Was rede ich denn da für einen Unsinn?«

»Das frage ich mich auch!« Cara war so plötzlich aus ihrem Sessel aufgesprungen, dass ich beinahe vor Schreck den Weihnachtsbaum umgeworfen hätte. »Braucht sonst noch jemand einen Drink?«

Was? Mein Kopf wirbelte zu James' Schattenriss herum. »Mach, dass du da wegkommst!«, flüsterte ich lautlos. Als hätte er mich gehört, setzte er sich auch sofort in Bewegung. Eilig rückte ich in die Ecke und machte mich so klein wie möglich. Falsch gedacht! James kam gar nicht in mein Versteck. Als ich wieder zu ihm rüberschaute, erhaschte ich gerade noch einen Blick auf seinen rechten Schuh. Und dieser dunkle Fleck verschwand jetzt hinter der Bar. Wie durch eine Nebelwand hörte ich, dass Alistair, Eva und Sally ihre Bestellungen bei Cara aufgaben. War James denn nicht klar, dass sie, um die Getränke zu holen, hinter die Bar musste? Dorthin, wo er jetzt zähneklappernd hockte! Oh, mein Gott! Oh, mein Gott! Cara war schon auf dem Weg zu ihm. Panisch zermarterte ich mir das Hirn, wie ich ihm helfen konnte. Besser, ich wurde erwischt als er. Oder? Gerade wollte ich hinter dem Weihnachtsbaum hervorkrabbeln, um so alle Aufmerksamkeit auf mich zu lenken, als es auch schon zu spät war. Fassungslos sah ich dabei zu, wie Cara in den fernen Ausläufern der Tischlampe hinter die Bar trat und dabei wiederholte: »Ein Martini Bianco mit Olive und zwei Whiskey on the Rocks.«

Ich konnte gar nicht hinsehen.

»Ups!« Jetzt war ihr auch noch ein Eisklümpchen aus der Zange geglitten und auf den Boden gefallen. Als Cara in die Hocke ging, kniff ich die Augen zu und legte mir die Hände auf die Ohren. Ich weiß nicht, welchen Ausruf ich von Cara erwartet hatte, aber ganz bestimmt kein: »Ungeschickt lässt grüßen!« Schon klirrte das kontaminierte Eisklümpchen in der Spüle und frische landeten in den Gläsern. Wie zum Henker konnte sie James übersehen haben?

»Womöglich ist einem von uns auf dieser Reise endgültig die Hutschnur geplatzt«, sprach Mr Frost jetzt weiter, »und hat die Beherrschung verloren. Dem- oder derjenigen möchte ich mit eurem Einverständnis ein Angebot machen. Entweder der oder die Schuldige gesteht und stellt sich der Polizei. Und der Rest von uns sorgt für die finanziellen Mittel und für die beste Verteidigung der Welt.«

»Danke, du bist ein Schatz!«, unterbrach ihn Sally, weil Cara mit den Drinks zurück war und sie ihren Freunden reichte.

»Oder aber«, sprach Mr Frost weiter, »oder aber wir schustern ihm oder ihr ein wasserdichtes Alibi zusammen. Wir decken die Person und schweigen darüber bis ans Ende unseres Lebens.«

Der Wind heulte gespenstisch in das folgende Schweigen hinein. Ich wagte es kaum, zu atmen. Mein Versteck hinter dem so glanzvoll geschmückten Weihnachtsbaum war gut. Von ihrem Tisch aus konnte mich bestimmt niemand sehen. Solange keiner aufstand und auf die Idee kam, die Lichterkette einzustöpseln. Besorgt warf ich wieder einen Blick zur Bar. Von James war nichts zu sehen. Wo steckte der nur?

»Sally.«

Der Kopf der Journalistin flog zu Mr Frost herum.

»Was? Du willst wissen, ob ich Tracey ermordet habe? Mit mir bist du so was von auf dem Holzweg, mein lieber Ben«, erwiderte sie gelassen und schlürfte geräuschvoll ihren Whiskey durch die Zähne.

»Marissa hat mir erzählt, Tracey habe versucht, Stratford mit Schokolade zu vergiften.« Abwartend legte Mr Frost den Kopf schräg.

»Das Aas!«, schnaubte Sally. »Nicht Marissa. Tracey. Und trotzdem habe ich sie nicht auf dem Gewissen.« Und dann lieferte sie den besten Beweis für ihre Unschuld, den ich mir nur denken konnte. »Meinst du allen Ernstes, ich riskiere, dass mein armer Liebling in so ein schauderhaftes, verdrecktes Tierheim kommt, weil ich wegen Mordes zu einer lebenslangen Haftstrafe verurteilt worden bin? Ich darf mir das gar nicht vorstellen. Mein lieber Stratford zusammen mit blutrünstigen Pitbulls, Staffordshires und diesen Belgischen Kampfmaschinen, diesen Malinois? Keine drei Sekunden würde er das überleben.« Sie schüttelte heftig den Kopf. »So etwas Furchtbares würde ich Stratford niemals antun, egal, wie sehr ich Tracey die Pest an den Hals gewünscht habe.«

Benjamin Frost schien dieses Argument ebenso überzeugend zu finden wie ich, denn er nickte. Zwar zögernd. Aber er nickte.

»Und bevor du mich fragst …« Alistair Hadley rückte auf die Kante seines Sessels vor. Wieder fiel mir auf, wie gut aussehend er war. Für sein Alter. »Ich gebe zu, dass ich ihr am liebsten die Gurgel herumgedreht hätte. So, wie sie sich in meine Ehe eingemischt und keine Gelegenheit ausgelassen hat, um mich zu schikanieren. Aber ich habe sie nicht ermordet. Warum auch. Den einzigen Grund dafür hat Madelyn aus dem Weg geräumt.« Er beugte sich über den Tisch und ergriff Madelyns Hand. »Meine geliebte Ehefrau hat sich gestern Nachmittag beruflich und privat von dieser Viper namens

Tracey getrennt. Sie wäre aus meinem Leben verschwunden. Warum hätte ich sie dann noch ermorden sollen?«

Ich sah, wie Madelyn zustimmend den Kopf neigte. Wer dabei geräuschvoll die Nase hochzog, wusste ich nicht. Vielleicht war sie es.

»Ich habe mir Traceys Wunde ganz genau angesehen«, verkündete Mr Frost. »Der Winkel der Stichverletzung lässt darauf schließen, dass der Mörder Rechtshänder gewesen sein muss. Und du, Alistair, bist …«

»… Linkshänder und kannst es schon deshalb nicht gewesen sein«, vollendete Eva seinen Satz. Beinah hätte ich anerkennend gepfiffen.

»Dann ist die Reihe jetzt wohl an mir.« Eva Williams richtete sich in ihrem Sessel auf. »Kurz: Ich war es auch nicht. Ihr wisst, dass ich sie nicht leiden konnte. Seit ihrem ersten Tag an unserer Schule wusste ich, dass sie unsere Clique zerstören würde. Und ich habe bis heute nicht verstanden, was du, Madelyn, jemals in ihr gesehen hast. Sally und ich haben lange überlegt, ob wir überhaupt an dieser Reise teilnehmen sollten. Vor der Fahrt zur Schafsfarm war ich kurz davor, alles hinzuschmeißen und die Heimreise anzutreten. Doch wie Sally sehr richtig zu mir sagte: Wir wussten vorher, worauf wir uns eingelassen hatten. Und wir haben es für dich getan, Madelyn!«

Hätte ich mich nur nicht darauf eingelassen! – Wir sitzen doch alle im selben Boot! Vor meinem inneren Auge sah ich, wie ich mich im Schneetreiben an den Bibliothekswagen drängte, während ich auf zwei flüsternde Stimmen lauschte. Jetzt hatte ich die Antwort auf meine Frage. Es waren Sally und Eva gewesen, die sich zwischen den Waggons verkrochen und flüsternd besprochen hatten. Was unheilvoll geklungen hatte, war ein verzweifeltes, aber harmloses Gespräch unter Freundinnen gewesen. Oder doch nicht so harmlos? Jedenfalls hatte Charles sich zumindest an keinem verschwörerischen Gespräch beteiligt. Wahrscheinlich hatte er einfach nur mal kurz den Kopf nach draußen gesteckt und deshalb Schnee auf dem Haar gehabt. Ein kleiner Stein fiel mir vom Herzen.

»Vielleicht haben wir auch darauf gehofft, dass Tracey sich zum Guten gewandelt haben könnte«, fuhr Eva stöhnend fort. »Hatte sie aber nicht! Und trotzdem wasche ich meine Hände in Unschuld.«

Lange ruhte Benjamin Frosts forschender Blick auf der Staatssekretärin. Dann wanderte er zu Madelyn und von ihr zu seiner Ehefrau.

»Gut. Dann können wir jetzt wieder zu Bett gehen und den polizeilichen Ermittlungen in Ruhe entgegensehen.« Sie erhoben sich fast gleichzeitig. Benjamin umfasste die Lehne von Caras Sessel und trug ihn zu seinem ursprünglichen Platz zurück.

»Eins noch … glaubt ihr, wir sind hier sicher?« Sally hatte diese Frage gestellt. »Wo wir doch einen Mörder im Zug haben, der jederzeit wieder zuschlagen kann.«

Anstelle einer Antwort stieß Benjamin Frost einen tiefen Seufzer aus.

Irgendwer löschte das Licht.

Kapitel 22

Mit angehaltenem Atem und wild pochendem Herzen wartete ich, bis die leisen Stimmen an meinem Versteck vorbeigegangen waren und sich auf dem Gang des Küchenwaggons verloren hatten.

»James?« So vorsichtig wie möglich kletterte ich hinter dem Weihnachtsbaum hervor und kroch geduckt zur Bar hinüber. Dabei warf ich immer wieder hastige, angsterfüllte Blicke über die Schulter. Wer konnte schon ahnen, ob einer der sechs nicht doch irgendetwas vergessen hatte und zurückkam, um es zu holen? »James?«

»Sind sie weg?«

»Wo bist du?«

»Hier!«

»Wo ist hier?«

»Na, hier. Im Schrank neben der Spüle. Der Schlüssel muss sich verkantet haben! Ich komm nicht mehr raus. Beeil dich! Meine Beine sind schon ganz taub!«

Eilig tastete ich im Dunkeln die Verblendung des Schrankes ab, bis ich den kantigen Schlüssel unter meinen Fingerkuppen spürte. Ich drehte ihn, die Tür sprang auf und im Licht seiner Taschenlampe krabbelte mir James entgegen.

»Wie schade!«, grinste er. »Wäre es nicht sensationell gewesen, wenn sie den Mord tatsächlich gemeinsam geplant hätten?«

Natürlich hätte ich jetzt ein herzliches »Ich habe es ja gleich gewusst!« antworten können. Ich tat es aber nicht, sondern nickte nur. Hinterher zu sagen: »Ich habe gleich gewusst, dass du mit deiner Theorie schiefliegst«, ist ja auch irgendwo erbärmlich.

Nachdem James und ich uns mit einem lautlosen Gruß vor Rachels und meiner Suite verabschiedet hatten, schaute ich ihm so lange nach, bis er die Tür zum Spa öffnete und diese leise hinter ihm zugefallen war. Genauso, wie sie sich vor – wann? Etwas mehr als einer Stunde? – hinter Charles geschlossen hatte. Nachdem er mich wie eine Fremde hatte stehen lassen. Die Erinnerung legte sich wie ein tonnenschwerer Fels auf meine Brust, der es mir fast unmöglich machte zu atmen.

Ich wusste weder, wie spät es gewesen war, als ich endlich neben Rachel auf mein Kissen gesunken war, noch wie viele Stunden Schlaf ich abbekommen hatte, als ich von einem zaghaften Klopfen geweckt wurde.

»Charles!«, schoss es mir sofort durch den Kopf, doch das geflüsterte »Rachel!« ließ meine Hoffnung zerplatzen wie eine Seifenblase. Widerwillig zog ich mir die Decke über den Kopf. Aber wer auch immer zu meiner Schwester wollte, war sehr hartnäckig und klopfte so lange weiter, bis ich brummig meine Bettdecke wegtrat. Was ich sofort bereute, denn in unserer Suite war es kalt wie in einem Kühlschrank. Ach, was schreibe ich denn da? So kalt wie in einer Tiefkühltruhe traf es wohl eher.

»Ich komme ja schon!«, zischte ich, knipste meine Nachttischlampe an und trippelte auf Zehenspitzen über den eisigen Boden zur Tür. Dabei warf ich einen neidischen Blick zurück auf meine selig schlummernde Schwester. So bald wie nur möglich würde ich mir auch Oropax kaufen, und zwar einen Hunderterpack!

»Gott sei Dank, ihr seid wach!«, seufzte Madelyn, als sie sich Sekunden später gehüllt in ihren dicken Plüschbademantel und auf den passenden Pantoffeln an mir vorbei in unsere Suite schob. »Bitte entschuldigt die frühe Störung. Aber ich muss dringend mit Rachel sprechen.« Sie stockte, weil sie die eingekuschelte Rachel unter ihrer Bettdecke entdeckt hatte. »Oh, sie schläft noch?«

»Gleich nicht mehr!«, gähnte ich, ging zu Rachel hinüber, rüttelte sie wach und schaltete dann auch noch erbarmungslos das Licht an.

»Du hast Besuch!«, beantwortete ich ihren verwirrten Blick, nachdem sie die Stöpsel aus ihren Ohren gefingert hatte.

»Madelyn?« Rachel blinzelte. »Wie spät ist es denn?«

»Kurz vor sieben!«, gestand Madelyn mit einem verlegenen Schulterzucken und schob sich auf Rachels Bettkante. Fröstelnd zog sie den Bademantel enger um sich. »Alistair schläft noch. Da war die Gelegenheit günstig. Denn du und ich, wir müssen reden. Und davon darf er unter keinen Umständen etwas erfahren.«

Ich wünschte mir dringend einen Liter extrastarken Kaffee, den ich mir auch problemlos zu jeder Uhrzeit beim Room-Service hätte bestellen können. Das machten Reisende in Luxuszügen oder First-Class-Hotels ständig. Und zwar ohne darüber nachzudenken. Aber zu diesen Leuten gehörte ich nun mal nicht. Mir war es eh schon unangenehm genug, mich hier von vorne bis hinten bedienen zu lassen, als wäre ich Paris Hilton. Und selbst, wenn ich so ein Luxusgirl gewesen wäre, wäre da immer noch James gewesen, der nach einem ohnehin schon langen und anstrengenden Arbeitstag genauso lange im Salon auf der Lauer gelegen hatte wie ich. Doch während ich mich jetzt wieder neben Rachel unter meine warme Bettdecke kuscheln konnte, fragte ihn keiner, wie müde er war. Nein, das Frühstück musste vorbereitet und die Tische im Speisewagen mussten gedeckt werden; er war nun mal der Lern-Steward. Also bestellte ich mir jetzt keinen Kaffee und ersparte ihm damit zusätzliche Arbeit.

»Das klingt ja sehr geheimnisvoll.« Kaum hatte Rachel sich aufgesetzt, verzog sie schmerzhaft das Gesicht. »Autsch! Geht es diesem verdammten Fuß denn immer noch nicht besser?«

Mit einem Ruck schlug sie die Decke auf.

Auweia! Ihr Knöchel war über Nacht so dick angeschwollen wie eine überreife Wassermelone und zusätzlich hatte er auch noch alle Farben des Regenbogens angenommen. Wenn der mal nicht doch gebrochen war!

»Um den sollten wir uns zuerst kümmern!«, entschied ich. Während Madelyn Rachels Fuß auf zwei übereinandergelegte Kissen bettete, trippelte ich fröstelnd durch die eisige Suite ins Bad, wo ich schnell ein Handtuch unter noch kälteres Wasser hielt. Dann wrang ich es aus, so gut ich konnte, und trippelte wieder zurück, um Rachels Knöchel damit zu kühlen. Kaum hatte ich das erledigt und die Decke wieder behutsam über Rachels Fuß gebreitet, krabbelte ich schlotternd zurück unter meine warme Decke und zog sie mir bis ans Kinn.

»Es geht um Tracey.« Der Name ihrer verstorbenen Freundin ließ Madelyns Augen verräterisch schimmern. »Ich möchte dich, Rachel, um einen Gefallen bitten. Schreib nichts Schlechtes über sie. In deinem Artikel.«

»Das hätte ich doch eh nicht getan!«

Als hätte sie Rachels Versprechen nicht gehört, zog Madelyn schniefend ein Taschentuch aus ihrem Morgenrock und betupfte sich die Augen. »Wisst ihr, als meine Managerin, da musste sie knallhart sein. Ich kann mir gut vorstellen, wie sie auf euch gewirkt haben muss. Aber sie hat immer nur mein Wohl und das der Firma im Sinn gehabt.« Bibbernd vergrub sie ihre Hände in den Manteltaschen. »Meine Güte, ist das kalt! Bestimmt ist die Heizung ausgefallen. Hoffen wir mal, dass nur unser Waggon betroffen ist und nicht der ganze Zug.«

Da sah ich schwarz nach dem, was James mir über den Konstruktionsfehler bei der Heizungsplanung erzählt hatte. Aber ich behielt mein Wissen für mich. Madelyn würde die schlechte Nachricht noch früh genug erfahren.

»Die anderen haben in Tracey vom ersten Tag an eine Konkurrenz gesehen«, fuhr sie in ihrer Erzählung fort. »Vor allem Eva. Aber Tracey und ich, wir haben uns auch richtig gut verstanden. Und wir wurden sehr schnell unzertrennlich. Tracey ging bei uns zu Hause ein und aus. Meine Eltern mochten sie sehr. Später kamen und gingen die Jungs und noch später die Männer. Und trotzdem war immer klar, dass unsere Freundschaft Vorrang hatte. Perle vor Kerle! Das war immer unser Leitspruch.« Madelyn lachte bittersüß auf, um dann fast unhörbar zu flüstern: »Bis Alistair kam.«

Ein Hauch von Glück legte sich auf ihr Gesicht. »Es war Liebe auf den ersten Blick, als ich mich nass bis auf die Knochen vor dem plötzlichen Gewitter in seine Galerie gerettet habe. Er hat ein Handtuch geholt und es um meine Schultern gelegt und ich schwöre euch, mein ganzer Körper hat gezittert. Nicht wegen der Kälte so wie jetzt, sondern vor Glück. Ich wusste sofort, er ist der Mann, mit dem ich mein Leben verbringen will! Natürlich war mir schnell klar, dass er mit seinem guten Aussehen und seiner charmanten Art jede hätte haben können. Doch genauso spürte ich, dass er keiner von diesen Idioten ist, die sich über Eroberungen definieren. Alistair ruht in sich selbst. Er weiß, wer er ist. Und er braucht nicht die bewundernden Augen anderer Frauen, um sich in ihnen zu spiegeln. Natürlich hat Tracey sofort gemerkt, dass es diesmal anders war. Dass es mich voll erwischt hatte. Und ich habe gedacht, sie freut sich für mich.« Madelyn zog ihre Hände aus den Taschen, rieb sie wärmend aneinander und betrachte ihre kurz gefeilten Fingernägel. »Aber das Gegenteil war der Fall. Sie war wütend. Vielleicht hätte ich sensibler mit der Situation umgehen sollen. Nur, wie macht man das? Wenn das Herz voll ist, quillt der Mund über. Sagt man nicht so? Tracey hat alles darangesetzt, um Alistair in ein schlechtes Licht zu rücken. Stellt euch nur vor, sie hat sogar einen Privatdetektiv auf ihn angesetzt, weil sie von seiner Untreue überzeugt war. Erst habe ich mir gesagt, dass dieses Verhalten vorübergehen wird. Ich habe es ignoriert und ihr alles durchgehen lassen, weil ich ihr gegenüber so ein verdammt schlechtes Gewissen hatte.«

War Madelyn nicht gekommen, um Tracey in ein besseres Licht zu rücken? Wahrscheinlich bemerkte sie gar nicht, dass sie mit ihrer Geschichte genau das Gegenteil bewirkte.

»Am Anfang hat Alistair das alles mit einem amüsierten Schulterzucken hingenommen. Er hat gelacht und gemeint, Tracey sei eifersüchtiger als ein verschmähter italienischer Liebhaber. Nur hörte und hörte sie nicht auf, gegen ihn zu stänkern. Und ich wusste nicht, was ich tun sollte. Ich war ihr doch so viel schuldig. Ständig saß ich zwischen den Stühlen. Und dann hat Alistair vorgestern Nacht von mir verlangt …«

»… Tracey rauszuschmeißen«, murmelte ich in meine Bettdecke.

»Woher weißt du das?« Madelyn sah richtig geschockt aus.

Ertappt schoss mir die Röte heiß ins Gesicht. »Ihr habt euch nicht gerade leise gestritten.« Dass ich gelauscht hatte, musste sie ja nicht erfahren.

»Wirklich? Sind die Wände hier so dünn?« Blitzschnell huschten Madelyns Augen zu unserem Kleiderschrank. Als würde sie befürchten, Alistair könne sie jetzt ebenfalls klar und deutlich verstehen, sprach sie mit gesenkter Stimme weiter. »Ich habe seinen Wunsch erfüllt. Obwohl es mir unendlich schwergefallen ist. Ich wusste mir nicht anders zu helfen. Ich konnte doch Alistair nicht verlieren. Er ist ein stolzer Mann. Er hätte keinen Rückzieher gemacht, sondern hätte mich verlassen, wie er es mir angedroht hatte. Also bin ich gestern Nachmittag in die Bibliothek gegangen und habe ihr gesagt, dass sich unsere Wege trennen müssen. Oh, sie war so wütend! Das Letzte, was sie zu mir gesagt hat, war: ›Scher dich zum Teufel! Du verdienst es, von diesem Schönling ausgenommen zu werden wie eine Weihnachtsgans. Du hörst von meinem Anwalt!‹ Kurz danach muss sie ermordet worden sein. Und ich werde es nie wiedergutmachen können!«

Hilflos sahen Rachel und ich ihr beim Weinen zu. Ihre Schultern bebten und eine ganze Weile schien es, als würde sie sich gar nicht mehr beruhigen können. Wie gerne hätte ich etwas Tröstliches gesagt. Aber mir wollte nichts einfallen.

»Wer kann sie nur ermordet haben? Immer wieder habe ich mich das gefragt.« Madelyn richtete ihre nassen Augen auf uns. »Und ich habe einen Verdacht …«, setzte sie hinzu, nachdem wir beide überfragt mit den Schultern gezuckt hatten. Gespannt wartete ich auf den zweiten Teil ihres Satzes, doch sie zögerte. Als wollte sie Zeit zum Nachdenken gewinnen, fummelte sie umständlich an dem Gürtel ihres Morgenrocks herum und schlug den Kragen hoch. Dann fuhr sie sich mehrfach durch das vom schlaflosen Herumwälzen verwuschelte Haar. Endlich hatte sie eine Entscheidung getroffen. »Ich glaube, der gleiche Mensch, der während der Zaubervorführung versucht hat, ihre Kette zu stehlen, ist auch ihr Mörder.«

Sie hatte sich also dazu entschieden, uns nicht in Traceys Geheimnis einzuweihen und uns nicht von dem zweiten und sehr erfolgreichen Diebstahlversuch zu erzählen. Das war auch gar nicht nötig. Alles, worauf es ankam, war das entscheidende Stichwort: Traceys Kette. Von dort war es nur noch ein Katzensprung über die Alpen nach Trevania.

»Die Kette ist superschön«, brachte Rachel sich auch schon in Position. »Und bestimmt sehr wertvoll. Schon allein dieser Rubin. Er kam mir irgendwie bekannt vor. Er hatte so eine außergewöhnliche Leuchtkraft. So ein Feuer. Ist dir das nicht auch aufgefallen, Millie?«

»Ja. Und er war so tiefrot!«, ergänzte ich, als hätte ich schon immer gewusst, dass das irgendetwas über seinen Wert aussagte.

»Jetzt hab ich's!« Gekonnt schnippte Rachel mit den Fingern. »Wir haben doch diese Reportage gesehen. Erinnerst du dich? Darin ging es um einen ganz außergewöhnlichen Rubin. Mega wertvoll. Zwei Millionen Dollar? Wie hieß noch gleich das Land, aus dem berichtet wurde?«

Geschickter Schachzug, Rachel. Sehr geschickt. Das musste ich ihr lassen. Ihr Journalismusstudium war wirklich nicht umsonst gewesen.

»Es war ein kleines Fürstentum. Aber nicht Monaco oder Liechtenstein …?« Als müsste sie scharf nachdenken, legte Rachel ihre Stirn in kratertiefe Falten.

»Du meinst Trevania!«, tappte Madelyn arglos in ihre Falle. »Und den Mondrubin. Ein wunderschöner Stein.«

»Ja, ja. Natürlich!« Meine Schwester nickte eifrig.

»Erst Ende Oktober war ich mit meinem Team dort.« Jetzt war es Rachel, die mich unter der Decke anstupste. Wir waren auf einer ganz heißen Spur. »Der Fürst hatte mich für ein Staatsbankett für alles, was Rang und Namen hat, gebucht. Und bei dieser Gelegenheit haben wir den Stein bewundern können.«

Weil ich nicht länger auf der Seite liegen konnte, richtete ich mich auf, bereute es aber sofort und zerrte mir zum Schutz gegen die beißende Kälte hastig wieder die Decke über die Schultern. »Hat er nicht der Fürstin gehört?«

»Er ist ihr ganzer Stolz!«, bestätigte Madelyn. Es dauerte einen Moment, bis sie erstaunt den Kopf hob. »Aber wieso … ›hat gehört‹?«

»Er ist gestohlen worden.« Wie eine Tennisspielerin in Wimbledon hatte Rachel meinen geschickt gespielten Ball angenommen und donnerte ihn mit vollem Speed in mein Feld zurück.

»Ende Oktober!« Mit angehaltenem Atem wartete ich darauf, dass bei Madelyn der Groschen fiel. Er fiel nicht, er krachte buchstäblich zu Boden.

»Gestohlen!«, keuchte sie und krallte ihre Finger um den Rand der Matratze. »Ende Oktober?«

»Nach einem Staatsbankett für sehr erlauchte Gäste!«, ließ ich den letzten Tropfen ins übervolle Fass platschen und Rachel und ich sahen dabei zu, wie es im Zeitlupentempo überlief. Mit geschlossenen Augen massierte Madelyn sich die Schläfen. »Moment mal! … Und jetzt denkt ihr, bloß weil der Edelstein an Traceys Kette euch an den Mondrubin aus der Fernsehreportage erinnert hat und weil der nach irgendeinem Staatsbankett Ende Oktober …« Ihr Gesicht wurde so weiß wie der Schnee vor unseren Fenstern.

Madelyns Blick war auf unsere Badezimmertür gerichtet, aber ich war davon überzeugt, dass sie die gar nicht wahrnahm, weil sie in die Vergangenheit schaute. Ich stellte mir vor, dass sie einen prächtigen Festsaal betrachtete. Im Palast des Fürsten von Trevania. Eine Tafel für vielleicht fünfzig oder auch mehr Gäste. Edelstes Porzellan und goldenes Besteck auf teuersten Damastdecken. Flackernde Kerzenleuchter und glänzende Champagnergläser. Livrierte Diener mit weißen Handschuhen, die sich an den Wänden aufreihten und auf die Gäste warteten. So, wie ich es aus Filmen kannte.

»Wie hätte sie denn … Sie hatte doch gar keine Gelegenheit dazu«, lachte sie unsicher, wobei ihr deutlich anzusehen war, dass sie sich da gar nicht so sicher war. »Auch wenn sie ihn mit wagenradgroßen Augen bewundert hat, als sie ihn am Finger der Fürstin entdeckt hat. Es war, kurz bevor die Gäste eintrafen. Sie und der Fürst waren in den Bankettsaal gekommen. Einfach weil sie sehen wollten, ob alles zu ihrer Zufriedenheit vorbereitet war. Es war absoluter Zufall, dass Tracey und ich auch gerade dort waren. Begrüßt hatten wir uns schon vor Stunden.« Stockend holte sie Atem. »Natürlich hatte Tracey in dem Moment Leerlauf, in dem ich in der Küche stand und kochte. Schon möglich, dass sie aus Langeweile durch den Palast geschlendert ist«, lachte sie kopfschüttelnd, als wollte sie einen unerwünschten Gedanken verbannen. Doch die Wahrheit hatte einen Keim gesät, der längst Wurzeln geschlagen hatte. »Es sähe ihr schon ähnlich. Bestimmt hätte sie ihren Spaß daran gehabt, das Wachpersonal und die Security auszutricksen, um sich in die Privaträume oder die Arbeitszimmer des Fürstenpaares zu schleichen. Aber ein Diebstahl? Wo eine solche Tat doch sofort auf mich zurückgefallen wäre?«

Wieder musste ich an die silberne Erdnussschale denken, die Tracy von unserem Tisch im Salon geklaut hatte. Es wollte einfach nicht in meinen Kopf, wieso jemand wie Tracey Pitts, die doch bestimmt genug Kohle hatte, klaute wie ein Rabe.

Resignierend ließ Madelyn die Schultern nach vorne sacken und senkte ihren Kopf. Die Saat war aufgegangen.

»Deshalb war sie bei der Kontrolle am Flughafen so aufgedreht.

Weil sie den Mondrubin in ihrem Koffer hatte. Und ich habe mich noch gefragt, warum sie so viel redet. Natürlich hat sie den Nervenkitzel genossen. Die Gefahr erwischt zu werden. Dass der Stein wertvoll war und ihr gefallen hat, war bestimmt reine Nebensache. Typisch Tracey! Schon als Kind ist sie auf die höchsten Bäume geklettert! Andere hätten das gemacht, weil ganz oben die süßesten Kirschen hängen. Die hat Tracey auch gerne verspeist. Aber ihr eigentliches Motiv war das Risiko herunterzufallen. Sie liebte es, wenn ihr das Blut in den Adern stockte.«

Da hatte ich meine Erklärung. Tracey war es um den Kick gegangen. Mit einer fahrigen Handbewegung strich Madelyn sich erneut über ihr verstrubbeltes Haar. »Ich muss blind gewesen sein. Klar habe ich ihre Kette gesehen. Aber nie im Leben wäre ich darauf gekommen, dass es sich bei dem Stein in der Mitte um den Mondrubin handelt. Bestimmt hat sie gedacht, dass niemand darauf kommt, dass sich zwischen den anderen Steinen dieser außergewöhnliche Rubin versteckt. Ja, so muss es gewesen sein. Und jetzt ist ihr diese Kette zum Verhängnis geworden.«

Als wären wir gar nicht da, erhob Madelyn sich, ging zur Tür, öffnete sie und trat auf den Gang hinaus. Mit einem leisen Klack fiel die Tür ins Schloss.

Kapitel 23

Die Atmosphäre im Speisewagen war irgendwie seltsam. Daran konnte auch Frank Sinatra mit seinem sanft geträllerten *Santa Claus Is Coming To Town* nichts ändern. Von großer Trauer um Tracey konnte ich allerdings nach wie vor nur bei Madelyn etwas spüren, als ich neben der Tür zum Küchenwagen auf James wartete, um Rachels Frühstück in Empfang zu nehmen. Dafür lag der Schrecken über den Mord in der Luft. Dass jetzt auch noch die Heizung ausgefallen war, trug nicht gerade dazu bei, dass sich die allgemeine Stimmung verbesserte. Dick eingemummelt in Wintermäntel, Mützen, Schals, Handschuhe und gefütterte Stiefel frühstückten die einen schon, während die anderen noch auf ihre Bestellung warteten.

»Ich hab dir doch gesagt, dass Rachels Frühstück mein Job ist, Millie!« Auf dem einen Arm zwei Teller mit Full English Breakfast und auf dem anderen zwei Schalen mit dampfendem Porridge war James aus der Küche gekommen und hatte kurz neben mir gestoppt. »Sie ist nicht die Einzige, die in ihrer Suite isst. Eben erst habe ich Sally Rudner ihre Bestellung gebracht. Sie sagt, sie verlässt ihre Suite erst dann wieder, wenn wir Edinburgh erreicht haben und die Polizei im Zug ist. Die hat richtig Angst!«

»Trotzdem bringe ich es ihr!«, blieb ich bei dem, was ich James schon vor zwei Minuten gesagt hatte. Der arme Kerl sah genauso aus, wie ich es mir vorgestellt hatte. Bleiches Gesicht und tiefe Ränder unter den Augen. Und auch wenn er sich alle Mühe gab, nicht allzu häufig zu gähnen, tat er es doch. Unter Garantie war er noch früher aufgeweckt worden als Rachel und ich. Und nicht nur deshalb wollte ich ihm keine zusätzliche Arbeit aufhalsen. »Ich warte hier, bis Rachels Frühstück fertig ist, und dann bringe ich es ihr höchstpersönlich. Ende der Durchsage!«

»Sturkopf«, gab James seinen Widerstand auf. Dann lachte er und trällerte sein: »Selbstverständlich meine Dame. Stets zu Diensten, meine Dame!« Er machte einen Schritt vor und in der nächsten Sekunde wieder zurück. »Hör mal!«, flüsterte er mir ins Ohr. »Mr Lory und ich haben eben zwei elektrische Heizkörper im Salon aufgestellt. Jede Wette, dass die Passagiere sich gleich alle vor der Kälte dorthin flüchten. Das ist die Gelegenheit für uns!«

»Um was zu tun?«, wisperte ich ebenso leise zurück und tat dabei so, als würde es mich gerade ganz furchtbar hinter meinem rechten Ohr jucken.

»Wir durchsuchen ihre Suiten, Watson. Bist du dabei?«

»Klar!« Meine Antwort war mir über die Lippen gehuscht, bevor das kleine warnende Stimmchen in meinem Kopf lauter werden konnte. Denn auch wenn wir kein Fenster einschlagen und kein Schloss aufbrechen mussten, machten wir uns damit strafbar. Und was Rachel mit mir machen würde, sollte sie davon Wind bekommen, wollte ich mir auch lieber nicht ausmalen. Aber gut, hatte sie nicht gesagt, sie wollte gar nichts von James' und meinen Ermittlungsmethoden wissen? Ja, das hatte sie. Und was Rachel nicht weiß, macht Rachel nicht heiß!

Dafür wurde es mir gerade so richtig heiß. Denn Charles hatte von der anderen Seite aus den Speisewagen betreten. Im ersten Moment hatte mein Herz bei seinem Anblick zu einem Freudenhüpfer ansetzen wollen, doch dann hatte ich an sein komisches Verhalten von gestern Nacht denken müssen. Gut. Vielleicht war er ja einfach nur sauer auf mich gewesen, weil ich mit James verschwunden war. Und er hatte es mir heimzahlen wollen. Aber selbst, wenn die Antwort so einfach sein sollte, wo war er dann gestern Nachmittag im Schneetreiben hinverschwunden? Als Amy und ich den Schneeball zur dicken Kugel gerollt hatten. Mein armes Herz blieb irgendwo in der Luft hängen. Wie bestellt und nicht abgeholt.

Charles hatte uns mittlerweile entdeckt. Selbst aus der Entfernung konnte ich sehen, wie er seine Stirn kräuselte und die Schultern straffte, als wappnete er sich für irgendetwas.

»Hol mich in unsrer Suite ab. Okay?«, flüsterte ich James schnell zu. »Jetzt geh und servier das Frühstück!«

Wenn ich gehofft hatte, die beiden damit auseinanderzuhalten, wurde ich sofort enttäuscht.

»Guten Morgen, Zauberlehrling!«, begrüßte James nämlich Charles, während er zur Seite trat, um ihm auf dem schmalen Gang zwischen den Tischen Platz zu machen. »Da vorne steht deine Angebetete und wartet schon auf dich.«

Dass James aber auch immer so furchtbar übertreiben musste!

»Hi, James!« Weder von Charles' knapp hingeworfener Antwort noch von seinem regungslosen Gesicht konnte ich darauf schließen, was mich erwartete. Nervös begann ich mit dem Fuß zu wippen und hörte erst wieder damit auf, als er mich mit einem Lächeln in die Arme schloss. Und küsste. Er schmeckte nach Zahnpasta mit Pfefferminze und nach mehr, nach viel, viel mehr. Es kostete mich wirklich meine ganze Kraft, ihm die Hände auf die Brust zu legen und ihn entschlossen von mir zu schieben. Bevor wir hier weitermachen konnten, brauchte ich Antworten auf meine Fragen.

»Hey, alles in Ordnung?« Charles war einen Schritt zurückgetreten und betrachtete mich verwirrt. Mein Herz schlug so laut gegen meine Rippen, dass nicht nur er, sondern der ganze Speisewagen es hören musste.

»Ich weiß es nicht«, piepste ich wie eine verschreckte Kirchenmaus. Was mich furchtbar ärgerte. Ich war doch sonst nicht so schüchtern. Immer ran an den Speck und bloß kein Blatt vor den Mund nehmen, war meine Devise. Aber sobald Gefühle im Spiel waren, kam dann doch das Burgfräulein in mir durch. Über hundert Jahre Frauenbewegung und was tat ich? Aus Angst vor den falschen Antworten verlor ich beinahe meine Stimme. Das war ja nicht zu glauben! Entschlossen zerrte ich meinen Schal zurecht und zog Charles zur Seite, damit der amüsiert grinsende James an uns vorbei in den Küchenwaggon gehen konnte, um die nächste Bestellung zu holen.

Ich nahm all meinen Mut zusammen. »Warum hast du mich gestern Nacht ignoriert? Und warum bist du überhaupt nach Mitternacht durch den Zug gegeistert?«

»Hä? Ich habe keine Ahnung, wovon du redest. Ich war in meinem Bett!« Der leicht aggressive Tonfall ließ keinen Zweifel zu. Er war in den Verteidigungsmodus gewechselt.

Seine offensichtliche Lüge schnürte mir fast den Hals zu. Als ich dann doch meinen Mund öffnete, krächzte meine Stimme bei jedem Wort. »Warst du nicht! Ich habe dich doch gesehen. Stratford musste raus und weil Sally sich nicht allein in die Dunkelheit getraut hat, hat sie mich darum gebeten, sie zu begleiten. Auf dem Rückweg habe ich dich dann über den Gang unseres Schlafwagens gehen sehen. Ich habe nach dir gerufen, aber du hast mich nicht gehört. Auf jeden Fall bist du weiter in Richtung Spa gegangen. Deshalb bin ich hinter dir hergerannt. Ich hatte mich so gefreut, dich zu sehen … ich hab dich angesprochen, du hast dich umgedreht und ich habe dich geküsst. Nur hast du meinen Kuss nicht erwidert. Du hast einfach durch mich hindurchgesehen«, murmelte ich. »Nicht ein Wort hast du zu mir gesagt, sondern mich einfach so stehen lassen.«

Oh, wie gekonnt er den Ahnungslosen spielte! Wie er den Kopf zweifelnd schräg legte, die Augenbauen überfragt zusammenzog und die Arme vor seiner Brust verschränkte. Bevor sich im nächsten Moment sein Gesicht viel zu plötzlich aufhellte und er wissend nickte. Meine Erklärung hatte ihm die Zeit verschafft, die er gebraucht hatte, um sich ein schönes Märchen für mich auszudenken. Und da kam es auch schon …

»Oh, verdammt!« Er senkte den Kopf, fuhr sich mit der Hand durch die Haare. Dann schenkte er mir sein charmantes Lady-Diana-Lächeln. So von schräg unten rauf. Einfach fies. Denn selbstverständlich verfehlte dieser Blick seine Wirkung nicht und ich wäre beinahe dahingeschmolzen. »Oh, Mann, Millie. Echt jetzt? Das tut mir total leid. Ich dachte, ich hätte damit aufgehört.«

»Womit denn, Charles?« Himmel, wie sehr ich mich zusammenreißen musste, um nicht allzu sarkastisch zu klingen! Wenn er mir mit der Schlafwandel-Ausrede kommen würde, müsste ich schreien!

»Das klingt vielleicht blöd. Aber ich schlafwandle!«

Echt jetzt? Ich stand da wie vom Donner gerührt. Er hatte tatsächlich diese billige Ausrede bemüht! Und ich schrie nicht. So, wie er mich jetzt lachend in die Arme schloss und irgendetwas faselte von wegen: »Sonst hätte ich mir doch nie im Leben einen Kuss von dir durch die Lappen gehen lassen«, wurde mir abwechselnd heiß und kalt. Mit jeder Faser wollte mein Körper weg von ihm. Er log, dass sich die Balken bogen.

Und ich Schaf hatte gerade noch befürchtet, er könnte mir wegen meines Verschwindens mit James eine Eifersuchtsszene aufs

Parkett legen. Ich hatte mich gründlich in ihm getäuscht. Aber, dass er es mit keinem Wort erwähnte, war doch irgendwie auch nicht normal und ließ nur einen Schluss zu:

Es war ihm egal.

Ich war ihm egal.

Die plötzliche Erkenntnis bohrte sich wie ein vergifteter Pfeil tief in mein Herz.

»Meine Damen und Herren, liebe Freunde! Darf ich um Ihre und eure Aufmerksamkeit bitten?« Mr Frosts laute Stimme sorgte dafür, dass Charles mich losließ. Der Vorstandsvorsitzende der Bahngesellschaft trug den gleichen schwarzen Schurwollmantel, in dem ich ihn kennengelernt hatte. Dazu schwarze Lederhandschuhe und einen dünnen Schal. Die frostigen Temperaturen hatten Eisblumen an die Fenster gemalt, während hinter ihnen der Morgen mit einem rötlich verfärbten Himmel anbrach. »Bekanntlich kommt ja ein Unglück selten allein. Dafür, dass unsere Pechsträhne nicht abreißt, kann ich mich nur von Herzen entschuldigen. Mittlerweile dürfte jeder mitbekommen haben, dass nun auch noch die Heizung ausgefallen ist. Leider haben wir kein Notheizsystem, aber dafür portable Heizkörper, die es uns ermöglichen, den Salon auf kuschlige Temperaturen zu erwärmen. Während Sie hier frühstücken, tun die Geräte schon ihre Arbeit, sodass der Salon eine angenehme Temperatur haben wird, wenn Sie fertig gespeist haben. Draußen zieht gerade ein klarer, sonniger und vor allem schneefreier Morgen auf. Deshalb bin ich sehr zuversichtlich, dass die Hilfsmannschaften uns bald gefunden haben werden. Bis dahin wollen wir uns die Zeit mit einer Runde Scharade vertreiben. Dieses pantomimische Ratespiel. Sie wissen schon. Alle sind herzlich dazu eingeladen! Da ich bei allem Optimismus nicht davon ausgehe, dass wir vor Mitternacht oder spätestens morgen Früh Edinburgh erreichen werden, habe ich mich dazu entschlossen, den Maskenball mit einem kleinen Cocktailempfang und einem Weihnachtsessen vorab heute Abend nachzuholen. Nichts Übertriebenes und den Umständen angepasst. Tracey hat immer gerne gefeiert! Es wäre in ihrem Sinn.«

Reflexartig schoss mein Kopf zum Tisch der Freundinnen hinüber. Zu Cara, Amy, Madelyn, Alistair und Eva. Cara Frost wusste bestimmt schon längst, was ihr Mann verkünden würde, und konzentrierte sich deswegen wieder auf das dicke Buch mit diesem langweiligen Titel.

»Kommt dann auch Father Christmas?« Amys Augen leuchteten mit den Sonnenstrahlen um die Wette. »Weiß der überhaupt, wo wir sind?«

»Mit Sicherheit!« Mr Frosts Antwort brachte Amys Wangen zum Glühen. Und ich konnte mir genau vorstellen, was in ihrem Köpfchen vor sich ging. Deshalb wunderte es mich auch nicht im Geringsten, dass sie jetzt skeptisch die Lippen kräuselte und mit ernster Miene klarstellte: »Der kommt aber eigentlich erst mitten in der Nacht.«

»Irgendwo muss er ja anfangen, Herzchen!«, meldete sich Rose von unserem Tisch aus zu Wort. Diese Information nahm Amy mit einem schelmischen Lächeln auf. Unweigerlich musste ich an ihren geheimen Weihnachtsmann-Plan denken, den sie unter Garantie gerade den Umständen anpasste.

»Ach, ähm, Millie?« Charles! Der war ja immer noch da.

»Ja?«, räusperte ich mich und verschränkte die Arme vor meiner Brust, damit er nicht wieder auf die Idee kam, mich an sich zu ziehen.

»Rachels Frühstück kommt als Nächstes!«, rief James, als er wieder aus der Küche an uns vorbeihastete.

»Cool!« Ich wollte hier nur noch weg.

»Hör zu …« Als wäre es ihm unangenehm, schob Charles eine Hand unter den Kragen seiner Jacke und strich sich immer wieder über sein Schlüsselbein. War der etwa nervös? »Ich habe eine kleine Bitte. Es kann gut sein, dass Mr Lory dich fragt, ob ich die ganze Zeit bei dir und Amy gewesen bin … gestern Nachmittag. Da draußen im Schnee … ich weiß nicht, ob es dir aufgefallen ist, aber ich war mal kurz weg … Könntest du ihm trotzdem sagen, dass wir die ganze Zeit zusammen gewesen sind?«

Ich fühlte mich, als hätte mir jemand einen Faustschlag in den Magen versetzt. Es ist die eine Sache, etwas zu befürchten. Aber die Gewissheit zu bekommen, ist eine ganz andere.

»Nun guck doch nicht so! Denkst du jetzt etwa, ich hätte …«

Nein, gegen den Dackelblick war ich ab jetzt immun. Unwillkürlich wich ich einen Schritt vor ihm zurück. Eher einen halben, denn da spürte ich schon die Wand in meinem Rücken. »Genau deshalb bitte ich dich doch um diesen kleinen Gefallen. Wenn *du* mir schon nicht glaubst, dass ich nur mal kurz in meinem Abteil war, um mir ein Taschentuch zu holen, dann glaubt Mr Lory mir ganz bestimmt nicht.«

»Hey, was für eine coole Neuigkeit!« Gigis plötzliches Auftauchen ersparte mir jede Antwort. Tatendurstig oder vielleicht auch einfach nur, weil sie fror, rieb sie die Hände aneinander. Von allen Fingern leuchteten mir ihre rot lackierten künstlichen Fingernägel entgegen. Nur von einem nicht. Ihr rechter Ringfinger war kurz und gelblich, weil sie den künstlichen Nagel verloren hatte. Und ich wusste auch wo. In der Bibliothek!

»Heute Abend machen wir Party!« Dass ein paar Waggons weiter eine Leiche lag, schien Gigi nicht die Bohne zu stören. »Aber sagt mal, ihr zwei … Ich frage nur, weil ich mich nicht in die Nesseln setzen möchte. Ihr seid doch zusammen? Das ist noch aktuell?«

Waren wir denn jemals zusammen gewesen?? Charles hatte mich unter dem Bibliothekswagen geküsst. Und zwar, als gäbe es kein Morgen. Später, nachdem ich ohnmächtig geworden war, hatte er liebevoll meine Hand gehalten. Und dann hatte er mich in den Salon eskortiert und mich irgendwann wieder geküsst. Ja, gestern, hätte ich ihre Frage bejaht. Obwohl das Küssen keinen Automatismus beinhaltet. Manche Leute küssen einfach so, weil es ihnen Spaß macht, und das war es dann aber auch schon.

»Du hattest gar nicht gesagt, was du frühstücken willst, Millie. Deshalb habe ich für dich Egg Benedict und Speck bestellt! Das magst du doch gerne, oder? Der Rest ist das, was du für Rachel haben wolltest.«

Mit einem voll beladenen Teewagen war James aus der Küche gekommen und jetzt ging es nicht weiter, weil Gigi ihm den Weg verstellte. Als wären James' Worte die Antwort auf ihre Frage, schob sie besitzergreifend ihren Arm in Charles'.

Ich überlegte noch, welche Antwort strategisch und emotional die geschickteste wäre, als James plötzlich losschnatterte wie eine Ente auf Kaffeefahrt: »Wisst ihr, was die Grundvoraussetzung für einen guten Steward ist? Er muss sich hier oben alles merken.« Lächelnd tippte er sich unter seinem Hütchen an die Schläfe. »Alle Vorlieben und Eigenheiten seiner Gäste. Nur so fühlen sie sich auch auf Reisen wie zu Hause. Als Steward hat man schnell raus, wie die Leute ticken. Es gibt viele frisch Verliebte, die leben nur von Luft und Liebe. Aber unsere Millie hier, die bekommt erst richtig Appetit davon.« Kumpelhaft klopfte er Charles auf die Schulter. »Du hast einen echt guten Fang gemacht, Zauberlehrling. Ihr zwei seid das perfekte Paar. Und hey, ich weiß, wann ich verloren habe. Auch, wenn es mir schwerfällt, es zuzugeben. Gegen dich hatte ich doch von Anfang an keine Schnitte!«

»Ich liebe klare Worte!«, entschied Gigi, um sich dann an mich zu wenden. »Darf ich Charles trotzdem zu Rose und mir an den Tisch einladen? Ohne Hintergedanken versteht sich.« Als wollte sie mir beweisen, dass sie es ernst meinte, zog sie ihren Arm aus Charles'.

»Ich leihe ihn dir!« Hatte ich das wirklich gerade gesagt und mir dazu ein großmütiges Lächeln abgerungen? »Vorübergehend.«

»Nun gebt euch einen Abschiedskuss, ihr Turteltäubchen, und dann bringen wir beide schnell euer Frühstück in eure Suite. Und zwar bevor alles kalt ist.«

»Was sollte das denn?«, schnauzte ich James an, kaum dass sich meine Lippen von Charles' gelöst und wir den Speisewagen hinter uns gelassen hatten. »Ich kann noch immer für mich selbst sprechen. Außerdem entscheide ich, wem ich einen Abschiedskuss gebe und wem nicht! Merk dir das!«

»Im Normalfall hast du damit hundertprozentig recht.« An der Art, wie James den Teewagen über den Gang vor uns in Waggon Nummer vier wuchtete, merkte ich, wie aufgewühlt er war. »Nur leider warst du drauf und dran, dich, nein, uns in größte Gefahr zu bringen. Mensch, Millie, du musst vorsichtiger sein!«

»Hol für Frauchen den Ball, Stratford. Guck, da vorne in der Ecke liegt er doch. Unter dem Sessel! Guter Junge! Nein, nicht wieder fallen lassen ...« Kein Zweifel. Sally hatte in ihrer Suite das Freizeitprogramm für ihren Hund gestartet. »Ich hab auch Leckerchen für dich, mein Schatz.«

James wartete, bis wir an Sallys Tür vorbei waren, dann sprach er weiter: »Vielleicht hast du es selbst gar nicht mitbekommen, aber du warst ziemlich abweisend zu Charles. Und das ist nicht gut. Wir müssen zu allen genauso sein wie immer. Niemand darf merken, dass wir heimlich ermitteln. Und auch nicht, dass …«

Bevor er weitersprechen konnte, legte ich meine Hand auf die Schiebestange des Teewagens und stoppte ihn. »Er wollte, dass ich für ihn lüge!« Laut ausgesprochen klang diese Ungeheuerlichkeit noch furchtbarer als eingesperrt in meinem Kopf.

»Wie jetzt?«

»Er hat verlangt, dass ich Mr Lory anlüge. Ich soll ihm sagen, dass Charles gestern Nachmittag bei Amy und mir gewesen ist. Und zwar ohne jede Unterbrechung.«

»Wenn das mal kein verdächtiges Verhalten ist«, raunte James und plusterte die Wangen auf.

»Und noch was … Ich habe ihn gestern Nacht in unserem Waggon gesehen. Nachdem ich von meinem kleinen Ausflug mit Sally und Stratford zurück war. Als ich ihn eben danach gefragt habe, was er da um diese Uhrzeit zu suchen hatte, hat er mir was von wegen Schlafwandeln erzählt. James, ist er Traceys Mörder?«

James legte seine Hand auf meine und drückte sie. »Ich habe keine Ahnung. Im Zweifel für den Angeklagten. Aber solange wir nicht wissen, wer Tracey Pitts auf dem Gewissen hat, ist äußerste Vorsicht geboten. Unter gar keinen Umständen darf Charles merken, dass du ihm misstraust. Und erzähl ihm bloß nicht, dass du und ich nach dem Mörder suchen. Verstanden?«

»Ganz bestimmt nicht!«

Kapitel 24

Wir starteten dann doch nicht mit Traceys Abteil, wie wir es gestern Abend noch geplant hatten, sondern nutzten die Gunst der Stunde, um uns zunächst bei den Frosts umzusehen. Was mein Vorschlag gewesen war. Schließlich war Tracey die Einzige, die ganz bestimmt nicht unerwartet zurückkommen und uns beim Durchsuchen ihrer Sachen überraschen konnte. Und ja, das Herz wummerte mir bis zum Hals, als James seine Key Card an das Türschloss hielt und wir uns hineinschlichen wie die Diebe in der Nacht.

»Das ist ja der Hammer!« Wenn ich auf James wirkte wie ein Kind im Spielzeugladen, versteckte er es gut. Schon der Anblick unseres Abteils hatte mir den Atem genommen. Aber dieses Abteil hier übertraf es noch mal um Klassen. Es hieß ja auch King's Suite und die machte ihrem Namen alle Ehre. Die Sessel, der Sekretär und das Sofa, die Tischchen und das Bett, die hölzernen Wandverkleidungen, ach, alles sah noch mal viel kostspieliger aus als bei uns oder im Rest des Zuges. So prunkvoll und edel, als würden sie normalerweise im Buckingham Palast die Räume des Königs verschönern. Vor den Fenstern hingen auch keine Rollos, sondern Samtgardinen in tiefem Grün mit goldenen Troddeln. Und natürlich stand dem Gast, der sich hier wie ein König fühlen sollte, auch mehr Platz zur Verfügung als Rachel und mir in unserer Waverly Suite. Was ich nicht vergessen darf zu erwähnen, ist die Badewanne. Schon allein die Tatsache, dass es eine Badewanne gab, haute mich um. Noch dazu war sie vergoldet. Das war ja wohl Dekadenz pur.

Abgesehen davon, dass die Frosts sich wahrscheinlich die schickste der Suiten unter den Nagel gerissen hatten, fiel mir noch etwas anderes auf. Cara Frost, ihr Mann oder auch alle beide mussten wahre Ordnungsfanatiker sein. In ihrer Suite lag nichts einfach so rum. Nichts wies darauf hin, dass hier wirklich Menschen lebten. Was mich angeht, ich brauche mehr das Chaos als Museumsvibes, um mich wohlzufühlen. Und genauso sieht mein Zimmer in Rachels und meinem Appartement auch aus. Bewohnt.

Auf dem Tisch zwischen den beiden Sesseln stapelten sich in einem akkuraten Rechteck Unterlagen der Universität Oxford.

»Professorin Cara Frost, Lehrstuhl für Economies«, las ich James das Adressfeld eines Briefes vor, der ganz obenauf lag. Deshalb studierte sie also dieses fette Buch.

»Ich weiß!«, gab James unbeeindruckt zurück. »Mr Lory hat mir erzählt, dass sie eine mega Schlaue ist. Ständig jettet sie durch die Welt, um Vorträge zu halten und CEOs der größten Unternehmen zu beraten.«

Das passte ja wie die Faust aufs Auge. Mr Frost war der Vorstandsvorsitzende einer mächtigen Bahngesellschaft und sie sagte ihm als Wirtschaftsspezialistin, wo der Hase langlief. Die zwei mussten ein Dreamteam sein.

»Ich nehme mal nicht an, dass du an deine Latexhandschuhe gedacht hast.« James warf mir einen amüsierten Blick zu. »Dachte ich es mir doch!«

Auf mein entschuldigendes Grinsen hin streckte er mir ein neues Paar entgegen. »Keine Sorge, in der Küche gibt es so viel davon, da fällt es nicht auf, wenn vier fehlen. Dann wollen wir mal!«

Er ließ das Bündchen seiner Handschuhe gegen sein Handgelenk flutschen.

Wie Rachel und ich vermutet hatten, fand ich in der obersten Schublade des wunderschönen altmodischen Sekretärs ein Tablet und ein Handy. Caras technisches Equipment lag in ihrer Nachttischschublade. Für den Bahnchef und seine Familie galten also wirklich nicht die gleichen Regeln wie für den Rest unserer Reisegesellschaft. Obwohl ich gerade erst die Schublade zugeschoben hatte, zerrte ich sie augenblicklich wieder auf, griff mir Caras Handy und schaltete es ein. Wie ich geahnt hatte, fehlten die Bögen auf der Anzeige oben rechts. Wir hatten also immer noch kein Netz! Wenn der Funk jetzt auch immernoch ausgefallen war, konnten wir nach wie vor weder Hilfe rufen noch geortet werden. Was im Klartext bedeutete, dass niemand wusste, wo wir gestrandet waren. Bestimmt hatte Mr Frost vorhin nicht absichtlich gelogen, als er großartig verkündet hatte, dass die Rettungsmannschaften bald da sein müssten, um die Schneewehe vor uns wegzuschaufeln und uns zu befreien. Schätzungsweise hatte er einfach nur eine große Portion Optimismus verbreiten wollen. James und mir spielte das Ganze aber in die Hände. Je später wir gefunden wurden, desto mehr Zeit blieb uns, um den Mörder zu suchen und hoffentlich auch zu finden.

❄ ❄ ❄

Für Amy gab es einen eigenen, durch ein hüfthohes Regal abgetrennten Schlafbereich. In den Fächern lehnten Bilderbücher und ich entdeckte auch die Spielesammlung mit dem *Mensch-ärgere-Dich-nicht*-Spiel darin. Auf der obersten Ablage lehnte ein Schokoladenadventskalender von Cadbury an der Wand.

Amys Kissen und Decke steckten in dem gemütlichsten Bezug, den ich je gesehen hatte: Auf dunkelrotem Grund befand sich ein tiefgrüner Weihnachtsbaum, geschmückt mit Strohsternen, Christbaumkugeln, Rentieren und Engelchen, und darunter lagen schön verpackte Weihnachtsgeschenke. Das Motiv setzte sich bestimmt auf dem Kopfkissen fort. Das konnte ich allerdings nur annehmen, denn Amy hatte ihre Stofftiere so darauf arrangiert, dass ich nur die seitlichen Tannenspitzen sehen konnte.

Ein Teddy hielt schützend ein Häschen in seinen Armen. Daneben kuschelte sich ein Pandabär auf Amys Kissen. Sie alle konnten die Äuglein schließen und schlafen, weil über ihnen auf dem Kopfende ein majestätischer Löwe Wache hielt. Genauso oder zumindest ähnlich hatte ich es als kleines Mädchen auch mit meinen Stofftieren gemacht. Und wenn ich abends schlafen gegangen war, hatte ich alle zu mir unter die Bettdecke gepackt. Es war mir unglaublich wichtig gewesen, dass jeder meiner Lieblinge genug Decke abbekam und sich keiner ausgestoßen fühlte. Schlussendlich gehörten sie alle mir und ich war für sie verantwortlich. Häufig hatte ich selbst kaum Platz in meinem Bett, sodass ich mich weder drehen nicht sonst wie bewegen konnte. Da war das Einschlafen gar nicht so leicht. Doch natürlich fielen mir trotzdem irgendwann die Augen zu. Wenn ich wieder wach wurde, hatte ich plötzlich ganz viel Platz um mich herum. Was daher kam, dass Rachel nie schlafen ging, ohne noch mal nach mir zu sehen. Und bei dieser Gelegenheit räumte sie einen Teil meiner Stofftiere ans Fußende meines Bettes und deckte sie dort mit der Puppendecke zu.

»Du kannst später spielen!«, holte mich James aus meinen Träumereien zurück. Ertappt wuschelte ich dem Löwen ein letztes Mal durch seine Mähne, bevor ich ihn wieder auf seinen Platz zurücklegte. Dann machten wir uns auf die Suche.

Als wir die Suite der Frosts wieder verließen, wussten wir, dass Cara Taschentücher mit eingesticktem Monogramm besaß. Was ich wahnsinnig stilvoll, James aber voll unnötig fand. Mr Frost hatte offensichtlich ein Faible für Manschettenknöpfe. Er hatte welche aus Gold, Silber und Perlmutt in einem mit Seide ausgeschlagenen Döschen mit auf die Reise genommen. Ich meine, wie viele Manschettenknöpfe kann man denn auf einer dreitägigen Reise überhaupt tragen?

Ansonsten hatten wir nichts entdeckt, das unsere Aufmerksamkeit geweckt hätte. Wir gingen, wie wir gekommen waren, und dann eine Tür weiter.

Es war schon sehr, sehr gruselig, die Queen's Suite zu betreten. Immerhin war es das Abteil einer Toten. Ein Schauder jagte mir über den Rücken. Als Tracey gestern zum letzten Mal die Tür hinter sich zugezogen hatte, hatte sie bestimmt nicht geahnt, dass sie niemals zurückkommen würde.

Bei meinem ersten Besuch in der Queen's Suite hatte ich mich nur auf Tracey konzentriert und deshalb keine Augen für das prächtige Drumherum gehabt. Sonst wäre mir damals schon … Damals? Das klingt so furchtbar weit weg. Dabei war es doch erst in der vorletzten Nacht gewesen! … Wie auch immer, sonst wäre mir damals schon aufgefallen, wie dekadent groß und protzig dieses Abteil ausgestattet war. Es stand der King's Suite in Größe und Luxus in nichts nach.

»Vorgestern Nacht, als ich nach ihrem Schrei hier reingestürmt bin, hat Tracey genau da vorne vor der Kommode gestanden«, informierte ich James, während ich mit der ausgestreckten Hand auf die Stelle zeigte. »Die oberste Schublade stand noch ein Stückchen offen. Tracey hat beiläufig versucht, sie hinter ihrem Rücken zuzuschieben. Der Dieb hat die Kette unter Garantie genau dort gefunden.«

Dass Rachel und ich für unseren Verdacht, was Tracey und den Mondrubin anging, heute früh die Bestätigung von Madelyn erhalten hatten, hatte ich James schon erzählt, als wir noch Rachels Frühstück durch den eiskalten Zug geschoben hatten.

»Vielleicht hat sie auch alles andere, was von Bedeutung war, hier aufgehoben.« James beugte sich über die Schublade und begann darin zu wühlen.

»Klingt logisch!«, pflichtete ich ihm bei und stellte mich so nah neben ihn, wie es gerade noch ging, ohne dass es seltsam wurde. Kennst du dieses unheimliche Gefühl? Das, was einen denken lässt, dass man beobachtet wird? Genau das kroch mir seit ein paar Sekunden mit spitzen Fingern den Nacken hinauf, obwohl wir doch allein waren. Niemand außer uns war hier. Außer … oh, Susan, du und deine Spiritismusphase seien verdammt in alle Ewigkeit … außer Traceys Geist, dem es im Gepäckwagen zu ungemütlich geworden und der deswegen wieder in ihre Suite gezogen war. Natürlich war das ausgemachter Unsinn und trotzdem traute ich mich nicht, mich umzudrehen.

»Hey, ist das nicht eine von den silbernen Schalen aus dem Salon?«, katapultierte mich James zurück in die Realität. Schnell schickte ich den Gedanken an Traceys ruhelosen Geist dahin, wo er hingehörte, und folgte James' Blick auf die geöffnete Schublade. »Natalie vermisst eine.«

Oh, ja, direkt neben Traceys Clutch lag ihre Trophäe, die sie am ersten Abend während des Interviews gestohlen hatte.

»Manche reiche Leute bekommen echt den Hals nicht voll!« Kopfschüttelnd ließ James das Schälchen, wo es war. Denn etwas anderes hatte sein Interesse geweckt. Es war ein Briefumschlag, nach dem er jetzt griff. An den vielen ungleichmäßigen Rissen am oberen Rand konnte ich erkennen, dass er in großer Eile oder auch

Hektik aufgerissen worden war. Vorne drauf prangte in einer geschwungenen Schrift »Tracey«. Kein Nachname. Keine Anschrift. Seltsam. Der dicke Briefbogen knackte, als James ihn auseinanderfaltete. Da stand nicht viel Text, aber er reichte, um meine Kinnlade aufklappen zu lassen.

»Benjamin Frost und Tracey Pitts?«, hauchte ich wie vom Donner gerührt. »Aber er hat doch eine so nette Frau!«

»... und Tracey Pitts war eine Hexe!«, ergänzte James, bevor er leise murmelnd zu lesen begann. »*Geliebte Tracey, ich muss dich sprechen. Dass du unsere Liebe einfach so weggeworfen hast, hat mich tief getroffen. Ich liebe dich doch so sehr! Ich brauche dich und will den Rest meines Lebens mit dir verbringen. Bitte nenne mir Zeit und Ort. Gib mir noch eine letzte Chance, Dein unglücklicher Ben.*«

»Hä?« Entschlossen riss ich James den Brief aus der Hand. »Wer schreibt denn heute noch Briefe? Wieso keine WhatsApp?«

»Du bist wohl gar nicht romantisch!« Entsetzt zog James seine Augenbrauen so sehr zusammen, dass sie sich fast genau in der Mitte über seiner Nase getroffen hätten.

»Bin ich wohl!«

»Außerdem musste sie genauso wie alle anderen auch ihr Handy abgeben.« Na gut, das war ein Punkt.

»Dann ging Traceys kryptische Nachricht von wegen ›Ich gehe jetzt in die Bibliothek und werde den ganzen Nachmittag dort sein. Allein‹ oder so ähnlich ... an seine Adresse?« Dass Mr Frost seine Frau betrogen hatte, zog mir buchstäblich den Boden unter den Füßen weg und ich musste mich setzen. Am Anfang hatte ich ihn doch so sympathisch gefunden. Na ja, was sollte man schon von Männern halten, die Hunde so schlecht behandelten wie er Stratford? Wahrscheinlich hatte meine Mutter recht mit dem, was sie so häufig über Menschen im Allgemeinen und Tiere im Speziellen sagte. Nämlich, dass es sehr viel über einen Menschen aussagt, wie er mit einem hilflosen Tier umgeht. Tja, Mr Frost, durchgefallen! »*Nenne mir Zeit und Ort?*«

»Das wäre verdammt gut möglich!« James wog nachdenklich den Kopf hin und her. »Ja, es klingt nach einer geheimen Verabredung.«

»Oh, mein Gott! Dann hat er sie ermordet, weil sie ihn abserviert hat?« Es kam viel zu häufig in den Nachrichten, dass irgendein Idiot seiner Ex-Freundin oder Ex-Frau das Leben genommen hatte, weil er mit der Trennung nicht klargekommen war. Total krank! Ob Benjamin Frost auch so tickte? Aufgeregt rückte ich auf die Sesselkante vor. »Nehmen wir doch nur mal an, die Nachricht galt wirklich Benjamin Frost. Er folgt ihrer verschlüsselten Einladung. Er brennt darauf, sie wieder in seine Arme schließen zu können. Ihre Nähe zu spüren. Ihren ganz speziellen Tracey-Duft …«

»Ich nehme alles zurück. Du bist eine hoffnungslose Romantikerin!«, unterbrach mich James grinsend.

»Hab ich doch gesagt. Also, er geht davon aus, dass jetzt alles wieder gut wird, dass sie die Trennung bereut oder einfach, dass er sie zu einem Neuanfang überreden kann. Er schwört ihr, seine Frau zu verlassen. Ewige Liebe und Treue. Alles zu tun, was sie von ihm verlangt. Nur damit er wieder mit ihr zusammen sein kann.«

»Er wirft sich buchstäblich vor ihr auf die Knie«, spann James den Faden unserer Geschichte weiter. »Und was macht sie?« Er hob bedauernd die Augenbrauen.

»So, wie wir sie kennengelernt haben?« Ich ließ die Frage einen Moment in der Luft schweben, um mir die Szene in der Bibliothek weiter auszumalen. »Sie macht ihn richtig nieder. Sie ist ekelig, überheblich und sarkastisch. Und dann dreht er durch. Meinst du, so könnte es gewesen sein?«

»Man guckt den Menschen ja leider immer nur vor die Stirn.« Es war nicht nur die Kälte in der Suite, die mich frösteln ließ. Sprachlos guckte ich James dabei zu, wie er den Briefbogen aus meiner Hand pflückte, wieder zusammenfaltete und zurück in die Schublade legte.

* * *

»Und das Messer hatte er bei sich?« Wenige Minuten später hatte ich mich bis zum Badezimmer vorgearbeitet und kniete im Licht der nostalgischen Spiegellampe vor dem kleinen Schränkchen unter dem Waschbecken. Genau wie das Bad der Frosts war auch das von Tracey mindestens doppelt so groß wie unseres. Und natürlich gab es auch hier eine vergoldete Badewanne. »Woher hatte er das Messer?«

»Mr Frost?« Als ich James in der Suite zurückgelassen hatte, war er gerade damit beschäftigt gewesen, Traceys Kleiderschrank zu durchsuchen. Dass seine Stimme jetzt so gedämpft klang, kam bestimmt daher, dass er mit seinem Kopf tief in den Mänteln und Jacken steckte.

»Ja!« Ächzend richtete ich mich auf. Außer einem Nagelnecessaire, einer Bürste, Zahnseide und diversen Cremes gegen Fältchen, Falten und Pigmentflecken hatte ich in dem Schränkchen nichts finden können. Make-up, Rouge, Puder etc. lagen auf der Ablage unter dem Spiegel. »Hat er das Messer zu der Verabredung mitgebracht?«

»Was spricht denn dagegen, dass er erst mal ohne zu ihr gegangen ist und dann hat sie ihn so richtig auf die Palme gebracht? Wütend und verletzt, wie er war, ist er davongestürmt und später wiedergekommen. Mit dem Messer.«

»Okay. Liebe und Eifersucht sind sehr starke Motive. Und wenn wir jetzt noch mitreinrechnen, wie er wegen Stratford ausgeflippt ist, möchte ich ihn nicht richtig wütend und verletzt erleben. Er hat sie ermordet! Klare Sache!« Das ging ja einfach. Ich war richtiggehend enttäuscht, dass wir Traceys Mörder so schnell gefunden hatten. »Warum schnüffeln wir dann überhaupt noch hier herum?«

»Weil du, mein lieber Watson, zu eilige Schlüsse ziehst. Wir wissen jetzt, dass Mr Frost vielleicht einen Grund gehabt hätte, Tracey zu töten. Verschmähte Liebe. Aber dieser Brief beinhaltet nicht mehr. Er lässt einen Verdacht aufkommen. Aber er ist noch lange kein hieb- und stichfester Beweis für seine Schuld. Also müssen wir weitersuchen und uns vor allem nicht zu früh festlegen. Immerhin haben wir einige Leute, die verdächtig sind.« Ich hörte, wie James eine Schranktür schloss und die nächste öffnete. Ermittlungsarbeiten schienen eine Sache für richtige Korinthenkacker zu sein. Puh! Ich hatte noch viel zu lernen. Und was noch viel schlimmer war … ich musste lernen, geduldiger zu sein.

»Und was wäre zum Beispiel ein hieb- und stichfester Beweis? Nur damit ich ihn erkenne, wenn ich ihn sehe.« Ich richtete mich auf, um die Badesalze, Öle und Körpercremes zu begutachten, die hinter einem goldenen Gitter an der Wand über der Badewanne in einer Halterung steckten.

»Wenn wir zum Beispiel in der Jackentasche seines Mantels das blutige Messer mit seinen Fingerabdrücken gefunden hätten. Das wäre ziemlich eindeutig«, klärte James mich auf.

»Hier ist nichts. Hast du noch etwas gefunden?«

Noch vor fünf Sekunden hätte ich mit Nein geantwortet. Mittlerweile stand ich aber vor der angelehnten Badezimmertür, an deren Innenseite Traceys Baumwollmorgenrock hing, und hielt ein zusammengetackertes Bündel Papier in den Händen. Als dicke Rolle hatte es aus der großen Tasche des Morgenrocks gelugt. »Ich weiß nicht. Kann schon sein.«

Neugierig breitete ich das Bündel aus, trat zur Seite, um die Tür zu öffnen, und wäre auf meinem Weg in den Raum fast gegen James geprallt. »Was ist das?«

»Sieht aus wie ein Vertrag!«, antwortete ich, ohne von dem Schriftstück aufzublicken. Beinahe hätte ich mich auf Traceys Bett plumpsen lassen, schreckte aber im letzten Moment davor zurück und ging stattdessen zum Sofa hinüber. James folgte mir und gemeinsam beugten wir uns über die Seiten, die ich langsam aufblätterte.

»Der eine Vertragspartner ist Clarkson's Tiefkühlkost vertreten durch Tracey Pitts«, sprach ich das Offensichtliche aus. »Das Feld für den anderen Vertragspartner ist nicht ausgefüllt worden.«

Oh, Mann, und ich dachte immer, Mathe wäre schwer. Dabei wirkte das, was Mr Ryder so verzweifelt und meistens erfolgslos versuchte uns beizubringen, im Vergleich zu dem Kauderwelsch vor meiner Nase wie das reinste Kinderspiel. Eins stand mal fest, Jura würde ich nicht studieren! »Okay, also, es geht darum, dass irgendjemand eine Stelle im Marketing von Clarkson's Tiefkühlkost annimmt.«

»Ja, es ist ein Arbeitsvertrag«, brachte James meine umständliche Beschreibung auf den Punkt. »Und wer auch immer seinen Namen unter die ganzen Paragrafen und Abschnitte setzt, verdient nicht nur irre viel Cash, sondern verpflichtet sich auch, über bestimmte Dinge die Klappe zu halten. So etwas nennt man eine Verschwiegenheitsvereinbarung.«

»Streber!« James' Klugscheißerei fing doch an, mir auf die Nerven zu gehen. Der nahm unsere Rollenverteilung als Sherlock und Watson eine Spur zu ernst. Ich glaube, das war der Moment, in dem ich feststellte, dass ich nicht nur in Liebesdingen zu einer Minnie-Maus mutierte, sondern dass ich mich auch bei unseren Ermittlungen kleiner machte, als ich war. Ich konnte mehr, als James nur mit dummen Fragen auf gute Antworten zu bringen. Nein. Ab jetzt würde ich meine Fragen für mich behalten und selbst über die Antworten nachdenken. James würde sich noch ganz schön umschauen! »Sie hat den Vertrag mit auf die Reise genommen, das heißt, er sollte hier oder in Edinburgh unterschrieben werden.« Ha! Nimm das!

»Und von wem?« Wunderbar. So schnell ging ein Rollenwechsel. Jetzt stellte James die Fragen. Blöd nur, dass ich direkt bei seiner ersten passen musste.

»Das gilt es herauszufinden.« Hatte ich die Antwort nicht geschickt und sehr philosophisch umdribbelt?

»Steck den Vertrag zurück in den Bademantel. Ich kann mir nicht vorstellen, dass er etwas mit dem Mord zu tun hat. Wer ermordet denn schon seinen zukünftigen Arbeitgeber, wenn der einem einen Berg von Geld verspricht?«

Ärgerlich presste ich die Lippen aufeinander, denn natürlich lag James mal wieder absolut richtig mit dem, was er sagte.

»Den Wahnsinnshinweis haben wir noch nicht gefunden. Trotzdem haben wir jetzt eine heiße Spur«, sagte James, bevor er den Kopf aus der Tür streckte, um zu checken, ob die Luft auf dem Gang vor uns immer noch rein war. »Freut dich das denn gar nicht? Im Gegensatz zu Charles hat Mr Frost nämlich ein ziemlich gutes Motiv. Enttäuschte Liebe.«

Wohl wahr, dachte ich mir, als ich auf Zehenspitzen an Rachels und meinem Abteil vorbeihuschte. Und wie gerne hätte ich Luftsprünge gemacht. Nur war die Sache leider nicht so einfach. Wir wussten von keinem Motiv, das Charles vielleicht zum Mörder gemacht hatte. Aber das bedeutete noch lange nicht, dass er nicht doch eins gehabt hatte.

Kapitel 25

Auch wenn ich von Anfang an nicht damit gerechnet hatte, im Abteil von Madelyn und Alistair auf Hinweise für ihre Schuld zu stoßen, war ich doch ein bisschen enttäuscht. Denn mittlerweile machte mir das Aufspüren der Puzzleteile mindestens ebenso viel Spaß wie als Kind die Ostereiersuche im Hyde Park.

Was wir bis jetzt hatten, waren, also inklusive unserer Funde in der Bibliothek: Gigis abgebrochener Fingernagel (den sie zugegebenermaßen jederzeit in der Bibliothek verloren haben konnte). Der Duft nach ihrem penetranten Parfüm. (Nach dem Mord war sie aber genauso wie fast alle anderen in die Bibliothek gekommen. War also vielleicht nicht wirklich ein Indiz.) Der geheimnisvolle Zettel mit der Nachricht: »Genug mit dem Theater! Wir sollten reden«, von dem wir zu gerne wissen würden, an wen er gerichtet gewesen war. Und dann noch dieser verachtungswürdige Liebesbrief von Benjamin Frost an Tracey. Zu guter Letzt oder wohl eher zu schlechter Letzt mussten wir Charles' plumpe Bitte an mich zumindest als fetten Verdachtsmoment gegen ihn werten.

Eigentlich kamen wir recht gut voran. Fand ich. Aber ich war ja auch blutige Anfängerin, was die Ermittlungsarbeiten in einem Mord betraf.

Nur noch wenige Schritte trennten uns von der Brunsfield Suite, dem Abteil von Eva Williams, als ich James am Arm packte. So peinlich es mir war, mit ihm darüber zu sprechen, aber weil Rachel nun mal nicht greifbar war, musste er herhalten. Der Gedanke, der mich gerade gepackt hatte, war so erschreckend, dass ich sofort jemandem zum Reden brauchte.

»Kann es sein, dass Charles nur mit mir geflirtet und mich geküsst hat, um eine Rückversicherung zu haben? Für den Fall der Fälle? Ein verliebtes Minnie-Mäuschen, das nicht groß nachfragt, wenn er es um ein Alibi bittet?« Oh bitte, James, sag, dass ich da völlig falschliege! Flehentlich schaute ich ihn an.

Doch so wie er die Lippen aufeinanderpresste und dann auch noch die Augen niederschlug, kannte ich seine Antwort, bevor er auch nur seinen Mund geöffnet hatte. »Wir stehen noch ganz am Anfang unserer Ermittlungen. Lass uns keine voreiligen Schlüsse ziehen. Okay? Und außerdem bist du ganz bestimmt kein Minnie-Mäuschen!«

In meinem Inneren war ein wilder Kampf losgebrochen. Mein Herz wollte lieben, war aber gleichzeitig furchtbar traurig. Und mein Bauch spielte völlig verrückt. Denn Sorge und Angst krampften ihn schmerzhaft zusammen. Ich brauchte dringend eine Ablenkung. Entschlossen deutete ich aufs Evas Abteiltür. »Machen wir weiter?«

Im selben Augenblick erklang eine Stimme.

»Mein Gott, Eva, was ist denn nur mit dir los?« Es war Cara, die sich aus Richtung Speisewagen näherte.

»Sie dürfen uns hier nicht sehen!«, wisperte ich und zog James mit mir zurück hinter die Verbindungstür. Im Nachhinein merkte ich, dass meine Aktion völlig schwachsinnig gewesen war. Wir hätten auch einfach weitergehen, die beiden Frauen freundlich grüßen und so tun können, als kämen wir gerade von Rachel oder sonst woher. Aber dann wäre uns höchstwahrscheinlich ein wichtiger Satz von Eva entgangen. Wie die Orgelpfeifen lugten wir durch den schmalen Türspalt und sahen, wie Eva und Cara vor der Brunsfield Suite stehen blieben. Ich hörte, wie Evas Schlüssel klimpernd gegen die Key Card stieß. Und dann sagte sie den Satz: »Cara, ich habe etwas ganz Furchtbares getan!« Die Tür wurde geöffnet. Und fiel ins Schloss. Wie von der Tarantel gestochen, jagten James und ich gleichzeitig los und pressten unsere Ohren an den kaum vorhandenen Spalt zwischen Tür und Holzvertäfelung.

»Wieso sind die Rollos denn immer noch runter? Lass doch mal die Sonne rein und lüften solltest du auch mal. Mein Gott, Eva, hier sieht es ja aus, als ob eine Bombe eingeschlagen hätte. Was machst du denn jetzt im Bad?«

Cara hatte nur so schön laut und verständlich gesprochen, weil sie und Eva nicht im gleichen Raum gewesen waren. Das würde sich bestimmt gleich ändern. Ausgerechnet dann, wenn es spannend werden würde!

»Wir müssen raus und sie von draußen belauschen«, sprach James genau das aus, was ich mir auch schon überlegt hatte.

»Nichts wie los!«, wisperte ich voll Tatendrang.

Doch schon nach einem Schritt traf uns Natalies Stimme im Rücken: »Sag mal, James, was genau verstehst du unter: ›Ich bin mal für zehn Minuten weg?‹ Seit bestimmt einer halben Stunde schmeiße ich die Bar allein. Und die ist voll besetzt.«

Sie streifte mich mit einem Blick, der mir gar nicht gefiel. »Fürs Flirten hast du nach Feierabend Zeit. Verstanden?«

»Wir haben überhaupt nicht …«, setzte ich zu meiner Verteidigung an, kam aber nicht weiter, weil James mir ins Wort fiel: »Sorry, Natalie, komme schon!« Während er sich klammheimlich die Handschuhe von den Fingern streifte, flüsterte er mir in der nächsten Sekunde zu: »Worauf wartest du? Raus! Merk dir jedes Wort! Und dann …« Verstohlen steckte er mir seine Key Card zu. »Musst du allein weitermachen. Du schaffst das!« Schon rannte er hinter der davonmarschierenden Natalie her.

Wie? Was? Dass Natalie mit ihrer Vermutung völlig falschlag, wollte der jetzt nicht klarstellen? Wie stand ich denn da? Wie jemand, der gerade eine Riesenchance bei der Suche nach dem Mörder vertut! Das Missverständnis kannst du später aufklären!, rief ich mich zur Ordnung und schob James' Key Card tief in meine Jackentasche. Schon wollte ich aus dem Waggon stürzen, als mir eine Idee kam. Blitzschnell machte ich auf dem Absatz kehrt, befreite mich von den Handschuhen und stopfte sie in meine Jackentasche. Dann klopfte ich bei Sally.

»Hey, Sally! Sag mal, muss Stratford vielleicht mal raus?«

Alles in allem hatte mich mein Abstecher zu Sally zwei Minuten gekostet und genau mit dieser Verspätung stand ich nun mit dem Rücken neben dem offenen Fenster von Evas Suite und sperrte die Ohren auf.

»Eva, du kannst doch nicht erst so eine Ankündigung machen und dich dann im Bad einschließen!« Erleichtert stellte ich fest, dass ich bisher nichts Wesentliches von der Unterhaltung verpasst zu haben schien. Während Stratford den Schnee abschnupperte, als gäbe es kein Morgen, verschränkte ich die Arme ineinander, ließ ihm so viel Leine, wie er brauchte, und genoss mit geschlossenen Augen die warmen Sonnenstrahlen auf meinem Gesicht.

»Entschuldige bitte, Cara!«, hörte ich Eva, als sie wahrscheinlich aus dem Bad kam. »Aber je näher wir Edinburgh kommen, desto übler ist mir.«

Weil am Ziel unserer Reise die Polizei auf uns wartete? Na ja, gut, noch wusste in Edinburgh niemand etwas von dem Mord im *Gol-*

den Highlander, aber das würde sich ändern, sobald das Funknetz und/oder das Internet wieder liefen.

»Was hast du denn nun so Schreckliches getan?«, drängte Cara mit sanfter Stimme. »Du wirst ja wohl nicht Tracey auf dem Gewissen haben?«

Evas Antwort war ein herzzerreißendes Schluchzen.

Geschockt riss ich die Augen auf. War Eva Williams, eine Staatssekretärin, die Mörderin? Stratford ließen die Entwicklungen hinter dem Fenster völlig kalt. Wie konnte so ein kleiner Hund nur so eine riesige Blase haben?

»Großer Gott, natürlich nicht!«

Nicht? Stratford zog schnuppernd an der Leine. Sorry, Stratford! Aber wir können hier jetzt nicht weg!

»Aber es ist fast genauso schlimm!«

»Na, Gott sei Dank!«, seufzte Cara erleichtert auf. »Du hattest mir schon einen tüchtigen Schrecken eingejagt. Aber was kann denn fast genauso schlimm sein wie ein Mord?«

Das würde ich leider vorerst nicht erfahren, denn genau jetzt öffnete sich eines der Fenster zu Sallys Suite und ihr Kopf tauchte im Sonnenschein auf. »Hallo, Stratford, hallo, Millie! Alles gut bei euch?«

Am liebsten hätte ich geantwortet: »Bis gerade war alles bestens!« Stattdessen huschte ich so schnell und lautlos wie möglich durch den knirschenden Schnee zu ihr rüber. Immerhin hatte sie das Fenster geöffnet, das nicht direkt an Evas Suite grenzte. Ich konnte nur beten, dass die paar Meter Abstand gepaart mit meinem geflüsterten: »Alles gut!« ausreichten, um Eva und Cara nicht auf mich aufmerksam zu machen. Die Ernsthaftigkeit ihres Gesprächs kam mir hoffentlich auch zugute. Im Normalfall müssten sie viel zu konzentriert sein, um auf Außengeräusche zu achten.

»Wunderbar! Dann gebe ich dir hier noch Stratfords Bällchen. Damit spielt er doch so gerne.«

»Super! Gib her!« Und mach schnell! Als hätte sie meinen gedachten Nachsatz gehört, kam auch schon ein blauer Ball geflogen. Ich schnappte ihn, bevor Stratford mir zuvorkommen konnte. Nur stand Sally immer noch an ihrem Fenster.

»Ist noch was?«

»Bleibst du länger draußen? Ich habe gestern Nacht so furchtbar schlecht geschlafen.«

»Alles klar. Leg dich hin. Stratford und ich genießen gerne den Sonnenschein.«

»Danke!« Mit einem glückseligen Lächeln schob Sally endlich das Fenster zu, winkte uns und dann gingen die Rollos runter.

Sofort hechtete ich zurück zu meinem Lauschposten neben Evas Fenster.

»Du sprichst in Rätseln, Eva. Worauf hast du nicht ausreichend aufgepasst? Was ist weg?«

Gespannt hielt ich den Atem an.

»Die Unterlagen. Der Bericht vom MI5, den ich über die Feiertage lesen wollte. Weg! Verschwunden! Er hat sich in Luft aufgelöst!«

MI5, war das nicht der britische Inlandsgeheimdienst? Doch, klar! Der MI6 war für geheime Ermittlungen im Ausland zuständig. Für ihn arbeitete James Bond. Was ich wusste, weil Rachels Paul erst letzte Woche seine gesamte DVD-Sammlung mit den Abenteuern des berühmtesten Geheimagenten der Welt in unser Appartement geschleppt hatte. Rachel war hinter ihm die Treppen hochgekraxelt. Mit seinem antiquierten DVD-Player und einer prall gefüllten Tüte von unserem Lieblings-Fish-&-Chips-Restaurant. Selbstverständlich hatten die beiden auch an reichlich Salt-and-Vinegar-Crisps und Schokolade für unsere Session gedacht. Paul war echt der totale Nerd. Aber immerhin verdankte ich ihm, dass ich verstand, wovon Eva sprach.

»Meine Karriere in Westminster ist zu Ende, wenn ich sie nicht wiederfinde, bevor wir Edinburgh erreichen!«

»Beruhige dich, Eva! Unterlagen verschwinden doch nicht einfach so. So wie es hier aussieht, hast du schon alles auf den Kopf gestellt. Trotzdem! Bestimmt hast du sie nur übersehen. Soll ich dir suchen helfen?« Ein Knarzen verriet mir, dass eine der beiden sich auf ihrem Sessel bewegt hatte. Vielleicht hatte Cara Anstalten gemacht, aufzustehen, denn plötzlich zischte Eva: »Nein! Nicht!« Bestimmt bereute sie die Schärfe in ihrem Ton, denn jetzt schob sie sanft hinterher: »Das ist alles vertraulich. Wenn auch nicht top secret. Das war nur die eine Akte.«

Wieder knarzte der Sessel. »Okay, seit wann vermisst du denn diese Top-Secret-Unterlagen?«

»Seit gestern! Oh, mein Gott! Wenn das rauskommt, wird sich die gesamte Presse auf mich stürzen. Ich werde meinen Job verlieren.« Wieder fing Eva an zu weinen.

»Jetzt mal langsam und immer der Reihe nach …«

Diesmal wusste ich mit absoluter Sicherheit, dass mich jemand beobachtete. Unauffällig blinzelte ich gegen das Sonnenlicht an. Sah aber niemanden. Weder links noch rechts von mir.

»Ich glaube, dass die Unterlagen schon viel früher verschwunden sind. Genauer gesagt, seitdem Tracey in meiner Suite erschienen ist und einen auf *Lass uns doch Freundinnen sein* gemacht hat.«

»Tracey?«

»Ja. Genau. Tracey!« Eva lachte spöttisch auf. »Wahrscheinlich hat sie gedacht, ich würde ihr genauso auf den Leim gehen wie damals, als sie frisch auf unserer Schule war und sich bei uns Liebkind gemacht hat.«

Der Hauch einer Bewegung veranlasste mich, nach unten zu gucken. Und da wusste ich, wer mich mit seinen braunen Augen fixierte. Stratford. Mit aufgestellten Ohren und durch den Schnee wischendem Schwanz saß er artig vor mir. Ich hatte seinen Ball und jetzt erwartete er auch, dass ich mit ihm spielte.

»Oh ja, und am Anfang fandet ihr sie alle so nett. Sally hat mir davon erzählt. Sie war charmant, witzig, immer für einen Streich zu haben. Jemand, mit dem man Pferde stehlen konnte.«

Während ich auf Caras Worte gelauscht hatte, hatte ich Stratfords Leine gelöst. »Du kommst aber wieder, wenn ich dich rufe!« Der süße Malteser legte den Kopf schräg, als wollte er sagen: »Aber selbstverständlich doch.« Ich warf den Ball entlang des Zugs und er raste hinterher.

»Das hat Sally sehr gut beschrieben«, lobte Eva jetzt. »Dabei war alles nur Masche. Bis sie herausgefunden hatte, wessen Familie so hell strahlte, dass auch für sie ein Funkenregen abfiel. Und da war Madelyn natürlich außer Konkurrenz.«

»Was Tracey schnell durchschaute, nehme ich an.«

»Du sagst es. Mir wird jetzt noch speiübel, wenn ich daran denke, wie sie sich bei Madelyns Eltern eingeschleimt hat. Blümchen hier, Pralinen dort. ›Kann ich Ihnen beim Tragen helfen?‹ oder ›Selbstverständlich kellnere ich auf Ihrer Party. Und natürlich will ich keinen Penny dafür. Doch nicht von den Eltern meiner besten Freundin!‹«

»Klingt nicht sonderlich subtil!«

»War es auch nicht. Und trotzdem haben die Clarksons sie nicht durchschaut. Ganz im Gegenteil. Sie liebten sie. Bald war Tracey so etwas wie die zweite Tochter im Haus. Und ich war abgemeldet.«

Stolz wie Oskar kam Stratford auf mich zugelaufen, legte mir den blauen Ball vor die Füße und setzte sich erwartungsvoll davor. Er war das beste Alibi der Welt.

»Wart ihr das nicht alle?«

Mit dieser Vermutung hatte Cara bestimmt recht. Ich hob den Ball auf und schleuderte ihn diesmal noch ein gutes Stück weiter weg.

»Waren wir. Die gesamte Clique. Wir verließen die Schule, Madelyn ging nach Paris, um dort die feine Küche zu erlernen. Schnell stieg sie in den Götterolymp der Sterneköche auf. Und Tracey war da, um ihr den ganzen lästigen Drumherumkram abzunehmen. Ob es um Clarkson's Tiefkühlkost oder Madelyn Clarkson als Marke ging. Jetzt zeckte sie sich endgültig fest. Machte sich absolut unentbehrlich. Als dann die Einladung zu dieser Reise kam … ehrlich … beinahe hätte ich abgesagt.«

»Tja, ich habe Tracey erst vor einigen Monaten kennengelernt. Als sie auf die Idee gekommen ist, die Tickets für die Jungfernfahrt des *Golden Highlander* zu kaufen. Ben hat sie in unser Londoner Stadthaus zum Essen eingeladen. Gott, was hat er für ein Theater um sie gemacht. Ich musste sogar einen Vortrag absagen, um sie kennenzulernen. Im ersten Moment fand ich sie nett, bis sie unser Hausmädchen wegen eines kleinen Fehlers beim Servieren zusammengestaucht hat.«

Unser Hausmädchen? Diese Leute lebten in einer anderen Welt!

»Sie hatte eben zwei Gesichter«, bestätigte Eva. »Normalerweise passte Tracey sehr genau darauf auf, dass keine von uns auch nur eine Sekunde mit Madelyn allein verbringen konnte. Das war schon in der Schule so. Vorgestern war sie dann für einen Moment unachtsam und Madelyn und ich hatten plötzlich Zeit für uns. Traceys Auftauchen ließ dann aber nicht lange auf sich warten. Da habe ich mich verabschiedet. Mir tat es zu weh, dabei zuzusehen, wie Madelyn sich von Tracey manipulieren ließ. Und außerdem wurde mir endgültig klar, dass unsere Freundschaft nie wieder die werden konnte, die sie vor vielen Jahren mal gewesen war.«

Stratford war zurück und legte hechelnd den Ball vor meinen Füßen ab. Dann bettete er seine Schnauze auf die Pfoten und wartete geduldig, bis er wieder an der Reihe war.

»Kurz und schlecht: Es war irgendwann zwischen unserer Rückkehr von der Schafsfarm und dem Dinner, als Tracey hier plötzlich auftauchte. Ohne Aufforderung setzte sie sich genau dahin, wo du jetzt sitzt, und tat so, als würde sie die Vergangenheit bereuen. Zugegeben, für den Bruchteil einer Sekunde dachte ich schon, ihr Beinah-Unfall mit dem Traktor hätte sie über ihr Leben nachdenken lassen. Der Bruchteil einer Sekunde kann sehr kurz sein! Sie säuselte irgendwas, von wegen wir sollten die gemeinsame Reise als Chance nutzen, um von vorne anzufangen. Ich habe sie abblitzen lassen und sie sofort gebeten, mein Abteil zu verlassen. Ich wollte meinen Tee trinken, bevor er kalt wurde. Doch sie dachte nicht daran zu gehen. Erst wenn wir uns die Hand auf einen Neuanfang gegeben hätten. Was für ein theatralischer, bedeutungsloser Unsinn. Sie hat mich angelächelt und gesagt, keine zehn Pferde bekämen sie hier eher heraus. Also habe ich mein eigenes Abteil verlassen. Ich war so wütend! Ich sagte ihr, ich sei in zehn Minuten wieder zurück. Sollte sie dann immer noch hier sein, würde ich das Zugpersonal bitten müssen, sie rauszuwerfen. Als ich zurückkam, war sie verschwunden. Gott sei Dank! Der Tee war zwar nur noch lauwarm, aber gut. Eigentlich wollte ich arbeiten, aber die Auseinandersetzung mit ihr hatte mich unglaublich erschöpft. Tief und fest bin ich eingeschlafen und dann ja auch zu spät zum Dinner gekommen.«

»Und was hat das alles jetzt mit den vermissten Unterlagen zu tun?« Gute Frage, Cara! Stratford winselte leise und robbte zentimeterweise näher.

»Gestern Nachmittag, nachdem der Zug stecken geblieben ist, seid ihr alle raus, um uns wieder freizuschaufeln. Du erinnerst dich?«

»Sicher!« Wer würde das nicht. Ich ging in die Hocke, um Stratford für seine Geduld mit einer kleinen Krauleinheit zu belohnen.

»Ich musste noch unbedingt Unterlagen durcharbeiten. Tja … Und dann traf mich der Schlag. Die brisantesten Papiere, der Bericht vom MI5, fehlte. Dabei habe ich danebengestanden, als mein Mitarbeiter ihn in Westminster in meine Aktentasche gesteckt hat.« Klar, sie meinte den roten Lederkoffer, den sie ständig mit sich herumgetragen hatte. »Nachdem ich den ersten Schock überwunden hatte, dachte ich fieberhaft darüber nach, wann wer die Gelegenheit zu einem Diebstahl gehabt haben könnte. Ich habe meine Aktenmappe nicht eine Sekunde aus den Augen gelassen. Bis auf eine einzige Gelegenheit.«

»Als du Tracey in deinem Abteil allein gelassen hast«, schlussfolgerte Cara. »Aber warum hätte sie sie stehlen sollen? Das ergibt doch alles keinen Sinn.«

»Ich weiß es doch auch nicht!«, gab Eva verzweifelt zu.

Die Frage hätte ich ihr beantworten können. Wenn Tracey sie wirklich gestohlen hatte, dann aus genau dem gleichen Grund, aus dem sie auch den Mondrubin und das silberne Schälchen im Salon geklaut hatte. Weil sie die Gefahr genoss, erwischt zu werden. Oder wie Madelyn es ausgedrückt hatte, den Kick.

»Und genau deshalb bin ich in die Bibliothek gestürmt. Um ihr diese Frage zu stellen. Natürlich hat sie alles abgestritten. Sie hat sehr erstaunt getan und beleidigt gespielt. In aller Seelenruhe hat sie vor mir gesessen, ihren Tee getrunken und mir den Ratschlag gegeben, noch mal ganz genau nachzusehen und dass sich die Unterlagen dann bestimmt wieder einfinden würden.«

Aber, Moment mal, tief vergraben in Stratfords Fell erstarrte meine Hand. Nein, Eva setzte auf das falsche Pferd. Tracey hatte die Unterlagen nicht gestohlen. Wenn Eva sie nicht selbst verschlampt hatte, dann musste jemand anderer der Dieb sein. Denn sonst hätten wir sie bei der Durchsuchung von Traceys Suite entdecken müssen. In der obersten Kommodenschublade. Dort, wo sie auch ihre anderen Schätze aufgehoben hatte.

»Diese zehn Minuten waren der einzige Zeitpunkt, in dem meine Akten unbeaufsichtigt gewesen sind. Ich schwöre es dir!«

»Puh, Stratford, was werden James und Rachel wohl dazu sagen?« Er wusste es nicht. Aber er wusste, dass er jetzt seinen Bauch gekrault haben wollte und drehte sich auf den Rücken, damit ich besser drankam.

»Weißt du, was ich fast noch erstaunlicher finde als die Tatsache, dass jemand Tracey ins Jenseits befördert hat?«, schob Eva nach einer längeren Pause nach.

»Keine Ahnung. Was denn?«

»Dass sie in ihren letzten Minuten gelesen hat. Auch noch einen richtig fetten Schmöker. Zu Schulzeiten hat sie noch nicht mal einen Comic angepackt.«

»Und was machen wir jetzt mit dir?« Cara schien sich für Traceys Lesegewohnheiten nicht allzu sehr zu interessieren.

»Ach, Cara, es hat mir schon so gutgetan, einer Freundin mein Herz ausschütten zu können«, seufzte Eva dankbar und ich stellte mir vor, wie sie aufstand und Cara herzlich umarmte. »Sollte ich die Papiere wirklich nicht wiederfinden, was ich befürchte, dann muss ich die Konsequenzen tragen.« In meinen Ohren klang sie jetzt deutlich gefasster. Die Arme! Ich drückte ihr beide Daumen, dass sie die Akte einfach unter einer anderen übersehen hatte.

Da drinnen in der Suite holte Cara so tief Luft, dass ich ihren Atemzug bis nach draußen hören konnte. »Ich habe es dich eben schon mal gefragt. Und ich weiß, was du gestern auf die gleiche Frage von Ben geantwortet hast. Ich bin deine Freundin und schätze dein Vertrauen sehr! Deshalb sei mir nicht böse: Hast du Tracey ermordet oder weißt du irgendetwas, das mit ihrem Mord zu tun haben könnte?«

Selbst wenn ich so mutig gewesen wäre, mich an dem Waggon hochzuziehen, um in die Suite zu spähen, wäre es ein Ding der Unmöglichkeit gewesen. So ganz ohne Bahnsteig und einem aufsteigenden Gleisbett lag das Fenster einfach viel zu hoch. Deshalb blieb mir nichts anderes übrig, als Evas Antwort abzuwarten. Die Sekunden zogen sich wie Minuten.

»Ich schwöre dir bei allem, was mir heilig ist. Ich weiß absolut nichts über Traceys Tod!«

»Genau das wollte ich nur noch mal klar und deutlich von dir hören!«

Seufzend leinte ich Stratford wieder an und richtete mich auf.

»Eine Sache noch: Was steht in diesen Unterlagen, dass sie so wahnsinnig wichtig sind? Ich meine, wäre es wirklich so ein Drama, wenn …« So zögerlich, wie Cara das sagte, wusste sie genauso gut wie ich, dass Eva ihr keine klare Antwort geben konnte.

»… wenn sie in die falschen Hände gerieten, Cara? Top Secret. Wenn in diesen Unterlagen steht, was ich vermute, dann darf ihr Inhalt unter gar keinen Umständen an die Öffentlichkeit geraten. Es wäre der Untergang des Königshauses und was das für Großbritannien bedeuten würde, muss ich dir wohl nicht erst erklären. Mehr darf ich dir dazu nicht sagen!«, erwiderte sie dann auch prompt und sehr geheimnisvoll.

❄ ❄ ❄

Für mich war Eva aus dem Schneider. Ich glaubte ihr genauso, wie Cara es tat. Auch wenn ich jetzt schon James' skeptische Stimme in meinen Ohren hörte. »Glauben ist nicht wissen, Watson!« Und trotzdem. Sie war unschuldig. Aber was war das nur für eine seltsame Sache mit den verschwundenen Unterlagen? Eva glaubte fest daran, dass Tracey sie gestohlen hatte. Nur hatte sie das nun mal nicht! Das war doch sehr merkwürdig. Wo Eva sich so sicher war, dass sie ihre Akten nur in diesen speziellen zehn Minuten unbeaufsichtigt gelassen hatte. Und was für ein Geheimnis konnte so schlimm sein, dass es die Königsfamilie vom Thron stoßen konnte?

»Wir müssen hier weg, Stratford!« Und das ganz schnell, wie mir gerade auffiel! Denn während ich das Gespräch der Freundinnen belauscht hatte, waren einige Sonnenanbeter aus dem bestimmt stickigen Salonwagen nach draußen geklettert. Ich sah Rose, die ihr Gesicht mit geschlossenen Augen dem blauen Himmel entgegenreckte. Madelyn und Alistair, die Hand in Hand spazieren gingen. Gigi und Charles, die sich jetzt trennten. Gigi stapfte querfeldein durch den Schnee. Und Charles? Ach, du lieber Himmel! Der kam genau auf mich zu.

»Lass mich jetzt nicht hängen, Stratford, okay?«, flehte ich den Malteser an und zog an der Leine. Doch Stratford gab alles. Entschlossen stemmte er seine vier kurzen Beinchen so fest in den Schnee, wie er nur konnte. Nicht einen Zentimeter würde er freiwillig aufgeben. Er war noch nicht bereit, in die Enge von Sallys Abteil zurückzukehren. Dafür hatte ich auch volles Verständnis, aber mein Fluchtinstinkt war stärker. »Ich habe dir Bällchen geworfen und dich gekrault wie ein Weltmeister. Du kannst dich wirklich nicht beschweren, Stratford.« Auch das sah er anders. Bereit zur nächsten Runde Fang-den-Ball senkte er seine Schnauze in den Schnee, bellte freudig und reckte seinen Hintern in die Höhe.

»Ich verspreche dir auch, dass ich es wiedergutmache!« Bevor Charles noch näher kommen konnte, bückte ich mich schnell, schob meinen Arm unter Stratfords Bauch und hob ihn hoch. Da konnte er so viel strampeln und sich winden, wie er wollte. Wir würden jetzt verschwinden.

»Warte doch, Millie!«

Mein Verstand riet mir, die Beine in die Hand zu nehmen und so weit zu laufen, wie ich nur konnte. Wäre da nur nicht mein dummes, verliebtes Herz gewesen, das sich dagegenstemmte wie Stratford gerade gegen die Leine. Ich blieb, wo ich war. Drehte mich aber nicht zu ihm um.

»Warum läufst du denn vor mir weg?« Er war jetzt ganz nah. So nah, dass ich seinen warmen Atem in meinem Nacken spüren konnte. Gequält schloss ich die Augen. Und dann tat ich etwas, das wahrscheinlich sehr dumm gewesen ist. Nur hielt ich diesen Kampf zwischen meinem Kopf und meinem Herzen nicht länger aus. Ohne über die möglichen Konsequenzen nachzudenken, fuhr ich zu ihm herum. Ich hatte ja nicht damit gerechnet, wie tief mich sein verletzter Blick ins Herz treffen würde. »Hast du Tracey ermordet?« Oh, mein Gott, hatte ich das gerade wirklich gefragt?

»Was? Bist du irre?« Charles keuchte fassungslos.

»Warum sonst soll ich für dich lügen?« Stratfords Fell kitzelte mir in der Nase. »So gut wie niemand hat ein Alibi. Alle sind mal rein und dann wieder raus. Warum legst ausgerechnet du so viel Wert darauf, dass Mr Lory denkt, du wärst die ganze Zeit bei Amy und mir gewesen?« Die Tränen schossen mir in die Augen.

»Es war dumm von mir und völlig übertrieben. Eine Kurzschlussreaktion. Mr Lory hat einfach nur eine blöde Bemerkung gemacht. Über Zauberer. Darüber, dass sie mal hier, mal dort sind und davon leben, den anderen etwas vorzugaukeln. Und dann hat er mich gefragt, wo ich …«

»Sorry, aber für so ein Verhalten fällt mir nur ein Grund ein. Auch wenn James sagt …«

Charles' Gesicht verdunkelte sich so plötzlich, dass ich erschrocken vor ihm zurückwich.

»James!«, schnaubte er verächtlich. »Natürlich! Mit dem verbringst du ja auch deine ganze Zeit. Hör zu, Millie, du bist ein freier Mensch und kannst tun und lassen, was du willst. Und bloß, weil wir ein bisschen herumgeknutscht haben, sind wir noch lange nicht verheiratet. Ich habe dich gesucht, weil ich mich bei dir für meine blöde Bitte entschuldigen und dich fragen wollte, ob du heute Abend mein Date auf dem Ball sein möchtest. Aber vielleicht solltest du dir erst mal überlegen, was du willst. Oder besser, wen du willst!«

»Jetzt lauf doch nicht einfach weg! Charles!« Den Kopf zum Schutz vor der Kälte tief zwischen seine Schultern gezogen, oder weil er mich nicht hören wollte, stapfte er davon. »Und was ist mit dir und Gigi?« Das rief ich ihm hinterher, obwohl ich wusste, dass es unfair war. Gigi hatte ihn angegraben und nicht umgekehrt.

»Ach, verdammt. Liebe ist doch Scheiße, Stratford, merk dir das!«, schniefte ich in sein Fell, während Charles bis zu den Knien im Schnee versank, sich wieder befreite und weitermarschierte.

Kapitel 26

Stratford auf dem Arm schaute ich mich nach allen Richtungen um, bevor ich James' Key Card an die Tür von Gigis Suite hielt.

So unschön ich die Vorstellung anfänglich gefunden hatte, allein weiterzumachen, so erlösend war sie jetzt. Vor allem nach meinem Streit mit Charles.

»Meine Güte, Gigi, wie kann man denn nur so viele Klamotten haben?« In unserem Waggon waren vier Abteile untergebracht. In dem hier fünf. Deshalb hatte ich schon erwartet, dass sie etwas kleiner ausfielen. Trotzdem war ich davon überzeugt, dass Gigi es auch geschafft hätte, Mr und Mrs Frosts Riesensuite komplett mit Mänteln, Blusen, Pullovern, Röcken, Hosen, Jacken, Schuhen, Stiefeln, Pantoffeln (wozu brauchte sie für zwei Nächte mehrere Pantoffeln?), Schlafmasken, Pyjamas, Morgenröcken und keine Ahnung, was sonst noch allem, zu dekorieren. Und über allem hing dieser vanillig-karamellige Duft von Gigis viel zu süßem Parfum. Diesmal musste ich sehr heftig niesen. Stratford fand es auf jeden Fall großartig, dass er sich durch Gigis Sachen schnuppern durfte wie ein Maulwurf. Es hätte mich nicht gewundert, wenn er danach für die nächsten drei Tage nichts mehr hätte riechen können.

In diesem ganzen Wust erregten exakt zwei Dinge meine Aufmerksamkeit, auch wenn sie nichts mit dem Mord an Tracey zu tun haben konnten. Erstens war da dieses sagenhafte Zwanzigerjahre-Kleid, das sie für den Maskenball eingepackt hatte. Blassrosa, mit

Glitzersteinen und feinen Fransen. Dazu gab es natürlich passende Handschuhe und silberne Roaring-Twenties-Schnallen-Schuhe. Darin würde sie einfach umwerfend aussehen!

Und dann fand ich noch den Beweis dafür, dass die Welt ein Dorf ist. In einer ihrer Handtaschen – es war die, die Gigi bei ihrer Ankunft über ihrer Schulter getragen hatte – entdeckte ich nämlich eine Visitenkarte. *Give me chocolate* stand da in der vertraut verschnörkelten Schrift über der Zeichnung eines Schokoladenkuchens mit Cheese-Cake-Füllung. Was ich deshalb so gut wusste, weil es mein Lieblingskuchen war. Und den gab es in dem Café direkt bei uns um die Ecke, in dem ich bis zu seiner plötzlichen Schließung gekellnert hatte. Wie unglaublich war das denn? Gigi und ich hätten uns dort begegnen können. Vielleicht hatte ich sie sogar mal bedient, als sie sich ein Tässchen heißen Kakao mit Kardamom und Sahne gegönnt hatte. Nein, das war nicht sehr wahrscheinlich. Denn eine Gigi Doe hätte ich natürlich sofort erkannt.

❄ ❄ ❄

Als ich wieder auf den Gang hinaustrat, hörte ich Amy draußen freudig glucksen: »Nun komm schon, Charles, wir seifen Gigi ein!« Schön, die waren also beschäftigt! In Roses Abteil brauchte ich mich nicht umzusehen, denn sie hatte es noch nicht mal auf unsere Liste der Verdächtigen geschafft.

Seit dem geheimen Treffen der Freunde und Sallys sehr glaubhafter Begründung dafür, dass sie Tracey nicht auf dem Gewissen hatte, war auch sie raus und obendrein eh in ihrer Suite.

Blieb nur noch die unbewohnte Stirling Suite.

Ich erinnere mich genau, wie ich Stratford ein leises »Das wird jetzt eine total unnötige Aktion!« zuraunte und trotzdem das verwaiste Abteil betrat. Hier sah alles genauso aus wie gestern Nachmittag, als James und ich uns hier verkrochen hatten, um unseren geheimen Pakt zu schließen. Wir hatten keine Spuren hinterlassen und, soweit ich das überblicken konnte, auch sonst niemand. Die Schränke waren leer, das große Bett unberührt. Also ging ich ins Badezimmer. »Nur, damit ich James nachher auch sagen kann, dass ich wirklich alles überprüft habe«, versprach ich dem armen Stratford. Scheinbar hatte ihn ein Parfum-Koma erwischt. Alle viere von sich gestreckt, lag er auf dem flauschigen Teppich und kümmerte sich nicht um mich.

Wenn ich im Bad fertig war, würde ich ihn wieder bei Sally abliefern und gucken, was Rachel machte. Alles hier sah tippi toppi aus. Nicht ein Wassertropfen im Waschbecken und die Armaturen funkelten im Licht der Wandleuchte mit dem Spiegel um die Wette. Der Geruch von einem fruchtigen Putzmittel verstärkte den Eindruck von Sauberkeit. Heute kann ich nicht mehr sagen, welchem Impuls ich folgte, als ich auf den Fußhebel des kleinen Mülleimers trat. Dafür kann ich mich noch sehr genau an den verwirrenden Moment erinnern, als ich das Taschentuch entdeckte. Im ersten Augenblick hab ich so was gedacht wie: »Oh, wo kommt das denn her?« Und erst im zweiten habe ich begriffen, dass der Stoff einen roten Fleck hatte. Natürlich hätte ich ihn nicht anfassen sollen. Vor allem nicht, weil ich die Handschuhe in meiner Jackentasche völlig vergessen hatte. Nur war ich in dieser Sekunde furchtbar aufgeregt. Und jeder, der jetzt behauptet, er hätte das Taschentuch eh im Mülleimer liegen lassen, war einfach noch nie in so einer Situation.

Mein Atem ging stoßweise. Das war nicht einfach nur ein roter Fleck. Das sah nach richtigem echtem Blut aus. Hektisch riss ich einen frischen Hygienebeutel aus dem versteckten Spender und ließ das Taschentuch hineinfallen. Immerhin so geistesgegenwärtig war ich dann doch. Obwohl ich mittlerweile völlig durch den Wind war. Das Taschentuch. Das eingetrocknete Blut. Und dann noch das, was ich bis jetzt nicht aufgeschrieben habe. Zwei aufgestickte Buchstaben. Ein C und ein F. Cara Frost.

»Meine sehr geehrten Damen und Herren, ich freue mich, Ihnen mitteilen zu dürfen, dass das Internet wiederhergestellt ist und wir gerade eben unsere genaue Position an die Bergungsmannschaft übermitteln konnten.« Mr Lorys Stimme klang wie aus einer anderen Welt an mein Ohr. »Glücklicherweise hatte man uns schon länger vermisst und bereits grob geortet, sodass Hilfe bald eintreffen wird. Sobald unser Weg frei ist, werden wir unverzüglich die Weiterfahrt nach Edinburgh antreten. Der Lunch wird gleich wie gewohnt im Speisewagen serviert werden.«

❄ ❄ ❄

»Ach, Millie, du kommst wie gerufen. Ich wollte gerade zum Lunch … Großer Gott, was ist passiert? Du siehst aus, als wäre dir ein Gespenst begegnet!« Keine Ahnung, wie Rachel es geschafft hatte, ohne meine Hilfe in ihre Jeans zu schlüpfen. Genauso wenig, wie ich mich daran erinnern konnte, dass ich Stratford bei Sally abgegeben und zu unserer Suite gegangen war.

»Klingel nach James! Ganz schnell! Er soll eine große Kanne heißen Tee mitbringen. Ich weiß, wer Tracey Pitts ermordet hat.«

In der ersten Sekunde schien Rachel aus meinem Gestammel nicht schlau zu werden. In der zweiten klingelte sie nach dem Room Service.

❄ ❄ ❄

Und deshalb quetschten wir uns jetzt zu dritt auf dem Sofa und beugten uns über den kleinen Tisch. Darauf lag nämlich der Hygienebeutel und daneben das blutbefleckte Taschentuch, das ich in der Sterling Suite im Mülleimer gefunden hatte. Keiner von uns wusste, ob es möglich war, auf Stoff Fingerabdrücke zu hinterlassen. Und weil Vorsicht besser ist als Nachsicht, hatte Rachel mich ins Badezimmer geschickt, um eine Pinzette aus ihrem Kulturbeutel zu holen. Mit der hatte sie dann das Stück Stoff behutsam aus dem Beutel gefischt.

»Wozu, bitte, habe ich dir die Handschuhe gegeben?« Wenn James das noch ein Mal mit diesem Mehr-als-eine-Fünf-ist-das-nicht-Lateinlehrerblick sagte und dazu ungläubig über so viel Dummheit den Kopf schüttelte, würde ich ihn erwürgen. Das war doch jetzt gar nicht das Thema! »Außerdem hättest du das Taschentuch genau da liegen lassen sollen, wo du es gefunden hast.«

»Wie häufig willst du noch darauf herumreiten? Das habe ich schon beim ersten Mal verstanden!«, fauchte ich, nachdem ich die zweite Tasse Tee hinuntergekippt hatte. Normalerweise hilft mir Tee, wenn ich mich beruhigen muss. Nur diesmal ließ er mich im Stich. »Außerdem hast du gesagt, um den Mörder zu überführen, brauchen wir einen hieb- und stichfesten Beweis. Was war noch gleich dein Beispiel? Das Messer mit den Fingerabdrücken von Benjamin Frost in seiner Manteltasche? Tja. Ich glaube, das hier kann da locker mithalten.«

»Erstens brauchst du mich gar nicht so anzufauchen«, gab James seelenruhig zurück. Schon wieder etwas, das mich wahnsinnig machte. Wie konnte der nur so ruhig bleiben? »Und zweitens stimmt das nicht so ganz, Watson.«

»Watson. Sherlock. Sherlock. Watson! Das nervt, James. Wir

sind nicht die Protagonisten in einer Kurzgeschichte. Das hier ist echt!« Keuchend ließ ich mich gegen die Sofalehne fallen. In der letzten Nacht hatte ich so gut wie kein Auge zugemacht und in der Nacht davor war ja auch einiges los gewesen. Dazu kam die Erkenntnis, dass ich Charles grundlos tief verletzt hatte. In meinem Kopf fing es an zu hämmern wie in einem Bergwerk, wenn ich auch nur daran dachte, was ich ihm vor vielleicht – wie lange war das jetzt her? Zwanzig Minuten? Einer halben Stunde? – um die Ohren gehauen hatte.

»Noch mal zum Mitschreiben«, verlangte Rachel, obwohl sie weder Stift noch Block in den Händen hielt. Ächzend legte sie ihren Fuß auf dem Sessel vor ihr ab. »Das hier«, sie deutete auf das Taschentuch, »trägt das Monogramm von Cara Frost. Und es weist Blutflecken auf.«

»Nicht einfach nur Blutflecken, Rachel!« Mit geschlossenen Augen massierte ich meine pochenden Schläfen. »Es muss das Blut von Tracey sein. Wäre es ihr eigenes, hätte Cara das Taschentuch nicht in den Mülleimer einer unbewohnten Suite werfen müssen. Sie wollte es aber loswerden und zwar schnell.« Wieso, um Himmels willen, musste Rachel immer alles tausend Mal hinterfragen und konnte nicht einfach mal das Offensichtliche akzeptieren?

Die Anspannung ließ meine Kopfhaut prickeln.

»Gehen wir mal davon aus, dass Cara Frost wirklich die Mörderin ist«, setzte James an. »Wieso hat sie Eva Williams dann zwei Mal gefragt, ob sie Tracey Pitts ermordet hat. Das hast du uns doch gerade eben erzählt.«

Ich nickte.

»Weil sie alles andere verdächtig gemacht hätte«, antwortete Rachel langsam. Sie beugte sich umständlich vor, griff sich die Pinzette und zog das Taschentuch an den Ecken auseinander. »Das ist sehr geschickt gewesen. Hätte sie Evas Aussage einfach so geschluckt, ohne noch mal nachzubohren, hätte das seltsam wirken können.«

Na, bitte! Es ging doch.

»Nur …!«

»Was denn jetzt noch?«, seufzte ich.

»Wir sind uns einig, dass dieses Taschentuch Cara gehört. Auch ihr mögliches Motiv liegt auf der Hand.« Rachel nickte, als hätte sie nur mit sich selbst gesprochen. »Eifersucht. Immer vorausgesetzt, dass sie von dem Verhältnis ihres Mannes mit Tracey wusste. Hmm.«

James und ich nickten. Selbstverständlich hatte ich die Minuten, die wir auf James und den Tee gewartet hatten, dazu genutzt, um Rachel über das zu informieren, was er und ich zusammen in den Suiten aufgestöbert hatten und dazu hatte selbstverständlich auch Benjamin Frosts Liebesbrief an Tracey gehört.

»Und trotzdem: Nur weil das Taschentuch ihr gehört, heißt das noch lange nicht, dass Cara es auch … äh … benutzt hat. Genauso gut könnte es ihr Mann gewesen sein. Ich habe das doch richtig verstanden, dass er vorher, also, bevor du, Millie, dieses Taschentuch gefunden hast, unser Hauptverdächtiger gewesen ist.«

Wieder nickten wir, doch diesmal verstand ich, warum Rachel so hartnäckig nachgefragt hatte. So eindeutig war die Sache wirklich nicht.

»Ob sie oder er. Die Polizei muss von unserem Verdacht erfahren.«

Die Gedanken trudelten durch meinen Kopf wie ein Wirbelsturm. War es wirklich wahrscheinlich, dass der Vorstandsvorsitzende der Bahngesellschaft ein Mörder war? Oder eine angesehene Oxford-Professorin? Meine Antwort war ein eindeutiges: Ja! Beruflicher Erfolg und gesellschaftliches Ansehen hielten niemanden davon ab, ein Schwerverbrechen zu begehen, solange ein triftiger Grund vorlag. Und ich konnte mir schon vorstellen, dass rasende Eifersucht oder enttäuschte Liebe für manche Menschen ausreichten, um einem anderen das Leben zu stehlen.

Es war unwahrscheinlich, dass Mr oder Mrs Frost ein zweites Mal zuschlagen würden. Warum hätten sie das tun sollen? Sosehr ich auch in mich hineinhorchte, ich konnte mir selbst nicht erklären, warum ich mich mit einem Mal bedrohter fühlte als vor zwei Stunden. Als James und ich noch im Trüben gefischt hatten. Meine Augen brannten und das Hämmern in meinem Kopf schwoll zu einem fast unerträglichen Dröhnen an, als mich der Grund für meine Angst traf wie ein vergifteter Pfeil. Ich hatte Cara gemocht. Sie war mir sympathisch gewesen. Ich hatte ihr vertraut. Vielleicht nicht so bedingungslos wie ihre Freundin Eva Williams und trotzdem. Nie im Leben hätte ich gedacht … Wie hatte James es ausgedrückt: »Man sieht den Menschen leider immer nur vor den Kopf!«

Mit einem Satz war ich auf den Füßen, griff mir James' rechten Arm und versuchte ihn vom Sofa zu ziehen: »Wir müssen zu Mr Lory. Er soll … oder du gibst mir mein Handy zurück, damit wir die Polizei anrufen können!«

Kopfschüttelnd befreite James seinen Arm aus meiner Umklammerung. »Du kannst dein Handy gerne haben. Die anderen Passagiere wollten ihren Kram auch schon zurückhaben. Nur macht es keinen Sinn. Kurz nachdem Mr Lory Kontakt zur Leitstelle hatte, ist alles wieder zusammengebrochen. Der Funk, das Internet. Nichts geht!«

Ich nickte enttäuscht. Wir mussten also warten, bis wir in wenigen Stunden freigeschaufelt sein und in Edinburgh ankommen würden, erst dann konnten wir … Aber hatten wir es wirklich geschafft? Hatten wir das Rätsel gelöst? Wenn ich damit gerechnet hatte, in diesem Fall unbändige Freude zu empfinden, dann hatte ich mich sehr geirrt.

Kapitel 27

Der Mord, unsere Suche nach Spuren und Beweisen und das, was wir gefunden hatten, hatte mir den Appetit gründlich verdorben. Genauso wie mein unmögliches Verhalten Charles gegenüber. Von dem ich jetzt wusste, wie unbegründet es gewesen war. Natürlich würde ich heute Abend sein Date sein, von Herzen gerne, wenn er es noch wollte und mich nicht schon gegen Gigi eingetauscht hatte. Aber erst mal würde ich meine wiedergewonnene Zeit nutzen und mein Glück bei Marissa versuchen. Ich brauchte dringend eine Auszeit! Die Tatsache, dass wir nach unserem Fahrplan jetzt schon längst in Edinburgh hätten sein sollen, machte mir Hoffnung darauf, dass sie nichts zu tun hatte.

»Hi!« Als ich den Spa-Bereich betrat, zupfte sie sich gerade dicke Handschuhe von ihren langen, schlanken Fingern und öffnete den Reißverschluss ihres wattierten Wintermantels. »Hi, Millie, ist es nicht wunderbar? Die Sonne scheint. Das Bergungsteam ist unterwegs und eben habe ich die Nachricht erhalten, dass die Heizung wieder läuft.«

»Das klingt wirklich gut. Ich wollte dich nämlich fragen, ob du einen Termin für mich frei hast. Jetzt.« Auf Zehenspitzen schielte ich auf ihren Kalender, der aufgeschlagen auf einem Stehpult lag. Wie erwartet, war er leer.

»Arbeit! Wunderbar!«, freute sich Marissa und rieb sich mit leuchtenden Augen die Hände. »Du ahnst ja gar nicht, wie lang so ein Arbeitstag werden kann, wenn man nichts zu tun hat.« Einladend deutete sie auf den Kosmetiksessel, schlüpfte aus ihrem Mantel und strich ihren schneeweißen Kosmetikerinnenkittel glatt. Kaum hatte ich mich aus meinen überflüssig gewordenen Winterklamottten geschält, saß ich auch schon. Im gleichen Moment schob sich der Sessel wie von Geisterhand zu einer bequemen Liege auseinander. Marissa breitete eine kuschelige Wolldecke über mir aus. »Du müsstest deinen Pullover ausziehen. Den BH kannst du anlassen. Wir schieben die Träger einfach über die Schultern.«

Kurz verschwand sie hinter einem Paravent. Als sie wieder dahinter hervorkam, umspülte mich angenehme Entspannungsmusik.

»Nicht erschrecken!«, warnte Marissa mich vor und trotzdem stach mir das grelle Licht der kreisrunden Kosmetiklampe schmerzhaft in die Augen.

»Du hast ein paar Unreinheiten«, diagnostizierte sie murmelnd. »Klassische T-Zone!« In der Mitte der Lampe befand sich eine desserttellergroße Lupe, durch die sie kritisch meine Haut betrachtete. »Okay, dann brauchen wir erst mal ein pH-neutrales Reinigungsprodukt und dann ja … ach, ich weiß schon, was ich da am besten nehme!«

»Du bist die Fachfrau!« Total erledigt kuschelte ich mich in die Decke und schaute mich neugierig um. Auf dem Sideboard zu meiner Linken hatte Marissa auf einem dunkelgrünen Tuch eine Krippe aufgebaut. Die Hirten, Engelchen, Ochs und Esel, Maria, Joseph und selbst das Jesuskind war schon anwesend. Neben der Krippe stand eine dunkelrote elektrische Stumpenkerze in einem gläsernen Windlicht und tauchte die Szene in einen gelblich-warmen Lichtschein, der sich in der matten Außenscheibe spiegelte.

»Du gehst noch zur Schule, oder?«, erkundigte sich Marissa im Aufstehen. Aus den Augenwinkeln sah ich, wie sie aus dem Vitrinenschrank rechts von mir Fläschchen, Döschen und irgendetwas, das wie Papier knisterte, nahm.

»Ja. In London. Rachel und ich sind auf dem Weg zu unseren Eltern. Vor zwei Jahren sind sie nach Edinburgh zurückgezogen.« Mit geschlossenen Augen genoss ich, wie Marissa mit kreisenden Bewegungen die Reinigungsmilch auf meinem Gesicht, Hals und Dekolleté verteilte und leicht einmassierte.

»Dann kommt ihr gar nicht aus London?«

Wäre ich nicht so fürchterlich erledigt gewesen, hätte ich gerne mit Marissa ein Schwätzchen gehalten. Schon allein um mein geschlauchtes Hirn mal mit etwas anderem zu beschäftigen als einer Mördersuche. So, wie mein Puls aber immer langsamer wurde, würden wir nicht weit kommen.

»Ursprünglich nicht. Unsere Großeltern führen in dritter Generation eine Kilt-Schneiderei in Edinburgh«, gähnte ich und schaffte es gerade noch rechtzeitig, mir die Hand vor den Mund zu halten. »Entschuldige bitte. Ich bin nur so furchtbar …«

»Alles gut!«

»Weil Dad es aber für eine gute Idee hielt, in London eine Filiale zu eröffnen, sind wir dorthin gezogen. Damals gingen Rachel und ich beide noch in die Schule. Vor zwei Jahren hatten unsere Eltern dann aber genug von London und wollten zurück nach Edinburgh. Auch weil unsere Großeltern die Schneiderei dort nicht mehr alleine managen können. Rachel studierte zu diesem Zeitpunkt noch in London. Deshalb war es klar, dass sie bleiben würde, und ich wollte weder die Schule wechseln noch von meiner Schwester oder meinen Freundinnen getrennt werden. Also blieb ich auch.«

»Ah, okay.« Mit einem warmen Tuch nahm Marissa die Reinigungsmilch wieder ab, um dann ein Gesichtswasser aufzutragen, das meine Haut für das Peeling vorbereiten sollte. Das war das Letzte, woran ich mich erinnern konnte. Nee, stimmt nicht. Ich weiß auch noch, dass Marissa zu mir sagte: »Du kannst ruhig schlafen. Das tun viele! Ich werte das als Kompliment.«

Tja, und dann hatte ich nicht mehr die Kraft, länger gegen die bleierne Müdigkeit anzukämpfen, und fiel in einen tiefen, traumlosen und keine Ahnung wie langen Schlaf.

Nur sehr widerwillig tauchte ich wieder in die Wirklichkeit auf. Meine Augenlider waren zentnerschwer. Was aber nicht an dem feuchten Tuch lag, das mein Gesicht bedeckte. Meine Arme und Beine fühlten sich nämlich genauso an.

Als Erstes registrierte ich, dass die Musik aus war. Auch ohne zu blinzeln, spürte ich, dass Marissa nicht mehr im Raum war. Bestimmt hatte ich die gesamte Behandlung verschlafen. Bevor Marissa mich in Ruhe hatte schlummern lassen, hatte sie mich so fürsorglich wie eine gute Mum in die Decke eingewickelt wie eine Mumie.

Vorsichtig hob ich den rechten Arm, um zu checken, ob ich mich allein aus meinem Kokon befreien konnte, als – ich schätzte hinter dem Paravent – ein leises Flüstern erklang: »Können wir reden?«

»Millie ist hier. Aber sie schläft tief und fest. Warum?«

»Bist du dir sicher, dass sie uns nicht hören kann?«

Mit angehaltenem Atem lauschte ich auf die Schritte, die sich zielstrebig, aber leise auf mich zubewegten. Und dann ganz nah neben mir verharrten.

»Millie? Ich bin's, Charles!« Wären meine Augen unter dem Tuch nicht schon geschlossen gewesen, ich hätte sie ganz fest zugekniffen. Gerade noch rechtzeitig erinnerte ich mich daran, dass ich flach, aber regelmäßig Luft holen musste. Auch ein Schläfer brauchte Sauerstoff. Es kostete mich meine ganze Kraft, meinen Atem unter Kontrolle zu bringen und ihn vom Zittern abzuhalten. Aber ich bekam es hin. Plötzlich wurde es hinter meinen Augenlidern heller und ich spürte einen kalten Luftzug auf meinem Gesicht. Charles hatte mir meine Show nicht hundertprozentig abgekauft und wollte auf Nummer sicher gehen.

»Emmmm!«, brummelte ich und ließ meinen Kopf kraftlos auf die andere Seite kippen. Wie ein Schläfer, so hoffte ich, der sich in seiner Ruhe gestört fühlte, aber so tief im Land der Träume steckte, dass er es so schnell nicht wieder verlassen würde. Lange noch nicht!

Das Tuch sank wieder auf mein Gesicht und Charles' Schritte traten den Rückweg hinter den Paravent an. Zu Marissa.

»Wollt ihr mir jetzt endlich mal sagen, was los ist? Warum taucht ihr hier so plötzlich auf? Zu zweit?« Marissa hörte sich unglaublich angespannt an. Es war nichts mehr übrig geblieben, von der sanften, beruhigenden Stimme der Kosmetikerin, deren Job es war, gestressten Menschen eine kleine Flucht aus dem Alltag zu schenken.

Ihr? Ich wollte schlucken, was aber nicht ging, weil mir dazu die Spucke fehlte. Wer außer Charles versteckte sich denn noch hinter der Trennwand?

»Millie stellt Fragen.« Wieder Charles. »Sie und, ich glaube auch, James stecken ihre Nase in Dinge, die sie nichts angehen.«

»Das ist nicht gut!«, stellte die dritte Person in einem Ton klar, der mich ihre hochgezogenen Augenbrauen deutlich vor mir sehen ließ. Es war Natalie. Kein Zweifel möglich.

»Ich habe einen verdammt bösen Fehler gemacht. Ich habe Millie um ein Alibi gebeten.«

»Du hast was? Charles!« Vor meinem inneren Auge sah ich, wie Marissa kalkweiß wurde.

»Ich weiß, es war dumm. Aber ich habe Panik bekommen. Wegen Mr Lory. Er hat Bemerkungen gemacht. Erst nur allgemeines

Zeug über Zauberer und was sie so draufhaben und dann hat er gesagt, und dabei so lauernd geguckt, dass das Messer …«

»… aussieht, als käme es aus der Requisite eines Zauberers«, vollendete Natalie für ihn den Satz. Eine eiskalte Gänsehaut prickelte mir über den Rücken. Nein, oh, bitte, nein! Ich wollte das alles gar nicht hören. Wir hatten doch unseren Mörder gefunden.

»Genau. Und zwar wie das Messer, dessen Klinge doch nicht in den Schaft einfährt, wenn sie auf einen Widerstand stößt. So, als würde er wissen …« Diesmal führte keiner Charles' Satz zu Ende.

»Wieso musste sie mich nur wiedererkennen?« Marissa war den Tränen nahe, während ich in meinem Kokon endgültig erstarrte.

Wie jetzt?

Das Wort *wiedererkennen* schreckte in meinem Kopf eine Erinnerung auf, die mich zu unserem ersten Abend im *Golden Highlander* zurückkatapultierte, als Rachel ihr Interview mit Madelyn oder wohl eher mit Tracey geführt hatte.

»Dürfte ich fragen, für welche Berühmtheiten du schon gekocht hast?« Diese Frage hatte meine Schwester der Sterneköchin ganz am Ende noch gestellt. Die Antwort war von Tracey gekommen: *»Ich kann natürlich keine Namen nennen. Aber die Liste ist lang und sehr erlesen. Nur so viel … Madelyn hat schon für Präsidenten, Despoten und Tech-Milliardäre gekocht. Und ich kann euch versichern, es war so mancher Mensch darunter, dem wir beide lieber nie begegnet wären. Einmal sogar ein Mörder.«* Dann hatte sie noch hinzugesetzt: *»Ich würde ihn jederzeit wiedererkennen.«*

Ihn! Tracey hatte *ihn* gesagt. Deshalb war ich zwangsläufig von einem Mann ausgegangen und hatte eine Frau als Mörderin stillschweigend und sehr voreilig, wie ich jetzt mal anmerken muss, sofort ausgeschlossen! Ehrlicherweise hatte ich an Traceys Bemerkung bis jetzt sowieso nicht mehr gedacht. Was für eine unglaubliche Fügung des Schicksals war das aber auch bitte? Ausgerechnet dieser Mörder oder besser diese Mörderin reiste als Kosmetikerin mit dem *Golden Highlander* und traf rein zufällig an Bord des Zuges Tracey wieder. Die dann so dumm gewesen sein musste, ihr zu sagen, dass … War es wirklich so abgelaufen? … Meine Hände waren eiskalt und gleichzeitig klitschnass. Mein Gehirn weigerte sich, das Naheliegende zu begreifen. Tracey hatte in Marissa nicht den Mörder, sondern die Mörderin wiedererkannt, für die Madelyn mal gekocht hatte!

»Das ist jetzt nicht mehr zu ändern«, entschied Natalie, um sich dann mit gnadenloser Geschäftsmäßigkeit an Charles zu wenden. »Weißt du, wie viel Millie und James schon über uns herausgefunden haben?«

»Ich denke, im Moment stochern sie herum und wissen noch nichts Konkretes. Ich habe Millie die halbe Wahrheit über Mr Lorys Bemerkungen erzählt. Ich hoffe, dass ich damit meinen Hals aus der Schlinge ziehen konnte. Zumindest für den Moment. Aber der Verdacht ist da. Überlasst Millie einfach mir und du, Natalie, beschäftigst James. Die beiden dürfen keine Gelegenheit mehr bekommen, noch weiter herumzuschnüffeln.« Ich erkannte Charles nicht wieder.

»Kein Problem«, erwiderte Natalie. »Wenn der Lunch durch ist, geht es sofort mit den Vorbereitungen für den Cocktailempfang, das Weihnachtsessen und den Ball weiter. James wird nicht mal Zeit finden, um sich die Nase zu putzen. Dafür werde ich schon sorgen. Und wir verschwinden hier, sobald das unauffällig möglich ist. Mein Plan ist folgender: Kurz vor Edinburgh werde ich die Notbremse ziehen und wir springen aus dem Zug. Bis die Polizei oder die Presse hier sein können, sind wir über alle Berge!«

»Und was, wenn Millie und James …?« Mit jedem weiteren Wort war Marissas Stimme leiser und leiser geworden, sodass ich den Schluss ihrer Frage nicht verstehen konnte. Musste ich aber auch nicht. Den konnte ich mir schon selbst zusammenreimen. Wenn wir ihnen doch noch auf die Schliche kommen sollten. Das hatte Marissa wissen wollen.

»Dann werden wir uns zu helfen wissen«, entschied Natalie.

Hinter der Trennwand ertönte ein leises Schuffeln und Scharren wie von Füßen. Dann ohrenbetäubende Stille. Bis jemand dahinter hervortrat.

Mein Plan war es, Marissa so lange Cremes und Tiegel in dem Vitrinenschrank abwischen und umsortieren zu lassen, wie ich brauchte, um sehr langsam von zweihundert an rückwärtszuzählen. Immer wieder kam ich durcheinander und musste von vorne anfangen, weil ich mich nicht konzentrieren konnte. Einhundertachtundvierzig … Wir hatten den Brief von Benjamin Frost, das Taschentuch seiner Frau plus zwei verdammt gute Motive und jetzt zählte das alles nicht mehr?

Wo war ich gerade gewesen? Ach, Mist! Zweihundert, einhundertneunundneunzig … einhundertsiebenundsiebzig … Nein, sosehr ich mich auch anstrengte, unsere Untersuchungsergebnisse mit meinen neuesten Informationen unter einen Hut zu bringen, ich scheiterte immer wieder. Schließlich ließ das alles doch nur eine Antwort zu. Als James und ich uns hinter den Freunden in den Salon geschlichen hatten, hatte James mir eine Vermutung zugeraunt. Nämlich, dass sie alle unter einer Decke stecken würden. Damit hatte er falschgelegen. Es würde ihn bestimmt freuen, dass seine Theorie mit einer anderen Besetzung sich letzten Endes doch noch als ziemlich schlau herausstellen sollte. Mist! Ich hatte schon wieder den Faden verloren und nicht die geringste Lust, erneut von vorne anzufangen, als mich ein Scheppern plötzlich aufschrecken ließ. »Was war das?«, keuchte ich.

»Ah, du bist wieder unter den Lebenden!« Marissa hockte vor dem Vitrinenschrank und lächelte mich so lieb an, als würde sie sich wirklich freuen, mich zu sehen. Die falsche Schlange. »Mir ist nur ein Pott Creme runtergefallen. Nichts weiter passiert!«

Wenn du wüsstest, was noch so alles passiert ist, dachte ich, schälte mich mit ihrer Hilfe aus meinem Kokon und machte mich auf, um Rachel und James zu suchen.

Kapitel 28

Kaum hatte ich Marissa und den Spa-Bereich hinter mir gelassen, rannte ich los, als wäre der Teufel hinter mir her. Ich brauchte jemanden, der mir half, den Spaghettiklumpen in meinem Kopf zu entwirren. Und dieser Jemand konnte nur James sein. Es war kurz vor halb vier und genauso wie Natalie es angekündigt hatte, waren sie und James schon dabei, den Speisewagen für das Weihnachtsessen einzudecken, die Tische zu dekorieren und sich um die Getränke zu kümmern. Vor der Tür legte ich eine Vollbremsung hin. Durch die Ornamentglasscheibe konnte ich sehen, wie Natalie James Anweisungen gab. Mal hierhin, mal dorthin deutete. James nickte und ging dann sofort mit Feuereifer seine neue Aufgabe an. Verschob einen Stuhl von Tisch A an Tisch B oder sammelte das Besteck wieder ein und ersetzte es durch ein anderes.

»Guck zu mir, James!« Hypnose war doch einen Versuch wert, aber ich wusste schon immer, dass das Mumpitz ist: Natürlich erreichten ihn selbst meine intensivsten Gedanken nicht; er hob nicht einmal den Kopf. Nervös begann ich an meinen Fingernägeln zu knabbern, was ich mir seit dem Wahrscheinlichkeitsrechnen eigentlich wieder abgewöhnt hatte. Ich musste mit ihm reden! Unbedingt!

›Denk nicht lange darüber nach. Mach einfach!‹, befahl ich mir. Das Wichtigste war jetzt, ganz normal rüberzukommen. Solange Natalie nicht auffiel, dass ich über ihr Spiel Bescheid wusste, war alles gut. Was konnte mir im Moment schon Schlimmeres passieren, als dass sie mich rauswarf? Nichts!

»Hi, James!«, trällerte ich so unbeschwert wie nur möglich und ließ im Näherkommen meine hektischen Finger über die Tischkanten fahren. »Hallo, Natalie!«

Während sie mit der linken Hand eine Weinflasche hielt, winkte sie mir mit ihrer rechten und dem Korkenzieher zu. »Hi, Millie!«

»Das wird aber richtig festlich hier!«, lobte ich und arbeitete mich ohne Hast auf James zu. »Wann beginnt die Feier denn eigentlich?«

»Um fünf startet der Cocktailempfang im Salon, puh, den müssen wir auch noch auf Vordermann bringen. Danach gibt es das Essen und im Anschluss steigt die Party, äääh, der Ball«, informierte mich James.

»Dann muss ich mich ja schon bald umziehen!« Gleich wäre ich ihm so nah, dass ich ihm etwas zuflüstern konnte, ohne dass Natalie auch nur ein Wort verstehen würde. ›Lass dir eine Ausrede einfallen und komm in fünf Minuten in unsere Suite!‹ Das würde ich sagen, und wenn ich noch die Gelegenheit dazu haben sollte, dann würde ich schnell hinzusetzen: ›Es geht um Leben und Tod!‹ Das war vielleicht etwas dramatisch, aber es würde mir James' volle Aufmerksamkeit garantieren. Noch vier Schritte. Noch drei. Noch …

»Hey, Millie, würde es dir etwas ausmachen, uns allein zu lassen? Wenn Mr Lory hier reinschneit, und das wird er tun, und er sieht dich hier, bekomme ich einen drauf, weil ich dich nicht weggeschickt habe. Die Deko und all das soll doch eine Überraschung für die Gäste sein.« Natalie war hinter der Bar hervorgetreten. Die Weinflasche zwischen die Knie geklemmt, zerrte sie mit der rechten an dem Flaschenöffner.

»Ich wollte James nur ganz kurz etwas sagen.« Natürlich hatte ich nicht erwartet, dass ich mit dieser Erklärung mein Ziel erreichen würde, nur gehofft hatte ich es schon.

»Das hat bestimmt auch bis später Zeit!« Mit einem lauten Plopp! flutschte der Korken aus der Flasche. In meinen Ohren klang es fast wie ein Pistolenschuss.

»Okay, sicher«, nickte ich.

»Merk dir, was du mir sagen wolltest«, ergänzte James und fuhr sich mit dem Unterarm über seine schweißglänzende Stirn. »Wir haben hier echt grad mördermäßig viel zu tun.«

»Alles klar!« Schritt für Schritt ging ich rückwärts und versuchte dabei James' Blick auf mich zu lenken, damit ich ihm ein Zeichen geben konnte. Doch der Trottel merkte nichts, sondern nahm eine Gabel auf, zerrte ein flauschiges Tuch aus seiner Hosentasche und begann hingebungsvoll eine Stelle auf dem Griff zu polieren.

Im Moment war James ein Totalausfall. Da blieb mir nur eins übrig. Oder besser eine Person, mit der ich reden konnte.

Rachel.

Auf dem Weg zu unserer Suite warf ich einen beiläufigen Blick nach draußen. Abrupt blieb ich stehen. Die Sonne stand als orangeroter Ball schon ziemlich tief am Himmel und ließ die Schneedecke in genau diesen Farben schimmern. Das war aber nicht das Interessante, sondern die Männer in den wattierten orangefarbenen Jacken und den dicken Mützen. Fünf von ihnen standen breitbeinig im Schnee, auf ihre Schaufeln gestützt und unterhielten sich mit Mr Frost und Mr Lory. Das Bergungsteam. Es war endlich da! Schon komisch! Im einen Moment hatte ich noch gehofft, dass James und mir möglichst viel Zeit blieb, um Traceys Mörder aufzuspüren, und einen gefühlten Herzschlag später spürte ich unendliche Erleichterung darüber, dass diese Reise nun sehr bald ihrem Ende entgegengehen würde. Traceys gewaltsamer Tod. Die Mördersuche. All das hatte sich als viel gruseliger herausgestellt, als meine Fantasie es für mich ausgemalt hatte. Erschrocken zuckte ich zusammen, als sich eine Hand auf meine Schulter legte. Dann die zweite auf die andere.

»Hey, ich bin es doch nur.« Das hätte Charles nicht extra erwähnen müssen. Wer außer ihm hätte mich so vertraulich begrüßt? »Friede?«

Okay, Millie, wenn auch nur der Funken einer Schauspielerin in dir steckt, dann musst du das jetzt unter Beweis stellen! Mein Spiegelbild an der Fensterscheibe zeigte mir den ausbaufähigen Versuch eines hocherfreuten Lächelns. Ich hatte zwei Sekunden, um es zu optimieren. Zwei Sekunden, in denen ich mich langsam zu Charles umdrehte, meine Mundwinkel auseinanderzog und so viel Leuchtkraft in meine Augen legte wie nur möglich.

»Aber sicher!«, hörte ich mich selbst säuseln. »Ich weiß gar nicht, was da in mich gefahren ist. Heute Vormittag da draußen im Schnee.«

»Psssst!«, machte Charles, schlang seine Arme um mich und drückte mich an sich. Alles in mir wollte nur weg von ihm. »Hauptsache, du denkst nicht mehr so schreckliche Dinge von mir. Und hey …« Er hielt mich auf Armeslänge von sich. »Heißt das, du bist heute mein Date?«

Ich nickte. »Ja, sicher! Wenn du mich noch willst.« Gott, was redete ich denn da? Wenn du mich noch willst? Das war ja schlimmer als in einem der Sechzigerjahre-Doris-Day-Filme, die meine Mum so gerne mit Grandma sah.

Charles schien es aber zu gefallen. »Cool!« Wieder umarmte er mich. Dann flüsterte er in mein Haar: »Wollen wir noch einen Spaziergang machen? Bis zur Schneewehe und den Arbeitern dabei zusehen, wie sie uns befreien?«

»Eigentlich total gerne. Aber es ist ja schon fast vier und um fünf ist der Cocktailempfang. Da wird es Zeit, mich fertig zu machen.« Geschickt, wie ich hoffte, wand ich mich aus seiner Umarmung und schenkte ihm das nächste falsche Lächeln. Ich lernte schnell. »Du weißt doch, wie wir Mädels sind. Wir brauchen Ewigkeiten im Bad und dann muss das Outfit auch noch perfekt sein. Wir sehen uns im Salon. Fünf Uhr?«

»Ich freue mich auf dich!«, sagte Charles. Kurz darauf löste er seine Hand aus meiner und gab mir einen Kuss, der mich unter anderen Umständen zum Schweben gebracht hätte. Jetzt zog sich aber alles in mir qualvoll zusammen. »Denk dran, heute Abend gehörst du jede Sekunde mir!«

Die Tür fiel hinter mir ins Schloss und ich lehnte mich keuchend an die Wand.

»Millie, bist du das? Ich wusste gar nicht, dass Kosmetikbehandlungen so lange dauern können. Du musst ja jetzt mindestens aussehen wie Emma Chamberlain, sonst gebe ich dich zurück.« Rachels Lachen klang aus dem Badezimmer, unter dessen Tür ein schmaler Lichtstreifen in unsere im Dämmerlicht liegende Suite schien. Ich musste nun wirklich nicht Sherlock Holmes oder Hercule Poirot sein, um zu wissen, woher ihre gute Laune kam. Auch sie war froh, dass das Ziel unserer Reise in erreichbare Nähe rückte. Nicht nur für ihre Verhältnisse hatte sich Rachel aber richtig gut geschlagen. Jetzt freute sie sich, dass das Drama ein Ende haben würde, wir bald unsere Mum und Dad in die Arme schließen konnten und natürlich freute sie sich auf Weihnachten und auf Paul, der am sechsundzwanzigsten von seinen Eltern zu uns kommen würde. Obwohl es mir in der Seele wehtat, ihren Frieden schon wieder zu stören, konnte ich keine Rücksicht darauf nehmen. Dazu war das, was ich im Spa belauscht hatte, einfach viel zu wichtig.

»Kann ich dich mal sprechen, Rachel?« Ich hatte das letzte Wort noch nicht ganz ausgesprochen, da schob meine Schwester ihren Kopf schon durch die Badezimmertür. Den Kajalstift in der Hand und auf dem Gesicht eine Spur zu viel Make-up. Doch darauf würde ich sie später hinweisen. Immer eine schlechte Botschaft nach der anderen.

»Langsam, aber sicher habe ich die Nase gestrichen voll von diesem ganzen Mist!«, schimpfte Rachel, nachdem ich ihr von allem, was mir im Spa zu Ohren gekommen war, im Telegrammstil berichtet hatte. Sie stand wieder vorm Spiegel und hatte die Augen weit aufgerissen, um den Kajal aufzutragen. Ich lehnte am Türrahmen und schaute ihr dabei zu. »Erst verdächtigt ihr Gigi. Wegen des künstlichen Nagels und dem Duft von ihrem Stinkeparfum in der Bibliothek …«

»Moment. Nein, das stimmt nicht!«, fiel ich ihr ins Wort. »Da haben wir von Anfang an gesagt, dass beides nicht zwangsläufig bedeuten muss, dass sie zeitgleich mit Tracey in der Bibliothek gewesen ist. Äh. Im Übrigen … wusstest du, dass sie auch ein Fan von *Give me chocolate* ist?«

»Nein. Wusste ich nicht. Dann halten wir Charles für verdächtig.« Sie ließ sich nicht aus dem Konzept bringen. »Wovon du aber erst mal nichts wissen wolltest. Dann kommst du an und sagst, Cara habe Tracey aus Eifersucht ermordet. Allerdings hattet ihr, du und James, kurz vorher noch Benjamin Frost auf dem Schirm. Hinzu kam dann noch diese wüste Geschichte über gestohlene Top-Secret-Unterlagen aus Eva Williams' Suite. Wo sind wir? Bei James Bond?« Mit einem eleganten Wurf landete der Kajal in Rachels Schminktäschchen auf der Ablage über dem Waschbecken. Ihr Kopf flog zu mir herum. »Und jetzt stecken plötzlich Marissa, Natalie und Charles unter einer Decke?« Das *und* hatte sie ganz besonders betont. Wahrscheinlich, um mir zu zeigen, für wie verrückt sie meine Hin- und Herspringerei bei unseren Verdächtigungen hielt. Blöd war, dass es sich wirklich ziemlich unprofessionell anhörte, wenn man meine Ermittlungsergebnisse so radikal aufs Wesentliche reduzierte. Deshalb überraschte mich auch nicht, dass sie die Schlussfolgerung zog, die jetzt kam: »Du siehst, ihr … wir … sind eben keine professionellen Ermittler. So gerne James Sherlock Holmes sein möchte und du versuchst, dich von Watson zu Mycroft hochzuarbeiten.«

»Äh, bitte, wer ist das jetzt?« Den Namen hatte ich ja noch nie gehört.

»Sherlocks älterer Bruder, der auch nicht gerade dumm ist.« Das genervte Augenrollen hätte sie sich echt schenken können. Ich war nun mal keine Krimileserin.

»Und ich bin und bleibe eine Reise-Journalistin.« Rachels Hand wanderte zu ihrem Kosmetiktäschchen und wühlte so lange darin herum, bis sie ihre Wimperntusche gefunden hatte. »Und außerdem, wer weiß, was du da wirklich gehört hast. Bei dem, was du in den letzten Tagen erlebt hast, ist es ja vollkommen logisch, dass dein Unterbewusstsein sich mit dem Mord an Tracey beschäftigt. Und mit allen, die sich in diesem Zug befinden. Du hast geträumt!«

»Nein, das habe ich nicht. Ganz bestimmt nicht!«, protestierte ich heftig. »Ich weiß sehr genau, was ich gehört habe! Benjamin Frost und seine Frau müssen unschuldig sein. Auch wenn ich nicht verstehe, wie der Brief und das Taschentuch in das alles reinpassen.

Die drei stecken unter einer Decke. Marissa ist die Mörderin, von der Tracey im Interview gesprochen hat. Sie hat sie wiedererkannt und war dann so dumm, es ihr auf den Kopf zuzusagen. Was hat Tracey denn gedacht, dass Marissa mit dieser Information anfangen würde? ›Vielen Dank für den Hinweis?‹ Oder: ›Ach, wie nett, dass wir uns hier wiedersehen?‹« Ich legte den Kopf in den Nacken und bewegte ihn langsam hin und her. »Irgendwie kann man echt niemandem trauen. Ich meine, Marissa. Sie wirkt so nett und lieb und so jung.«

»Ich will davon einfach nichts mehr hören!«, entschied Rachel jetzt und öffnete mit einem Klack ihre Puderdose. »Wir könnten sie eh nicht aufhalten. Überlass die Suche der Polizei. Ich überlege noch, ob es nicht besser wäre, das Taschentuch wieder dorthin zurückzulegen, wo du es gefunden hast.« Automatisch suchte mein Blick nach Rachels Nachttischschublade, wo wir das Taschentuch in seinem Beutel zu Traceys Kette mit dem Zeitungsartikel gelegt hatten. »Mit dem Mondrubin sind wir auch kein Stück weitergekommen. Oder hast du mittlerweile einen Verdacht, wer die Kette gestohlen und uns untergeschoben haben könnte?«

»Wer das Kind der Hofdame der Fürstin von Trevania ist?« Rachel hatte die Puderdose gegen die mit dem Rouge eingetauscht. »Keinen Plan. Rose fällt wohl weg. Wegen ihres Alters. Genauso Mr Lory. Und natürlich auch Amy. Aber ansonsten kommt doch fast jeder infrage. Wir wissen ja noch nicht mal, ob wir nach einer Frau oder einem Mann suchen sollen. Während du im Spa warst, bin ich ein wenig durch den Zug gehumpelt und habe mein Bestes gegeben, um unauffällig herauszubekommen, wer zumindest schon mal in die Nähe des kleinen Fürstentums gekommen ist. Fehlanzeige. Angeblich niemand.« Das Rouge hatte seine Arbeit getan und wanderte wieder dorthin zurück, wo Rachel es hervorgezaubert hatte.

»Apropos Träume, was die einem alles so vorgaukeln können, davon kann ich dir was erzählen …« Rachel drehte nacheinander drei Lippenstifte aus ihrem Zylinder, um sie zu begutachten.

»Ich würde den dunkelroten nehmen. Der ist so schön sündig!«, riet ich ihr.

»Ist der nicht too much?«

»Für einen Zwanzigerjahre-Maskenball? Niemals!«, gab ich im Brustton der Überzeugung zurück. Susan trug solche Farben zum Büchershoppen auf.

Vorsichtig bewegte Rachel den Stift über ihre Lippen. »Ich hatte nämlich nicht nur diesen irren Traum von Paul. Als ich mit meinem frisch geschrotteten Knöchel im Salon auf der Couch geschlafen habe. Nein, ich habe auch noch von Charles geträumt. Sehr lebhaft sogar. Fast habe ich gemeint, den Luftzug zu spüren, als er in meinem Traum an mir vorbei auf die Bibliothek zugerauscht ist.«

Wie bitte? Das Blut schoss durch meine Adern wie ein Formel-1-Wagen über die Rennstrecke. Was hatte sie da gerade gesagt?

»Manchmal hat man das ja. Dass man im Traum weiß, dass man träumt. Genauso war das. Und zwar habe ich geträumt, dass ich gerade aufgewacht sei und mich aufgerichtet hätte, um zu sehen, was du draußen im Schnee machst. Aber der Regisseur meines Traumes wollte mir lieber Charles präsentieren. Er hielt einen Zettel in der Hand und starrte ganz hingebungsvoll darauf. Ach, verdammt!«, fluchte Rachel von ganzem Herzen. »Nun muss ich wieder von vorne anfangen.«

Der Zug hatte sich in Bewegung gesetzt und der unerwartete Ruck hatte dafür gesorgt, dass Rachel einmal quer mit dem Lippenstift über ihre rechte Wange gefahren war. Während sie leise vor sich hin schimpfte, dachte ich über ihre Worte nach. Der Zettel … Nachdem wir ihn gelesen hatten, war er von James wieder zum dem kleinen Bällchen zusammengeknüllt worden, das ich unter dem Sessel gegenüber dem von Traceys in der Bibliothek gefunden hatte. Natürlich erinnerte ich mich an jedes Wort, das dort geschrieben stand:

»Genug mit dem Theater!
Wir sollten reden.«

Kapitel 29

Um kurz vor fünf machten Rachel und ich uns auf den Weg in den Salon. Die Deckenleuchten in den Gängen strahlten um die Wette und ließen die Weihnachtsdekoration über den Fenstern funkeln, während draußen die Dunkelheit an uns vorüberzog. Es war, als ob die Magie der nahenden Weihnacht all die Dinge, die ja auch schon vorher da gewesen waren, mit einem ganz besonderen Glanz überzog. Vielleicht spielte aber auch die Tatsache mit hinein, dass unsere Reise dem Ende entgegenging und jeder Meter, den wir Edinburgh näher kamen, das Gefühl des Eingesperrtseins verblassen ließ. Obwohl der Küchenwagen noch ein Stück entfernt war, stieg mir ein zarter Hauch von Zimt, Kardamom und Vanille in die Nase und machte mir den Mund wässrig. Schon makaber. Nur ein paar Wagen weiter lag eiskalt und tot die ermordete Tracey Pitts, während die Köche hier für die feinen Gäste ein Fünf-Gänge-Menu zauberten. Und das würden wir in weniger als einer Stunde in der Anwesenheit von Traceys Mörderin und ihren Komplizen verspeisen.

»Oh, entschuldigen Sie, meine Damen! Ich wollte Ihnen nicht im Weg stehen!« Von mir aus hätte Mr Lory nicht so hastig zur Seite springen müssen, um Rachel und mir den Weg in den Salon frei zu machen. »Ich versuche mir nur gerade Amys große Augen vorzustellen, wenn ich ihr nachher als Father Christmas ihre Geschenke übergebe!«

Jetzt schon sah der Salon aus, als wäre es der Morgen des fünfundzwanzigsten. Jemand hatte nämlich zwischenzeitlich eine Krippe mitsamt den dazugehörenden Figuren unter dem Christbaum aufgestellt und oben auf der Tannenspitze thronte ein wunderschöner Porzellanengel, der auf einer goldfarbenen Harfe spielte.

Jesus hätte im *Golden Highlander* auf die Welt kommen sollen, musste ich beim Anblick des makellosen Luxusstalls denken. Selbst die Schäfer waren gekleidet, als hätten sie gerade zusammen mit Gigi eine ausufernde Shopping-Tour durch die New Bond Street gemacht.

Überall im Salon brannten rote LED-Kerzen und verbreiteten ihr gefaktes Wohlfühllicht. Und weil es hier nun mal leider keinen Kamin wie bei Mum und Dad im Wohnzimmer gab, hingen die roten Weihnachtsstrümpfe von zwischen den Fenstern in Bögen gespannten goldenen Gardinenkordeln. Auf jedem war der Name eines Passagiers aufgestickt worden. Und natürlich baumelte genau über mir der Mistelzweig. Reflexartig schaute ich mich nach Charles um. Obwohl oder vielleicht auch gerade weil er noch nicht im Salon war, trat ich vorsorglich einen Schritt zurück.

»Hach, es hätte alles so perfekt sein können!«, seufzte Mr Lory traurig und legte den Kopf schräg.

»Das stimmt!«, gab ich ernst zurück, während ich eine Fluse von meinem knieumspielenden Flapper-Kleid zupfte. Es war elfenbeinfarben und hatte am Saum schwarze Fransen, die bei jeder Bewegung mitschwangen und mich kitzelten. Um den Kopf trug ich ein Stirnband im Art-Déco-Stil mit unechten Juwelen und einer schwarzen Feder über meinem rechten Ohr.

Rachel hatte sich fast genauso ausstaffiert wie ich, nur war ihr Kleid dunkellila.

»Eine wirklich schreckliche Sache, dieser Mord«, sagte Mr Lory gedankenversunken, zückte ein Tuch und wischte geschäftsmäßig einen Fingerabdruck von dem glänzenden Holz der Wandvertäfelung neben uns. »Ich werde nie vergessen, wie James und ich Seite an Seite im Schneegestöber geschippt haben. So lange, dass uns am Abend die Arme brannten wie Feuer. Obwohl wir zwischendurch Teepausen eingelegt oder uns auch einfach mal auf die Stufen eines Waggons gesetzt haben, um zu verschnaufen. Eine schlimme Sache ist das. Seit über dreißig Jahren arbeite ich bei der Bahn und diese Reise sollte der krönende Abschluss meines Berufslebens sein, bevor ich meinen wohlverdienten Ruhestand antrete und zu meiner Mutter ziehe. Da hätte ich gut und gerne auf so einen grausamen Zwischenfall verzichten können.« Er zuckte mit den Schultern. »Aber man kann es sich wohl nicht aussuchen.«

»Nein, das kann man wohl nicht!«, pflichtete Rachel ihm bei. »Kannten Sie Ms Pitts eigentlich?« Ich glaube, das fragte sie ohne Hintergedanken. Einfach nur so, weil sie es eben gewohnt war, Fragen zu stellen.

Verwirrt schaute Mr Lory sie an. »Wie meinen Sie das? Sie war meine Passagierin. Natürlich kannte ich sie. Zu mir war sie immer freundlich, auch wenn sie das zu anderen manchmal gar nicht war. Aber darüber steht mir kein Urteil zu. In all den Jahren habe ich meine Passagiere immer gleich behandelt und ihre Geheimnisse für mich behalten. Und ich kann Ihnen sagen, als Chef-Steward wird einem so einiges anvertraut. Absichtlich oder unabsichtlich. Die Suite eines Gastes verrät mehr als eine Million Worte, wenn man mit offenen Augen den Staub abwischt.«

Über den Rand meines flötenförmigen Glases hinweg musterte ich die Gäste, die sich bis auf Amy und die Frosts mittlerweile alle im Salon eingefunden hatten. Natalie, James und Marissa wuselten durch den Raum und boten auf ihren Tabletts Cocktails, Champagner, aber auch Säfte und kleine Häppchen mit Lachs und Kaviar an. Dazu lächelten die beiden Frauen so unschuldig, als könnte keine von ihnen auch nur ein Wässerchen trüben. Ab und an hörte ich James sein mir mittlerweile so vertrautes »Selbstverständlich, meine Dame! Stets zu Diensten, meine Dame!« (oder wahlweise »mein Herr«) trällern.

»Diese Reise war schon ein großartiges Erlebnis«, murmelte Charles neben mir, während er skeptisch das Kaviar-Canapé auf der kleinen Serviette in seiner Hand betrachtete. Seit Punkt fünf Uhr klebte er an mir wie ein lästiger Kaugummi an einer Schuhsohle. Mutig schob er sich den Mini-Pfannkuchen in den Mund und kaute abwartend. Er sah zum Niederknien gut aus in seinem eleganten Smoking. Trotzdem konnte mich sein atemberaubendes Aussehen nicht darüber hinwegtäuschen, dass er mir sehr, sehr gefährlich werden konnte, und deshalb war ich auf der Hut.

»Also, jetzt mal abgesehen von …« Angeekelt verzog Charles sein Gesicht. »Ich fand es einfach mal interessant, einen Blick in die Welt des Überflusses zu werfen. Unglaublich, dass es Leute gibt, für die so ein Leben absolut normal ist. Und die so was wie Fischeier lecker finden. Bah!«

Ich nickte und lächelte hoffentlich sehr charmant, während ich an meinem Glas nippte. Die ganze Gesellschaft hatte sich so richtig in Schale geworfen. Wie auch an unserem ersten Abend trugen alle Herren Smoking. Und die Damen? Wow! Alle waren megachic. Madelyn Clarkson war einfach großartig mit ihrer Federboa und der langen Zigarettenspitze. Fast überstrahlte sie sogar ihren schmucken Alistair. Sally, die sich wirklich und wahrhaftig aus ihrer Suite getraut hatte, erinnerte mich in ihrem Smoking an eine Film-Diva aus der Schwarz-Weiß-Zeit. Ein bisschen sah sie aber auch nach Mafia aus. Nur störte Stratford da etwas das Bild. Als Malteser verströmte er einfach zu wenig Dobermann-Vibes, um gefährlich wirken zu können. Warum nur hatte seine Knurrerei Tracey so sehr auf die Palme gebracht? Er war doch nur eine halbe Portion.

Hätte ich gesessen, Rose hätte mich vom Stuhl gehauen! Die alte Dame trug ein bodenlanges, schwarzes Spitzenabendkleid und hatte ihr schlohweißes Haar zu einer eleganten Hochsteckfrisur arrangiert. Von ihren Ohren baumelten lange funkelnde Glasohrringe. Sie sah wunderschön und unglaublich edel aus. Wie eine Baroness of irgendwas. Ach, wenn ihr Archie sie doch nur so hätte sehen können!

Wie ich vermutet hatte, war Gigi in das blassrosa Kleid mit den Glitzersteinen und den feinen Fransen geschlüpft, das ich beim Durchsuchen ihrer Suite entdeckt hatte. Zusammen mit den passenden Handschuhen und den silbernen Schnallenschuhen. Und ja, sie sah einfach Hammer aus! Mit einem Pfirsich-Rosé Lippenstift und profimäßig geschminkten Smokey-Eyes.

Eva Williams hatte sich zwar auch in ein nobles Charleston-Kleid in einem Zitronenfaltergelb geworfen, für das sie unter Garantie ein kleines Vermögen hingeblättert hatte. Für noch mehr Verkleidung hatte sie dann aber wohl nicht den Nerv gehabt. Sie hatte zwar versucht, mit Make-up und Rouge die Sorgen auf ihrem Gesicht zu übermalen, aber es war ihr nicht gelungen. Sie wirkte angespannt und unglaublich erschöpft. Daraus schlussfolgerte ich, dass die vermissten Unterlagen immer noch unauffindbar waren. Jeder Meter, den uns der Zug unserem Ziel näher brachte, bedeutete für sie, dass auch das Ende ihrer Karriere näher und näher rückte.

Und dann betraten Mr und Mrs Frost zusammen mit Amy den Salon. So auf den ersten Blick hätte man sie für ein glückliches Pärchen aus dem alten Hollywood halten können. Sie in einem goldenen, hautengen Traumkleid und er in seinem perfekten Smoking und einer Zigarre im Mundwinkel. Jetzt nur mal angenommen, Rachel läge mit ihrer Vermutung richtig und ich hätte auf meiner kuschligen Liege im Spa einfach nur einen sehr fantasievollen Traum gehabt. Dann wäre einer von ihnen beiden …

»Oh, Millie, was siehst du schön aus!«, rief Amy, riss sich von ihrer Tante los und stürmte auf Charles und mich zu.

»Das habe ich ihr auch schon gesagt!« Das hatte Charles. Mehrfach sogar. Wie sehr ich mich darüber gefreut hätte, wenn die Dinge anders gelegen hätten! Dumm nur, dass ich wusste, dass jedes nette Wort, jede vertraute Geste nichts anderes als Show waren. Und wenn er dachte, mir wären die abstimmenden Blicke zwischen ihm, Natalie und Marissa entgangen, war er auf dem Holzweg. Gerade eben erst hatte er ihnen signalisiert, dass hier bei uns alles im grünen Bereich war.

»Du aber auch, Amy!«, gab ich das Kompliment an sie zurück.

»Ich habe extra mein Prinzessinnenkleid eingepackt!« Mit leuchtenden Augen strich sie über den rosafarbenen Traum aus Tüll und Seide. »Und die hier!« Es raschelte leise, als sie den Saum ihres Kleides hochzerrte und mir stolz dunkelblaue Gummistiefel mit bunten Regenschirmen darauf präsentierte.

Eigentlich hatte ich sie fragen wollen, wie sie denn auf diese extravagante Kombi verfallen war, als ein neidisch-gerührtes »Oooooh, das nenne ich aber mal wirklich romantisch!« meine Aufmerksamkeit erregte. Gerade hatte ich Cara als Quelle des ergriffenen Seufzers ausfindig gemacht, als sie lachend hinzusetzte: »Daran könntest du dir mal ein Beispiel nehmen, Ben!«

»Woran?« Betont scheinheilig hob Mr Frost die Augenbrauen.

»An Mrs Smiths verstorbenem Ehemann.«

»Ja, Mr Frost, mein Archie hat mir jeden Tag einen Liebesbrief geschrieben. Auch wenn es nur ein, zwei Sätze waren«, bestätigte Rose. Gleichzeitig umklammerte sie ihren Strickkorb, als würde sie darin eben diese Liebesbriefe aufbewahren. Wir hatten ja verabredet, dass sie mir erklären würde, wie ich eine schöne Häkelumrandung um Mums Schal hinbekommen konnte. Das hatte ich nun über den schrecklichen Ereignissen total vergessen.

»Oh!«, machte Mr Frost.

»Genau. Oh!«, bestätigte Cara. »Noch nicht mal in der Anfangsphase, also, noch nicht mal, als wir so richtig leidenschaftlich verliebt waren, hat Ben mir auch nur einen Liebesbrief geschrieben. Nie! Das müssen Sie sich mal vorstellen, Mrs Smith. Er sagte immer …«

»… handschriftlich sollte man nur sein Testament verfassen, alles andere kann gefährlich werden«, lachte Mr Frost aus vollem Halse. »Und dazu stehe ich heute noch!«

Als Natalie an ihm vorbeiging, schnappte er sich eines der Sektgläser von ihrem Tablett und stieß es zwei, drei Mal gegen seins. Das feine, kristallene Klimpern sorgte dafür, dass auch die letzte Unterhaltung erstarb und alle Anwesenden ihre erwartungsvollen Augen auf ihn richteten.

»Darf ich Sie ein letztes Mal um Ihre Aufmerksamkeit, bitten, meine hochverehrten Gäste, meine lieben Freunde?« Er räusperte sich, als er Natalie das überflüssig gewordene zweite Sektglas zurückgab. »Bald wird die Jungfernfahrt des *Golden Highlander* in Edinburgh zu Ende gehen. Es war eine Reise, die als großes, unvergessliches Ereignis geplant gewesen ist, und die aus einem sehr tragischen Grund wohl für immer in unser aller Gedächtnis eingebrannt sein wird. Lassen Sie uns unsere Gläser erheben und ein letztes Mal auf Tracey Pitts anstoßen.«

Die in die Luft gereckten Kristallgläser funkelten feierlich im

Schein der nostalgischen Lampen. »Auf Tracey Pitts!«, rief die Menge und es war Madelyn, die feierlich hinzufügte: »Sie ist gegangen, aber niemals vergessen. Möge ihr Geist in unseren Herzen weiterleben!«

»Hört! Hört!«, stimmten die Anwesenden ihr zu, als wären wir im Parlament in Westminster.

»Ich erspare es uns und werde jetzt nicht all die anderen Unannehmlichkeiten aufzählen, die nicht hätten passieren dürfen. Wir wissen alle, wovon ich rede und wofür ich mich von ganzem Herzen in meinem und im Namen der Bahngesellschaft entschuldige!« Die rechte Hand auf die linke Brust gepresst, verbeugte Mr Frost sich demütig, was mit zurückhaltendem Applaus belohnt wurde.

»Vielleicht können dieser Empfang, das bestimmt sensationelle Festessen, die kleine Bescherung und der Ball …«

»Eine Bescherung? Father Christmas kommt wirklich? Du hast nicht geschwindelt?« Amy rannte auf ihren Onkel zu und umschlang seine Beine mit ihren Armen.

»Ich schwindle niemals!«, nickte Mr Frost und wuschelte dabei durch Amys Haar. Blitzschnell schossen ihre Augen zum Weihnachtsbaum, dann fixierte sie den Chef-Steward.

»Mr Lory, Sie haben das Glas Milch und die Kekse für Father Christmas vergessen!«

Bis jetzt hatte der Chef-Steward wie einer der Royal Guards vorm Buckingham Palace regungslos neben der Tür gestanden. Amys vorwurfsvolle Worte ließen ihn erschrocken zusammenzucken. »Oh, was für eine unentschuldbare Nachlässigkeit. James?«

Noch bevor der sein Tablett abstellen und zu Mr Lory gehen konnte, setzte Amy mit tief gefurchter Stirn nach: »Und die Möhren für die Rentiere fehlen auch!«

»Gut aufgepasst, Amy!« Mr Frost nickte anerkennend. »Da

haben wir aber noch mal Glück gehabt, dass wir so ein schlaues Mädchen bei uns haben. Sonst wären wir bestimmt leer ausgegangen. James wird das alles schnell in Ordnung bringen. Nicht wahr, James?«

»Aber sicher!« Auf das mahnende Räuspern von Mr Lory hin, korrigierte James sich schnell. »Selbstverständlich, Mr Frost. Stets zu Diensten, Mr Frost. Wollte ich natürlich sagen.«

»Gut, also dann lassen Sie uns den Abend genießen, meine Herrschaften! Ich bitte Sie, mir in den Speisewagen zu folgen!« Damit beschloss Mr Frost seine Ansprache und streckte seiner Frau eine Hand entgegen, die sie mit einem strahlenden Lächeln ergriff.

* * *

»Meinst du, Rachel braucht Hilfe?« Ich hatte mich wohl ein Mal zu viel nach meiner Schwester umgesehen und damit Charles' Aufmerksamkeit erregt. Denn natürlich folgte er mir auf dem Fuß. Auch in die Schlange, die sich vor dem Speisewagen gebildet hatte. Ob er es wirklich fürsorglich meinte oder mir nur etwas vorspielte? Woher sollte ich das auch nur ahnen? Was mich anging, ich hatte mich wirklich vergewissern wollen, dass Rachel mit ihrem Hinkefuß und dem Regenschirm allein zurechtkam. So wie es aussah, hatte sie mittlerweile Übung im Humpeln und außerdem war Eva bei ihr und würde ihr bestimmt zur Seite stehen, sollte das nötig sein.

»Sie kommt klar!«, erwiderte ich deshalb und richtete meinen Blick wieder nach vorn. Ungeduldig wippte ich auf meinen Füßen hin und her. Ich konnte es gar nicht erwarten, endlich an unserem Tisch zu sitzen. Mit Rachel, Rose und Gigi. Und ohne Charles! Auch wenn er mich von seinem Tisch aus nicht eine Sekunde aus den Augen lassen würde. Hauptsache, ich hatte wieder Platz zum Atmen.

»Wieso muss ich ständig alles wiederholen, Sally? Ja, sie hat gesagt, sie würde ihn jederzeit wiedererkennen.« Madelyn Clarkson und Sally Rudner drängten sich vor mir durch den Gang. Direkt vor meiner Nase wippten Stratfords Ohren lustig über Sallys Schulter, während er zwischen mir und Charles hin- und herguckte, als ahnte er, dass wir beide mit falschen Karten spielten, was dazu führte, dass ich ertappt die Augen niederschlug.

»Den Mörder, den sie in Trevania gesehen hat?«

Für einen Wimpernschlag stand die Welt um mich herum still.

Es war also in Trevania gewesen. Davon hatte Tracey nichts erwähnt.

»Sally, du machst mich wahnsinnig!«

»Woran?« Sensationslüstern beugte sich Sally zu Madelyn vor. »Woran würde sie ihn wiedererkennen? Ein auffälliger Leberfleck? Eine breite Nase? Ein besonders kantiges Kinn? Ein Sprachfehler?«

»Wie lange bleibt ihr eigentlich in Edinburgh?«, drang Charles' Frage zu mir durch.

»Bis Neujahr!«, antwortete ich ihm, obwohl ihn das gar nicht anging. Mein Gehirn war zu sehr damit beschäftigt, sich Madelyns mögliche Antwort auszumalen, als dass es sich jetzt auch noch eine diplomatische Erwiderung für Charles hätte ausdenken können. Mir war nichts Außergewöhnliches an Marissa aufgefallen.

»Dann könnten wir uns doch sehen und zusammen Silvester feiern.« Charles nieste. Was höchstwahrscheinlich daran lag, dass er der Feder in meinem Stirnband zu nah gekommen war. Um nicht in Madelyns Antwort reinzuquatschen, warf ich ihm rasch ein bestätigendes Lächeln über die Schulter zu, was eine verdammt gute Entscheidung gewesen war.

Denn wirklich genau in dieser Minisekunde eröffnete Madelyn

ihrer Freundin: »Es sind seine Augen. Das eine ist blau. Das andere grün.«

Hä? Ich hatte Marissa von meinem Kosmetikstuhl direkt in ihre wunderschönen Augen blicken können. Und die waren so dunkelbraun wie frisch geröstete Kaffeebohnen.

Kapitel 30

Weihnachtsmenu

Vorspeise

Buchweizenpfannkuchen mit Räucherlachs getoppt
von einer Zitronencreme mit frischem Dill

Vegetarische Alternative

Cremige Maronensuppe mit Trüffelöl und gerösteten Mandeln

Hauptspeise

Beef Wellington mit Portwein-Schalottenjus

Vegetarische Alternative

Gefüllter Butternut-Kürbis mit Cranberrys, Walnüssen & Feta

Honigglasierte Pastinaken und Möhren
Rosmarinkartoffeln
Geschmortes Rotkraut mit Apfel und Cranberries

Dessert

Warme Schokoladenküchlein mit flüssigem Kern,
frischen Erdbeeren und Sahne
Gewürzt mit Zimt und Muskat

Es lag nicht an den Buchweizenpfannkuchen. Und auch nicht an dem Lachs oder der Zitronencreme, dass ich nicht einen Bissen herunterbekam. Die ganze Situation schnürte mir den Hals zu.

Nicht ein einziges Mal überprüfte ich, ob Charles mich beobachtete. Ich wusste es auch so, weil seine Blicke wie Laserstrahlen auf mir brannten.

»Schmeckt es dir nicht?« Mit erstaunter Miene betrachtete James meinen fast unberührten Teller mit dem festlichen Weihnachtsdekor am Rand.

»Alles gut. Ich habe heute nur scheinbar keinen richtigen Appetit«, erwiderte ich, was nicht mal gelogen war.

Während James schon meinen Teller auf dem ausgestreckten Unterarm balancierte, sammelte er auch die Teller von Rachel, Gigi und Rose ein. »Der Hauptgang kommt gleich«, versprach er. Ich gab alles, um ihm irgendwie zu signalisieren, dass wir uns im Küchengang treffen mussten. Er checkte es nicht. Und deshalb blieb mir nichts anderes übrig, als ihm wie eine Lady aus einem Jane-Austen-Roman meine Serviette vor die Füße segeln zu lassen. Was er dummerweise auch nicht mitbekam. Also musste ich noch eine Schippe drauflegen: »Oh, wie ungeschickt von mir. James, meine Serviette!«

»Die bekommst du sofort zurück oder möchtest du eine neue?«

»Keine neue!« Dann wäre er ja weggegangen, um sie zu holen. Um eine Hand frei zu haben, stellte er Roses und Gigis Teller wieder auf dem Tisch ab und ging dann vor mir auf die Knie. Genau dort wollte ich ihn haben.

»Das musst du doch nicht! Ich mache das schon!«, legte ich eine Kehrtwende um hundertachtzig Grad hin, beugte mich aber gleichzeitig zu ihm herunter, um ihm unbeobachtet zuzuflüstern:

»Marissa, Nat…«

»Ist hier alles in Ordnung?« Ich hätte mit Natalie oder Marissa gerechnet oder vielleicht auch mit Charles, aber ganz bestimmt nicht damit, dass Mr Lory es sein würde, der meinen Satz im Keim erstickte, bevor ich auch nur den zweiten Namen hatte aussprechen können.

»Ich helfe Millie nur mit …«

»Das sehe ich, James. Was soll der Unfug? Seit wann bieten wir unseren Gästen verschmutzte Servietten an? Bitte hole eine frische und dann ab in die Küche mit dir. Wir haben einen strengen Zeitplan! Bitte entschuldigen Sie, Ms McEwan!«

»Meine Schuld!«

»Selbstverständlich, Mr Lory!« Schon wirbelte James mit hochroter Birne herum und verschwand mit meiner Serviette. Im nächsten Moment war er mit einer frischen wieder zurück. »Hier, bitte!« Nachdem er sich vergewissert hatte, dass Mr Lory von seinem Beobachtungsposten neben dem Durchgang zur Küche diesmal Natalie ins Visier genommen hatte, schimpfte er unaufhaltsam los: »Der hat gut reden. Enger Zeitplan. Das weiß ich auch. Nur muss ich zusätzlich auch noch den Salon bespielen. Da hockt Amy nämlich und nimmt ihr Dinner hinter dem Weihnachtsbaum ein, wo sie Father Christmas auflauert. Sie ahnt ja nicht, dass Mr Lory erst dann in sein Weihnachtmannkostüm schlüpfen kann, wenn wir mit dem Dessert durch sind.«

James rollte mit den Augen, nahm die eben abgestellten Teller wieder auf und trabte davon.

Vielleicht war es sogar besser, dass ich ihn nicht hatte warnen können, so wie Charles uns mit zu kleinen Schlitzen verengten Augen gemustert hatte. Schließlich würden Marissa, Natalie und Charles so lange die Füße stillhalten, wie wir sie in Ruhe ließen. James wäre nur nervös und Charles skeptisch geworden.

»Ich freue mich jetzt schon auf den Nachtisch. Hab ich schon gebeichtet, dass ich ein absoluter Kuchenjunkie bin?« In genießerischer Vorfreude fuhr Gigi sich mit der Zunge über ihre Lippen. »Ich habe es nie an die große Glocke gehängt, aber es ist auch kein Geheimnis. Ich bin gelernte Konditorin. Das Handwerk habe ich bei meinem Vater gelernt.«

»Deshalb auch die Backshow!« Rachel lief knallrot an. »Was für ein Anfängerfehler! Danach hätte ich dich bei meinem Interview natürlich fragen müssen. Wie du auf die Idee gekommen bist.«

»Ach, Konditorin, das ist so ein schöner Beruf!«, schwärmte Rose. »Jeden Tag stellt man mit seinen eigenen Händen etwas her, was andere Menschen glücklich macht.«

Gedankenverloren spielte Gigi mit ihrer Gabel, bis ein Ruck durch ihren Körper ging und sie sich verschwörerisch über den Tisch beugte. »Eigentlich wollte ich die Story für mich behalten und sie erst in meinem nächsten Podcast ausplaudern. Schlimm, wenn man kein Geheimnis für sich behalten kann. Aber wenn … Rachel, in welcher Ausgabe von *Get acquainted with …* erscheint deine Reportage?«

»In der nächsten. Ende Januar.«

»Das ist okay für mich. Bis dahin hab ich die Sache auf meinem Chanel schon längst verraten. Allerdings nur die Kurzversion. Die ausführlichere überlasse ich dann gerne dir.«

Wir nickten gespannt.

»Okay!« Gigi stellte die Ellenbogen auf dem Tisch auf. »Ihr erinnert euch doch noch daran, welchem Umstand ich meine Anwesenheit hier verdanke?«

»Klar!«, bestätigte ich. »Dem Preisausschreiben, das es nie gegeben hat.«

»Ich weiß, wer dahintersteckt!« Nickend bohrte sie ihre Zunge in die Wange.

»Wer?«, riefen Rose, Rachel und ich gleichzeitig.

»Pssst!« Gigi schaute sich nach allen Seiten um, bevor sie die Katze aus dem Sack ließ. »Tracey Pitts! Ha, da guckt ihr doof!«

»Hä? Wieso?« Das fragte sich nicht nur Rachel.

Wir mussten auf Gigis Antwort warten, bis James die Teller mit dem Hauptgang vor uns abgestellt hatte und wieder gegangen war. Und selbst dann nahm Gigi sich noch Zeit, um ganz gemütlich Messer und Gabel in die Hände zu nehmen.

»Das wüsstet ihr jetzt gerne! Und ihr sollt es auch erfahren. Sie hat mich hierher gelotst, weil sie mich anders nicht erreichen konnte. Egal, ob sie mir eine Mail oder einen Brief geschrieben, die Mailbox zugequatscht oder vor meiner Wohnung auf mich gelauert hat. Ich habe sie durch die Null laufen lassen. Deshalb musste sie sich etwas Besseres einfallen lassen. Durch meine Show wusste sie von meiner Leidenschaft für Preisausschreiben. Da habe ich auch erzählt, dass ich an so vielen teilnehme, dass ich mich anschließend oft gar nicht mehr daran erinnern kann.« Sie piekste ihre Gabel in den Butternutkürbis, schnitt ein Stück ab und schob es sich in den Mund.

»Sie wollte mich aber sprechen oder besser, sie musste es«, fuhr sie fort, nachdem sie einen Schluck von ihrem Wein getrunken hatte. »Schließlich mache ich in meiner Show ziemlich Stimmung gegen Clarkson's Tiefkühlkost und sie wusste, dass sie mich nicht vor Gericht zerren konnte, weil dann alle Welt erfahren hätte, was sie getan hatte.«

»Nun spann uns doch nicht so auf die Folter!« Ha, selbst Rachel konnte also mal ungeduldig werden, wenn sie eine gute Story witterte.

»Sagt euch *Give me chocolate* was? Eigentlich kennt jeder das Konditoreicafé …«

»Klar, das ist direkt bei uns um die Ecke. Ich habe da bis vor Kurzem gekellnert. Bis Mr Walters den Laden schließen musste. Er war pleite, nachdem es in seiner Backstube gebrannt hatte«, warf ich ein, als es in meinem Kopf zu rattern begann. »Warte mal … heißt du nicht in Wahrheit Walters? Hast du etwas mit ihm zu tun? Mit *dem* Mr Walters?«

»Das will ich wohl meinen. Er ist mein Dad …«

»Die Welt ist echt ein Dorf«, lachte Rose kopfschüttelnd.

»Nach dem Brand brauchte er Geld. Viel Geld. Ich bin heute noch stinksauer, dass er mich nicht darum gebeten hat.« Gigi schüttelte den Kopf. »Es war ihm wohl peinlich. Stattdessen hat er sich bei Tracey Pitts die Kohle geliehen, weil die Bank ihm keinen weiteren Kredit mehr geben wollte, und als Sicherheit verlangte sie seine Rezepte. Da hätte er doch stutzig werden müssen. Aber er ist nun mal ein Künstler und schwebt mit dem Kopf in den Wolken.«

Ich hatte immer noch keinen Hunger, aber Rose guckte so bedauernd zwischen meinem Teller und mir hin und her, dass sie bestimmt gleich »Herzchen, iss doch mal was! Es wäre schade, um das leckere Essen!« sagen würde. Um dem zuvorzukommen, probierte ich ein wenig von dem gefüllten Butternutkürbis. Er war wirklich ein Genuss.

»Lass mich raten«, warf Rachel ein. »Sie hat so hohe Zinsen verlangt, dass dein Vater bald in Zahlungsschwierigkeiten geriet und dann hat sie die Rezepte eingefordert.«

»Noch in der gleichen Sekunde. Damit war mein Dad dann wirklich total und absolut pleite, hoch verschuldet und hatte nichts mehr, womit er Geld verdienen konnte. Denn nun durfte er seine eigenen Rezepte nicht mehr benutzen.«

Wieder schüttelte Gigi den Kopf und legte ihr Besteck zusammen. »Tracey Pitts wollte Dads berühmte Kreationen bei Clarkson's Tiefkühlkost groß herausbringen.«

»Oh, nein!«, rief Rose. »So leckere Törtchen und Kuchen, die muss man doch frisch essen. Das wäre ja … als … als würde Madelyn Clarkson ihre Fünf-Sterne-Menüs im Pizzakarton verkaufen!«

»Ein besseres Beispiel hätte mir nicht einfallen können!«, lobte Gigi. James kam, erkundigte sich, ob uns der Hauptgang geschmeckt hatte, und trug unsere Teller ab. »Wie gesagt, ab da habe ich tüchtig gegen Clarkson's gestänkert und das konnte Tracey Pitts nicht recht sein. Ist ja schlecht für den Umsatz. Deshalb wollte sie mir ein Angebot machen. Genauer gesagt hatte sie vor, mich mit einem königlichen Gehalt zu bestechen. Ich sollte eine Stelle in der Marketing-Abteilung bei Clarkson's bekommen, über meine Social-Media-Kanäle Werbung für den Laden machen und vergessen, was sie meinem Vater angetan hatte. Vor allem der letzte Punkt war ihr wichtig. Ich sollte eine …«

»… Verschwiegenheitserklärung unterschreiben!« Der Vertrag, den ich in der Tasche von Traceys Bademantel entdeckt hatte, war für Gigi bestimmt gewesen!

»Ja, genauso hat sie es mir in der Bibliothek erklärt.« Gigi grinste uns triumphierend an. »Selbstverständlich habe ich abgelehnt und ihr gesagt, sie soll sich zum Teufel scheren. Es würde mir eine Freude sein, sie so richtig schön in Grund und Boden zu verklagen. Denn im Gegensatz zu meinem Dad stehe ich mit beiden Füßen fest auf der Erde und konnte ihr aus dem Stegreif zwei bis drei Straftatbestände aufzählen, die sie bei der ganzen Aktion begangen hatte.«

»Bist du von allein zu ihr gegangen oder hat sie dir eine Nachricht zukommen lassen? Vielleicht einen Zettel?« Den, den ich in der Bibliothek unter dem Sessel gefunden hatte?

»Hä, nein! Was für ein Zettel denn? Natürlich habe ich mich gefragt, wer von den Leuten im Zug einen Grund gehabt haben könnte, meinen Gewinn zu faken. Tja, und beim Schneeschippen ist mir dann plötzlich ein Licht aufgegangen. Ehrlich, da hätte ich früher schalten können.«

»Oh!« Blöd, wenn eins und eins drei ergab. Wenn nicht Gigi, wen hatte Tracey dann mit dem Zettel zu sich in die Bibliothek zitiert?

»Die dämliche Ziege, sorry, ich weiß, über Tote sagt man nichts Böses, aber bei ihr mache ich da gerne eine Ausnahme. Sie wollte mich nicht gehen lassen und hat versucht mich festzuhalten und als ich mich von ihr losgerissen habe, ist das hier passiert.« Mit Trauermiene hob Gigi die rechte Hand. Auf ihrem Daumen und drei Fingern klebten die feuerroten künstlichen Fingernägel. Nur nicht an ihrem rechten Ringfinger. Der war nackt. »Was für ein Desaster! Noch nicht mal Marissa hat da noch was retten können. Unter uns gesagt, das Spa ist lange noch nicht perfekt ausgerüstet.«

»Und hier kommt das Dessert für die Damen!« Schwungvoll stellte James die niedlich kleinen Dessert-Tellerchen vor uns ab. Dann schlug er sich die Serviette über den rechten Unterarm, verschränkte den linken hinter seinem Rücken und winkelte den rechten vor seinem Bauch an. »Da haben wir: Warme Schokoladenküchlein mit flüssigem Kern, frischen Erdbeeren und Sahne. Gewürzt mit Zimt und Muskat.« Dabei ließ er seinen Zeigefinger wie einen Dirigentenstab durch die Luft wandern. »Ich wünsche guten Appetit!« James verbeugte sich und schlenderte fröhlich davon.

»Oh, Mann, zum Reinbeißen!« Gigi ließ schnuppernd ihre Nase

zucken. Da fiel mir auf, dass sie heute Abend entweder auf ihr penetrantes Parfüm verzichtet oder dass ich mich mittlerweile an den Gestank gewöhnt hatte. »Jetzt ist Tracey tot und ich kann sie nicht mehr verklagen. Zu schade aber auch!«

Rachel ließ den Löffel über ihrem Nachtisch schweben. »Und was passiert jetzt?«

»Moment!« Gigi hatte ein Stückchen von dem Schokoladenkuchen probiert und lutschte es mit geschlossenen Augen. »Ich schmecke: Kakao, Zimt, einen Hauch Muskat … aber da ist noch was anderes …« Sie schluckte. »Was jetzt passiert? Ich habe mit Madelyn gesprochen. Sie war richtig geschockt, denn natürlich wusste sie von der ganzen Sache nichts. Wir werden eine gute Lösung finden. Da bin ich mir ganz sicher.«

»Bestimmt werdet ihr das!« Mit schräg gelegtem Kopf betrachtete Rose die saftig rote Erdbeere auf ihrem Löffel. »Wie kommen die an frische Erdbeeren? Um diese Jahreszeit.« Sie schnüffelte. »Und die riechen auch noch so fruchtig!«

»Darf ich nachschenken?« James.

Ein Geistesblitz durchzuckte mich. Ich riss die Arme in die Luft und schlug ihm versehentlich die Weinflasche aus der Hand. Ein Schwall traf mein Kleid, bevor die Flasche zu Boden ging.

»Meine Schuld!«, stammelte James, schaute sich erschrocken nach Mr Lory um und ging auf die Knie, um sich die Flasche zu schnappen, bevor der Rest des Weins im Teppich versickern konnte. Ich kann unmöglich sagen, ob ich erst seine Key Card in seiner Jackentasche aufblitzen sah oder ob ich vorher schon den Gedanken hatte, sie zu stehlen. Das ist aber auch völlig gleichgültig, denn das Ergebnis war dasselbe. Als würde ich auf der Tower Bridge oder im Gedränge vor dem National History Museum regelmäßig den Touristen ihre Handys oder Geldbörsen aus den Taschen ziehen, griff ich mir blitzschnell James' Key Card, schob sie in meine Abendhandtasche und sprang auf. »Mein Kleid. Oh mein Gott!«

Die Gespräche an den Nachbartischen waren längst verstummt und jetzt sahen mir alle leicht geschockt dabei zu, wie ich aus dem Speisewagen stürmte. Charles hatte sich schon halb von seinem Stuhl erhoben, als ich ihn im Vorbeirennen wieder auf seinen Platz drückte. »Ich muss das schnell auswaschen, bevor es ruiniert ist!« Totaler Blödsinn. Schließlich war es Weiß- und kein Rotwein gewesen, in dem ich gebadet hatte. Trotzdem schluckte Charles meine Erklärung und blieb, wo er war. Erst mal. Doch darauf konnte ich mich nicht verlassen. Deshalb rannte ich, so schnell ich konnte.

Mein erster Stopp war unsere Suite. Keuchend warf ich mich vor Rachels Nachttisch auf die Knie und zerrte ungeduldig die Schublade auf. Roses Kommentar zu den Erdbeeren hatte mich stutzig gemacht. Im Badezimmer der Stirling Suite hatte es fruchtig gerochen. Ich hatte den Duft sofort dem Putzmittel zugeschrieben. Da hatte ich noch nicht geahnt, dass ich gleich in dem kleinen Mülleimer Caras blutbeflecktes Taschentuch finden würde. Konnte es sein, dass eben dieses Taschentuch die Quelle des Dufts gewesen war? Dass es vielleicht nach Erdbeeren gerochen hatte? Ich zog die Schublade auf und schnappte nach Luft. Traceys Kette war weg. Aber nicht nur die. Auch der Hygienebeutel mitsamt dem Taschentuch lag nicht mehr da.

Ohne die Schublade wieder zu schließen, stemmte ich mich auf die Füße, jagte aus unserer Suite und verschaffte mir mit James' Key Card Zutritt zu der nächsten. Zu Traceys. Wieder zog ich eine Schublade auf. Diesmal traf mich die Überraschung nicht ganz so unvorbereitet. Der Brief, in dem Benjamin Frost Tracey angeblich um ein Treffen gebeten hatte, um ihre Affäre wiederaufzunehmen, war nicht mehr da. Hatte er ihn überhaupt je geschrieben? Denn er hielt nichts handschriftlich fest, weil ihm das zu gefährlich war. Nur sein Testament würde er mit der Hand schreiben. Nichts sonst! Genau das hatte er zu Rose gesagt, um zu erklären, warum seine Frau bis heute auf ihren ersten Liebesbrief von ihm wartete.

Die Gedanken schossen wild durch meinen Kopf, explodierten wie Seifenblasen oder jagten davon, bevor ich sie zu fassen bekam. Wer hatte die Gelegenheit gehabt, die Sachen zu stehlen? Wer? Wann hatte ich die Kette und das Taschentuch das letzte Mal gesehen?

Als ich im Spa war, hatte Rachel unsere Suite verlassen, um herauszubekommen, wer von unseren Mitreisenden schon mal einen Fuß nach Trevania gesetzt hatte … ich schluckte schwer … und in der Zwischenzeit hätte jeder, der einen Generalschlüssel hatte, sich Zugang verschaffen können. Genauso gut hätte sich jemand aber auch hereinschleichen können, als Rachel schlief. Bereit, sie zu töten, wäre sie plötzlich aufgewacht. Mein Herz raste so schnell, dass ich befürchtete, es würde gleich aus meiner Brust springen. Ich musste Gewissheit haben, und die vermutete ich im Gepäckwagen. Ich linste auf den Gang hinaus. Leer. Schnell verschwand ich wieder in unserer Suite, um mir etwas zu holen, was ich auf jeden Fall brauchen würde. Als ich jetzt durch den schmalen Spalt nach draußen spähte, erschrak ich furchtbar. Denn nur wenige Meter von mir entfernt ging Charles auf den Spa-Bereich zu. Auch wenn die Lampe am Ende des Ganges ausgefallen war, erkannte ich ihn an seiner Art zu gehen. Er suchte mich! Mit angehaltenem Atem wartete ich, bis er weg war, dann hastete ich in die entgegengesetzte Richtung davon.

Der Speisewagen war leer, dafür verkündeten mir die lachenden Stimmen, die sich unter eine alte Version von *Rudolph, The Red-Nosed Reindeer* mischten, dass die Bescherung im Salon im vollen

Gange war. Im Vorbeigehen schnappte ich mir ein Dessertmesser und schob es schnell in meine Abendtasche. Für das, was ich vorhatte, würde ich es brauchen.

Entschuldigungen murmelnd drängte ich mich durch die Menschen. Aus den Augenwinkeln sah ich Amy, die mit wagenradgroßen Augen Mr Lory im Kostüm bestaunte. Auf ihren Regenschirm gestützt stand Rachel an der Bar, und zwar neben Charles. Wie konnte das sein? Hatte ich ihn eben nicht noch in die andere Richtung laufen sehen? Lächelnd sahen sie Amy dabei zu, wie sie ihr erstes Geschenk auspackte. Niemand achtete auf mich. Und solange das so war, ging ich, ohne zu zögern, weiter und verschaffte mir mit James' Generalschlüsselkarte ungesehen Zugang zur Bibliothek. Den Ort des Verbrechens beachtete ich nicht, sondern tastete mich im Halbdunkel schnell weiter. Bis ich mit der Karte in der Hand vor dem Gepäckwagen stand.

Kapitel 31

Die Tür fiel hinter mir ins Schloss und sperrte damit auch die Weihnachtsmusik aus, die mich aus dem Salon bis hierher leise begleitet hatte. Sofort griff die Kälte mit eisigen Fingern nach mir und ließ mich in meinem dünnen Charleston-Kleid frösteln. Bei der Vorstellung von der toten Tracey, die hier irgendwo aufgebahrt lag, wurde mir schummrig. Das durfte ich nicht zulassen. Außerdem wusste ich nicht, wie viel Zeit mir blieb, bis meine Abwesenheit auffiel. Ich nahm die Taschenlampe, die James mir gegeben hatte, als wir die Bibliothek nach Spuren abgesucht hatten, aus meiner Abendtasche und schaltete sie ein. Vorsichtig einen Fuß vor den anderen setzend ging ich die Regale ab. Der Lichtschein meiner Lampe wanderte über unzählige Gepäckstücke, die James und Mr Lory in den Holzregalen rechts und links ordentlich verstaut hatten. Edle. Super-edle. Ganz edle. Und dann Rachels und meine unedlen und ziemlich verschrammten Koffer. Der antiquierte, aber fast ungebrauchte Koffer, kurz bevor sich das Licht in der Dunkelheit verlor, gehörte ganz bestimmt Rose. Für die Länge eines Wimpernschlags hatte ich ganz am Ende des Waggons ein weißes Tuch über einer menschlichen Silhouette aufblitzen sehen. Großer Gott! Das konnte nur eins bedeuten, nämlich meine persönliche Grenze, die ich nicht überschreiten würde.

Zögernd machte ich den ersten Schritt, den zweiten, den dritten, bis ich buchstäblich über das stolperte, wonach ich gesucht hatte. Ich zwang mich zur Ruhe, als ich vor dem sperrigen Gegenstand auf die Knie sank. Das Ungetüm, das von Farbe und Form auf gruseligste Art an einen Sarg erinnerte, war bestimmt Charles' Verschwindekiste, in der er mithilfe eines doppelten Bodens während seiner Zaubershows einen hilfsbereiten Menschen aus dem Publikum verschwinden ließ, der in Wirklichkeit zu seinem Team gehörte. So schnell ich konnte, verjagte ich den gruseligen Gedanken an Särge und Tote und wechselte die Taschenlampe von der rechten in die linke Hand. Plötzlich streifte ein eiskalter Luftzug meinen Rücken. Blitzschnell fuhr ich herum und noch im selben Augenblick erleuchtete meine Taschenlampe eine große Tür in der Waggonwand, die das Regal hinter mir in zwei symmetrische Hälften teilte. Wahrscheinlich war sie für große Gepäckstücke wie Charles' Verschwindekiste gedacht, die so sperrig waren, dass man sie anders nicht in den Zug bekam. Unter mir stampften die Räder im immer gleichen Rhythmus unaufhaltsam unserem Ziel entgegen. Ich musste mich beeilen.

Keuchend stemmte ich den unerwartet schweren Deckel hoch. Leer! Dabei hatte ich so fest damit gerechnet, dass Charles seine Zauberutensilien hier drin aufbewahrte. Doch natürlich war die Kiste nicht sein einziges Gepäckstück. Ich ließ sie links liegen und rutschte auf den Knien bis zu einem großen Aluminiumkoffer vor, der direkt daneben stand. Charles N. Masterson las ich leise murmelnd das, was Charles fein säuberlich auf dem Namensetikett vermerkt hatte. Mein Herz zog sich schmerzhaft zusammen. Mit klammen Fingern wollte ich schon das Dessertmesser aus meiner Abendtasche fischen, als ich innehielt. Vielleicht brauchte ich es ja gar nicht. Mal sehen. Ich positionierte meine Daumen auf den

Kippschlössern, holte tief Luft – und entriegelte sie. Klick. Klick. Es war absolut kein Problem gewesen. Mit fliegendem Atem schob ich den Deckel hoch und griff mir die Taschenlampe. Heute kann ich nicht mehr sagen, welche Utensilien Charles sonst noch in seinem Requisitenkoffer aufbewahrte, weil mein Blick nur eines erfasste. Die Messer. Ihre scharfen Klingen blitzten Unheil verkündend auf, als das Licht über sie glitt, zu ihnen zurückwanderte und dann auf ihnen verharrte. Es waren sieben Stück, die mit Riemen an dem oberen mit rotem Samt ausgeschlagenen Deckel befestigt waren. Der letzte, der achte Riemen war leer. Ich gebe zu, dass ich das Messer in Traceys Brust …, also dass ich es mir nicht genau angesehen habe, bevor mir die Beine weggesackt sind und ich ohnmächtig wurde. Trotzdem wusste ich, dass es das achte aus Charles' Kiste gewesen sein musste. Kraftlos ließ ich mich auf die Fersen sinken. Hieß das jetzt, dass er … und gar nicht Marissa? Welche Rolle spielte Natalie? Ich konnte es drehen und wenden, wie ich wollte, und ich wollte es so gerne so lange verbiegen, ausbeulen und mit Sternchen verzieren, bis ich Charles mit einem Freispruch erster Klasse versehen konnte. Das Problem war nur, dass zu viel dagegensprach. Als ich mit schwerem Herzen den Deckel schloss, streifte mein Blick ein anderes Namensetikett. Es baumelte vom Regalfach genau vor mir. Sonst wäre es mir gar nicht aufgefallen und auch nicht der Name, der in dicken Druckbuchstaben darauf stand. Laura Kinsey. Hä? Bitte wer war Laura Kinsey? Ich rappelte mich auf die Füße hoch, kletterte mit steifen Beinen über den Aluminiumkoffer und richtete den Schein meiner Taschenlampe auf das Etikett, aber ich hatte mich nicht getäuscht. Seltsam. Keiner der Gäste an Bord des *Golden Highlander* trug diesen Namen. Genauso wenig wie jemand auf den Vornamen Laura hörte. Immerhin hätte es dann nämlich noch sein können, dass diese Laura geheiratet und den Namen ihres Mannes angenommen hatte. Ich hatte den Gedanken noch nicht zu Ende gedacht, als sich meine Finger an meiner Abendtasche zu schaffen machten und das Dessertmesser herauskramten. Dieser Koffer würde verschlossen sein. Ich ahnte es!

Drei Sekunden später, als meine Hand mit dem Dessertmesser vor dem ersten Schloss in der Luft verharrte, erkannte ich, dass mir jemand zuvorgekommen war. Wie seltsam! Unruhig blickte ich mich um. Ich lauschte. Nichts. Kein Atmen, kein Scharren. Das konnte jetzt entweder bedeuten, dass ich wirklich allein war. Oder aber, dass sich im Dunkeln jemand versteckte und ebenfalls den Atem anhielt. Ich entschied mich für die erste Möglichkeit und hob den Deckel an. Mit geweiteten Augen starrte ich ein seltsames Sammelsurium an. Schminke, Perücken, falsche Bärte … alarmiert wühlte ich die Sachen durch. Oh, mein Gott. Da lag ja Traceys Kette. Unachtsam war sie in den Koffer geworfen worden, sodass sie halb aus dem blauen Samttuch heraushing. Und da war ja auch der Hygienebeutel mit dem rot befleckten Taschentuch. Ich legte die Taschenlampe aus den Händen, schnappte mir den Beutel, öffnete ihn und schnupperte vorsichtig. Eindeutig, wie hatte ich nur so blöd sein können? Es war der Geruch nach Erdbeeren. Nicht eine Sekunde erinnerte er mich an den ekligen Mief nach Eisen, der mir in der Bibliothek in die Nase gestiegen war. Ich stieß einen tonlosen Laut aus, als ich auch noch den Brief von Benjamin Frost an Tracey entdeckte. Jemand – der Mörder! –, hatte diese Dinge versteckt, damit sie … gefunden wurden? Von James und mir. Falsche Fährten, schoss es mir durch den Kopf. Um uns abzulenken.

Und was war das? Pässe! Bestimmt zehn, nein, zwölf Stück. Vereinigtes Königreich, Frankreich, Schweden, Singapur, Vereinigte Arabische Emirate, Mexiko, Italien …

Wäre ich von meinem Fund nicht so absorbiert gewesen, hätte ich vielleicht dem leisen Klacken der Verbindungstür Aufmerksamkeit geschenkt. Auch das kurze Anschwellen des Weihnachtsliedes, das mit einem erneuten Klacken wieder verstummte, wäre mir dann nicht entgangen. Ich registrierte aber erst, dass ich nicht mehr allein war, als der Strahl einer Taschenlampe über mich glitt. Ruckartig fuhr ich herum. Mein Herzschlag überholte sich fast selbst. Doch schon im nächsten Moment beruhigte er sich wieder.

»Mr Lory, mein Gott, was haben Sie mich erschreckt!«

Father Christmas kam langsam näher. Bis jetzt hatte ich es geschafft, meine Gefühle zu beherrschen, doch plötzlich brachen die Tränen aus mir heraus wie ein Sturzbach. »Sie sind zu dritt, Mr Lory. Charles, Marissa und Natalie haben Tracey auf dem Gewissen. Marissa ist eine Mörderin. Tracey wusste das. Und da!« Meine Hand zitterte im Schein seiner Taschenlampe, als ich auf den Aluminiumkoffer neben mir deutete. »Sie hatten so recht mit Ihrer Vermutung. Es war eines von Charles' Messern, mit dem Tracey … wer von den dreien sie allerdings nun wirklich … das weiß ich nicht.« Ich wandte mich wieder dem Koffer vor mir zu. »Der hier gehört angeblich einer Laura Kinsley. Sie haben einen falschen Namen benutzt, damit keiner so schnell daraufkommt, wem dieser Koffer in Wahrheit gehört. Hier …« Ein Dokument nach dem anderen hielt ich in die Höhe. »Lauter Pässe. Vermutlich alle gefälscht. Ich wette mit Ihnen, dass die Fotos Marissa zeigen werden und Natalie und wahrscheinlich auch Charles.«

Während ich so brabbelte, kam Mr Lory näher. Es war der absolute Zufall, dass ich mich für den Pass aus Italien entschied, um ihn als ersten zu öffnen. »Michele Marchetti …« Meine Augen wanderten zum Passbild. Die Person darauf hatte goldenes Haar und war sonnengebräunt, als hätte sie mindestens zwei Wochen Urlaub an der Adria hinter sich.

Fassungslos starrte ich das Foto an …

»Ich hätte dich gerne am Leben gelassen, aber so lässt du mir leider keine andere Wahl …«

Wie hypnotisiert wandte ich mich im Zeitlupentempo zu dem Mann in dem Weihnachtsmannkostüm um. Er musste nicht erst die rote Mütze mit dem weißen Watterand, den falschen Bart und die aufgeklebten buschigen Augenbrauen abnehmen, damit ich wusste, wer in Wahrheit vor mir stand. Das hatte mir schon das Passbild verraten.

»Nun guck nicht wie ein Huhn, wenn es donnert«, sagte er mit der so lieb gewonnenen Stimme. »Es tut mir ja auch mehr als leid, dass es so enden muss.«

»Du? Warum?« Ich konnte nur flüstern.

»Geld! Es geht immer nur ums Geld, Millie. Ich würde ja sagen, merk es dir. Nur dummerweise wüsste ich nicht wofür.«

Meine Augen suchten die Dunkelheit nach der Tür ab, hinter der die Bibliothek und dann in unerreichbarer Ferne der Salon lag, wo die anderen fröhlich Weihnachten und unsere baldige Ankunft in Edinburgh feierten. Und mich nicht vermissten. Natürlich hätte ich schreien können, nur hätte ich die laute Musik niemals übertönt.

»Warum Tracey?« Um Zeit zu gewinnen, lehnte ich mich an das Regal und hoffte, dass er mir die Plauderlaune abkaufte.

»Weil sie mir in die Quere gekommen ist. Deshalb. Gold, Schmuck, Aktien, Immobilien. Alles gut und schön. Aber nichts macht einen so reich wie Informationen. Ich bin eine Art James Bond. Nur arbeite ich nicht für den König und für England, sondern auf eigene Rechnung. Meine Ware sind Informationen.«

»*Du* hast die Top-Secret-Akte aus Eva Williams' Suite gestohlen.« Die Erkenntnis ließ mich nach Luft schnappen.

»Ich wünschte, es wäre so. Nur leider ist mir Tracey zuvorgekommen. Wirklich dumm. Vor allem, weil es sich maximal um zehn Minuten gehandelt haben kann, die sie mir vorausgehatte. Und dabei hatte ich alles so schön geplant. Um die Akte zu stehlen, musste ich Eva Williams vorübergehend ausschalten, sonst wäre ich nie an ihre Tasche gekommen, die sie ja immer so pflichtbewusst mit sich herumgetragen hat. Also nutzte ich die Gunst der Stunde, als sie sich nach dem Ausflug zur Evermore Schafsfarm Tee auf ihre Suite bestellte, und gab ein Schlafmittel hinein, das sie für einige Zeit ins Reich der Träume schicken würde. Als ich mich dann in ihre Suite schlich, um die Akte zu stehlen, schlief sie tief und fest. Sie schnarchte, dass sich die Balken bogen. Aber die Akte war weg. Ich war natürlich ziemlich sauer, weil ich keinen blassen Schimmer hatte, wer meine Pläne durchkreuzt hatte. Bis am Abend dann … Nein, ich muss am Anfang anfangen.« Als hätten wir alle Zeit der Welt, zerrte er einen Koffer unter einem der Regale hervor und setzte sich darauf. »Ich stehle Informationen auf Bestellung. Die Auftragserteilung läuft natürlich über das Netz. Anonym. Dunkel. Zu kompliziert, um es in drei Worten zu erklären.« Er legte die Taschenlampe neben sich und streckte die Beine aus. »Ich will dich auch nicht mit technischen Details langweilen. Wichtig ist allein, dass ich ziemlich gut im Geschäft war, bis mir jemand dazwischenfunkte. Jemand, der Informationen im Netz anbot, bevor sie jemand bestellen konnte. Jemand wilderte in meinem Revier und das konnte ich mir nicht gefallen lassen. Also recherchierte ich und kam ziemlich rasch dahinter, dass die Orte, an denen die Diebstähle stattfanden, immer die gleiche Gemeinsamkeit aufwiesen: Madelyn Clarkson war kurz vorher dort gewesen, um zu kochen. Schön und gut. Aber wer aus ihrem Team stahl denn nun die Informationen. Sie selbst? Ein Hilfskoch? Wer? Mir blieb nichts anderes übrig, als die Person zu kontaktieren, die die Informationen unter dem Alias *The Crow* anbot. Ich verabredete ein Treffen mit ihr im St. James's Park. Nachts, versteht sich. Denn da sind alle Katzen grau. *The Crow* erschien auch pünktlich wie die Maurer. Ich schwöre, ich wollte ihr kein Haar krümmen. Sondern sie einfach nur dezent darauf hinweisen, dass es gesünder für sie sein würde, wenn sie sich wieder aus dem Geschäft zurückziehen würde. Sie sprach leise und im Nachhinein war ich davon überzeugt, dass sie ihre Stimme absichtlich verstellt hat. Ich wusste wirklich nicht, ob ich nun einen Mann oder eine Frau vor mir hatte.

Sie ließ mich reden. Dann lachte sie auf und sagte so was wie: ›Ich hoffe, Sie sind nicht unvorbereitet erschienen. Manche Leute sind ja so dumm.‹ Sie griff in ihre Tasche. Ich dachte, sie wäre bewaffnet, und zückte meine Pistole. Es folgte ein Handgemenge, in dem sich ein Schuss löste. Plötzlich war dieser Hund da. Ich glaube, er hat gedacht, wir spielen, und wollte mitmischen. The Crow trat nach ihm. Mehrfach. Er jaulte zum Gotterbarmen. Und dann rief eine Frauenstimme panisch. ›Stratford, mein Liebling, wo bist du denn nur!‹«

»Sally!«, hauchte ich.

»Ja, natürlich kannte ich sie damals noch nicht. Sie hatte auch nichts mit der Sache zu tun, drehte wohl zufällig dort eine Abendrunde mit ihrem Hund. Als wären wir uns wenigstens darin einig, dass wir keine Zeugen haben wollten, sind *The Crow* und ich davongestürmt. Dann bekam ich den Auftrag, ein ganz besonders brisantes Ermittlungsergebnis des MI5 aus dem Besitz von Eva Williams zu stehlen. Ort: der *Golden Highlander*. Zeitpunkt: Seine Jungfernfahrt. Du kannst dir bestimmt vorstellen, wie blöd ich geguckt habe, als ich erfahren habe, dass auch Madelyn Clarkson Passagierin in diesem Zug sein würde. Mit ihrem Mann und einer

Gruppe von Freundinnen. Ich wusste nicht, wer von ihnen mein möglicher Konkurrent war, bis zum ersten Abend, an dem Stratford beim Anblick von Tracey …«

»… total ausgerastet ist und niemand so recht verstehen konnte, warum«, führte ich seinen Satz zu Ende.

»So sieht es aus.« Mittlerweile hatte er die Füße wieder herangezogen und drehte die Weihnachtsmannmütze in seinen Händen. Sein Gesicht lag dabei im Schatten. »Wahrscheinlich hätte ich es auch gar nicht begriffen, hätte Sally nicht gesagt, dass Tracey dem ansonsten so friedfertigen Stratford irgendwann mal etwas Schlimmes angetan haben musste. Tja. Und was erwiderte sie darauf? Unachtsamerweise, wie ich hinzufügen möchte.«

Ich kam mir vor wie in einer drittklassigen Quizshow. »Dass sie den Hund an diesem Tag zum ersten Mal gesehen hätte.«

»Exakt!«, bestätigte mein Gegenüber und schaute von der Mütze in seinen Händen auf. »Und das hatte sie eben nicht. Ohne es zu ahnen, war sie ihm schon mal begegnet. Nämlich im St. James's Park in London. Wo sie ihn getreten hatte.«

»Sie hatte die Befürchtung, dass ihr Konkurrent ebenfalls im Zug sein könnte. Natürlich war ihr klar, dass Stratfords Kläfferei unter diesen Umständen für sie gefährlich werden konnte. Was geschehen war, war geschehen. Aber sie wollte zumindest verhindern, dass Stratford sich weiterhin so auffällig verhielt. Deshalb hat sie versucht, ihn mit Schokolade zu vergiften.«

Die Puzzleteile sausten durch die Luft und fanden wie von selbst ihren Platz.

»So wird sie gedacht haben. Aber da war es schon zu spät. Ich ging also zu ihr in die Bibliothek und stellte sie zur Rede.« Er fuhr mit der Hand in seine Hosentasche, förderte etwas zutage, wickelte es aus dem Papierchen und schob es sich in den Mund. Weil Mr

Lory nicht hier war, um ihn zurechtzuweisen, kaute er genüsslich und gut hörbar sein Kaugummi. »Nein, nicht wirklich. Ich fragte sie mehr, wo die Unterlagen seien, und sie lachte und erwiderte, dort, wo ich sie niemals finden würde und außerhalb ihrer Reichweite. Egal, wie ihre Antwort ausgefallen wäre. Ich hätte sie so oder so getötet. Sie hatte mir ein Mal zu viel dazwischengefunkt.«

»Wie … wie bist du an Charles' Messer gekommen?«, stammelte ich.

»Wie wohl? Der Koffer mit seinem Zauberequipment ist mir blöd aus den Händen geglitten und aufgesprungen. Et voilà … da waren sie und weil es immer gut ist, eine falsche Spur zu legen, um von sich selbst abzulenken, habe ich mir eines geholt. Kurz bevor ich Tracey ermordet habe.« So wie er die Zunge in die Wange bohrte und dazu nickte, war er auch noch stolz auf seine Tat. Widerlich!

Ich sah ihm dabei zu, wie er sich gemächlich erhob und die Mütze wieder aufsetzte. »Selbstverständlich wollte ich nicht einfach so aufgeben, sondern nahm mir vor, den Zug von vorne bis hinten zu durchsuchen. Wozu ich natürlich nicht die Zeit hatte. Exakt eine Suite hatte ich mir erfolglos vorgeknöpft, bevor mir klar wurde, dass ich jemanden brauchte, der mir assistierte und für mich herumschnüffelte, wenn ich arbeiten musste. Der mein Zeuge war, wenn wir gemeinsam die falschen Beweise fanden, die ich vorher so deponiert hatte, dass wir über sie stolpern mussten. Benjamin Frosts vermeintlicher Liebesbrief an Tracey, Caras Taschentuch. Die Affäre zwischen ihm und Traceys Pitts hat es natürlich nie gegeben und somit hatte seine Frau auch keinen Grund zur Eifersucht. Dass Natalie mich abkommandierte, hat mich in der ersten Sekunde furchtbar gewurmt. Bis ich begriff, dass das sogar richtig gut für mich und meine Glaubwürdigkeit war.« Er hielt kurz inne. »Eine Fährte gibt es allerdings, die ich nicht gelegt habe, um andere in die

Irre zu führen, sondern um ihnen den richtigen Weg zu weisen. Tja, hat eben keiner gecheckt. Du auch nicht, Watson. Das Buch. Vor Traceys Füßen. Es war reiner Zufall, dass mein Blick den Titel gestreift hat.«

»Herz der Lügen!«, murmelte ich. Wer hatte es gesagt? Eva? Tracey war nie eine Leserin gewesen. Noch nicht mal einen Comic hatte sie zu Schulzeiten in die Hand genommen! Verdammt!

»Der Titel passte so schön zu ihrem geheimen Doppelleben. Ich musste einfach das Buch aus dem Regal nehmen und vor ihre Füße legen.«

Und wir hatten vermutet, dass sie eine heimliche Leidenschaft für Liebesromane gehabt hätte!

»Und die Sache mit dem Traktor?«, fiel mir da ein. »Das warst dann auch du?«

»Nein«, erwiderte James. »Das war wirklich ein Unfall.«

Kapitel 32

James war mein Sherlock gewesen und ich sein Watson! Ich hatte ihm vertraut, während er mich so böse hinters Licht geführt hatte. Mir fehlen die Worte, um zu beschreiben, wie ausgenutzt ich mich fühlte. Schritt für Schritt kam er auf mich zu und ich wich Schritt für Schritt vor ihm zurück. Dabei umrundete ich den Aluminiumkoffer, sodass er wie eine Barriere zwischen uns stand. Mit einem geschickteren Sprung, als ich ihm zugetraut hätte, setzte James aber schon in der nächsten Sekunde darüber. Intuitiv machte ich einen Satz nach hinten, wo mir der Hebel der äußeren Waggontür schmerzhaft in den Rücken stieß. Noch in derselben Sekunde klackte es und wieder fiel ein einzelner Lichtstrahl in den Gepäckwagen.

»Millie, bist du hier?« Es war Rachel, die auf ihren Regenschirm gestützt auf mich zuhumpelte. Blitzschnell hatte James seine Taschenlampe gelöscht, sodass jetzt nur noch meine im Regal den Koffer mit den falschen Pässen beschien. »Mr Lory ist tot und James verschwunden. Keine Ahnung, was du hier machst, aber du kommst jetzt auf der Stelle mit mir mit zu den anderen.«

Als ich nicht reagierte, brüllte sie: »Sofort!«

»Es tut mir leid, dass ich dieses eine Mal dem Wunsch eines Gastes nicht entsprechen kann.« Die dritte Taschenlampe leuchtete auf. Wie vom Donner gerührt, erstarrte meine Schwester zur Salzsäule. Es war genau die Zeitspanne, die James gebraucht hatte, um den

Aluminiumkoffer aufzureißen und eines von Charles' Messern aus seiner Halterung zu zerren. Mit ihm in der Hand stand er plötzlich neben mir, riss mit der anderen die Außentür auf und packte mich im Nacken. Kalter Fahrtwind brauste uns um die Ohren.

»Es tut mir leid, Millie.« Zentimeterweise sah ich das Messer auf mich zukommen. Tritt ihm gegen das Schienbein, schubs ihn weg! Ja, klar! Das sagt sich so leicht, wenn man nicht selbst die Zielscheibe der Attacke ist. Was mich angeht, ich war absolut unfähig, mich zu bewegen, dafür humpelte Rachel schneller als mancher Hundertmeterläufer auf uns zu. Sie vergaß allen Schmerz und schleuderte ihren Regenschirm auf James. Im Wegducken schubste er mich von sich. Ich stolperte, fiel und purzelte in die offen stehende Verschwindekiste. Der Deckel schlug zu. Unter mir klappte ein Mechanismus auf. Ich fiel und landete in einem sehr großen Geheimfach, das sich sofort wieder über mir schloss.

»Rachel!«, brüllte ich hilflos. Ganz toll. Mein Geschrei half ihr nun auch nicht weiter. Verzweifelt hämmerte und trat ich gegen die Holzdecke über mir. Gegen die Seiten. Ich hatte keine Zeit, um mir die Tränen von den Wangen zu wischen. Ich hörte Gegenstände fallen. Menschen keuchen. Da draußen tobte ein Kampf. Zwischen meiner Schwester und James. Schritte kamen angerannt. Plötzlich bremste der Zug. Er ging voll in die Eisen. Ein Quietschen ertönte, das mir schmerzhaft in die Ohren stach, während ich in meiner Kiste gegen den Rand gedrückt wurde. Das Nächste, was ich hörte, war ohrenbetäubende Stille, und dann Rachels markerschütternder Schrei, der leiser und leiser wurde, bis er sich in der Ferne verlor. Er hatte sie aus dem Zug geworfen und sie war in die Tiefe gestürzt! Plötzlich wurde es wieder laut. Keuchen. Ächzen. Stöhnen. Jemand stieß gegen die Kiste, in der ich lag und kaum noch etwas spürte. Es rumpelte. Stimmen riefen. Dann wurde es ruhig.

»Ich habe ihn«, presste jemand hervor.

»Wo ist Millie?« Charles' Stimme war zum Zerreißen angespannt. Ich verstand James' Antwort nicht. Dafür klackte es mehrfach. Der doppelte Boden über mir glitt auf und ich sah in Charles' Gesicht. Er beugte sich zu mir herunter. »Bist du verletzt?«

Ich schüttelte den Kopf und er schlang seine Arme um mich, um mich an sich zu drücken. »Ich dachte schon …!«

»Wo ist Rachel?« Entschlossen schob ich ihn von mir. »Was ist mit meiner Schwester passiert?«

Ich richtete mich weit genug auf, um den Gepäckwagen überblicken zu können. Gefühlt leuchteten von überallher Taschenlampen. Scheinbar war es Natalie, die James überwältigt hatte und jetzt so festhielt, dass er sich nicht rühren konnte. Ein Stück hinter ihr entdeckte ich Marissa, die sich schockiert die Hand auf den Mund presste, und dann sah ich … Wie konnte das sein? Ich sah Charles, der neben Natalie stand und mit fremder Stimme zu ihr sagte: »Nun haut schon endlich ab! Wir werden allein mit ihm fertig!«

Hatte ich einen Schlag auf den Kopf bekommen, ohne es bemerkt zu haben, und sah jetzt doppelt und räumlich versetzt?

Egal! Völlig egal! Solange ich nicht wusste, was mit meiner Schwester passiert war.

»Hallo! Kann mir vielleicht mal jemand helfen? Verdammt noch eins!« Rachel lag irgendwo da draußen im Schnee. Und sie lebte!

Epilog

»Trotz allem fröhliche Weihnachten, Ms McEwan, und Ihrer Familie selbstverständlich auch!« Der diensthabende Arzt, der Rachels gebrochenes Bein und ihren verstauchten Knöchel mitsamt der gerissenen Sehne verarztet hatte, klopfte ihr aufmunternd auf die Schulter. »Zum Schreiben brauchen Sie ja nur Ihre Hände!«

»Das stimmt wohl«, seufzte Rachel und ruckelte sich im Rollstuhl zurecht, während der Arzt Mum, Dad und mir zum Abschied zunickte und dann seinen Blick über Charles, den zweiten Charles, Madelyn und Alistair, Rose, Eva, Gigi, Benjamin und Cara Frost, die auf Caras Armen schlafende Amy und schließlich über Sally wandern ließ, die sich mit Stratford an der Leine im Schneetreiben die Nase an der großen Glasscheibe neben der Eingangstür platt drückte. »Und Ihren Freunden natürlich auch«, ergänzte er mit einem Gesichtsausdruck, als würde er sich denken: »Haben die denn alle am Weihnachtsmorgen nichts anderes zu tun, als die Unfallambulanz zu bevölkern?« Dann zog er die Augenbrauen zusammen, drehte sich mit einem kurzen Kopfschütteln um und ging auf den schmalen Flur zu, der die Eingangshalle des Queen Mary's Hospital mit der Ambulanz verband. Die Geschichte, die er eben zu hören bekommen hatte, würde er unter Garantie so schnell nicht wieder vergessen und, wenn er in ein paar Stunden zu Hause am Frühstückstisch mit seiner Familie Weihnachten feierte, zum Besten geben: eine Patientin, die aus dem Gepäckwagen des *Gol-*

den Highlander gestoßen worden war, und zwar von einem Spion, der auf eigene Rechnung arbeitete und auch vor einem Mord nicht zurückgeschreckt war! Rachel mussten gleich mehrere Schutzengel zur Seite gestanden haben, denn beinahe wäre sie nicht nur einen Abhang hinuntergerollt, sondern sie wäre über dreißig Meter in die Tiefe gestürzt. Genau genommen war aber nur ein Schutzengel am Werk gewesen. Natalie. Ursprünglich hatte sie die Notbremse nur ziehen wollen, um mit Marissa im Schutz der Dunkelheit zu verschwinden. Tja, ihre Pläne hatten sich geändert. Vorübergehend. Und trotzdem hatte die Notbremse eine wichtige Rolle übernommen. Hätte Natalie sie auch nur einen Augenblick später betätigt, wäre der Zug nämlich schon auf das Glenmorag Viadukt gerumpelt und Rachel in den sicheren Tod gestürzt.

»Ich denke immer noch, ich sehe doppelt«, lachte ich, als ich nach Charles' Hand griff und ihn von dem Stuhl im Wartebereich des Krankenhauses zog. Auf der Suche nach offensichtlichen Unterschieden schaute ich zwischen ihm und seinem Zwillingsbruder hin und her. »Du bist doch der richtige Charles, oder? Nicht, dass ich wieder Nathanael küsse. So wie in der zweiten Nacht unserer Reise.«

Charles grinste und Nathanael wurde so rot wie eine der Christbaumkugeln, die den prächtigen Weihnachtsbaum neben der Krankenhaus-Information schmückten. Schüchtern schob er die Hände in seine Hosentaschen, und zwar auf genau die gleiche Art, wie Charles es immer machte.

Auf der Fahrt im Taxi und dann im Wartebereich hatte Charles genug Zeit gehabt, um mich über ihn und seinen Bruder aufzuklären. Das N in Charles N. Masterson war nicht etwa die Abkürzung seines zweiten Vornamens, sondern wies versteckt auf Nathanael hin, der lieber unerwähnt bleiben wollte. Seit ihrer Geburt hatten die beiden immer alles zusammen gemacht. Den Kindergarten, die Schule und später waren sie dann auch zusammen auf die Academy of Magical Arts in Los Angeles gegangen, was viel Geld gekostet hatte. Und ihre Mutter war keine andere als jene Hofdame der Fürstin von Trevania, die nach dem Diebstahl des Mondrubins fälschlicherweise verdächtigt worden war!

»Dass wir die teure Zauberschule besucht haben, war mit ein Grund dafür, dass der Fürst dachte, Mum hatte den Mondrubin gestohlen«, hatte Charles mir im Taxi erklärt. »Die Fürstin hat nie an der Unschuld unserer Mutter gezweifelt, konnte sich aber nicht gegen ihren Mann durchsetzen. Und der zeigte Mum an, sodass sie in Untersuchungshaft kam. Kaum hatten Nathanael und ich davon gehört, sind wir nach Trevania gereist und haben uns ans Recherchieren gemacht. Als wir dann hörten, wie geflasht Tracey Pitts von dem Ring der Fürstin gewesen ist, hatten wir unsere erste Spur.«

»Ist ja der Hammer!«, ließ Gigi sich von dem Klappsitz uns gegenüber hören. Bisher war sie der Geschichte nur mit riesengroßen Augen gefolgt. Als Charles eine kleine Pause machte, schaute ich zu Nathanael, weil ich erwartete, dass er auch ein Stückchen von ihrer Geschichte erzählen wollte. Aber das Rampenlicht überließ er lieber seinem Bruder. Genauso wie bei ihren Zaubervorführungen. »Natürlich wären wir niemals in Traceys Nähe gekommen, hätte der Zufall uns nicht geholfen. Mr Frost hatte einen unserer Professoren für den *Golden Highlander* gebucht. Als Special Showact. Ihr habt bestimmt schon zig mal von ihm gehört und ihn auch gesehen. Er arbeitet unter dem Künstlernamen Oliver Twist.«

»Ist ja der Hammer!« Wie ein Wackeldackel nickte Gigi, als wollte sie nie wieder damit aufhören. »Kann ich den kennenlernen? Den würde ich zu gerne in meiner Backshow präsentieren!«

»Lässt sich einrichten!«, grinste Charles.

»Wow, bei dem habt ihr gelernt?« Oliver Twist war weltberühmt und hatte sogar in Las Vegas seine eigene Zaubershow. Was selbst ich wusste, obwohl ich mich bisher nicht besonders fürs Zaubern interessiert hatte.

»Wie auch immer«, nahm Charles den Faden seiner Erzählung wieder auf, als das Taxi um eine Kurve brauste und ich ganz nah an ihn gedrückt wurde. »Unser Prof wurde krank und weil Nat und ich immer die Besten in seinen Kursen gewesen sind, hat er uns gefragt, ob wir ihn vertreten wollten. Und als er dann auch noch erwähnt hat, wie sehr er sich ärgere, dass er das Engagement nicht selbst antreten konnte, weil Madelyn Clarkson mit Familie und Freunden im Zug sein würde, sahen wir unsere Chance gekommen.«

»Dann warst du es, Nathanael, der während der Zaubervorführung versucht hat, Tracey die Kette vom Hals zu reißen?« Mit offenem Mund richtete ich mich auf meinem Platz auf. Der arme Nathanael nickte und lief knallrot an.

»Tsss!« Mehr brachte Gigi nicht mehr raus.

»Ich habe den Rubin der Fürstin natürlich sofort wiedererkannt und Nat meinte, es gäbe keine bessere Gelegenheit, als es im Schutz der Dunkelheit zu versuchen.« Charles zuckte mit der Schulter. »Natürlich hatten wir erst den Plan, ihn einfach der Polizei zu übergeben. Doch dann kam Nat die Idee, die Kette Rachel zuzuspielen mitsamt dem Artikel. Nat hat ihn ausgeschnitten und immer mit sich herumgetragen, weil ihn die Sache so aufgeregt hat. Wir dachten uns, dass es viel wirksamer ist, wenn eine Journalistin die wahre Diebin ermittelt und die Sache dann ganz groß in der Zeitung rauskommt.«

»Und wie seid ihr in unsere Suite gekommen?« Ich konnte mir

die Antwort auf meine Frage selbst denken, wollte sie aber aus Charles' Mund hören.

»Na ja, Mr Lory hat die Ersatz-Generalschlüsselkarte nicht gerade gut versteckt.« Er seufzte.

»Alles lief so gut, bis Nat diesen Zettel fand. Jemand hatte ihn unter unserer Tür durchgeschoben. *Genug mit dem Theater. Wir sollten reden.*«

»Was? Der war an euch gerichtet?« Keiner kam darauf, mich zu fragen, woher ich von dem Zettel wusste.

»Wir kannten die Schrift nicht und trotzdem wussten wir sofort, dass diese Nachricht von Tracey Pitts stammen musste. Irgendwie muss sie uns auf die Schliche gekommen sein. Eigentlich dachte ich ja, wir hätten uns darauf geeinigt, sie zu ignorieren und zu hoffen, dass Ms Pitts uns bis Edinburgh in Ruhe lassen würde. Aber als wir dann alle draußen waren. Also fast alle. Da hat Nat es nicht länger ausgehalten und ist mit dem Zettel in der Hand in die Bibliothek gestürmt, um Ms Pitts gehörig die Meinung zu sagen.«

»Du warst das, Nathanael! Dich hat meine Schwester durch den Salon gehen sehen und gar nicht Charles!«, kombinierte ich, weil mir Rachels Geschichte von ihrem seltsamen Traum wieder eingefallen war, in dem sie von ihrem Krankenlager auf dem Sofa aus Charles auf die Bibliothek hatte zueilen sehen.

Charles' Bruder nickte und schlug die Augen nieder.

»Ms Pitts hat wohl was von einer Entschädigung für unsere Mutter geschwafelt, wenn sie die Kette zurückbekommt und wir ansonsten die Klappe halten«, berichtete Charles weiter von Nathanaels Erlebnissen in der Bibliothek. »Aber so wie ich Nat verstanden habe, ist sie nicht sehr viel weitergekommen, weil er seinem Ärger Luft machen musste.«

Ein schelmisches Lächeln zuckte um Nathanaels Mundwinkel.

»Damit sind wir alle mit einem tüchtigen Schrecken davongekommen«, seufzte Gigi. »Bis auf den armen Mr Lory!«

Mr Lory war der Einzige gewesen, der misstrauisch geworden war und James hinterherspioniert hatte. Er hatte ja auch gewusst, dass James beim Schneeschippen zur Tatzeit nicht an seiner Seite gewesen war. Die gegenteilige Behauptung hatte ich James ja gutgläubig abgekauft. Mr Lory war es auch gewesen, der den Koffer mit dem unbekannten Namen auf dem Etikett vor mir entdeckt und aufgebrochen hatte. Er hätte bis Edinburgh warten und dann der Polizei alles erzählen sollen. Nur hatte er das nicht getan. Nachdem alle mit ihrem Nachtisch versorgt worden waren, hatte er James um ein Gespräch im Personalwagen gebeten und das war ihm zum Verhängnis geworden. Es war zu einem Handgemenge gekommen. Mr Lory war gestürzt, mit dem Hinterkopf auf seinem Nachttisch aufgeschlagen und ohnmächtig geworden. Gott sei Dank, hatte James gedacht, er sei tot, und hatte ihn einfach dort liegen lassen, wo Natalie und Charles ihn dann gefunden hatten. Zuvor hatte James aber das Father-Christmas-Kostüm übergezogen, damit keiner so schnell merkte, dass Mr Lory fehlte.

Jetzt lag der Arme mit einer genähten Platzwunde am Kopf und einer schweren Gehirnerschütterung im St. Mary's und morgen, nein, heute Mittag würden wir ihn besuchen und ihm ein feines Weihnachtsessen vorbeibringen.

Zunächst würden wir aber erst mal nach Hause fahren.

❄ ❄ ❄

»Während du behandelt worden bist, hat mich die nette Ambulanzschwester Paul anrufen lassen«, sagte Mum und strich Rachel liebevoll eine Haarsträhne aus dem Gesicht. »Ich soll dir einen Kuss von ihm geben. Ich konnte ihn nur mit Mühe und Not davon abhalten, sich sofort ins Auto zu setzen und zu kommen. Das wäre der reinste Wahnsinn gewesen. Es ist ja immer noch kein Durchkommen. Das Mobilfunknetz ist nach wie vor ausgefallen. Aber von zu Hause aus kannst du ihn anrufen.«

»Ich hole gleich das Auto. Mir knurrt ganz schön der Magen!« Als Mum und Dad im Krankenhaus angekommen waren, war Dad so weiß wie die Wände hier gewesen. Gott sei Dank hatte sein Gesicht nun wieder eine normale Farbe angenommen. Händereibend baute er sich neben Rachels Rollstuhl auf. »Darf ich alle Anwesenden zum Frühstück bei uns zu Hause einladen? Es wäre mir eine Ehre und nein …« Weil Cara Frost schon den Mund zum Widerspruch geöffnet hatte, hob Dad abwehrend die Hände. »Wenn die Kinder sich zu Hause blicken lassen, kochen meine Frau und ich eh immer, als würden wir eine ganze Fußballmannschaft erwarten. Wir haben mehr als genug da, um alle satt zu bekommen.«

Nach ein paar abstimmenden Blicken waren scheinbar alle einverstanden. Wenn ich mich nicht täuschte, hatte ich schon seit einiger Zeit so manchen Magen knurren hören. Und mein eigener machte sich am lautesten bemerkbar. Streng genommen hatte ich seit dem Frühstück gestern Morgen nichts Ordentliches mehr gegessen und jetzt hatte ich Hunger wie ein Wolf.

»Wunderbar. Dann bestelle ich mal die Taxis.« Tatendurstig machte Dad sich zur Information auf, während er im Vorbeigehen genauso verwirrt zwischen Nathanael und Charles hin- und hersah, wie ich es vor ein paar Stunden im Gepäckwagen des *Royal Highlander* getan hatte. Die beiden sahen sich aber auch wirklich ähnlich wie ein Ei dem anderen.

»Ich müsste heute nur noch irgendwann unseren traditionellen Gewürzkuchen backen«, gestand Mum etwas verlegen.

»Das kann ich gerne übernehmen. Dann haben Sie mehr Zeit für Rachel und Millie«, bot Gigi hilfsbereit an. »Sie haben nicht zufällig diese kleinen Kerzen vorrätig, die man in den Kuchen steckt, wenn jemand Geburtstag hat?«

Sie zwinkerte Madelyn zu. »Ach, stimmt! Heute ist ja mein Geburtstag! Den hatte ich ganz vergessen. Was dagegen, wenn wir den Kuchen zusammen backen?«

»Im Gegenteil!«

Zwischen den beiden stimmte die Chemie einfach. Weshalb ich mir auch ganz sicher war, dass sie, was die Sache mit den Rezepten von Gigis Vater anging, eine gute Lösung finden würden.

So wie Mum blinzelte, konnte sie es nicht fassen, dass die berühmte Sterneköchin Madelyn Clarkson mit einer gewissen Gigi Doe, deren Name ihr bisher nicht so rasend viel gesagt hatte, heute den Rührlöffel in ihrer Küche schwingen würde.

»Ein Glück, dass es nicht noch mehr Opfer gegeben hat«, raunte Eva Williams, als sie neben Charles, Rose und mir auf den Ausgang zuging. »Was sind das nur für Menschen, die für Geld ihr Land und ihren König verraten«, setzte sie nach kurzem Schweigen hinzu. Sie tat mir so unendlich leid, denn für sie würde die Geschichte nicht gut ausgehen. Es würde genauso kommen, wie sie es Cara Frost prophezeit hatte. Sie würde ihren Job an den Nagel hängen müssen und die Presse würde sie in der Luft zerfetzen.

»Ach, heutzutage haben die Menschen einfach keine Ehre mehr in den Knochen«, stimmte Rose ihr zu, während sie den Henkel ihres Strickkorbs fest umklammerte. »Schlimm ist das. Tja, aber was will man machen. Millie, Herzchen, würdest du mich wohl bei deinen Eltern entschuldigen? Ich will kein großes Aufhebens machen und verschwinde jetzt ganz leise. Ihre Einladung zum Frühstück ist wirklich ganz reizend, aber ich fahre lieber ins Hotel und ruhe mich von den Anstrengungen der Reise aus. Ich bin doch einfach zu alt für solche Aufregungen.«

»Was ist?«, flüsterte Charles mir zu, weil er meinem nachdenklichen Blick gefolgt war. »Stimmt etwas nicht?«

»Ich bin mir nicht sicher«, raunte ich. Aber ich hatte einen Verdacht und den musste ich überprüfen. Entschlossen trat ich der alten Dame in den Weg. »Warte mal, Rose, du wolltest mir doch zeigen, wie ich einen schönen Rand häkeln kann ...« Ich nickte in Richtung meiner Mum. »Jetzt muss ich es ja doch allein hinbekommen, aber könntest du mir deine Häkelnadel leihen? Ich besitze leider keine.«

»Aber sicher, Herzchen«, antwortete die alte Dame mit einem schiefen Lächeln und begann leicht hektisch in ihrem Korb herumzukramen.

»Was dagegen, wenn ich sie selbst suche?« Selbstverständlich wartete ich ihre Antwort nicht erst ab, sondern schnappte mir schnell den Strickkorb.

»Was machst du denn da?« Uuuh, die liebe Rose konnte aber auch ganz anders sein als höflich und zurückhaltend. Wütend funkelte sie mich an. »Du gibst mir auf der Stelle meinen Korb zurück oder du wirst mich kennenlernen!«

»Millie!«, riefen Mum und Rachel wie aus einem Mund entsetzt auf.

»Eva Williams?« Ich nickte Charles zu, der direkt verstand und Rose daran hinderte, uns zu folgen, während Eva Williams irritiert neben mir her in die nächste Ecke stolperte. »Fragen Sie mich nicht, woher ich weiß, dass Sie Unterlagen vermissen ...«

Eva Williams' Mund klappte auf und sofort wieder zu.

»Vielleicht liege ich auch falsch, aber ...« Ich lag goldrichtig. Rose hatte ihren Strickkorb überallhin mitgenommen. Die ganze

Reise über. Gestrickt hatte sie aber nie. Das hatte mich auf die Idee gebracht, dass der Korb eine andere Aufgabe erfüllte. Der geklaute Bericht war nicht dicker als zwei Seiten. Rose hatte ihn so klein zusammengefaltet wie nur möglich und dann tief in ein Wollknäuel hineingeschoben. Ich werde niemals vergessen, wie glückssprühend Evas Augen mich angestrahlt haben, als ich ihr die Seiten übergab. »Oh, mein Gott, ist das etwa …« Mit zitternden Fingern faltete sie die Blätter so weit auseinander, dass ich einen kurzen Blick auf das »Top Secret« erhaschen konnte, das in schreiend roten Buchstaben quer über den Text gedruckt worden war. Erleichtert presste sie die Papiere an ihre Brust. »Danke, Millie! Hab tausend Dank! Und ich frage auch nicht, woher du wusstest …«

»Gern geschehen! Rose wird die Informationen noch nicht weitergegeben haben«, fiel ich ihr schnell ins Wort, weil ich verhindern wollte, dass auf die große Freude ein unnötiger Schrecken folgte. Doch Eva sah mich nur überfragt an. So weit hatte sie noch gar nicht gedacht. »Na ja, ohne Netz konnte sie auch keine Fotos des Berichts an ihren Auftraggeber schicken. Aber wir haben immer noch keinen Handyempfang. Das heißt, maximal hat sie Fotos gemacht.«

Wieder kramte ich in Roses Strickkorb, bis ich etwas Glattes unter meinen Fingern spürte. »Für Sie, bitte.« Triumphierend streckte ich Eva Roses Handy entgegen.

Die Sache lag nun klar auf der Hand: Rose war Traceys Kontakt im Zug gewesen. Ihr hatte sie die Unterlagen irgendwann heimlich zugesteckt, nachdem sie sie Eva geklaut hatte.

Als die gläsernen Eingangstüren vor uns aufglitten und uns in den dunklen Morgen entließen, lag Edinburgh friedlich verschneit vor uns. Die Straßenlaternen brannten, aber nur durch wenige Fenster fiel Licht. Wahrscheinlich kam es aus den Wohnzimmern der Familien, deren Kinder es nicht länger ausgehalten hatten und die gerade in diesem Moment vor dem Weihnachtsbaum knieten und die ersten Geschenke öffneten.

»Das hat aber lange gedauert!« Frierend trat Sally von einem Fuß auf den anderen und wieder sah der arme Stratford in seinem Wintermäntelchen so aus, als würde er lieber genauso bibbern wie sie, als in diesem Aufzug gesehen zu werden. »Ich hab schon gehört, Rachel. Glück im Unglück!«

»Das kannst du laut sagen, Sally!« Lachend wischte sich Rachel mit dem Handrücken den imaginären Schweiß von der Stirn.

»Vielleicht solltest du lieber Literaturkritikerin werden«, schlug Mum ächzend vor. Offensichtlich war es gar nicht so leicht, den Rollstuhl durch den Schnee zu schieben. »Die leben nur zwischen zwei Buchdeckeln gefährlich.«

»Lassen Sie mich das machen!« Es waren die ersten Worte, die Nathanael seit Stunden sprach, als er Mum jetzt höflich, aber bestimmt zur Seite schob, um den Rollstuhl zu übernehmen.

Kaum hatten wir den Taxistand erreicht, fielen mir zwei Gestalten auf, die von der gegenüberliegenden Straßenseite aus zu uns herüberschauten. Als wollten sie nicht wirklich gesehen werden, hoben jetzt beide eine Hand und winkten uns unauffällig zu, bevor sie sich umdrehten und mit den Schneeflocken verschmolzen.

»Wer waren die denn?«, wandte ich mich an Charles.

»Kannst du dir das nicht denken?« Weil ich den Kopf schüttelte, setzte er hinzu. »Du kennst sie als Natalie und Marissa.«

»Die waren das!« Ich kniff die Augen zusammen und schaute dorthin, wo sie eben noch gestanden hatten. »Sie haben uns geholfen. Dabei dachte ich …«

»Das hast du mir schon im Taxi gesagt. Du dachtest, Marissa sei eine Mörderin und wir drei würden unter einer Decke stecken.«

»Richtig. Und du hast mir nicht geantwortet, weil wir genau in dem Moment am Krankenhaus angekommen sind.« Ich verschränkte die Arme vor der Brust und schaute Charles herausfordernd an. »Dann mal raus damit.«

»Nathanael und ich kennen Marissa, seit wir kleine Kinder waren. Wir sind zusammen groß geworden.«

Mir blieb die Spucke weg. »In Trevania?«

»Genau. Nur waren wir die Kinder einer Hofdame und sie die Tochter des Fürsten. Die einzige Tochter. Und glaube mir, sie hatte es nicht leicht. Ihr Vater hat sehr genaue Vorstellungen davon, wie sie zu leben und wen sie zu heiraten hat. Er hat sie zum Studium nach Cambridge geschickt und dort hat sie sich verliebt. Der Typ muss echt ein cooler Kerl sein, aber als Geschichtswissenschaftler ohne adeligen oder noch besser königlichen Hintergrund hat er beim Fürsten keine Chance. Er hat Marissa nach Hause zitiert und ihr gesagt, dass sie ihn sich aus dem Kopf schlagen soll und dass er einer Heirat niemals zustimmen wird. Noch in derselben Nacht ist sie abgehauen.«

»Das hätte ich auch gemacht!«, rief ich leidenschaftlich. »In welchem Jahrhundert lebt Marissas Vater denn?«

Charles hob die Schultern. »Natürlich hat er seine Leute losgeschickt, die nach ihr suchen und sie wieder nach Hause bringen sollten. Aber Marissa ist ihnen immer durch die Lappen gegangen. Einmal, bei Hatchards, ist es ziemlich knapp geworden, aber Marissa ist noch mal entkommen. Tja, dann hat der Fürst Natalie losgeschickt. Sie ist eine seiner besten Personenschützerinnen. Sie hat Marissa aufgespürt und ist ihr in den *Golden Highlander* gefolgt, wo Marissa zur Tarnung und unter falschem Namen als Kosmetikerin arbeitete. Wie wir alle wissen. Als Marissa ihr dann erzählt hat, warum Natalie sie nach Hause zurückbringen soll, hat Natalie sofort die Seiten gewechselt. Von da an hat sie Marissa beschützt. Es war purer Zufall, dass wir uns im Zug wiederbegegnet sind. Und keine Frage, dass auch Nat und ich ihr helfen würden, zu verschwinden. Natürlich hätte die Polizei ihre wahre Identität herausgefunden und ihr Vater hätte gewusst, wo sie steckt. Und das mussten wir verhindern. Sag mal, ist dir kalt?«

»Und wie!«, gestand ich bibbernd.

»Dann komm doch her!« Charles zog den Reißverschluss seiner Winterjacke auf und öffnete sie. Glücklich kuschelte ich mich an ihn und er schlang die Jacke um mich. Sofort durchströmte mich seine Wärme.

»Aber Tracey hat Marissa doch wiedererkannt und es ihr auch gesagt. Deshalb dachte ich, Marissa wäre der Mörder, für den Madelyn mal gekocht hat. Aber wirklich gepasst hat das keine Sekunde. Ihre Augen sind nämlich nicht unterschiedlich.« Müde lehnte ich meinen Kopf an Charles' Brust.

»Nein«, flüsterte er und strich mir sanft über den Kopf. »Sie hat die Tochter des Fürsten wiedererkannt, die sie bei dem Staatsbankett kurz gesehen hatte. Und sie hat gedroht, dem Fürsten zu verraten, wo Marissa ist. Wenn, dann war es Natalie, die sie für eine Mörderin gehalten hat. Aber auch nur, weil der Fürst Natalie gerne als jemanden vorstellt, der dafür sorgt, dass Probleme – egal, welcher Art – bald keine Probleme mehr sind. Dabei zwinkert er immer so zweideutig, dass man das schon mal falsch verstehen kann.«

»Ach so! Aber Natalies Augen …«

»Noch nie etwas von farbigen Kontaktlinsen gehört?«

Oh, doch, natürlich! Die nutzte Natalie also zur Tarnung.

Die Taxis kamen gleichzeitig mit Dad angebraust und alle stiegen ein. Nur ich nicht. Denn plötzlich überkam mich das dringende Bedürfnis, zu meiner Schwester zu rennen, die Dad gerade zum Auto trug, um sie auf den Vordersitz zu verfrachten. Kaum war ich bei ihr, schlang ich meine Arme um ihren Hals und gab ihr den dicksten Kuss, den ich jemals einem Menschen gegeben hatte.

»Huch, wofür war der denn jetzt?«, wunderte sie sich.

»Einfach so! Weil ich froh bin, dass es dich gibt und …«, setzte ich ganz leise hinzu. »… dass du lebst!«

Ich hasse rührselige Szenen, weshalb ich ihre Antwort gar nicht erst abwartete, sondern zurück zum Taxi und zu Charles rannte. Schnell wischte ich mir die Tränen vom Gesicht. Der schreckliche Mord lag hinter uns. Alles, was Rachel zugestoßen war, würde in ein paar Wochen Geschichte sein. Und auch Mr Lory würde bald wieder auf den Beinen sein. Ich war über beide Ohren so verliebt, dass es schon fast wehtat. Es war Weihnachten, alles war gut und wir waren auf dem Weg nach Hause, wo das prasselnde Kaminfeuer, der festlich geschmückte Weihnachtsbaum und Mums und Dads Spezialfrühstück auf uns warteten. Die Musik, die leise aus dem Radio des indischen Taxisfahrer kam, hätte nicht passender sein können.

Have Yourself a Merry Little Christmas!

Dieses Buch ist eine tiefe Verneigung vor der großen Agatha Christie und ihren legendären Cosy Crimes. Insbesondere ihrem berühmten Buch *Mord im Orientexpress.* Auch in meiner Geschichte reisen Menschen in einem Luxus-Zug. Allerdings gibt es meinen Zug, den *Golden Highlander*, nur in meiner Fantasy. Deshalb hat er auch keinen Bezug zum *Belmond Royal Scotsman* oder zu anderen real existierenden Zügen. Die Strecke, die Stationen und die geografischen Erwähnungen sind größtenteils frei erfunden und tauchen so auf, wie die Logik oder Dramatik meiner Geschichte sie brauchen.

Alle dargestellten Personen, Handlungen und Dialoge sind rein fiktiv. Ähnlichkeiten mit lebenden oder historischen Figuren wären reiner Zufall und sind nicht beabsichtigt.

1

Es ist vielleicht eine halbe Stunde her. Da hat er noch gemeinsam mit seiner frischgebackenen Braut, meiner Cousine Charlotte, die vierstöckige Hochzeitstorte angeschnitten. Und jetzt liegt er vor mir. Sein goldener Kneifer ist ihm beim Sturz von der Nase gerutscht und krachend auf den Marmorfliesen der Eingangshalle aufgeschlagen. Ein Spinnennetz aus Sprüngen überzieht die beiden Gläser. Um mich herum drängen sich nachströmende Gäste. Aus den Augenwinkeln sehe ich Charlotte. In Reisekleidung schreitet sie zögernd die breite Treppe hinunter. Ein paar Stufen über ihr steht ihr Bruder Hendrik. Er ist kalkweiß. Langsam wende ich meinen Blick wieder dem Toten zu. Mein Herz schlägt mir bis zum Hals. Aber nicht etwa, weil ich so bestürzt bin (diese Gefühle dränge ich beiseite), sondern weil ich mein Glück kaum fassen kann. Denn im Rücken des guten Amandus steckt das Tortenmesser.

Als Tochter aus gutem Hause weiß ich selbstverständlich, was sich in so einer Situation gehört. Also simuliere ich einen bühnenreifen Ohnmachtsanfall. Mit einem erschöpften Seufzer lasse ich mich neben die Einstichstelle sinken. Ich muss Wunde und Messer untersuchen, bevor mich starke Arme hochheben. Mich auf das nächstbeste Sofa betten und mein Retter nach Riechsalz ruft.

Das Messer steckt ganz schön tief, denke ich gerade, als ich die Wunde blinzelnd überprüfe. Da geht ein Zucken durch Amandus' Körper. Langsam dreht er seinen Kopf zu mir und schaut mich verwundert an. Er lebt. Lang genug, um mir mit gebrochener Stimme eine Botschaft ins Ohr zu flüstern. Dann haucht er seinen Odem aus.

Unauffällig lasse ich den Gegenstand in meinem Handtäschchen verschwinden, den er mir in der letzten Sekunde seines Lebens heimlich zugesteckt hat. Dann schließe ich die Augen und spiele wieder die Ohnmächtige.

Amandus Graf von Lauenburg ist ermordet worden.

Von wem? Warum? Ich werde es herausfinden.

Aber ich greife vor. Drehen wir die Uhr ein paar Stunden zurück. Zu dem Zeitpunkt, als ich …

… völlig außer Atem Leopolds Fahrrad in der Hofdurchfahrt an die Hauswand lehnte und die Schirmmütze tief ins Gesicht zog.

Verstohlen blickte ich zu den hinteren Fenstern der Beletage hinauf, in der meine Familie und ich wohnen. Ich war viel zu spät dran. Falls die Kirchturmuhr, an der ich auf meiner rasanten Fahrt von der Charité nach Hause vorbeigesaust war, richtig ging. Die hatte nämlich zwei Uhr geschlagen und schon um drei läuteten Charlottes Hochzeitsglocken. Ich konnte nur hoffen, dass Elise, unser Hausmädchen, mir den Rücken freigehalten hatte.

Für den Moment musste mich jeder zufällige Beobachter für Thomas halten. So heißt der Student, der mehrmals die Woche in der Wohnung über uns zum Nachhilfeunterricht erwartet wird. Deshalb würde Mama sich auch nicht darüber wundern, dass Thomas jetzt mit gesenktem Kopf durch die Haustür huschte. Kaum im Vestibül angekommen, riss ich mir die Mütze vom Kopf und schüttelte meine langen Locken. An so einem warmen Julitag taten mir die jungen Männer fast leid. Schließlich dienen mir die von Leopold geborgten langen Hosen, das Hemd, die Krawatte, Weste und das Jackett nur gelegentlich zur Tarnung. Er und seine Freunde müssen sich jeden Tag so kleiden. Aber kein falsches Mitgefühl. Dafür müssen sie sich nicht jeden Morgen in ein Korsett zwängen.

Gott sei Dank saß Hanke nicht in der Portiersloge. Das war der einzige Vorteil meiner Verspätung. Es war Samstag und Hank'sche Tradition, dass pünktlich um zwei Uhr sein Lieblingsessen auf dem Tisch stand. Der Geruch nach gebratenen Bouletten war mir schon beim Fahrradabstellen aus der Souterrainwohnung in die Nase gestiegen.

Wäre ich nicht in geheimer Mission unterwegs gewesen, wäre ich jetzt durch die doppelflügelige Tür mit den eleganten Glasornamenten gejagt, dann weiter die mit dem roten Teppich ausgelegte breite Marmortreppe in die erste Etage hinauf. Korrektur: Ich wäre selbstverständlich geschritten. Äußerst damenhaft und elegant. Denn das gehört sich so für eine Tochter aus gutem Hause. Und genau das ist es, was ich bin.

Weil besondere Umstände aber nun mal besondere Maßnahmen erfordern, schlüpfte ich durch die unscheinbare Seitentür zu meiner Linken. Dahinter führt nämlich ein langer, schmaler Korridor zur Dienstbotentreppe, deren steile Stufen sich in der Art eines Schneckenhauses in die Höhe schrauben. Immer zwei Stufen auf einmal nehmend keuchte ich sie hoch. Dabei ließ ich unsere Küchentür in der ersten Etage genauso links liegen wie die von Professor Pauli im zweiten Stock. Mein Ziel war der Dachboden.

Der rechte Bereich dient dem Personal beider Familien als Trockenboden und Waschraum. Aber mein Ziel lag linker Hand, dort, wo sich die Zimmer der Dienstboten befinden.

Ohne zu zögern, riss ich die Tür auf und schlüpfte in die kleine Kammer.

»Ich weiß, ich bin schrecklich spät dran. Der Professor hat überzogen und ich konnte mich nicht einfach so aus dem Hörsaal stehlen«, entschuldigte ich mich, kaum dass die Tür hinter mir ins Schloss gefallen war. Denn mir war völlig klar, dass die arme Elise meinetwegen auf höllenheißen Kohlen geschmort hatte. »Hat Mama die Migräneausrede geschluckt?«

Ächzend setzte ich mich auf den Boden, um Leopolds Schuhe aufzuschnüren. Damit ich in den Quadratlatschen meines Bruders laufen konnte, hatte ich sie mit alten Stofffetzen ausgestopft. Leider waren die so grob und rau wie Schmirgelpapier. Stöhnend zog ich meine wund gescheuerten Füße aus den Schuhen und spreizte meine steifen Zehen. Was für eine Wohltat!

Elise war zwar bei meinem Eintreten sofort von ihrem Bett hochgeschossen, aber gesagt hatte sie bisher kein einziges Wort. Sie stand einfach nur da, in ihrem langen schwarzen Kleid, über das sie die weiße Spitzenschürze gebunden hatte, und schaute auf mich herab.

»Die gnädige Frau hat sich sehr oft nach Ihrem Wohlbefinden erkundigt«, brach sie endlich das Schweigen. Von jedem ihrer Worte triefte die Angst wie der Morgentau von den Blütenblättern im Tiergarten.

»Ich mache es wieder gut!«, versprach ich ehrlich zerknirscht. Dabei zermarterte ich mir das Hirn auf der Suche nach einer Möglichkeit, mein Versprechen in die Tat umzusetzen. Und plötzlich hatte ich eine Idee. Die war richtig gut. Elise hatte eine große

Schwäche, wie ich seit unserem gemeinsamen Ausflug in die Konditorei Hofstetter wusste, und die hieß: »Nougatpralinen?«

Elises grüne Augen wurden groß und rund. Ihr Mund öffnete sich. Und klappte wieder zu. Statt, wie ich gehofft hatte, ein freudiges »Oh!« auszurufen, schüttelte sie heftig den Kopf.

Das tat sie mit so viel Nachdruck, dass das weiße Häubchen auf ihrem Haar in bedenkliche Schieflage geriet.

»Mit Verlaub …«, setzte sie unsicher an.

»Frei von der Leber weg, Elise«, munterte ich sie auf.

Sie nickte und sog stoßweise die Luft ein. »Mit Verlaub und allem Respekt, was nutzen mir Ihre Pralinen, wenn die Gnädige uns auf die Schliche kommt und mich vor die Tür setzt?« Elises rundes Gesicht war sehr ernst geworden. »Jeden Tag strömen Hunderte Mädchen vom Land in die Stadt und suchen eine gute Anstellung, so wie ich sie bei Ihren Eltern gefunden habe. Die Arbeit hier ist ein Klacks gegen die Schinderei auf dem Bauernhof meiner Eltern. Das können Sie mir glauben, Fräulein Florentine. Noch nie habe ich ein eigenes Zimmer besessen. Meine Geschwister, meine Eltern und ich, wir haben zusammen in einem Raum geschlafen.« Betrübt senkte sie den Kopf und flüsterte schüchtern: »Ich will nicht wieder dorthin zurück. Ehrlich nicht. Auch wenn ich meine Eltern und meine Geschwister jeden Tag vermisse. Alle zehn.«

Ich schaute zu dem Häufchen Elend auf, das händeringend über mir stand, und erschrak vor mir selbst. Denn erst jetzt begriff ich, wie heiß die Kohlen, auf die ich sie gesetzt hatte, wirklich gewesen waren. Ich ließ meinen Blick durch das winzige Zimmer wandern. Bett, Kommode, Schrank, ein wackeliger Stuhl, ein kleiner halbblinder Spiegel und der geflochtene Weidenkorb, in dem sie bei ihrer Ankunft vor vier Wochen all ihre Habseligkeiten die Treppe hinaufgeschleppt hatte. Das und ein schmales Dachfenster, hinter dem der blaue Himmel über der verheißungsvollen Großstadt strahlte, wog für sie so viel mehr als alle Schätze des Kaiserreichs.

Und ich kam ihr mit Nougatpralinen! Ich schämte mich schrecklich. Wie egoistisch und rücksichtslos ich gewesen war! Mit einem entschuldigenden Lächeln rappelte ich mich hoch, trat vor Elise, rückte ihr Häubchen gerade und schloss sie in die Arme. »Du wirst nie wieder für mich lügen müssen.« Ein Seufzer der Erleichterung schüttelte Elises dünnen Körper. »Versprochen!«, setzte ich nach. »Nie, nie wieder. Und ich entschuldige mich von Herzen für die Sorgen, die ich dir bereitet habe. Ab sofort regele ich das anders. Ich weiß zwar noch nicht wie, aber lass das mal meine Sorge sein.«

Später, denn jetzt musste ich mich endlich für Charlottes Hochzeit fertig machen.

»Haben Sie vielen Dank, gnädiges Fräulein.« Elise wand sich etwas unwohl aus meiner Umarmung. Aber sie wirkte erleichtert.

»Wo sind meine Sachen?« Eilig schlüpfte ich aus Weste und Hemd.

»Hier!« Elise machte einen Schritt zur Seite, um den Blick auf das Kopfende ihres Bettes freizugeben. Dort hatte sie alles fein säuberlich zurechtgelegt, was aus dem falschen Studenten Florian die Brautjungfer Florentine Falkenberg machen würde. Das lange hellblaue Kleid, mein schreckliches Korsett, nebst Unterkleid, das schlichte Täschchen, die zum Kleid passenden Handschuhe und die funkelnagelneuen Schuhe sowie die Rosen, die sie mir nach dem Hochstecken aufs Haar drapieren würde.

»Famos!«, rief ich und strampelte hektisch ein Hosenbein nach dem anderen von den Füßen.

»Ach, Fräulein Florentine, ich weiß, es geht mich ja nichts an!«, seufzte Elise und wandte sich zum Bett, um mir das Korsett anzureichen. »Aber warum verkleiden Sie sich immer wie ein Mann, bevor Sie sich aus dem Haus schleichen? Das würde mich doch mal interessieren.«

»Weil nur Männer an die Universität dürfen«, antwortete ich und schob hoch konzentriert die Zunge zwischen die Zähne. Diese verflixten Korsettösen. Nie wollten sie so wie ich!

Entsetzt schlug sich Elise die flachen Hände an die Wangen. »Sie besuchen die Universität? Das ist doch nicht erlaubt. Frauen und Bildung, das gehört auch nicht zusammen, gnädiges Fräulein.«

»Das ist eine Lüge, Elise«, keuchte ich und schloss endlich die letzte Öse. »Eine Lüge, die die Männer verbreiten.«

Ich kenne nur einen Mann, der Frauen als gleichwertig ansieht und der keine Angst vor ihrem Verstand hat. Maximilian Winterfeld. Verleger des Hauptstadt-Kuriers und Leopolds bester Freund. Auch wenn er ein paar Jahre älter ist als mein Bruder. Wir sind so etwas wie Geschäftspartner. Wovon er aber nichts ahnt. Genauso wenig wie von meiner heimlichen Schwärmerei für ihn. Die ist nämlich so heimlich, dass ich sie mir selbst nur sehr selten eingestehe. Denn ich habe andere Pläne mit meinem Leben, als es an einen Mann zu verschenken.

»Was die gnädige Frau nur sagen würde, wenn sie wüsste, was Sie treiben …!« Bekümmert schüttelte Elise den Kopf. Wie gut nur, dass sie nichts von meinen anderen Heimlichkeiten ahnte. Gustav und Schattenfeder sind mein Geheimnis. Mit ihren sechzehn Jahren ist Elise ein Jahr jünger als ich, vertritt aber noch altmodischere Ansichten als meine Großmutter. Um gegen so viel Obrigkeitshörigkeit anzukommen, brauche ich deutlich mehr Zeit als vier Wochen.

»Die gnädige Frau? Die würde erst mal nicht viel sagen. Sie würde nämlich in Ohnmacht fallen und nur eine ordentliche Portion Riechsalz würde sie wieder auf die Beine bringen. Und weil wir ihr das ersparen wollen, hilfst du mir jetzt bitte ganz rasch mit dem Kleid«, sagte ich und reckte die Arme über den Kopf.

Keine sieben Minuten später trat ich umgekleidet und blumengeschmückt auf der zugigen Dienstbotentreppe von einem Fuß auf den anderen. Mit angehaltenem Atem beobachtete ich, wie Elise auf Zehenspitzen durch die Küche bis zum Wohnungsflur huschte. Ihr Auftrag lautete, unauffällig zu überprüfen, ob die Luft rein war. Unsere Köchin und die Küchenmädchen kamen nur zu den Mahlzeiten ins Haus. Von dort drohte also keine Gefahr. Es war eine andere Sorge, die mich mit ziemlicher Verspätung mit kalten Fingern am Schlafittchen packte. Was, wenn meine todsicher geglaubte Migräne-Ausrede an Charlottes Hochzeitstag ihre Wirkkraft verloren hatte? Wenn der besondere Anlass meine Mutter dazu gebracht hatte, die gewohnte Zurückhaltung fahren zu lassen. Wenn sie gerade in diesem Moment meine Zimmertür öffnete und leise flüsternd sagte: »Ach, Kind, fühlst du dich immer noch nicht wohl? Papa und ich werden deine Abwesenheit entschuldigen.« So weit würde sie wahrscheinlich gar nicht kommen. Schätzungsweise nach dem dritten, spätestens nach dem fünften Wort würden ihr die Buchstaben im Halse stecken bleiben. Weil sie dann mein unberührtes Bett entdeckt hätte.

Ein eiskalter Schauer lief mir über den Rücken. Dann hörte ich Elise zischen: »Pscht. Schnell jetzt, Fräulein Florentine!«

Das musste sie mir nicht zweimal sagen.

dass ich ihr ähnlich sehe. Was mich mit Stolz erfüllt. Neben der Haarfarbe und der sommersprossigen blassen Haut – Mama überpudert ihre Sommersprossen selbstverständlich; meine darf jeder sehen – haben wir die meerblauen Augen gemeinsam. Meistens schimmern die meiner Mutter voll Güte und Gelassenheit. Doch sie können auch ganz anders. Dann sticht ihr Blick geradezu und es ist, als würde sie direkt in meinen Kopf blicken und meine Gedanken lesen. So wie jetzt. Weshalb ich meine Augen schnell niederschlug. Ich liebe meine Mama von ganzem Herzen und sie zu belügen, ist schändlich, aber was sollte ich tun?

»Du siehst viel zu schön aus!« Mit ausgebreiteten Armen stürmte Josefine aus ihrem Zimmer und schlang sie um mich. Meine kleine Schwester ist meine Seelenverwandte, für die ich jederzeit durchs Feuer gehen würde. Aber ich glaube, ich habe mich noch nie so sehr über ihr Erscheinen gefreut wie in diesem Moment. Sie warf den Kopf in den Nacken und strahlte mich an wie der Sonnenschein an einem Frühlingsmorgen. »Viel zu schön, Flo! Die Herren werden sich reihenweise in dich verlieben. Du wirst heiraten und dann lässt du mich allein. Genau wie Elisabeth.« Sie klappte ihren Mund zu und zog nachdenklich die Augenbrauen zusammen. »Na gut, ihr Auszug war zu verschmerzen. Jetzt muss sich der blöde Baron mit ihren Zickereien herumschlagen. Selbst schuld. Er hat sie sich schließlich ausgesucht.«

»Deine Ausdrucksweise, Josefine!« Betrübt schüttelte Mama den Kopf. »Außerdem redet man nicht so über seine große Schwester. Elisabeth hat eine hervorragende Partie gemacht und damit unserer Familie alle Ehre.«

Ehrlich, ich gab mir große Mühe, nicht zu kichern. Nur wenn Josefine so leicht verschmitzt die Schultern bis zu den Ohren hochschiebt und dabei die Mundwinkel verzieht, dann muss ich dass ich ihr ähnlich sehe. Was mich mit Stolz erfüllt. Neben der Haarfarbe und der sommersprossigen blassen Haut – Mama überpudert ihre Sommersprossen selbstverständlich; meine darf jeder sehen – haben wir die meerblauen Augen gemeinsam. Meistens schimmern die meiner Mutter voll Güte und Gelassenheit. Doch sie können auch ganz anders. Dann sticht ihr Blick geradezu und es ist, als würde sie direkt in meinen Kopf blicken und meine Gedanken lesen. So wie jetzt. Weshalb ich meine Augen schnell niederschlug. Ich liebe meine Mama von ganzem Herzen und sie zu belügen, ist schändlich, aber was sollte ich tun?

»Du siehst viel zu schön aus!« Mit ausgebreiteten Armen stürmte Josefine aus ihrem Zimmer und schlang sie um mich. Meine kleine Schwester ist meine Seelenverwandte, für die ich jederzeit durchs Feuer gehen würde. Aber ich glaube, ich habe mich noch nie so sehr über ihr Erscheinen gefreut wie in diesem Moment. Sie warf den Kopf in den Nacken und strahlte mich an wie der Sonnenschein an einem Frühlingsmorgen. »Viel zu schön, Flo! Die Herren werden sich reihenweise in dich verlieben. Du wirst heiraten und dann lässt du mich allein. Genau wie Elisabeth.« Sie klappte ihren Mund zu und zog nachdenklich die Augenbrauen zusammen. »Na gut, ihr Auszug war zu verschmerzen. Jetzt muss sich der blöde Baron mit ihren Zickereien herumschlagen. Selbst schuld. Er hat sie sich schließlich ausgesucht.«

»Deine Ausdrucksweise, Josefine!« Betrübt schüttelte Mama den Kopf. »Außerdem redet man nicht so über seine große Schwester. Elisabeth hat eine hervorragende Partie gemacht und damit unserer Familie alle Ehre.«

Ehrlich, ich gab mir große Mühe, nicht zu kichern. Nur wenn Josefine so leicht verschmitzt die Schultern bis zu den Ohren hochschiebt und dabei die Mundwinkel verzieht, dann muss ich einfach in ihr Gekicher einstimmen. Unsere leidgeprüfte Mama streifte kopfschüttelnd ihre Seidenhandschuhe über die schlanken Finger. »Ihr seid albern. Alle beide. Und ungerecht. Wo ist überhaupt Miss Bridgewater? Sollst du nicht gerade Additionsaufgaben für sie rechnen?« Damit war für Mama alles Nötige gesagt und sie wandte sich zum Gehen. »Florentine, die Zeit läuft uns davon.«

»Ich komme sofort«, versprach ich. Doch erst musste ich Josefine noch einen dicken Kuss auf den blonden Scheitel drücken. »Und keine Sorge. Bevor ich heirate, bist du schon lange Großmutter!«

»Freut mich zu hören«, flüsterte Josefine mit einem zufriedenen Lächeln. Dann warf sie einen vorsichtigen Blick über den Flur und winkte mich zu sich herab. »Warst du heute wieder bei einer Leiche?«, wisperte sie in mein Ohr. Ich nickte. »Dachte ich es mir doch!«

Während Elise bisher nur die halbe Wahrheit über meine Ausflüge weiß, ist Josefine mir irgendwann auf die Schliche gekommen. Das ist aber nicht weiter schlimm. Denn ihre Sensationslust bewahrt mich davor, dass sie mein Geheimnis ausplaudert. Schließlich ist ihr klar, dass ein falsches Wort von ihr die Quelle all der blutrünstigen Details für immer zum Versiegen bringen wird. Ein Risiko, das sie unter gar keinen Umständen eingehen will.

»Und? Natürlicher Tod oder war ein grausamer Mörder am Werk?« Ihre dunklen Augen loderten wie Feuer.

»Gift!«, hauchte ich vielsagend.

In Josefines anerkennenden Pfiff mischte sich ein energisches Schuhklackern.

»Die Bridgewater naht!« Alarmiert stolperte Josefine rückwärts auf die offen stehende Zimmertür zu. »Wenn du zurückkommst, erwarte ich einen ausführlichen Bericht. Über den Vergifteten und über die Hochzeit.«

»Bekommst du!«, versprach ich und eilte hinter meiner Mutter her, sodass ich nur wenige Wortfetzen von Miss Bridgewaters Schimpftirade mitbekam.

... neugierig, wie es weitergeht?

Alexandra Fischer-Hunold
Eine Leiche zum Tee

320 Seiten
Broschur
ISBN 978-3-7641-2009-2

Ab 12 Jahren

ebook

Cosy Crime mit einem bezaubernden Ermittlerduo!

Seit Wochen fiebert Amy dem großen Dorffest von Ashford-on-Sea entgegen. Nicht nur, dass dort am Kuchenstand ihrer Tante Clarissa Amys neueste Tortenkreation Premiere feiern soll – nein, Amy ist fest entschlossen, endlich Finn anzusprechen, den Jungen, den sie schon seit Langem aus der Ferne anschmachtet. Doch dann kommt alles ganz anders: Amys verhasste Klavierlehrerin kippt beim Nachmittagstee tot um – ausgerechnet nach Verzehr von Amys Torte! – und wer plötzlich ein äußerst verdächtiges Verhalten an den Tag legt, ist niemand anderes als Finn ...

Für alle, die Tee, Scones und verzwickte Krimifälle lieben!

www.ueberreuter.de
Folgt uns bei Facebook & Instagram